Historia del Conde Fernán González

a facsimile and paleographic edition

with commentary and concordance by

John S. Geary

Madison, 1987

Created through the generous patronage of the
Division of Research Programs
of the

National Endowment for the Humanities

Spanish Series, No. 35

ISBN 0-942260-89-9

Acknowledgements

Several individuals and institutions have collaborated in the preparation of this edition. Without the unflinching support and enthusiasm of John Nitti of the Seminary, who initially provided me with a photostatic copy of Escurial ms. IV-b-21, this project might never have been realized.

I owe a special debt of gratitude to the Secretaría de Información y Cultura of the Patrimonio Nacional in Madrid for its generous permission to publish the facsimile; Mr. José de Prado Herranz of the Escurial Library for supplying the high-resolution black and white microfilm from which the facsimile was produced; the Herzog August Bibliothek at Wolfenbüttel, West Germany, for kindly allowing me to publish illuminations from Cod. Guelf. 59.10 Aug. 2° in its collection; the University of Minnesota for granting my request to reproduce samples of scribal calligraphy from Jacob Owre's 1934 doctoral dissertation (see the Bibliography); the American Philosophical Society for a grant-in-aid which enabled me to examine the manuscript *in situ* in January, 1985; and the Committee on University Scholarly Publications of the University of Colorado for its generous financial support.

I would also like to thank Ruth Richards, formerly of the Hispanic Seminary of Medieval Studies, for her help with numerous technical difficulties related to the transcription of the manuscript; Burt Rashbaum and Spencer Nye of the University of Colorado for their assistance with crucial word-processing activities; Joseph Snow, of the University of Georgia, for his inspirational idea of publishing a facsimile of the manuscript together with the transcription; William Kibler for allowing me to include in the introduction material previously published in *Olifant* (see the Bibliography); my colleague and friend, Ken Brown, of the Department of Spanish and Portuguese at the University of Colorado, for providing me with insightful information about the manuscript; Brian Dutton, of the Department of Spanish and Portuguese of the University of Wisconsin, for examining the introduction to this edition; and last, but not least, my wife Victoria and daughter Erin, to whom the work is dedicated, for their spiritual nourishment.

Introduction

I. The Manuscript[1]

Codex IV-b-21 of the Escurial Library contains several literary gems from the Spanish Middle Ages designated and foliated as follows[2]: (1) Comiençan los bersos del Rabi do*n* Santo. al rey don pedro (ff. 1r-86r); (2) La doctrina cristiana en verso (ff. 88r-108r); (3) Dança general en q*ue* entra*n* todos los estados de gentes, en verso (ff. 109r-129r); (4) Esta es vna reuelacion. q*ue* acaesçio a vn om*ne* bueno hermitan*no* de s*an*ta vida q*ue* estaua Resando vna noche en su hermita e oyo esta rreuelaçion el q*ue* luego la escrivio e*n* Rymas ca era sabidor enesta çiençia gaya (ff. 129v-135v)[3]; (5) Historia del co*n*de ferna*n* goncalez [sic] en verso (ff. 136r-190v)[4]. The following folio group divisions are apparent: 12 ff. (1-12) / 13 ff. (13-25) / 11 ff. (26-36) / 11 ff. (37-47) / 11 ff. (48-58) / 16 ff. (59-74) / 12 ff. (75-86) / 20 ff. (88-107)[5] / 11 ff. (108-118) / 16 ff. (119-134) / 7 ff. (135-141) / 15 ff. (142-156) / 5 ff. (157-161) / 10 ff. (162-171) / 11 ff. (173-183) / 14 ff. (184-196). Whereas the first four mss. have beautiful red Gothic adornment, the fifth does not. The first folio of that portion of the codex containing the Fernán González story seems to have been copied perfunctorily, all later folios of the same ms. being much neater, though not handsome, in appearance. The inclusion of the Fernán González piece may be just an addendum, not as justly praised artistically (for whatever reason) as the other mss.

Previous editors of the *Historia* have noted the deplorable state in which it survives in sharp contrast to its meticulously copied congeners in the same codex. Marden (1904:xv), focusing on the physical appearance of the manuscript, called attention to its many abbreviations, erasures and blurs (*borrones*), in addition to its numerous illegible characters. His remarks provided early editors of the poem with acute insights into the nature and degree of scribal emendations and subsequent mishandlings by the binder:

> Hacen falta palabras, versos y aun coplas enteras, o por descuido del copista, o por el mal estado del manuscrito original. Muchas hojas no tienen margen superior ni inferior, en dos casos el encuadernador troncó el texto por la parte inferior (coplas 583 y 740), y en otro caso cortó las últimas palabras del verso por el margen vertical (copla 502). Queda interrumpido el Poema en el fol. 190v., terminándose con dos versos de una copla defectuosa. . . .

Subsequently, Ramón Menéndez Pidal (1905:243) commented on the extreme scribal bungling and haphazard efforts to update the language of the original text,[6] both of which contribute to the difficulties inherent in editing what Menéndez Pidal himself considered "el poema de clerecía más estropeado":

> Este era un período de transición en el idioma, sumamente perjudicial para la

> fidelidad de la transmisión de la obra literaria; así piden continua atención las formas gramaticales que los dos copistas emplean en lugar de las viejas del siglo XIII....; estorba también la extravagante ortografía del siglo XV, tan caprichosa en el uso de *rr*, la *y*, la *u*, la *s*. Además uno de los copistas ofrece resabios galaico-portugueses en la *m* y *z* finales... y en alguna forma gramatical.... Añádase que ninguno de los dos amanuenses tiene la menor idea del metro ni el menor instinto de fidelidad, y se comprenderá el sinnúmero de dificultades con que continuamente ha tenido que bregar el moderno editor.

All but one editor of the poem, as far as I can tell, have followed Marden's assertion that the text was copied in the fifteenth century by two different scribes, each of whom left his own peculiar imprint on the finished product. Marden correctly observed that the first betrays a wide degree of inconsistency in his choice of capital or small letters to begin the first word of each strophe and frequently fails to separate strophes on the page. Characteristic of his style is the use of inorganic *u* after *g* (*sangrue, alegrue*); *x* instead of *z* and *m* in lieu of *n* in word-final position (*pax, lux, leom, coraçom*); *ll* instead of *l* in the forms *gello, gella.* I would add that he occasionally writes *n* for *ñ* and less frequently *c* for *ç*. The second scribe is fairly consistent in his use of the *calderón* to indicate the beginning of a new strophe and uses only small letters, save capital R. He uses both *c* and *ç* instead of *z* between vowels (*boçes, facer*) and frequently uses *c* rather than *ç* before *e*, and *i*.[7] In several instances it is difficult to distinguish this scribe's use of *j* from that of *y*.

No one can deny the accuracy of Marden's observations with regard to the scribal peculiarities of the manuscript. Menéndez Pidal (1905:244) had little to add to the discussion — preferring to focus on the question of reconstruction —, as he was of the opinion that Marden "caracteriza perfectamente ambos copistas." Nevertheless, in an unpublished doctoral dissertation, Jacob Riis Owre (1934) questions the number of copyists involved. An analysis of the slant of the writing and the formation of some of the letters in that portion of the text attributed to scribe II led Owre to postulate that a short segment of the poem (fol. 189r., line 2 to fol. 189v., line 7) is actually written in the hand of a third copyist. It is difficult to understand why Marden and subsequent editors did not detect the presence of this third hand or at least point out the three different forms of calligraphy employed in the manuscript. Although similar to that of scribe II, it is, as Owre (1934:4) observed, "somewhat more cramped and less headlong, somewhat more regular, somewhat more precise, and decidedly more uniform in slant than II."

Owre also noted certain minute variations between the two hands. Scribe II uses a long, horizontal line to separate strophes, whereas scribe III relies on a slight spacing and a marginal device. Scribe II, as I noted before, uses no capital letters save *R*, while scribe III, in addition, employs a capital *E* seven times within this thirty-one line section.[8] The capital *R* of scribe II differs from that of scribe III. The letter *a* also differs in two key respects: the ordinary form of the letter is "flatter and more open at the top in III, the closing bar above being slightly out of place" (5); the form   , commonly employed by scribe II, does not occur in this particular passage.

The form of the cedilla used by scribe III differs decidedly from that of scribe II as does the form of the digraph *ch*. Scribe III uses long *i (j)* only once, whereas it predominates in the handwriting of II. The letter *m* used by III is more open at the top than that of II, and while III always forms the letter *p* with two strokes of the quill (28 occurrences), II consistently uses only one.

Despite the variations described above, Owre was reluctant to insist on their significance because of the "dangerously small number" of lines involved. Nevertheless, after careful consideration of the evidence, I am inclined to agree with him. The distinct peculiarities drawn by Owre from fols. 189r.-189v. do not appear to be the haphazard result of the scribe's having paused to sharpen his quill but rather a visible sign of a fleeting third hand (see the Appendix for samples of each form of handwriting).[9]

Several different watermarks, all of which would corroborate a late fifteenth-century copy,[10] are apparent throughout the entire codex. Some are impossible to decipher completely because of the palimpsest effect. There are, however, at least three different types of hands and stars, although the rings appear uniform[11]. Marden correctly noted the presence of two different watermarks in that portion of the codex containing the *Historia:* "anillo coronado" and "mano con estrella sobrepuesta" (1904: xvi). The rubric  appears at the bottom of ff. 147, 150, 152.

II. The Editions[12]

The *Historia* has enjoyed several editions, the earliest by Bartolomé José Gallardo (1863) and Florencio Janer (1864), both of whom sought to produce faithful transcriptions of the manuscript.[13] Subsequently, C. Carroll Marden (1895), in a revealing piece of correspondence to the editors of *Modern Language Notes*, offered judicious commentary on the efforts of his predecessors, revealing, among other things, the more than five hundred false readings and numerous omissions of letters and words in Janer's text. Gallardo's edition, he claimed, contained similar infelicitous errors as well as the omission of seventeen entire verses. In this same note Marden divulged his own intention to publish a paleographic edition of the poem, although he ultimately published a diplomatic text (1904), paleographic references relegated to footnotes.

The scant attention paid to paleographic detail by Marden was fortunately rectified to some degree several years later by R. Menéndez Pidal (1951) in his paleographic-critical edition. While it is true that he offered his readers a transcription of the Escurial manuscript in its entirety directly below the critical text— a format that represents a considerable improvement over Marden's otiose practice of incorporating paleographic references and manuscript variants together in footnote form —, his copy is not as punctilious as one might have expected: capitalization in the manuscript is not always respected; no effort whatsoever is made to preserve word division; all scribal contractions and abbreviations are expanded without benefit of a mnemonic to identify them. Menéndez Pidal frequently failed to distinguish between the graphemes *u, v* and *i, j*. He did not record the *calderones* that often signal the beginning of a strophe, nor did he indicate scribal emendations (i.e. deletions, additions) of any kind.

Subsequent editors of the poem have generally disregarded the manuscript as a linguistic document and have opted to reconstruct, via chronicle accounts, the lost thirteenth-century original. Alonso Zamora Vicente (1946), for instance, bases his critical edition on Marden's reading of the manuscript and the latter's reconstructed lines and passages, while incorporating at the same time the major corrections to Marden's *refundición* suggested by Menédez Pidal (1905). Whereas Marden had attempted to regularize the isometric scansion of the lines, Zamora Vicente makes no effort to follow the Johns Hopkins scholar in this regard. Neither does he seek to restore consonantal rhyme to those hemistichs in assonance since he evidently proceeds from the assumption that the language of the text may reflect that of a primitive oral epic.

Juan Victorio, editor of the most recent critical edition, goes so far as to reconstruct lengthy sections of missing text on the basis of chronicle accounts and to impose an isosyllabic structure on the language of the poem, a normative pattern, he believes, that must have been present in the original *clerecía* work (1981:31).

The present edition does not attempt to wrestle with the serious questions raised by the different editorial standards used to establish a trustworthy, yet critical text. Rather its goal is more modest: to capture the essence of the fifteenth-century document— by means of facsimile with corresponding transcription—, to expose its form (with all its imperfections and inconsistencies) for the benefit of future students of Spanish paleography.

III. The Transcription

The form of transcription utilized in this edition is a modified version of that employed by the Hispanic Seminary of Medieval Studies for DOSL (see *A Manual of Manuscript Transcription for the Dictionary of the Old Spanish Language*, 2nd ed.). The following abbreviations and symbols have been used: CB. = column boundary; CW. = catchword; HD. = heading; RMK. = editorial comment; % = *calderón*; [ ] = enclose folio numbers, inserted letters and words, and spaces editorially inserted to separate words; ( ) = enclose deleted letters and words, and spaces editorially removed to link words (see Sect. IV below); ^ = indicates that the insertion, deletion, or superscript text is scribal rather than editorial; * = indicates material of difficult legibility that has been editorially reconstructed; ?? = indicates illegible material; = indicates a superscript character. Arabic numbers in the left-hand side of every column of text indicate the line number in the manuscript. Foliation of the text reflects the Seminary's numbering system rather than that of the original document.

I have tried to respect capitalization in the manuscript whenever possible. All scribal abbreviations and contractions have been expanded by means of italics. In most cases the symbols 6 and ꝰ are used by the scribes to indicate suppression of the superscript vowel *a*; occasionally, however, they represent a general mark of suppression instead.[14] I have not attempted to correct scribal inconsistencies with regard to contractions and abbreviations. Suffice it to say that these inconsistencies exist.

I have also sought to respect word division, although my decision to link or to separate two or more words has admittedly been arbitrary on occasion because of the lack of clarity in the manuscript itself. Scribal practice in this respect is most pronounced and well delineated in the case of the second and third (?) scribes, both of whom wrote in a far less cramped style than did the first. For this reason it is usually clear from the sense of spacing given by scribes II and III that they either intended to link or to separate. Scribe I, on the other hand, has left a rather nebulous picture of his intentions. He frequently attaches the preposition *a*, for example, to a following word (*alos, alas, amarruecos, atodos, apoca, afazer*). Elsewhere the preposition and its object are clearly separated. Sometimes, however, it is extremely difficult, if not altogether impossible, to determine whether two words are linked or simply cramped together. One's sense, then, is that scribe I was indeed inconsistent and that the frequently arbitrary decision forced upon the editor by this inconsistency at least reflects a reality present in the text, even if the editor is not always right in his choice.

It is also true that words written together often reflect the scribal tendency not to lift the quill from the paper (particularly when two contiguous orthographic symbols permit elision) rather than an internalized system of syntactic awareness in operation at any given moment. I have not attempted to second-guess the scribe. If two words are clearly written as one, for any reason, the transcription reflects this practice.

I have distinguished between the characters *u, v* and *b, v* and *i, j* in accordance with Seminary procedure and have indicated all occurrences of the *calderón* in the manuscript. Sigmas are represented by *s* and *ñ* by *nn*. I have not attempted to reconstruct lines or strophes, even when their absence is obvious, but I have occasionally indicated an ellipsis ([...]) within a line when the absence of an undetermined amount of text results in the loss of continuity. To have applied this criterion to those quatrains deficient in their number of lines (i.e., three instead of four) would, I feel, have been risky since one cannot always be certain as to which of the four lines is the missing one.

IV. The Reference Vocabulary

The lexical items in the reference vocabulary are culled from the transcribed text. While I have attempted to produce a faithful record of word linkage and separation in the transcription, I have editorially inserted square brackets between certain forms in order that they appear as separate entries in the vocabulary. I have done this to facilitate use of the word-list. In the transcribed text, for example, the preposition *a* will always be separated from a following noun or verb form by the aforementioned mnemonic: i.e. *a[ ]fazer; a[ ]marruecos*. The square brackets serve to indicate to the user that while the scribe seems to have linked the preposition to its object (written as one word), in the reference vocabulary proper both forms will appear as separate listings.

I have not, however, followed the same procedure with regard to the use of the preposition when followed by a definite article, object pronoun, demonstrative adjective, or a possessive adjective or pronoun: *ael, aella, aello, aellos, aesa, aese, aessa, aesta, aesto, ala, alas, alla (a + la), alo, alos, amj, anos, asu, asus, aty, avos, anuestras, anuestros, avna, etc.* Because of their frequent occurrence in the manuscript, such forms have been written as one word in order to avoid over-cluttering the transcription with mnemonics. The forms *a + vn* are written together (*avn*) to represent the adverb (modern *aun*) and separately (*a[ ]vn*) when *vn* is used as the indefinite article.

Because the preposition *de* is not usually linked to either a possessive adjective or pronoun, I have separated such forms in the transcribed text: i.e. *de mj, de tj, de su, de sus*. The forms *desu* and *desus* (written as one word), however, appear three times in the manuscript and are concorded, therefore, under the preposition *de*(see 44r17; 55r17; 45r29). Otherwise, the following conjoined items appear in the vocabulary: *dela, d<e>llos, d<e>las, dele, deles, d<e>llo, d<e>llas, d<e>los, d<e>lo, desa, deste, desta, etc.*

Other conjoined forms involving prepositions are the following: *CON— co<ne>l, co<ne>llos, co<n>las, co<n>la; EN— e<ne>l, e<ne>lla, e<ne>llo, e<n>la, e<n>las, e<n>los, e<n>su, e<n>sus*. The forms *no<n>* and *q<ue>* plus a direct or indirect object pronoun (*lo, la, los, las, le, les*) have been linked and concorded under *non* and *que*.

Enclitic pronouns are generally linked by the scribes (*g<e>lla, sela, sele, selo, sete, telo, voslo, etc.*), although occasionally the same forms are written as two separate words. The transcription and the vocabulary, therefore, will reflect both practices. When the form *las* represents the definite article rather than the enclitic pronoun, I have separated the article from an indirect object (i.e. *se[ ]las*), even though the scribe has written them together. Likewise, the form *fuese* represents the imperfect subjunctive, while *fue[ ]se* is the reflexive form of the verb *ir*.

I have taken the liberty of separating all verb forms from their reflexive particles (i.e. *metjo[ ]se*) in the text in order to insure that all entries involving *se* are generated under that heading in the word list. I have also linked a few words that appear as separate forms in the manuscript in order to avoid generating semantically meaningless morphemes: *toda( )vya, cara( )mente, con( )tygo, etc.* Finally, I have not attempted to standardize variant spellings in the manuscript (i.e., *nabara, navarra, navara*). The serious user, therefore, will have to be familiar enough with the orthographic conventions of Old Spanish to know where to look for alternate forms of the same lexeme.

V. The Plates

The four black and white plates accompanying this edition are reproduced from Ms. 59.10 Aug. 2° of the Herzog August Bibliothek in Wolfenbüttel, West Germany. This sixteenth-century manuscript of an original work composed between 1492 and 1504 and attributed to fray Gonzalo de Arredondo y Alvarado, abbott at the monastery of San Pedro de Arlanza, contains several miniatures and illuminations in color and bears the following title: "Coronica brevemente sacada de los excelentisimos fechos del bienauenturado cavallero de gloriosa memoria el conde Fernan Gonçalez conquistador de la seta de Mahomad y muy famoso consolador de la santa fe catholica por quien el condado de Castilla que era sujeto por estonçe del reyno de Leon y muy perseguido del y asi verisimile de los circuniacentes sus vezinos fue vuelto en muy excelente reyno caueça y primado de las Españas."

Notes

[1] The codex, on paper, measures 190 x 140 millimeters.
[2] Five preliminary folios are blank. Several folios are unfoliated, including numbers 90, 92, 95, 193, and 196.
[3] Whereas the other titles are indexed on fol. 5v, this one is not. The designation given here appears on fol. 129v. The title designations are from a later period.
[4] The strophes of the *Historia* are numbered in Arabic numerals, beginning with strophe 72 and ending with strophe 634. The manuscript was foliated twice. Originally the *Historia* ended on fol. 148v because of scribal error: fol. 179 was mistakenly numbered as fol. 130, and fol. 180 was numered as fol. 138. At some later date the foliation was re-entered in ink.
[5] Fol. 88 is actually fol. 99. Ff. 87-98 are blank.
[6] The original is thought to have been composed ca. 1250 by a monk at the monastery of San Pedro de Arlanza.
[7] In the transcription I have editorially inserted a cedilla after *c* before *e, i* when expanding a scribal abbreviation.
[8] Owre correctly faults Marden for printing three of the seven occurrences of the letter *e* as capitals, while stating in the introduction to his edition (1904:xvii) that scribe B (II) "no emplea letras más mayúsculas que la R."
[9] These are taken from the introduction to Owre's dissertation.
[10] Francisco de Bofarull y Sans, Director of the General Archive of the Crown of Aragon in Marden's time, led the latter to believe, basing his judgment on the watermarks, that the paper on which the *Historia* is written was probably fabricated between 1465 and 1479 (see Marden's edition, xvi). This seems reasonable in light of more recent disclosures about the history of watermarks in Spain (see in particular Valls i Subirà's monumental work). I have not been able to uncover any additional information that would either confirm or refute the dates suggested by Bofarull y Sans.

[11] Some folios reveal a five-pointed star (ff. ii, iii, 90, 95, 113, 124, 128); others a star with six points (ff. 33, 35, 48, 60, 89, 187, 188, 191, 192). Some of the stars are decidedly pointed, while others are petal shaped. Other folios reveal a hand, but no star is visible (ff. 92, 97, 98, 184, 189, 190, 196).
[12] I have intentionally omitted discussion of the popular editions. For information about them, see my article in *Olifant* (1986).
[13] The title by which the poem is known today, the *Poema de Fernán González*, dates from this early period.
[14] See A. Millares Carlo, *Tratado de paleografía española*, I, 196.

Abbreviations

AEM	Anuario de Estudios Medievales
Archiv	Archiv für das Studium der Neueren Sprachen
AUCh	Anales de la Universidad de Chile
BAE	Biblioteca de Autores Españoles
BBMP	Boletín de la Biblioteca Menéndez y Pelayo
BdF	Boletim de Filologia
Biblio	Biblioteconomia
BIFG	Boletín de la Institución Fernán González
BH	Bulletin Hispanique
BRAE	Boletín de la Real Academia Española
BRAH	Boletín de la Real Academia de la Historia
BRSVAP	Boletín de la Real Sociedad Vascongada de Amigos del País (San Sebastián)
CPPIL	Cahiers de Poétique et de Poésie Iberique et Latino-américaine
CSIC	Consejo Superior de Investigaciones Científicas
EEs	El Escorial (Madrid)
Hid	Hidalguía
Hisp	Hispania (U.S.A.)
Hispano	Hispanófila
Hist	Historia
HR	Hispanic Review
HV	Historia y Vida
IP	Investigación y Progreso
LLN	Les Langues Néo-latines
MLN	Modern Language Notes
MLR	Modern Language Review
MRom	Marche Romane
Neophil	Neophilologus
NRFH	Nueva Revista de Filología Hispánica
Olf	Olifant
PQ	Philological Quarterly
PSA	Papeles de Son Armadans
RABM	Revista de Archivos, Bibliotecas y Museos
RBPH	Revue Belge de Philologie et d'Histoire
RFE	Revista de Filología Española
RFH	Revista de Filología Hispánica
RH	Revue Hispanique
RPh	Romance Philology
RUM	Revista de la Universidad de Madrid
SH	Studia Historica (Salamanca)
SIs	Studi Ispanici

Selected Bibliography

The following bibliography includes editions, studies treating the manuscript primarily from a literary and historical perspective, a few related studies, and reference works used in the preparation of the transcription. For a more detailed inventory of books and essays on the historical significance of the poem and its protagonist in particular, see below the item by Márquez-Sterling.

I. *Editions*

Alarcos Llorach, Emilio, ed. *Poema de Fernán González*. Madrid: Editorial Castalia "Odres Nuevos", 1955.

Correa Calderón, Evaristo, ed. *La leyenda de Fernán González (ciclo poético del conde castellano)*. Madrid: M. Aguilar, 1946.

Gallardo, Bartolomé José, ed. *Poema de Fernán González.* In *Ensayo de una biblioteca española de libros raros y curiosos*, I. Madrid: M. Rivadeneyra, 1863, 763-804.

Janer, Florencio, ed. *Lehendas del Conde Don Fernando de Castylla; conocidas con el nombre de Poema del conde Fernan Gonzalez*. In *Poetas castellanos anteriores al siglo XV*. (BAE, 57). Madrid: M. Rivadeneyra, 1864, 389-411.

Marden, C. Carroll, ed. *Poema de Fernan Gonçalez. Texto crítico con introducción, notas y glosario*. Baltimore: Johns Hopkins Univ. Press, 1904.

Menéndez Pidal, Ramón, ed. *Poema de Fernán González*. In *Reliquias de la poesía épica española*. Madrid: Espasa-Calpe, 1951, 34-180.

Nougué, André, ed. *Poema de Fernán González*. Toulouse, 1978. [French translation].

Owre, Jacob R., ed. "The *Poema de Fernán González*: A Paleographic Edition of the Escorial Manuscript IV-B-21, with Notes and Etymologic Vocabulary." Univ. of Minnesota diss., 1934.

Pérez Priego, Miguel Angel, ed. *Poema de Fernán González*. Madrid: Alhambra, 1986.

Polidori, Erminio, ed. *Poema de Fernán González*. Taranto: Giovanni Semerano Editore, 1962. [Italian translation].

Serrano, Luciano, O.S.B., ed. *Poema de Fernán González*. Madrid: Junta del Milenario de Castilla, 1943.

Victorio, Juan, ed. *Poema de Fernán González*. Madrid: Cátedra, 1981.

Zamora Vicente, Alonso, ed. *Poema de Fernán González*. Madrid: Espasa-Calpe, 1946.

II. *Studies*

Allaicre, Claude. "De la perspective poétique et du traitement de l'histoire dans le

Poema de Fernán González." *LLN*, 71 (1977), 4-17.

Amorós, Andrés. "El *Poema de Fernán González* como relato." In *Estudios ofrecidos a Emilio Alarcos Llorach.* Oviedo: Univ., 1976, II, 311-35.

Armistead, Samuel G. "La perspectiva histórica del *Poema de Fernán González*. *PSA*, 21 (1961), 9-18.

Arocena, F. "Guipúzcoa en el *Poema de Fernán González.*" *BRSVAP*, 15 (1959), 3-7.

Avalle-Arce, Juan Bautista. "El *Poema de Fernán González*: clerecía y juglaría." *PQ*, 51 (1972), 60-73. Revised in his *Temas hispánicos medievales*. Madrid: Gredos, 1974, 64-82.

Bluestine, Carolyn. "Fernán González: Spirit of Liberation." In "Heroes Great and Small: Archetypal Patterns in the Medieval Spanish Epic." Princeton Univ. diss., 1983.

Brevedán, Graciela R. "Estudio estructural del *Poema de Fernán González.*" Univ. of Kentucky diss., 1976.

Chalon, Louis. "L'effondrement de l'Espagne visigothique et l'invasion musulmane selon le *Poema de Fernán González.*" *AEM*, 9 (1974-79), 353-63.

———. "L'histoire de la monarchie asturienne, de Pelayo à Alphonse II le Chaste, dans le *Poema de Fernán González.*" *MRom*, 20 (1970), 61-67.

———. *L'histoire et l'épopée castillane du Moyen Age: Le Cycle du Cid, le cycle des comtes de Castille*. Paris: Champion, 1976.

Cirot, George. "Fernán González dans la Chronique léonaise." *BH*, 23 (1921), 1-14, 77-94, 269-84; 24 (1922), 193-97.

———. "L'histoire du comte Fernán González dans le manuscrit portugais de Paris." *BH*, 32 (1930), 16-46.

———. "Sur le *Fernán González.*" *BH*, 30 (1928), 113-46; 33 (1931), 104-15.

Correa Calderón, Evaristo. "Reminiscencias homéricas en el *Poema de Fernán González.*" In *Estudios dedicados a D. Ramón Menéndez Pidal*, IV. Madrid: CSIC, 1953, 359-89.

Cotrait, René. *Histoire et poésie. Le comte Fernán González. Recherches sur la tradition gonzalienne dans l'historiographie et la littérature, des origines au "Poema"*. Grenoble: Allier, 1977.

———. "Pour une bibliographie de Fernán González." *BH*, 75 (1973), 359-92; 383-410.

Darbord, Bernard. "Contenu et structure de la prière médiévale." *CPPIL*, 8 (1980), 13-29.

Davis, Gifford. "National Sentiment in the *Poema de Fernan Gonçalez* and in the *Poema de Alfonso Onceno.*" *HR*, 16 (1948), 61-68.

De Forest, John B. "Old French Borrowed Words in Old Spanish of the Twelfth and Thirteenth Centuries with Special Reference to the *Cid*, Berceo's Poems, the *Alexandre*, and *Fernán González.*" Yale diss., 1915.

De Gorog, Ralph. "Una concordancia del *Poema de Fernán González.*" *BRAE*, 49 (1969), 279-316; 50 (1970), 137-72, 315-36, 517-57.

Deyermond, Alan D. "Una nota sobre el *Poema de Fernán González*." *Hispano*, 8 (1960), 35-37.

Dyherrn, I.F. von. *Stylkritische Untersuchung und Versuch einer Rekonstruktion des 'Poema de Fernán González'*. Leipzig, 1937.

Entwistle, William J. "The Liberation of Castile." *MLR*, 19 (1924), 471-72.

Geary, John S. *Formulaic Diction in the "Poema de Fernán González" and the "Mocedades de Rodrigo": A Computer-Aided Analysis*. Madrid: José Porrúa Turanzas, 1980.

———. "The Fernán González Epic: In Search of a Definitive Text." *Olf*, 10 (1983-84), 118-31.

Gimeno Casalduero, Joaquín. "Sobre la composición del *Poema de Fernán González*." *AEM*, 5 (1968), 181-206.

Gómez Pérez, José. "Una crónica de Fernán González escrita por orden del emperador Carlos V." *RABM*, 64 (1958), 551-81.

Guerrieri Crocetti, C. "Fernán González e i Conti di Castiglia." In *L'Epica spagnola*. Milan: Bianchi-Giovini, 1944, 173-230.

Hanssen, V.F. "Sobre el metro del *Poema de Fernán González*." *AUCh*, 115 (1904), 63-89.

Harvey, L.P. "Fernán González's Horse." In *Medieval Hispanic Studies Presented to Rita Hamilton*. London: Tamesis, 1976, 77-86.

Harvey, L.P. and Hook, David. "The Affair of the Horse and Hawk in the *Poema de Fernán González*." *MLR*, 77 (1982), 840-47.

Horrent, Jacques. "*Hernaut de Beaulande* et le *Poema de Fernán González*." *BH*, 79 (1977), 23-52.

Huidobro y Serna, Luciano. "La espada de Fernán González en la Biblioteca Colombina de la catedral de Sevilla." *BIFG*, 36 (1957), 507-08.

Keller, John P. "El misterioso origen de Fernán González." *NRFH*, 10 (1956), 41-44.

———. "Inversion of the Prison Episodes in the *Poema de Fernán González*." *HR*, 22 (1954), 253-63.

———. "The Hunt and Prophecy Episodes of the *Poema de Fernán González*." *HR*, 23 (1955), 251-58.

———. "The Structure of the *Poema de Fernán González*." *HR*, 25 (1957), 235-46.

Lacarra, María Eugenia. "El significado histórico del *Poema de Fernán González*." *SIs*, 4 (1979), 9-41.

Lida de Malkiel, María Rosa. "Notas para el texto del *Alexandre* y para las fuentes del *Fernán González*." *RFH*, 7 (1945), 47-51.

Lihani, John. "Notas sobre la epopeya y la relación entre el *PFG* y el *Libro de buen amor*." *Homenaje a Fernando Antonio Martínez: estudios de lingüística, filología, literatura e historia cultural*. Bogotá: Instituto Caro y Cuervo, 1979, 474-85.

Lindley Cintra, Luis F. "O *Liber Regum*, fonte comum do *Poema de Fernão Gonçalves* e do *Laberinto* de Juan de Mena." *BdF*, 13 (1952), 289-315.

Marden, C. Carroll. "An Episode in the *Poema de Fernán González*." *RH*, 7 (1900), 22-27.

———. "Some Manuscript Readings in the *Poema de Fernán González*." *MLN*, 10 (1895), 252-53.

———. "The *Cronica de los rimos antiguos*." *MLN*, 12 (1897), 196-205.

Márquez-Sterling, Manuel. *Fernán González, First Count of Castile: The Man and the Legend*. University, Mississippi: Romance Monographs, 1980.

Menéndez Pidal, Ramón. "Fernán González, su juventud y su genealogía." *BRAH*, 134 (1954), 335-58.

———. "Notas para el Romancero del Conde Fernán González." In *Homenaje a Menéndez y Pelayo*. Madrid: Suárez, 1899, I, 429-507.

———. Rev. of *Poema de Fernan Gonçalez*, ed. C. Carroll Marden. *Archiv*, 114 (1905), 243-57.

Moreta Velayos, Salustiano. "El caballero en los poemas épicos castellanos del siglo XIII. Datos para un estudio del léxico y de la ideología de la clase feudal." *SH*, 1 (1983), 5-27.

Morrison, Fern Audrey. "The Treatment of Fernán González in the *Crónica abreviada* as Compared with the *Primera crónica general*." Univ. of Minnesota M.A. thesis, 1935.

Nougué, A. "Bibliografía sobre Fernán González." *BIFG*, 166 (1966), 107-112.

———. *Fernán González en el teatro español*. Burgos, 1968.

Pérez de Urbel, Justo. *El Conde Fernán González*. Burgos: Public. Instit. Fernán González, 1970.

———. *Fernán González, el héroe que hizo a Castilla*. Buenos Aires: Espasa-Calpe, 1952.

———. "Fernán González. El nacimiento del condado de Castilla." *HV*, 3 (1970), 40-53.

———. "Fernán González: su juventud y su linaje." In *Homenaje a Johannes Vincke para el 11 de mayo 1962*. Madrid: CSIC, 1963, 47-72.

———. *Historia del Condado de Castilla*. Madrid: CSIC, Escuela de Estudios Medievales, 1945.

———. "Historia y leyenda en el *Poema de Fernán González*." *EEs*, 14 (1944), 310-52.

———. "Las mujeres en la gesta y en la vida de Fernán González." Madrid: *IP*, 7-8 (1944), 201.

———. "Notas histórico-críticas sobre el poema *Fernán González*." *BIFG*, 1970, 42-75, 231-65.

———. "Novedades culturales y religiosas en la Castilla de Fernán González." *Hid*, 25 (1977), 417-48.

———. *Vida de Fernán González*. Madrid: Ediciones Atlas, 1943.

Pitollet, Camille. "Notes au *Poema de Fernán González*." *BH*, 4 (1902), 157-60.

Polt, John H.R. "Moral Phraseology in Early Spanish Literature." *RPh*, 15 (1961-62), 254-68.

Scarborough, Connie. "Characterization in the *Poema de Fernán González*: Portraits of the Hero and Heroine." Proceedings of the 1981 SEMA Meeting. *Literary and*

Historical Perspectives of the Middle Ages. Morgantown: West Virginia Univ. Press, 1982, 52-65.

Sneyders de Vogel, K. "Le *Poema de Fernan Gonçalez* et la *Cronica General*." *Neophil*, 8 (1923), 161-80.

Sturgis, Cony. "A Note on 'The Literature of Fernán González.'" *Hisp*, 14 (1931), 483-85.

Tappan, Robert Lewis. "Estudio lexicográfico del *Poema de Fernán González* con un índice completo de las frecuencias de los vocablos." Tulane Univ. diss., 1953.

Terry, Helen V. "The Treatment of the Horse and Hawk Episodes in the Literature of *Fernán González*." *Hisp*, 13 (1930), 497-504.

Toro-Garland, Fernando de. "El Arcipreste, protagonista literario del medievo español. El caso del 'mal Arcipreste' del *Fernán González*." In *El Arcipreste de Hita: el libro, el autor, la tierra, la época. Actas del Ier Congreso Internacional sobre el Arcipreste de Hita*. Barcelona: S.E.R.E.S.A., 1973, 327-35.

Valdecantos García, P. "Los godos en el *Poema de Fernán González*." *RUM*, 6 (1957), 500-30.

Van Santen, T. *Le 'Poema de Fernan Gonçalez.' Étude morphologique et syntaxique du verbe, avec des remarques sur la composition et un index lexical complet*. Liège: Univ., 1962.

Victorio Martínez, Juan. "El *PFG*: canto de cisne por Castilla." *Hist*, 16 (1979), 108-13.

———. "L'esprit de Croisade dans l'épique castillane." *MRom*, 29 (1979), 93-101.

———. "Nota sobre la épica medieval española: el motivo de la rebeldía." *RBPH*, 50 (1972), 777-92.

———. "Notas sobre Fernán González." In *Études de Philologie Romane et d'Histoire Littéraire offertes à Jules Horrent*. Liège, 1980, 503-08.

———. "*Poema de Fernán González* et *Mocedades de Rodrigo*." *MRom*, 23-24 (1973-74), 151-55.

West, Beverly. *Epic, Folk, and Christian Traditions in the 'Poema de Fernán González.'* Madrid: José Porrúa Turanzas, 1983.

Zamora Vicente, Alonso. "Una nota al *Poema de Fernán González*." *RFE*, 28 (1944), 464-66.

III. *Reference Works*

Bohigas, Pere. "Normes per a la descripció codicològica dels manuscrits." *Biblio*, 77-78 (1973-74), 93-99.

García Villada, Zacarias. *Paleografía española precedida de una introducción sobre la paleografía latina e ilustrada con veintinueve grabados en el texto y ciento diez y seis facsímiles en un álbum aparte*. 2 vols. Barcelona: El Albir, 1974.

Millares Carlo, Agustín. *Tratado de paleografía española*. 3rd ed. 3 vols. Madrid: Espasa-Calpe, 1983.

Valls i Subirà, Oriol. *Historia del papel en España*. 3 vols. Madrid: Incafo, 1984.

Zarco Cuevas, Julián. *Catálogo de los manuscritos castellanos de la Real Biblioteca de El Escorial*. I. Madrid, 1924, 57-60.

El conde fernan gonçalez

En el nonbre del padre que fizo toda cosa
el que quiso nasçer de la virgen preçiosa
del spiritu santo que es ygual de la esposa
del conde de castilla quiero fer vna prosa

El señor que crio la tierra e la mar
de las cosas pasadas que yo pueda contar
el que es buen maestro me deve demostrar
commo cobro la tierra toda de mar a mar

Contar vos he primero commo la perdieron
nuestros anteçesores en qual coyta visquieron
commo omnes deseredados fuydos andodieron
esa palabra llamaron nunca morieron

Ellos primero pasaron a las amarguras
sufrieron frio e fanbre e pasaron muchas amarguras
muchas coytas pasaron nuestros anteçesores
muchos malos espantos e muchos malos sabores
estos viçios de agora estonçes eran dolores

En cuanto deste tienpo yr vos he contando
commo fueron la tierra perdiendo e commo la fueron cobrando
fasta que fueron al conde don fernando

Luenga es muy luenga desde el tienpo antigo
commo perdio la tierra el buen rrey don rrodrigo
de franco honor por grant ... e el mortal enemigo

Esto fizo mahomat el de la mala creençia
ca predico por su boca mucha mala sentençia

des q̃ dios mas firmar a todos pecadores
dexa las gentes los otros omes de mandados

E la muerte de Jhu xpo dexa la ayudado
des q̃ los españones a xpo conosçieron
des q̃ a su ley bautismo reçibieron
nunca en otra ley tornar quisieron
mas por guarda de aquesto muchos males sufrieron

Esta ley otros santos q̃ obieron predicada
por ella la su sangre derramada fue
apostoles e martires e otros esta santa enbiada
q̃ fueron por la verdat metidos a espada

fueron las santas virgines en este afirmamiento
de lo q̃ no ouieron ninguno quebrantamiento
los virgines del mundo no dexaron talento
vençieron por aquesto al bestia a mas carrero

En las primeras persecuçiones esto prosiguieron
a los santos obispos esta ley predicaron
en todos otros doctores verdat nunca falleçio
con prin lo afirmo quando lo desfavoreçio

Muchos monesterios e ordenes e muchas potestades
papas e arçobispos e obispos e mayores e abades
por esta ley murieron e son hoy en lo çiertades
por q̃ dexan en los çielos todas sus heredades

// Tornemos nos al curso nuestra razon sigamos /
tornemos nos en españa do lo començamos
commo el escripto dize nos ansy lo fallamos
en los reyes primeros que godos los llama

// Venieron estos godos de partes de oriente
Jhesu christo los enbio esto syn falliment
del linaje de godos vyno aquesta gente
conquirieron el mundo esto syn fallimiente /

// non fueron estos godos de comienço christianos
nin de judios de egipto nin de leyes de paganos
antes fueron gentiles unos pueblos locanos
eran por en batalla pueblos muy esforçados

// Vl toda tierra despaña vençieron la acabado
a los unos prendiendo a los otros matando

// Pasaron a españa con su grand poder
era en este tiempo el papa alexandre
conquirieron a españa toda de mar a mar
nin villa nin castillo non les pudo amparar
turonia e africa obieron por mandar
onbres fueron arteros que los sopo guyar

/ fueron de cristo syervos los godos esforçados
los malos argumentos todos fueron fallados
conoscieron que eran los ydolos pecados /
quantos creyan por ellos eran mal enganados /

Demas desto martyres por fazer aqueste dezir
en la fe de dios que abian de creer
los maestros que e padres fueron muy de valer
fizieron la fe toda via aqueste dezir

Dixeron los maestros todo esto no vale nada
si bautizados no son en el agua sagrada
la qual culpa e error es original llamada
e la qual culpa de pecados sea luego lavada

Resçibieron los godos ya a baptismo
fuera luego castilla de todo el christianismo
al cabo tornaron a baptismo paganismo
el conde de [illegible] fizo a gusto mismo
que fue muy leal ynfante de que omne fuydo
e fuese destroydo el mundo pueblo muy estroydo
ca en que quiso el mundo destruir nunca [illegible]

quando los reyes godos deste mundo partyeron
fueron se a los çielos grand reyno ende dexaron
al cabo luego reyes los pueblos que que dexaron
como dize la estoria de quales le llamaron
quando reyno que dios bien bien guerreador
estava en el reyno de espannones pastor
en toledo morava este santo omne confessor
ysydro en sevilla arçobispo e senor
fermoso que el rey que dios bien natural senor

a españa e affrica do que su valor
dioles pastor muy bueno luego el criador
rey bamba bueno luego que fue todo mejor

// bamba aqueste rey como avedes oydo
venia de los godos pueblo esclarescido
porque el non reynase andaua ascondido
nonbre se puso bamba por non ser conoscido

// buscado lo por españa donde lo de fallar
fizieron le por fuerça el reyno tomar
bien sabie el que con yerbas lo deuian de matar
por cuanto de su grado non quisiera reynar

// rey fue muy discreto de muy grand sentido
muy esforçado e muy ardite e de muy grand mesura
leal e verdadero e de muy grand ventura
aquel que le dio la muerte [illegible]

// partio todas las tierras a todos los obispados
establescidos fueron los lugares señalados
como fue de los terminos dellos [illegible]
/ fue toda la cosa puesta en buen estado
pesaua con su vida muy fuerte al pecado
dioles yerbas e murio este rey vamba apoçonado
en pampliega [illegible] rey enterrado
reyno despues don rey egica fue llamado

dos años que no mas byvyo en el Reynado
acabo de dos años del syglo fue sacado
no peso a su pueblo que fue malo provado

Luego que fyno este a poca de sazon
fynco en Vabtiçanos toda la Region
este nyeto de los godos por derecho baron
como fue de grand esfuerço e de grand coraçon

fyno se Vabtyçanos Reyno el Rey don Rodrigo
avyan en el los moros un mortal enemigo
era de los xpianos sombra e grand abrigo
por culpa que era no le era dios amigo

Este fue de allende el mar de grand partida señor
ganara los montes claros el buen guerreador
de como se perdio la tierra esto es grand dolor

Era estonçe españa toda de una creençia
al fijo de la virgen maria fazian todos obediençia
pesava mucho al diablo con tanta obediençia
non avya entre ellos envydia nin contienda

Estavan las yglesias todas bien ordenadas
de olio e de açeyte e de çera estavan bien abastadas
los diesmos e las premiçias leal mente eran dadas
e todas las gentes en la fe bien arraygadas ...

Vesquian los labradores todos de su lazerio

las grandes poridades no quiso guardar
quando las vyeron en pueblos como leales señores
todos dexa yra de su despecho los grandes e los menores

// Estaba la fazienda toda en ygual estado
abya de este tiempo grand pesar el diablo
pesol toyo atal cosa el mal aventurado
el gozo que abya en llanto fue tornado

// fizo los enemistados no de buena naser
que los comencaron trayçion a fazer
en los metiolo el diablo e metio en su poder
esto fue el comienço de a españa perder

// El conde don yllan como avedes oydo
como ovo por las parias a marruecos troçido
ovo en este comedio tal cosa corigido
por que ovo el reyno de ser todo destruydo

// fizo la grand trayçion trayçio a bolver
fablo con bucar ben que abya grand poder
dixo como podrya a los españoles ofender
no se le podrya por ninguna manera españa defender

// Dixo aquestas cosas el conde don yllan
dixo que bucar amygo bien sabad
sy no te do yo a españa no coma yo mas pan
sy non de my no fyas mas que de fijo de roman

Desque ouieron muchos ayna la mar
fizo el rrey don rrodrigo sus ordas luego ayuntar
fazer les e todas las armas en el fuego quemar
porque despues non ayan con que se anparar

Quando esto ouieron fecho fablaron de un mandado
tradores pasas el mar con todo tu fonsado
commo ha el pueblo todo bien aperçebido
que sse e mucho podras conquerir el rreynado

Despidiose de los moros e luego quiso llamar
desespera el mesquino con sus manos matar
pues que con la mar yrada non se pudo afogar

Fue luego para el rrey qual era fue pagado
omillome dixo al rrey el my señor onrrado
recabde tu mensaje e cunply tu mandado
vas aqui las parias por que oviste enbiado

Rescibiolo muy bien el buen rrey don rrodrigo
tomolo por la mano e asentolo consigo
dixo conde vos ayades el mi leal amigo
de aquello por que fuestes que es paga conmigo

Señor que quieres en esto se ponar
grado a dios del cielo que te fizo rreynar
un moro un xtiano non te puede contrallar
las armas que las gentes pues non as de pallar

mandara por el rreyno las armas de batalla
estas fagan agudas por las Iornadas lidiar
e las otras fiziessen rrezias por paues quebrar
cavallos e rroçines todos los fagan armar

// todos las tienen por sus cavalleros e peones
que tyenen cuestas e valles e todos los otros
cuentos que en los rreynos de paz e de dineros
ca non as cosa en poner otros frontineros

// mas todos los varones avus mas sobyna
y armas armaduras de fierro de galos que no tyena
que esto no fiziera que la tu rryqua cayna
// syno todas que atar otras batallas no tyen

// no as alos cavalleros por que les dar sol dada
tienen sus espadas e lorigas con sus preciadas
ca mulas e cavallos fagan grand aparadas
que eso a menester ellos que no otras esperadas

// quando ovo el rrey acabada su rrazon
non la diera mejor quantos en el mundo son

// Enbyo el rrey don rrodrigo luego sus cartas

// Por la corte toda con bona ayuntada
aragon e navarra buena tierra provada
leon e portogal castylla la preçiada
non se fallara en el mundo tal provinçia fallada

Quando vyo el Rey don Rodrigo que tenya razon
ante toda la su corte començo su razon
Amigos caballeros de Dios ayades perdon

Graçias a Dios del çielo que lo quiso fazer
que aquesto le avemos mucho que agradeçer
porque es toda españa en el nuestro poder
mal grado a los moros que la solian tener.

Avemos que aquesta vna buena parte da
parias nos dio por ella la gente desta tierra da
mucho oro e mucha plata a llena medida
byremos ya seguros todos de esta tierra

Ellos de caballeros las partes afirmadas
e por estos que tiene amas las tierras recabdadas
puede veyr las gentes todas byen aseguradas
no a dezir que nunca nyedo [illegible] que son pagadas
pues que todos avemos [illegible] aseguradas

Obispos [illegible] carrera por que [illegible]
peones e caballeros e todas las [illegible]
que [illegible] cada vno que las [illegible]

Los [illegible] e [illegible] e todas las [illegible]
las lanças e las [illegible] e [illegible] e [illegible]
espadas e ballestas e [illegible]
meted las en el fuego e fazed grandes [illegible]

fazedes villas fijos e de syn guarneçiones
picos e açadas e pycos e açadones
de otra lis e fachas segures e fachones
espadas agudas tales que sy libre presiones

por esta carrera a de ymos para açes
los grandes e los chycos fasta el menor papas
vibran por esta gran sea seguros asy para
jesus que este sea a quales otros los plazos

Aqueste que tyene mandado sea luego coxido
asy commo que mandado jesus que sea tenido
aquel que armas tratare e li fuere sabido
fagiendo lo que faze al traydor enemigo

todo aquel que quere salyr de my mandado
de mysma en espanna fuere despues fallado
mando que luego el su cuerpo sea justiçiado
e sele dé a tal justiçia commo a traydor prouado

fue fecha la carta a tal commo ryndiedes
byalo el diablo que traye de tales quedes
tenorno el gentio carrera a las partes
lo que cobra por dichos a obrar no lo puedes

// Tienen lo a grand bien los pueblos labradores
non entendian la traycion los pueblos pecadores
los que eran christianos e christianos de dos señores
de vida mal seglo ayan tales conseiadores

72 // El obispo a fazer todo lo quel rrey mandava
que las armas tenia luego las desbaratava
por el diablo antiguo que esto se trabajava
por fazer mal a christianos nunca en al andava

73 // Quando fueron las armas desfechas e quemadas
fueron aquestas nuevas a Africa passadas
las gentes africanas fueron luego ayuntadas
al puerto de la mar fueron luego legadas

74 // Todos muy bien guisados por España pasar
quando fueron juntados pasaron allende la mar
arribaron al puerto que dizen Gibraltar
non podria ningun omne sus gentes asmar

75 / Todos estos paganos que Africa mandava
contra los de España de sus pecados estava

// Entraron en la tierra do christianos non cuydavan
76 llegaron a Sevilla la gente renegada
essa cibdat con otras non les fue amparada
era de mala guisa la tierra trastornada
la cabeçada de España era mal quebrantada

// Desque oyo el buen rrey don rrodrigo aquesta mandaderia 77
mando por todo el rreyno dar el apellido
el que con el non fuese ante del mes conplido
el aver e el cuerpo toviese lo por perdido

// Las gentes quando oyeron pregones aquexados 78
que de alli pasasen de cuerpos eran mal amenazados
non era y ninguno para ser escusado
fueron ante del tiempo con el rrey ayuntados

// Quando vio el rrey que eran sus poderes juntados 79
era poder de gente mas todos de buen mandados
lidiar fueron con los moros lidiaron muy apressurados
tenia el rrey don rrodrigo sus poderes llegados

// Salio contra los moros tovo les la carrera 80
ayuntose con el campo que dizen sangonera
cerca de guadiana essa su rribera

// ffizieron de amas las partes los golpes muy granados 81
eran por quebrar todos los castellanos
e fuyeron en la primera los moros arrancados
fueron en esse dia vencidos e tornan los quebrantados

// Era castiella la vieja un puerto bien cerrado 82
non avia entrada mas de un solo forado
tovieron castellanos el puerto bien guardado
por que de toda españa esse ovo fincado /

83 // Fincaron las asturias un pequeño lugar
valles e montañas que son cerca la mar
no pudieron los moros por los puertos passar
e ovieron por tanto las asturias a fincar

84 // España la gentil fue luego destruyda
eran señores della gente descreyda
los xpianos mesquinos avian muy mala vida
nunca fue en xpianos tan grant cuyta venida

85 // Dentro en las yglesias fazian establias
fazian en los altares muchas fieras follias
robavan los tesoros de las sacristanias
lloravan los xpianos las noches e los dias

86 // quiero vos dezir otra cosa que fizo peor
prendian a los xpianos e mandavan los cozer
por tal que les podiessen mayor miedo meter
87 tenian otros presos e dexavan los foyr
por que viessen las penas a los otros sofrir
andavan por do yvan las nuevas a dezir

88 // Dizian e afirmavan que los vieran cozer
cozidos e asados los omes por comer
quantos lo oyan yvan se a perder
no sabian con cuyta ningun do acoger se asconder

89 // Era la cosa puesta e de dios otorgada
que serian los de españa metidos a espada

a los dias primeros fyza tornada
tornaron en el campo a los otra vegada

// cuydavan los cristianos ser bien asegurados 90
que avyan a los moros en campo afyncados
fueron se los paganos essas oras tornados

// Commo por Dios no avya pesso de sus pecados
otro dia mañana los pueblos descuydados 91
todos fueron en campo de sus armas guarnydos
tanjendo añafiles e dando alaridos
e las tierras e los cielos semejavan movydos

// bolvieron essas oras un torneo pesado 92
començo el a do lo avya dexado
morieron y los cristianos todos por mal pecado

// Del rrey essas oras non sopieron mandado

// Cerca d'ysio fallaron despues una sepultura 93
el qual yazia en un sepulcro escrito desta figura
aqui yaze el rrey don Rodrigo un rrey de grand natura
que perdio la tierra por su desaventura

// fueron commo oyestes los moros apoderados 94
muchos eran los muertos e muchos los cativados
fuyendo los que fincaron mal desbaratados las sus fazes
fueron por todo el mundo luego estos mandados

95 // pero con todo esto vn conseio prendieron
tomaron las rreliquias quantas mas podieron
alçaron se en castiella assy se defendieron
los de las otras tierras por espadas morieron

96 // Avian en fuerte premia las gentes estrannas
murien de grand fambre todos por las montannas
non dies en veynte en treynta mas muchas de las co[illegible]

97 // por dicho con grand miedo muchos de los lo dos
matauan a las madres en braços a los sus fijos
non se podie dar conseio vna gente con miedos
dexauan con grand miedo muchos pueblos ... dos

98 // Ellos omnes mesquinos que estauan alçados
de grand bien que ouieron estauan muy menguados
querian mas ser muertos o ser soterrados
que vesquir tal vida fambrientos e lazrados

99 los omnes de otro tiempo que fueran heredados
veyen se de miedo en la tierra tornados
comian el pan de trillo de sus fijos amados
los pobres eran ricos e los ricos menguados

100 // Dexemos los mal fadados en mal tienpo nasçimos
diera nos dios a espanna guardar non la sopimos
si en cuyta somos nos bien lo meresçimos
por esto mal senyo de con grand yerro caymos

// Si nos tales fuesemos commo ellos perfectos 101
non abrian poder aquestas malas gentes
ellos fueron buenos e nos menos cabados
tornamos nos commo lobos a los corderos innocentes

// No a dios falleçiendo a nos el falleçido 102
lo que otros ganaron e nos nos otros perdido
partiendo nos de dios asi de nos partido
[illegible] los godos por eso es confondido

/// Dexa dios e sus obras vn grand poder al pagano 103
fasta a [illegible] todo fuera estragado
semeja [illegible] cosa mas [illegible] lo el ditado
a [illegible] de todos obiendo allegado

// Vos seyendo castellanos grand tiempo mala vida 104
en tierra muy angosta de [illegible] muy fallida
lazerados muy grand tiempo a la mayor medida
[illegible] muy grand miedo con la gente descreida

/// Entonçes estas cosas por que mal anduvieres 105
[illegible]
[illegible] contra los [illegible]
valet nos [illegible] amor onde seamos [illegible]

// Mostrando todo esto a almoçaui dez
que en donzellas fermosas que fuese por casar 106
[illegible] por castilla [illegible]
[illegible] grand pesar

107 Cumpletes esta vegada muy fiera respondida
los xpianos mas firmes cobraron muy lazrada
de qual vala nos señor la tu merçed sagrada
ca valiste a Pedro dentro en la mar entrada

108 Señor que a los gabaones valiste a Catalina
e de muerte libreste a Ester la reyna
e del dragon libreste a la virgen marina
tu da a mis llagas conorte e melezina

109 Señor tu que libreste a Daniel del leon
mataste al filisteo un moçuelo varon
sacaste a los judios del regno de Babylon
saca a nos e libra nos de tan cruel prision

110 Tu que libreste a Susana de los falsos varones
sacaste a Daniel de entre dos leones
libreste a Matheo de los fieros dragones
Señor libra nos destas tentaciones

111 libreste a los tres niños de los fuegos ardientes
quando los metieron y los pueblos descreyentes
cantavan en el forno cantos muy obedientes
librestelos esta vez de vocas de serpientes

112 con tu ayuda gana muchos varones
vacada ante el muchos de judios dos ladrones
bengo el muy grand vago de sus mismos parientes
mayor mal no le fizieron que le compra pluvant

Tu nos [illegible] alas [illegible] tollir [illegible] poder 113
que nos [illegible] perdido [illegible] fincar
señor por la tu mesura [illegible] nos acorre
ca [illegible] nos [illegible] kebrantar [illegible]
Señor [illegible] lo defender 114
ke el [illegible] der
ca [illegible] nos [illegible] al [illegible] der
no nos [illegible] de [illegible] agora [illegible] der
Somos [illegible] e [illegible] todos [illegible] 115
[illegible] la tu ley ayudamos
[illegible] tenemos e por [illegible] no llamamos
tu [illegible] nos [illegible] esperamos
~~[illegible]~~
Tu [illegible] al [illegible] 116
[illegible]
[illegible] e [illegible] estado
[illegible] llamado
T[illegible] por el [illegible] apellido [illegible] 117
[illegible] por [illegible] todos a el catar
en [illegible] la [illegible] todos ke ayudar
Ca el les [illegible] a ayuda por [illegible] amparar
[illegible] apellido como [illegible] fue [illegible]do 118
[illegible] e [illegible]ndo
besando le las manos e diziendo ke el [illegible]
[illegible] lo de [illegible] no de [illegible] estado

119 Ffizo el rrey [illegible] a [illegible] grandes miedos
[illegible] de los pueblos por [illegible]
sopieron estas nuevas los pueblos desçercados
pa venir sobre ellos todos fueron movidos

120 Non quiso q̃ estuviese lo a durar
començo les luego la pena de dar
alli Jhesu xpo un grand miraglo demostrar
bien creo q̃ lo oystes alguna vez contar

121 Saetas e quadriellos quantas al [illegible] tiravan
a el nin a sus gentes ningunas no llegavan
tan yradas commo yvan tan yradas se tornavan
sy no a ellos mismos q̃ a otros no matavan

122 Quando vieron los moros tan fiera fazaña
q̃ con sus armas matavan a su misma compaña
desçercaron el castillo salieron de la montaña
timjan q̃ les avya el criador muy grand saña

123 Este rrey Pelayo syervo del criador
guardo tan bien la tierra q̃ no pudo mejor
fue se [illegible] perdiendo [illegible] el dolor
ya no q̃ [illegible] mjedo [illegible] de al mejor

124 Fyno el rrey Pelayo Jhesu xpo lo perdone
rreyno su fijo Vaufilla q̃ fue de mal varon
quiso dios q̃ mas durase poco la rregion
[illegible] rreyno un año e mas poco durando

fija de pelayo dueña muy enseñada 125
con el señor de [illegible] ouo por la casada
[illegible] a una lid [illegible]
gano muy fuerte tierra poblada en españa
Este gano a viseo e lugo e portogal 126
despues gano a braga regno a [illegible]
e otras [illegible] salamanca [illegible]
gano despues [illegible] e todos [illegible]
Murio este rey alfonso señor abentajado 127
[illegible] tan buen rrey heredado
rregno don [illegible] que fue malo probado
quiso dios que [illegible] poco en el rregnado
Despues rregno alfonso buen rrey de grand valor 128
el casto que dizen fue sierbo del criador
biuio [illegible] en castidad [illegible] sabor
este fizo la yglesia que dizen de sant saluador
[illegible] esta rrazon por fablar e alongar 129
dixo que el rrey carlos esto cuydo por [illegible]
ovo el al rrey a mandado de [illegible]
que veniesse a españa su [illegible] a [illegible]
Enbio el rrey alfonso al rrey carlos mandado 130
ca [illegible] apercebido non era arredrado
por dar [illegible] por el [illegible] el rregnado
seria llamado porque [illegible] mercado

131 Dixo q̃ mas q̃ria estar como estava
q̃ el rreyno de españa a ffrançeses sojuzgar
q̃ no se podrian dellos los ffrançeses alabar
q̃ mas la querian ellos q̃ en uno a nos ganar

132 Carlos oyo luego consejo sobre este mandado
como menester fuera no fue bien acordado
dixo le por eso el su pueblo famado
q̃ la rrequiriese a españa de todo desonrrado

133 Ayunto sus poderes grandes de mesura
movio para castilla tengo q̃ fue grant locura
al q̃ lo consejo nunca le mass ventura
ca fue esta venida plaga de su ventura

134 Sopo fernando del carpio q̃ ffrançeses passavan
q̃ afuerte tierra todos ya passavan
por conquerir a españa segund q̃ ellos cuydavan
q̃ la ganarian mas no lo bien asmavan

135 Ovo grandes poderes bernaldo de ayuntar
dellos ovo ayuntado q̃ de los al puerto de aspa
ovo todos q̃ todos el rrey casto a dar
no dexo a los puertos al rrey carlos q̃ passar
mucho ay de ffrançeses q̃ fizo rreposar
commo fizieron la estrecha q̃ fue q̃ separan
juntos muertos en esto la tierra dos
q̃ nunca mas cobraron a los sus bienes dados.

Toviose por mal trecho carlos esa vegada 137
quando vio que por ally le tollio la entrada
moros e navarros e toda su mesnada
al puerto de mar sylla fyzo luego tornada

Quando fueron al puerto franceses llegados 138
rendieron a dios gracias que los avia guiados
folgaron e dormieron que eran muy cansados
que oras otras que por nada fueran bien aventurados

Oyeron su acuerdo de venir a ganar a espanna 139
envolves fenguna que torre con cabanna
fueron los pasajes todos luego con toda su mesnada 140
al puerto de gitaria fezieron luego tornada

Los puertos de francia todos bien guardados 141
por los de aston fueron luego tornados
fueron de buen acuerdo que non fueran vengados
que nunca mas tornaron que fueron vencidos
dexemos los franceses de espanna tornados
por conquerir la tierra todos bien guisados
tornemos nos en bernaldo de otros fechos granados 142
que a dize de espannoles grandes son fincados

murio bernaldo del carpio con toda su mesnada 143
fe golpe moros fuese era buena celada
mucho ... agua muy fuerte e muy ... yrada
e syempre le dixeron siempre asi es llamada

144 Fueron pa çaragoça a los pueblos paganos
beso almozor al rrey marsyo las manos mas sse llamamos
que dixiesse la delantera a los pueblos castellanos
contra los doze pares esos pueblos loçanos

145 Por castilla luego se dio e la delantera
nin era otro mas fuerte tierra tal mas cerrada
mando almozor al rrey marsyo la gente pueblo poblada
de gentes castellanos esta tierra ganada

146 Todo la delantera tomal do esa vez
[illegible]
[illegible] e las otras a los françeses muy de rrezio
fue esa a los françeses grand mortandad
por esto dixo el rrey que tome lo que aguardades

147 dixo esto que otras tierras que las que vos mejores
de todo es bien mejor esta que vos estades
que vos se guarda a de bondades

148 tierra es muy tenprada que grandes calenturas
non faze que y nin estas friuras
non es tierra en el mundo que aya mas buenos pasturas
arboles pa fruta que sean de muchas naturas

149 Sobre todas las tierras mejor es la montanna
de vacas e de ovejas non ay tierra tamanna
tantos ay de puercos que es fiera fazanna
sirven se muchas tierras de las cosas despanna

esta

e de lyno e lana tierra mucho abastada 150
de çera sobre todas buena tierra provada
no seria de azeyte en todo el mundo fallada
tierra de Inglaterra e tierra de Françia desto es mucho abondada
buena tierra de çera e buena de venados 151
de rrio e de mar muchos buenos pescados
quien los quiere rrezientes quien los quiere salados
son destas cosas tales pueblos muy abastados
De panes e de vinos tierra muy comunal 152
no fallarian en el mundo otra mejor nin tal
muchas de buenas fuentes e mucho buen rrio cabdal
e otras muchas mineras de que fazen la sal
ay muchas venas de fierro e cal 153
Ha y grandes valles e mucha de buena mata
todas llenas de grana pora fazer escarlata
ay venas de oro de que es mejor barata
Por lo que ella mas val aun no vos lo diremos 154
de los buenos cavalleros aun mençion no fezimos
mejor tierra es de las que quantas nos sabemos
nin ca tales cavalleros en el mundo nin sabremos
Dexar vos quiero desto asaz vos he contado 155
no quiero mas dezir que podria ser errado

po nó olujdemos al apostol santiago honrrado
fijo del zebedeo santiago llamado

156 Fuerte mjente qujso dios a espanna honrrar
quando al santo apostol qujso ay enbyar
de ynglatierra e françia qujsola mejorar
sabet que non yaze apostol en todo aquel logar

157 onrrole esta gujsa el preçioso señor
fueron y muchos santos muertos por su señor
que de morir a cochillo non ouieron temor
muchas vyrgenes y santos muchos buenos confesor

158 Como ella es mejor de las sus vezjndades
asy sodes mejores quantos en espanna morades
omnes sodes sesudos mesura heredades
desto por todo el mundo muy grant preçio ganades

159 pero de toda espanna castyella es mejor
por que fue de los otros comjenço mayor
guardando e temjendo syenpre a su señor
qujso acreçentar asy el criador

160 Aun castyella vieja al mj entendimjento
mejor es que lo al por que fue el çimjento
ca conqujrieron mucho maguer poco conujento
byen lo podedes ver en el acabamjento

Pues çerco mas de medio desta plaça de te- 161
rmino me que mas dezir non podria fablar
otro que non dos çerco la plaça alongar
çerco en don alfonso el onceno rrey reynar

Rrey fue de grand conquista e de grand valor 162
guerrero fue e amigo mucho del criador
fuerte de grand manera el otro mayor
fizo toda la tierra essa ora que e nos

Ordenaron muy grand corte castellanos cayados 163
dieron muy grand tiro poder de alavenydos
como omes que entendieron todo los perdidos
dizen mas nos valdria andar fuydos

Quando los bueltos castellanos la vera con rrey 164
rrey alcaçar non podia aver
velo que el rrey estar non podia bien venir
por esto que podian los canos prender

Todos los castellanos en una carrera 165
dos omes de grand guisa por ante los de cabo
los generales castellanos por ellos que juntaro
e nos porque el rrey grand tiro dumaro
e los de los altos los nobles que derto 166

Tengo que adelante diremos dellos que dellos venjeron
muchas buenas batallas de los moros ovjeron
con su fuerte esfuerço nuestra tierra conquirieron

167 Con nunno rrasura nonbre ome de grant valor
vyno de su linaje el bien gouernador
al otro de layn no fize guerreador
vyno de su linaje el buen çid campeador

168 Fijo de nunno rrasura ome bien entendido
gonçalo nunnez por nonbre de bien apercebido
amparo bien la tierra fuerte quanto pudo
esto fue gradesçido al pueblo defendido

169 Ovo gonçalo nunnez tres fijos varones
todos tres de grant guisa e de grandes coraçones
estos partieron tierra e dieron la a infançones
por dellos partieron ay entre los mojones

170 Don diego gonçalez el ermano mayor
rrodrigo el mediano fernando el menor
todos tres fueron buenos mas fernando el mejor
ca quito muy grant tierra al moro almançor

171 Fyno diego gonçalez el ermano mayor
finco toda la tierra al otro ermano
don rrodrigo por nonbre que era el mediano
señor fue grant tienpo del pueblo castellano

Quando de la era vyno puesta del criador 172
[illegible] era el criador
fynco por señor de la tierra el su ermano menor
don fernando por nonbre cuerpo de muy grand valor

Estonçes era castilla un pequeño rrincon 173
era montes d oca de castilla mojon
moros tenian caraço en aquesta sazon

Estonçes era castilla toda una alcaldia 174
maguer que era pobre e de poca valia
nunca de buenos omnes fue castilla vazia
de quales ellos fueron paresçe oy dia

Varones castellanos este fue su cuydado 175
de llegar su señor al mas alto estado
de una alcaldia pobre fizieron la condado
tornaron la despues cabeça de rreynado

Ovo nonbre fernando el conde de primero 176
nunca fue en el mundo otro tal cavallero
este fue de los moros un mortal omeçero
dizian le por sus lides el buitre carnicero

Fizo grandes batallas con la gente descreyda 177
e los fizo lazrar a la mayor medida
ensancho en castilla una grand partida
ovo en el su tiempo mucha sangre vertida

178 el rey don fernando con muy gran conpaña
con estar [illegible] semejança fazaña
[illegible] guerra [illegible] de españa
non dava mas por ellos que por una castaña

179 Estando [illegible] a la [illegible] estando
[illegible] el rey que fue su criado
por [illegible] un [illegible] e la [illegible]
todo lo de la montaña una [illegible] cuydado

180 Quanto podria el amo ganar [illegible] menester
al [illegible] criado [illegible] de voluntad
[illegible] ha de ser [illegible]
[illegible] el moço [illegible] lo [illegible] plazer
quando [illegible] el moço [illegible]

181 Oyo como a castilla mal poblada [illegible]
[illegible]
con [illegible] de castilla [illegible]

182 Señor ya tiempo era [illegible] fuese tu mesnada
[illegible] anda a la [illegible]
a [illegible] castellanos pusada [illegible]
[illegible] pusado [illegible] mucha tierra

183 Señor ya tiempo era de [illegible] cavallero
[illegible]
tiempo es ya [illegible] de [illegible]

e sy fogiera el mundo que las rruedas estauan
castellanos sobra que mas a byuo 184
la orden quebranto amy enemigo de poderio
a oyda los moros que non mortal enemigo
se quien de aqui non cal que rreal de buen fijo
castillo [illegible] las moranas [illegible] poblado 185
el pobrezillo [illegible] agora errado
agora fue sabido por todo el mundo
nunca dios mayor [illegible] ouo de mundo nudo
Venga los castellanos agora vez 186
a oyr [illegible] que [illegible] podes con plazer
meter el reynado todo en su poder
no podia en el mundo mejor auer
quando esto dixo el rrey de castilla señor 187
alçaron las manos e rrogo al criador
dios señor tu me ayuda que so mucho pecador
que sy a castilla el antiguo dolor
[illegible] señor esquiuo [illegible] e sentido 188
que pone [illegible] del pueblo [illegible]
e vos castellanos algo [illegible] perdido
[illegible] rreyes [illegible] por algo [illegible]

189 Señor luego so tpo byuiendo mala vyda
mucho afyncados ... despedida
señor ... seyendo aca la tu ayuda
q(ue) e(n) poner a castiella buena medida

190 Que por algu(n)a culpa caycramos en la ssaña
non se a sobre nos esta pena tamaña
ca yeramos ... q(ue) de todos los de españa
los señores ... señor ... lo por su ssaña

191 Que lo sabes señor bien q(ue) vyda passamos
non nos quisiste oyr maguer te llamamos
non sabemos a quien ... demandamos
señor ... tu merçed esperamos

192 Señor esta amistad de tierra ... pedez
... pobre sallo non me ... fallez
señor ... ayudo ...
por q(ue) ... castiella de grande ... alcez

193 Fyzo su oraçion el moço byen conplida
de oraçion la fyzo byen ... oyda
... cavalleros ... despedida
mas ... su vyda

194 Non yso maguer ... vagar
... a los moros muy ... guerrear

mas mager que lo sopo a ortaçan fue a dar
vna pequeña lid alta avemos de fazer castellar

// Ella de castellanos de pobres en burgones 195
de nuestras las gentes aguisada de guisados
de cruzados salvado los peones
fazian adurados quebrando de yelmos coraçones

// Non se podian los moros por cosa defender 196
en ante que almoçor los pudiesse acorrer
ovieron los moros por fuerça a caer
ovieron los ... las ... en poder

// Luego al moro rey luego el apercibido 197
como como avia a ortaçan perdido
dixo ya fedeuer ca ... de ... mal fferido
si el no me lo vengo en mal ora fuy nascido

// Envio por la tierra a gran priessa troteros 198
unos en pos de otros cartas e mensajeros
que veniessen aguisados peones e cavalleros
e quien que ... venyesen luego todos delanteros

Juntados fueron del todo sus varones 199
reyes e almirantes e muchos infançones
e todos los almogavares cavalleros e peones
fferia mas por cuenta de ... legiones

200 Quando ovo al mir rrey su poder quebrantado
Ozmjn para castilla andando e muy ayrado
a granada fuera mjo al rrey amenazando
que muy [illegible] tierra que nos fue de burgos [illegible]
201 a dor conquistar ciudades el rrey ya que do
como este almorador para benir morado
de toda el almaña tierra el aquel de
mayor poder venia de [illegible] con [illegible]
202 Estubo por castilla aperçebidos los mandados
e fueron [illegible] buenos todos a juntados
fazer saber las ciudades asi a todos mandados
como del almorazir estan deballados
203 fablo con buen [illegible] que [illegible] andaba
tierra que [illegible] que el [illegible] pobre [illegible]
[illegible] para [illegible] lo que los [illegible]
que es la cosa por que mejor [illegible]
204 fablo [illegible] dios [illegible] de bien [illegible]
[illegible] [illegible] que [illegible] en [illegible]
que [illegible] [illegible] sy [illegible] los [illegible]
para [illegible] la [illegible] no [illegible] saca
205 Que alguna castilla podiera [illegible] [illegible]
[illegible] que [illegible] [illegible] esta [illegible]
no [illegible] [illegible] tierra [illegible] [illegible] [illegible]

por do yo se que omne los pudiese amansar
en muchas otras cosas de esforçer e lazrar 206
en el lidiar omne no puede esforçar
dexa cuerpo e alma todo a aventurar
lo qual por otro en plaça no lo puede dar

// Muchos son [illegible] que quisieron aquellos [illegible] 207
cavalleros e peones todos bien aguisados
somos poca compaña compaña de armas muy menguados
sepamos que nos vernan todos a de batalla [illegible]

// Que nos con Almoçor pleyto podiesemos traer 208
que dexase la tierra por dar o por prometer
si otra cosa fazemos podemos nos perder

// Todos en un acuerdo ya quedo lo acordedes 209
dixieron otros agora todo lo que pudieredes faredes
si yo fablo que non guisa vos melo perdonedes
por dios que lo mejor a todos aconsejedes

// Fue de gonçalo dios el conde despagado 210
ca no se tovo del por bien aconsejado
mas quien que fue [illegible] nunca nol fablo desaguisado
mas [illegible] dixo [illegible] lo que tenia a fablado

// Por dios dixo el conde que me querades oyr 211
[illegible] ado he [illegible]
contra [illegible] [illegible] dixo [illegible]
en tales cosas [illegible] dixo que [illegible]

212 Dizen de los primeros de corte ser el honrar
por non poder omne lo mucho ençensar
el omne pues que sabe que non puede escapar
de ver a la en tal vez enganado muchas vegadas

213 // Por la traycion [illegible] por algo que fezimos
de aragon que somos vasallos nos fazemos
que logar que a castilla de porra [illegible] sabemos
la pena que [illegible] de ver [illegible] por tal penemos

214 // Por engaño ganar non ha omne provecho
lo que cayere que el fecho cayra que [illegible] esperar
por defender el engaño mucho es salvador
mas vale por engañado que non por engañador

215 // Ningunos a dios [illegible] lealtat que [illegible] grand daño
[illegible] los otros [illegible] ellos la fecho daño
por esto agora de los muchos olvidado
[illegible] gabar [illegible] por y lo acabado

216 // [illegible] segund daño de mal fecho fazer
non los puedo [illegible] [illegible] [illegible]
esperar no [illegible] fecho [illegible] menos valer
que ellos non podiesen en [illegible] en [illegible]

217 / [illegible] de los [illegible] muchos [illegible]
de [illegible] los [illegible] mejor [illegible] [illegible]
de [illegible] de [illegible] [illegible] [illegible] muchos

218 // Non de ver [illegible] [illegible] por olvidada
[illegible] al [illegible] [illegible] [illegible] de [illegible]
ellos [illegible] [illegible] [illegible] alcançada
mas [illegible] lealtat leal [illegible] [illegible]

Visto aquesto la cosa el mortal enemigo 219
quando sopo la tierra del bien [illegible]
reyno de españa [illegible] bien [illegible]
que no castilla vieja bien [illegible]

Luego nos abrio los ojos tierra muy lazrados 220
en los que [illegible] los [illegible] muy [illegible]
esta [illegible] poca tierra muchos omes juntados
de fambre e de guerra [illegible] muy lazrados

Mayor mucho la causa [illegible] sofrio 221
[illegible] ganado [illegible] no [illegible]
por medio de la muerte [illegible]
todos [illegible] por que los [illegible]

E como si nos dixeren todo esto olvidar 222
los que los dixeron a nos todo es de [illegible]
venido a nos en mientes no podemos estar
[illegible] nos todo [illegible] de mal [illegible]

Dexemos los papeles a los que rrenombre 223
[illegible] a la batalla [illegible] aquexaremos
por medio del [illegible] la [illegible] [illegible]
ca si olvidar [illegible] lo de [illegible]

Vos otras castellanos no [illegible] 224
[illegible] los [illegible] al [illegible]
[illegible] a [illegible] de [illegible]
[illegible]

225 Maguer que muchos son no valen tres arvejas
puede tres lobos a treynta myll ovejas

226 Amygos d' vna cosa so bien sabidor
que vençeremos sin duda al moro almoçor
de todos los de españa faremos de vos el mejor
sera grand la vuestra onrra e la vuestra mejor

227 Quando oyo el conde la razon acabada
con estos tales dichos su gente conortada
mouio se de munno con toda su mesnada
fuese se para lara tomar su posada

228 Estando el conde en cuerpo de buenas mañas
caualgo en su cauallo apartose de sus compañas
para yr buscar el puerco metiose por las montañas
fallolo en vn arroyo cerca de vascas buenas

229 Acogiose el puerco a un fuerte lugar
dexpina su cueva e do fazia albergar
no se oso el puerco en su cueva assegurar
fuese a vna ermita metiose tras el altar

230 Esta era la ermita de vna piedra techada
por que toda ella no parescia ajuntada
tres monjes y avia de vida fuerte lazrada
de pe a vna noble casa mucho sagrada

231 Non pudo por la peña el conde aguijar
soltose del cauallo ouo se de apear

por ende se metio el [illegible] en morto [illegible] e se luego
entro por la puerta [illegible] fasta el altar
Quando vio [illegible] fernando [illegible] en [illegible] de llegar 232
de sangre [illegible] el [illegible] nolo [illegible] sola [illegible]
señor [illegible] a [illegible] tiene los [illegible] la mar
[illegible] no [illegible] [illegible] me perdonar
Vltra mi mal fesiste [illegible] esta mia 233
que destruir [illegible] señora yo no [illegible]
por ti y fazer [illegible] yo [illegible] no [illegible]
Si no por [illegible] offenda o por fazer [illegible]
Señor tu me [illegible] me valle e me ayuda 234
por la [illegible] ganancia [illegible] todo me seguia
[illegible] [illegible] [illegible] de [illegible]
Si tu mala [illegible] por perdida
Quando la ora [illegible] acabada 235
[illegible] a [illegible] esta pobre posada
[illegible] a [illegible] no [illegible] [illegible] la [illegible]
[illegible] [illegible] [illegible] andado
[illegible] el [illegible] era [illegible] 236
era de su mesma [illegible]
Si por [illegible] casos [illegible] sabido
non [illegible] [illegible] [illegible] [illegible]
[illegible] el [illegible] por dios [illegible] 237
[illegible] [illegible] [illegible] [illegible]
[illegible] [illegible] por [illegible] [illegible] de [illegible]

Dixo por la graçia que no sepa el [illegible]
238 sabras commo aos [illegible] escuchar [illegible] el su enemigo
le [illegible] fizo por [illegible] [illegible] cosa [illegible]
asi el mejor [illegible] que el [illegible] y si [illegible] su amigo
el mejor [illegible] [illegible] [illegible] su [illegible]
el [illegible] [illegible] todos si por bien [illegible]
mejor no [illegible] [illegible] [illegible] y [illegible]
239 [illegible] de [illegible] pella [illegible] su amor
fazer [illegible] el bien [illegible] de [illegible] [illegible]
[illegible] la su [illegible] [illegible] [illegible] el otro [illegible]
[illegible] [illegible] de el [illegible] del mejor [illegible]
240 [illegible] [illegible] de [illegible] [illegible] [illegible]
[illegible] [illegible] [illegible] [illegible] [illegible] [illegible] [illegible]
[illegible] [illegible] [illegible] una buena [illegible]
la [illegible] [illegible] [illegible] [illegible] [illegible]
241 No [illegible] mas [illegible] de toda su [illegible]
[illegible] por todo el mundo [illegible] [illegible] en [illegible]
[illegible] que yo [illegible] por [illegible] [illegible]
~~[illegible] [illegible] [illegible] [illegible]~~
[illegible] [illegible] [illegible] [illegible] [illegible]
242 [illegible] de [illegible] [illegible] [illegible] [illegible]
[illegible] [illegible] [illegible] [illegible] mas [illegible]
[illegible] [illegible] [illegible] [illegible] omne [illegible]
el mas [illegible] [illegible] [illegible] muy mal [illegible]

Tu eres [illegible] las [illegible] quanto mejor podieres 243
[illegible] las [illegible] que [illegible] mucho
de [illegible] las [illegible] el quanto mejor podieres
[illegible] todo el [illegible] de quando [illegible]

Esto dize agora [illegible] que [illegible] quedo 244
[illegible] pobre [illegible] estando
falla por el su pueblo [illegible]
[illegible] e [illegible]
por [illegible] non [illegible] mucho 245
la [illegible] mejores [illegible]
e [illegible]
[illegible] mejores por [illegible] e [illegible]
[illegible] amigo e [illegible] de [illegible] 246
[illegible]
[illegible]
e [illegible] el pobre [illegible]
[illegible] 247
la [illegible] pobre [illegible] non [illegible] mucho
[illegible]
[illegible]
el [illegible] 248
[illegible]
[illegible]
[illegible]

249 Sy dios agora [illegible] me daria aq̄l [illegible]
[illegible] de palo commo lo [illegible] a el llegara
de mas quando [illegible] ay me mandar [illegible]
[illegible] luego
250 Estas e otras cosas de mas fue [illegible] mucho
[illegible] [illegible] mucho
[illegible] mas [illegible] dicho
[illegible] fazia sin mudança
251 [illegible] si el [illegible] e muy [illegible]
[illegible]
quando [illegible] el su [illegible]
el [illegible] e [illegible] fue [illegible]
252 [illegible] commo [illegible]
el [illegible]
commo fuera su [illegible] e [illegible]
[illegible] mejor [illegible]
253 Otro dia mañana mando mudar [illegible]
[illegible] por un [illegible] de los [illegible]
los [illegible] mas [illegible]
[illegible]
254 [illegible] los [illegible] e los [illegible]
[illegible]
[illegible] los [illegible] e los [illegible]
[illegible]
255 fazen [illegible] a [illegible] los [illegible]

de ynojos yaze de tierra por [illegible] e quedo ala par dellos
[illegible] los moros fazia dos [illegible] pedaços
[illegible] los moros e los [illegible] [illegible] [illegible]
[illegible] [illegible] fazienda [illegible] [illegible] 256
[illegible] moros [illegible] [illegible] moros [illegible]
[illegible] [illegible] [illegible] [illegible] [illegible]
[illegible] [illegible] [illegible] [illegible] [illegible] quedo
[illegible] [illegible] [illegible] [illegible] cavallo 257
natural de [illegible] [illegible] [illegible]
[illegible] cavallo fermoso [illegible]
[illegible] [illegible] [illegible] por [illegible] [illegible]
[illegible] [illegible] [illegible] e fermoso cavallo 258
[illegible] [illegible] [illegible] [illegible]
[illegible] [illegible] [illegible] [illegible] [illegible]
Nunca pida su fazienda [illegible] a su señor 259
non alegra de su muerte [illegible] dolor
[illegible] [illegible] [illegible] [illegible] muerte [illegible]
non ha [illegible] buenos [illegible] [illegible] mejor
[illegible] [illegible] [illegible] [illegible] [illegible] 260
[illegible] non [illegible] [illegible] [illegible] [illegible]
[illegible] [illegible] [illegible] [illegible] [illegible]
[illegible] [illegible] cavallos [illegible] [illegible] [illegible]
Cavalleros e peones [illegible] [illegible] [illegible] 261
todos [illegible] [illegible] [illegible] [illegible]
[illegible] [illegible] castilla todos [illegible] [illegible]
los moros [illegible] [illegible] [illegible] [illegible] [illegible]

262 fueste de buena ora e aventurado
dend se alço la tienda de almoçorre ganado
263 [illegible] almoçorre [illegible] muchos preçiados
[illegible] como [illegible] por [illegible]
[illegible] muchos los muchos [illegible] muchos los [illegible]
[illegible] los [illegible] perdidos
264 [illegible] cavallo por [illegible] nos [illegible]
fueron [illegible] cavalleros [illegible]
[illegible] [illegible] pueblos [illegible]
mas non [illegible] los [illegible]
265 por nos los de [illegible] paganos
fue almoçorre [illegible]
alli fue de muchos [illegible] el conde [illegible] cavallero
el [illegible] fue [illegible] al moro [illegible]
266 ffoyo almoçorre a guisa de algarivo
diziendo ay Mafomat en mal ora en ti fio
non vales tres arvejas todo tu poderio
267 el [illegible] poder [illegible] muchos [illegible] encerrado
pues todos [illegible] por [illegible]
268 fueron [illegible] en el campo muchos muertos [illegible]
los [illegible] sangre [illegible] agua [illegible] muertos
269 [illegible] los [illegible] paganos
fueron los [illegible] los [illegible] cavalleros
el [illegible] de [illegible] los paños
fue [illegible] al [illegible] por [illegible] e por
los cavalleros

[illegible] a dios [illegible] a esta [illegible] 270
[illegible]
[illegible] medio dia
[illegible] al [illegible] la [illegible] alcaldia
[illegible] alcançado 271
[illegible] poblado
[illegible] dios [illegible] ayudado
[illegible] fallaron que no [illegible]
fallaron [illegible] 272
[illegible]
[illegible]
[illegible]
fallaron ay muchas [illegible] e muchas [illegible] 273
[illegible] de oro e de plata que no [illegible]
muchas [illegible] de seda e muchas [illegible]
[illegible] e muchas [illegible]
fallaron ay de [illegible] 274
[illegible] que no [illegible]
[illegible]
[illegible] altar [illegible]
Tomaron [illegible] 275
[illegible]
[illegible] fallaron [illegible]

de toda su ganançia a sant pedro dieron
276 quando fueron ayllegados a los monges que dixeron
todos bendichos cantaron su oraçion fizieron
todos por una boca deo gracias dixeron
cada uno sus joyas al altar las offreçieron
277 de toda su ganançia que dios les avia dado
mandolo partir el conde por yr desenbargado
[illegible] lo que le cupo dello lo bien conprado
mandolo dar al monje que le diera el ospedado
278 El conde e su gente e todos los guisados
a la çibdat de burgos fueron todos ayllegados
folgaron e dormieron que eran muy cansados
demandaron maestros por sanar los llagados
279 destos que estan muy mal [illegible] feridos
el conde fizo [illegible] a estos fizo [illegible] annados
dava ya oydos unos fueras mandados
que avian los navarros sus pueblos robados
280 myentra que estava el conde en burgos faziendo plazer
llegaron mandados de los moros [illegible]
el rey de los navarros dexar a mover
cuydava a toda castilla de robar e de correr
281 los pueblos castellanos quando oyeron los mandados
byen cuydaron que avian a ser [illegible]
[illegible] que fuera ora [illegible] cansados
[illegible] los [illegible] mandado [illegible] desasperados

El rrey de castilla quando lo ovo oydo 282
por poco con pesar non salio de sentido
commo leon bravo a fuer de dios bien cunplido
dixo al moro perro descreydo de my bas amenasando

Moros los castellanos desto han fuerte pesar 283
por que los acorria que en los de ayna salvar
amor dixo el rrey gerras me ayudar
que pueda tal sobervia ayna acabar

Cuydo el rrey a sus vasallos demandar 284
que se contra el que algo mejorar
que sabe su mesura e el su byen estar
e fiz voto que se fue si mandarle desbastar

Llego al rrey de granada ayna de mesajero 285
omyllo me dixo que y luego de primero
el rrey de castilla como yo bien me sabro
de que rrebelo que se dicen el rrey fasta lo postrimero

Separa que ha de ser el rrey muy grand querella 286
que ellos grand sobervia para deligar della
que un tyempo de atrastella grand tyempo ala gesta
e dos buenos aun el amo bien de atrastella

Por fez mal aratrella e despues castellanos 287
fueste rey amygo de los ynoblos paganos
fazeste otra malla alos pueblos xrianos
por que non quise merecer en las tus manos

288 // Vi de ty sobre todo esto fera rrespuesta
en fazer otra cosa que seriemos de mi fecha
que a la mesura el [illegible] a la [illegible] derecha
[illegible] le a tal daño que fue de(?) [illegible]

289 // Ya de aquesta batalla le que fizo facar
de como es derecho ansy lo mejorar
sabras tu mensaje e el tu buen estar
[illegible] que fezist mucho da(?) [illegible] de navarra

290 // Quando oyo el mensajero [illegible] acabada
[illegible] por lo que dixo [illegible] acabada
fablo el rey sancho e dixo [illegible] aguada
[illegible] que nole [illegible] valia de una meaja

291 // Tornando [illegible] e dixo le el mandado
de el rey de navarra que yo mucho maravillado
no demanda [illegible] como [illegible] fazer [illegible]
no [illegible] del buen fallar de aquesti tal mercado

292 muchos lo [illegible] por lo [illegible] e de eso menguado
[illegible] por rey de navarra e de [illegible] osado
por que aquesta vez a los muchos [illegible]
por esta [illegible] mucho cometido

293 // Dixo le que mucho [illegible] yo a dubdar
que [illegible] no se me podria escapar
[illegible] non sera [illegible] fasta la mar
saber por que me [illegible] el rey de navarra

294 // Tornó se el mensajero ya [illegible] rrespuesta tomado

/ [illegible]

por que vyo al rrey seya mucho yrado
derecho al conde nada non fue çelado
dyxol commo le avya muy malamente amenazado

Mando llamar el conde a todos sus varones 295.
todos los mas onrrados e a todos los infançones
tan bien a los escuderos commo a los peones
quiso de cada uno saber sus coraçones

Quando fueron juntados començo de fablar 296
[illegible] que avya [illegible] pesar
amigos avemos menester de conssejo tomar
de guysa que podamos tal fuerça rreçebyr

Pidamos a los navarros mas [illegible] 297
en [illegible] nos [illegible] fezyemos
[illegible] fueron los tuertos que ellos rrecibyemos
para esto demandar [illegible] sazon tovyemos

[illegible] 298
la [illegible] que [illegible] nos la doblar
[illegible] a los otros [illegible] nos a de baxar

Amigos tal [illegible] 299
que nos [illegible]
antes que [illegible] pesar [illegible]
por [illegible] los [illegible]

[illegible] 300
por [illegible] mayor [illegible]
nos [illegible]

en dudar nos por ellos seria grand villanya

301 Si pocos que muchos non son todos yguales
por cient lidiadores que vençen las fazes de dos
mas valientes e cavalleros todos de una yguales
que non seran trezientos de los ellos de comunales

302 Ay buenos e malos que non puede al ser
los malos que y son non podran atender
aqui sean por aquellos los buenos a vençer
veremos muchos destos tal cosa cometer

303 Muchos son mas que nos peones e cavallos
omnes son muy esforçados de pies muy ligeros
de asconas e dardos los fazen golpes çerteros
traen buena compaña de buenos cavallos

304 por esto ha menester que nos los acometamos
si ellos nos acometen mejor a los dannos
si ellos se dixieren que nos otros non dudamos
despues nos han de cercar ante que [illegible]

305 otra cosa vos digo e vos la entendedes
muncho fue de Castiella [illegible] melo creedes
de los castellanos como me [illegible]
menester se vos ha [illegible]

306 E por alguna guisa a al puede llegar
los primeros que non fueron como ellos de mudar
non podrian [illegible]
non [illegible] nunca podria pesar

307 Quando dios el [illegible] acabada
quando nuestra [illegible] morar en su mesnada

entro los de la tierra vino vna penada
fallo al rey de castiella la cara degollada
quando el rey vyo el conde tan estado venir 308
en dezir lo fizieron con vn fermoso prado
el conde castellano con su pueblo loçano
non alongaron plazo fasta otro mercado
venieron las lanças e fueron a ferir 309
el conde e los otros como fechos ovieron dezir
e fizieron de manera quel lo ouo venir
e sus azes paradas salieron a reçebir
fueron contra las façes los firmemente fueron venir 310
era la pelea de todos capitales dubda
e los vnos e los otros firme mente feridos
los navarros ala muerte feridos e la cabeça
que quando el alaves sea con algun con ferir 311
que el conde al rey de las feridas dar
non quiso ver los que non a estado con vençer
fue dado por venir e los que tienen por pecar
nobre mucho los navarros fueron en la tierra 312
los firmes castellanos nobleza ara castiella
nobleza al rey de castiella a la ves cabo la
como algunos fizieron a la batalla con castiella
el buen conde yo el rey vista de la dura 313
fasta vno a otro a ojo vieron
los armados con miedo e trabajos los vençieron
fueron en aquel tiempo de miedo perdieron

314 entramos uno a otro tales golpes se dieron
elos fierros de las lanças a las espaldas salieron
nin el nin dos cavallos tales golpes sofrieron
todas sus guarniçiones nada nol's valieron

315 Crebantado fue el rrey dela mala ferida
entendio q de morir ya perdia la vida
la su grand valentia luego fue abatida
mano a mano del cuerpo el anima fue salida

316 El conde fue del golpe ferido mal golpado
ca tenia grand lançada por el diestro costado
llamava castellanos mas no era ninguno allegado
de todos sus cavalleros era ya desanparado

317 Todos sus castellanos q eran muy falleçidos
todos sus buenos fechos q eran por y perdidos
a grand quexa castellanos andavan muy marridos

318 Cuydo tenia cada uno q lo fizo q vaz
q no podrien el conde al rrey acorrez
quebrantaba la rrequesta por el [illegible]
[illegible] por yura fuerça las fazes apriez

319 [illegible] de grandes golpes a [illegible] asi [illegible]
[illegible] del [illegible] muchos [illegible]
mal [illegible] al conde fallido
de una parte e de otra muchas animas salido

320 Llegaron castellanos al conde grand [illegible]
luego q allegaron todos [illegible] el [illegible]
alos navarros [illegible] a punta lo [illegible]
[illegible] muchos [illegible] [illegible]

321 [illegible] de [illegible] la ferida [illegible]

todos comunalmientre esta boz an dezido
por poco de pesar de seso non salieron
commo sy fuese muerto [illegible] dixeron fezieron
fueron [illegible] los navarros al conde los feridos 322
sobre un buen cavallo al conde alçaron
la sangre que de la cara [illegible] alinpiaron
todos commo de muerte [illegible] ay diaz comencaron
Cantaron los [illegible] [illegible] provada 323
[illegible] muy buena encellada
[illegible] muy buena lançada
[illegible] muy buena posada
Non vos queremos mas la cosa alongar 324
ovieron los navarros el campo a dexar
ovo el rey de castiella ay a fincar
mando luego el conde a [illegible]
Dezimos al rey de castiella [illegible] el condador 325
los navarros mal [illegible] a su señor
[illegible] saber
[illegible] al buen conde [illegible] por su amor
El conde [illegible] el conde de [illegible] 326
[illegible] del rey de castiella [illegible] cosa cierta
[illegible] muy fermosa
[illegible] castiella [illegible] muy [illegible]
Los [illegible] ala [illegible] llegar 327
[illegible] dar
el buen rey de navarra [illegible] llegar
el conde [illegible]
Los navarros [illegible] se llegaron 328
commo fue la [illegible] de todo este [illegible]

quantos fueron los moros quantos los que fincaron
commo al [illegible] de dos dias les estragaron
329 el conde de tolosa dixoles muy grand esfuerço
330 amigos [illegible] que el saber [illegible]
ca me han castellanos fecho grand tuerto
331 el conde don fernando avyalo ya oydo
commo el conde [illegible] al poniente ya venido
el conde don fernando martinez mal ferido
atal commo estaba ya alla fue ydo
332 los vasallos del conde de tenien por errados
que [illegible] el conde de fuerte [illegible] ayrados
que de [illegible] nos todos muy [illegible]
por que [illegible] de andar armados
333 plogo mucho al conde [illegible] agujados
[illegible] non [illegible] los pecados
que [illegible] de [illegible] e [illegible] cansados
de [illegible] a [illegible] amos a los [illegible] pecados
334 pues que [illegible] queremos e todos lo [illegible]
nunca [illegible] que non [illegible] al mar [illegible]
a los [illegible] [illegible] [illegible]
ca [illegible] que nos [illegible] somos
335 non a [illegible] de nos [illegible] [illegible]
[illegible] de [illegible] mas [illegible] mala [illegible]
[illegible] castiella [illegible]
[illegible] mucha [illegible]
336 [illegible] [illegible] que non [illegible]
[illegible] non [illegible] luego [illegible]
por grand [illegible] que [illegible] non [illegible]
que por mala codicia [illegible] non [illegible]

Tirar [illegible] señor que tu quisieres 337
sy asy semejare / o tu lo por byen tovieres
[illegible] todo fasta que [illegible]
que por mala codiçia que yerro no cayesemos
nin el omne del mundo [illegible] podiese [illegible] 338
la deuda que avemos nos que nos a pesar
la vida [illegible] codiçiar no nos dexa folgar
avemos la mesquina por aquj de olujdar
non [illegible] de las cosas [illegible] a un logar 339
[illegible] el omne [illegible]
sy non podiera ayna [illegible] yerro tornar
[illegible] y todo [illegible] por y [illegible]
los yerros que [illegible] devemos los cuydar 340
el mal que [illegible] olvidaremos la amistad
el diablo non cuyda que pueda folgar
[illegible] la [illegible] a la [illegible] semejar
[illegible] folgar [illegible] mesmo sanar 341
tiene [illegible] la folgar
[illegible] por llegar
[illegible] por venir de la [illegible]
[illegible] que por byen [illegible] 342
[illegible] el tu pueblo [illegible] plaçer [illegible]
[illegible] el cuydo [illegible] tu pueblo [illegible]
[illegible]
señor [illegible] 343
me por [illegible] no [illegible]
non [illegible] por [illegible] cobardia
[illegible] el alma mya

344 // Quando odio el ninno acabada su razon
comedio el buen ayo que es [illegible]
ay a [illegible] con [illegible] [illegible] de Calamo
nunca fue alexandre [illegible] mas [illegible] de aragon
345 // [illegible] ninno [illegible] buen [illegible]
las [illegible] como [illegible] las de [illegible]
de alexandre esta [illegible] que [illegible] [illegible]
que vos lo dixo vos mal lo aprendiestes
346 // Non [illegible] el que [illegible] la [illegible] alongar
[illegible] buena otra otra [illegible]
[illegible] que [illegible] nunca lo [illegible]
la [illegible] que [illegible] no [illegible] tornar
347. [illegible] el omne [illegible] su [illegible] lo quiere pensar
no quiere [illegible] [illegible] otra [illegible]
[illegible] estar [illegible] [illegible]
[illegible] [illegible] su [illegible] bien afirmar
348 el [illegible] [illegible] amos [illegible] de [illegible]
[illegible] el [illegible] [illegible] puede [illegible]
[illegible] los buenos [illegible] [illegible] [illegible]
[illegible] los [illegible] bien [illegible]
349 [illegible] los [illegible] [illegible] [illegible]
por [illegible] [illegible] [illegible] [illegible] a pasar
[illegible] [illegible] [illegible] [illegible]
los [illegible] [illegible] carne [illegible] [illegible]
350 // [illegible] de alexandre [illegible] las [illegible] [illegible]
[illegible] [illegible] [illegible] [illegible]
[illegible] [illegible] [illegible] mano [illegible]
de [illegible] [illegible] [illegible] de [illegible]

Carlos valdovinos roldan e don ogero 351
terrin e gualdabuey e arnald e oliuero
torpin e don rinaldos e el gascon angelero
estol e salomon e el otro su conpanero

estos e otros muchos que vos he nonbrado 352
por tan buenos non fueron commo fue oluidados
por los buenos fechos fasta la fin nonbrados
por todo ha menbrar [illegible] dezimos

los dias e las noches [illegible] dezimos 353
quantos dias que val [illegible] escriuimos
aunque bien [illegible] mal seso fazemos

Caualleros e peones obedeçen los [illegible] 354
a cada [illegible] no sabemos [illegible]
quanto el que bien [illegible] lo [illegible]
su [illegible] acabada muere luego morar

Castiella de fernando [illegible] 355
[illegible] muy fuerte e muy [illegible]
ella le [illegible] es la llamada
[illegible] su [illegible]

Por [illegible] esta [illegible] todos [illegible] 356
no [illegible] llamamos [illegible]
[illegible] de mucha buena [illegible]
[illegible] mucho agua el agua [illegible]

[illegible] pesar [illegible] 357
[illegible] pueblo [illegible]
[illegible] amat [illegible]
[illegible] ca [illegible]

[illegible] medio [illegible] agua [illegible] 358
[illegible] todos [illegible]

nascio medio dellos entre medio de vna glera
fincados acomunez de vna compaña manera
359 fincado el rrey e el conde el grant atravesada
fizo luego que ellos como venja guisado
al que la rrodeaba mucho era de mal fado
[illegible] al que assi quisiesse avna mal mandado
360 el conde don fernando de sabidoria acabado
fizo que partiesen [illegible] fasta luego daño
rrepartio las lanças [illegible] como que fue de un paño
no les valia esfuerço nin les valia engaño
361 Un omne de los buenos varones
en peña amaya muchos buenos infançones
de villa [illegible] [illegible] e los nombres [illegible]
[illegible] los llanos e lucharon los garçones
362 Asi como eran muchos para los ardetido
[illegible] de fierro [illegible] ardido
[illegible] de ellos murieron la glera poblando
mal pese a los [illegible] el conde don fernando
363 andaba [illegible] muy fuerte [illegible]
porque [illegible] podia [illegible] a dar [illegible] muy [illegible]
[illegible] que [illegible] al [illegible]
no [illegible] fallar se [illegible] mitado
364 merçed por las [illegible] muy [illegible]
la [illegible] sobre mano en [illegible] alçado
[illegible] ansy vna [illegible]
[illegible] al [illegible] que [illegible] al fernando
365 [illegible] que ellos amos venjan a los [illegible] dos
[illegible] de don fernando las [illegible]

las gentes tolosanas todas fuyen foydas
nunca en un ora gentes fueron tan mal fallidas 366
ca fueron en fuerte ora nasçidas e con mal gesto metidas
fueron presos sin dubda por dona [illegible] montanna 367
fincaron con el conde muy poca compaña
nunca fue el conde tolosano en [illegible] a tamaña
ca el conde de castyella le tenia fuerte saña
El conde de tolosa mucho fue esforçado 368
cabeço al Ferrando [illegible] mucho [illegible]
por non [illegible] [illegible] de buen grado
de sus armas guarnido salio luego al campo
El conde don Fernando omne sin [illegible] 369
plogo con la yra [illegible] e [illegible]
fue ferir al conde de yra e de voluntad
non dubdo de ferir lo [illegible] pesar
El conde castellano un guerrero natural 370
ferio al conde tolosano de una ferida mortal
cuytado fue el gascon de la ferida muy mal
dixo a altas vozes santa maria señora e val
El conde de tolosa ansy fue mal ferido
fue luego del cavallo a tierra abatido 371
dixo? non pudo nada ca fue luego transido
luego que el fue muerto su pueblo fue vencido
cavalleros tolosanos [illegible] y [illegible]
muchos fueron los [illegible] [illegible] y [illegible] 372
[illegible] castellanos [illegible] [illegible]

373 asy el buen castellano orgulloso de coraçon loçano
dixo [illegible] fizo al conde de [illegible] sano
desguarnjçiolo el cuerpo el mismo con su mano
no le fizo menguado [illegible] que si fuera su hermano.
374 quando lo ovo desguarnjdo [illegible] e de todos [illegible] pesado
[illegible] de un [illegible] mucho preçiado
[illegible] un [illegible] mucho [illegible]
[illegible] la batalla de almozor ganado
375 el conde castellano [illegible] su consejo
[illegible] el atamor bien obrado [illegible]
[illegible] mucho [illegible]
de clavos bien dorados [illegible] como espejo
376 mando a sus vasallos [illegible] sacar
[illegible] que [illegible] a su [illegible] agujdar
[illegible] e [illegible] fazer
que [illegible] partiessen fasta [illegible] su lugar
377 moravan el conde [illegible] ençima
de unos paños [illegible] de [illegible] maña
[illegible] fiziessen [illegible] en la cappa
[illegible] fazer [illegible]
378 quando ovo el conde [illegible] el cuerpo [illegible]
el atamor fue preso de clavos bien [illegible]
[illegible] una [illegible] fue [illegible]
[illegible] luego [illegible]
379 por los [illegible] de su mal fado
sus [illegible] mal [illegible]
[illegible] el cuerpo [illegible] cabeça [illegible]
fue [illegible] el [illegible]

Dezemos todos andamos tristes e dessonrrados 380
estando que todo esta de su señor llegados
tornemos con el ... de los fechos mandados
commo avia oydo otros malos mandados
Que vaya al Almoçoste con muy fuertes fonsados 381
que tenga fecho e presta cavallos ligeros
nos tengan los peones por ... aguardadores
estando ... en mucho ayudadores

Quando fue Almoçoste la otra vez vençido 382
con muy pesar que ovo a Marruecos fue ydo
mando por toda Africa andar el apellido
esfue commo aprenta todo el pueblo movydo

Turcos alarabes essas gentes ligeras 383
con grandes batallas buenas gentes certeras
que tiran arcos de turquia e ballestas çerteras
destos vienen llenos carreras e senderos

Vienen los almogavares e los ... marinos 384
tierra en que ay camellos sus fornos e molinos
vienen los ... todos de ... vezinos
de todos estos vienen cobiertos los caminos

Vienen y destas gentes con cuento sin cuento 385
non cabian en un logar que de un ... muy lento
mas ... que salia todo su ...
quando sale del ... no sufrio e ...

Quando fueron juntados pasaron la mar 386
assy vino al puerto que dizen de Gibraltar

Cordose al moro fijo del buen conde vegar
por amor de acabarlo no se podia del vagar

387 Cordova e Jaen con toda el Andalusia
Lorca e Cartajena con toda el Almeria
de muchas otras tierras que nombrar no sabria
ayudo al moro muy grand caballeria

388 Quando fueron juntados començaron a venir
cordaron a Espanna que la fallan correr
dixol el conde castellano no deves poderla foir
que el le faria en prision muerte mala morir

389 Estando en facinas ya la gente maldicta
todos los castellanos todos que prendien fiesta
el conde que la su alma de pena sea quita
fuese para san Pedro a essa su ermita

390 Quando fue ala ermita el conde allegado
demando por su monje don Pelayo llamado
dixeron le por nuevas que era ya finado
ocho dias avia ya e mas non que era soterrado

391 entro en la ermita con muy grand devocion
finco los ynojos e fizo su oracion
de los ojos llorando fizo a Dios su peticion
Sennor tu me guarda de yerro e de ocasion

392 Sennor por amor de fazer a ty servicio
paso yo mucho lazerio e dexo mucho vicio
con este cuerpo lazrado fago te sacrificio
con moros e con xristianos meto me en grand bollicio

// Los rreyes de España con derecho pavor 393
olvidaron a ti que eres su señor
tornaron se vasallos del rrey almoçor
por miedo de la muerte fizieron lo peor
Nunca de su España de omnes [illegible] sabor 394
por fazer a ti servicio non quise [illegible] mas su amor
// Fyncaste señor tu todos solo e desamparado 395
non avie miedo a ninguno que quisiese aquel diablo
quando ellos vieron que era dellos apartado
luego fuy de todos ellos muy fuerte amenazado
// Llegaron me las cartas ayna ese dia 396
vinyeron me mesajeros cinco en aquel dia
como me amenazavan rreyes del Andaluzia
porque dellos de España yo solo me erguia
// Vinyeron sus poderes sobre mi de ayuntar 397
unos vinyeron por tierra otros vinyeron por mar
quisieran si podiesen del siglo me sacar
quesyste me tu señor valer e ayudar
Vençilos e matelos señor con tu poder 398
nunca fiz cosa contra tu [illegible] querer
tengo me por pagado de quanto fize al tu plazer
bien tengo que non as porque me falesçer
// Por las escripturas que dize ysayas 399
que a los tus vasallos nunca les falesçeras
señor tu siervo so con mis cavallerias
non me partire de ti en todos los mis dias

400 mas he menester señor la tu ayuda
señor sea por ty castylla defendida
toda tierra de africa sobre my es venida
anparar non la podria señor sy la tu ayuda

401 por fuerça njn por seso que yo podiese aver
non la podrya por njnguna guisa defender
señor dame esfuerço seso e poder
que pueda al rrey almoçor o matar o vencer

402 teniendo su vigilia a dios estava rrogando
un sueño muy sabroso el conde fue tomando
con sus armas guarnido asy se fue acostando
la carne adormida asy yaze soñando

403 non podrie el conde aun ser adormido
el monje san pelayo de suso fue venido
de paños commo el sol todo venia vestido
nunca mas vella cosa veyera omne nascido

404 llamolo por su nonbre al conde don fernando
dixol duermes o velas commo estas asy callando
despierta e ve tu vya ca te creçe grand vando
vete pa el tu pueblo que te esta esperando

405 el criador te otorga quanto pedido le as
en los pueblos paganos grand mortandad faras
de tus buenas conpañas muchas ay perderas
pero con todo el daño el canpo tu le levaras

406 aun te dize mas el alto criador
que tu eres su vasallo e el es tu señor

todos los pueblos paganos h[illegible] por el [illegible]
mudar q̃ te dyas h[illegible] [illegible]

// yo sere ay contigo q̃ mucho ha otorgado 407
ay sera el apostol Santiago llamado
enbyar nos ha xp̃o valer a su criado
sera co tal ayuda al mo[illegible] q̃ barrgado

Otra cosa av muchos como en vision 408
en blancas armaduras angeles de dios son
traera cada uno la crus en su pendon
los moros quando nos vieren perderan el coraçon

// amygo dis [illegible] rebelo q̃ a my mandaro
donde pa aquellos q̃ me acaesçieron 409
dos angeles fermosos de tierra lo alçaro
faziendo grand alegria al çielo lo levaron
de [illegible] do
fiz nado como estado 410

// Que puede ser aquesto valame el criador 411
[illegible] cado es q̃ me quiere fazer en algund error
[illegible] yo tengo en guarda me tu señor

// Estando en el sueño q̃ soñara [illegible] 412
ovo vna grand vos q̃ le estava llamando
leva de ay ve tu via [illegible] don fernando
espera te almançor con su fuerte mandado

(mucho tardes ve tu via si no mucho me fazes 413
por q̃ tanto me tardas en grand culpa me yazes
[illegible] q̃ [illegible] fuertes [illegible]
[illegible] el tu pueblo [illegible] fazes

// En [illegible] menos de [illegible] 414
[illegible] vez me [illegible]

nunca ovieran a tornar la tierra fasta de ... de ...
[illegible] fallesçi ...

415 Estonçe la carta ... de ... de aquel ...
dexaremos ... tu ... [illegible] ...
faras tu ... esto faras a guisa de ...
todo ... mundo ... [illegible]

416 No ... mas ... [illegible] ... [illegible]
... saber ... [illegible] ...
[illegible] ... nobre ... [illegible] ...

417 Quando ovo la fazienda todo esto vençido
el buen ... muy ... los ... fuyendo
fue ... el buen conde ... cuyta estorçido
tornose ... fazienda ... el ... salido

418 Quando llego el conde a su buena conpaña
fablo a sus vassallos todos ... conffortar ...
mal trae ... todos ... por ... fazaña

419 Estamos todos estavan mal ... [illegible]
de ... de ... de ... fue mal ...
... de ... el ... mal ...
... algun ... tornamos ... [illegible]

420 Si ... la ... andar ... de ... andar a ...
a ... apartar
... nos ... buscaremos ... podemos fallar
... por ... algun ... tomar

421 Por ... podemos por ... de ... [illegible]
... por ... no nos ... [illegible]
... nunca ... [illegible]
... nunca ... mas leales ... [illegible]

quando a toda su guisa lo ouiero mal fado 422
Dixoles don fernando por dios era vedado
diziendo que que fizo no lo por ello apresiado
no me deues tener ansima por tu fallado

Fuy yo alla benyta por amigo que aver 423
pora que yo e el en buenos amos a dos a desplazer
quando fuy alla llegado demande que podrya aver
dixieron me por muchas que era en ageno poder

Sope como era en amygo fernando 424
mostraron me el logar donde estaba guardado
segund a xpiano que el que fue al grand pecado
por la qual me sirya que le era perdonado

En ruido desta prieta alli fize mi oracion 425
a tal guisa me dixo dios que e me metio en oracion
vino aun el mensaje como en que jussion
despuesta diziendo amigo que las razon

Dixero melo que vos menos e nolo quise creer 426
despues e nos pude en que todo ver
en una ... de el cielo desfazer
vos era de los que en defender

Estas las fuerças que las vuestras me dezia 427
... que la tierra de la tierra
todo el poder de la frontera e del andalusia
vencerlo he en el campo desta tierra

Dixero me que mal fazia por esto que tardaba 428
aquel fuy de los fuertes por como me guardaba

q̄ fuesse q̄ no te diesse assi la gēt pagana
q̄ por q̄ a vra [illegible] prūs q̄ el me [illegible]

429 Otras cosas me dixo q̄ me quiero callar
q̄ sera grand alongança de todo lo contar
mas aver lo hedes todo agina de prouar
fasta q̄ lo prometido a dar [illegible] lo he de callar

430 En aq̄lla hermita [illegible] q̄ lo bien [illegible]
el [illegible] plazo q̄ el mandó dios amado
q̄ por el en [illegible] al mon[illegible] fue [illegible]
[illegible] lo [illegible] agora e [illegible]

431 fasta q̄ lo [illegible] como yo lo fuera a contar
[illegible] q̄ de no me [illegible] por [illegible]
[illegible] vos q̄ sera [illegible] poder
e por [illegible] de [illegible] no caer

432 Cedios e todos omes menester avemos consejo
433 q̄ no los [illegible] nos [illegible]
[illegible] el rey alexandre muy grand pueblo [illegible]
[illegible] el rey al mo[illegible] fuera pueblo [illegible]
[illegible] [illegible] tal [illegible]

434 [illegible] bueno [illegible] lo sabemos
[illegible] q̄ [illegible] tenemos
maguer [illegible] q̄ [illegible] nolo podemos
[illegible] como los [illegible] [illegible]

435 [illegible] e [illegible] los [illegible]
q̄ [illegible] nos [illegible] no nos [illegible] podemos
q̄ [illegible] nos [illegible] por [illegible] campos
[illegible] nos [illegible] todos [illegible]

Si nos por mal pecado fueremos apartados 436
los nuestros enemigos cerca de nos llegados
seremos nos otros cativos fanbrientos e lazrados
[illegible] los nuestros fijos de los moros cativados

Los fijos e las fijas que nos otros tenemos 437
veer los hemos levar cativos valer no les podremos
alli donde nos madre ya por fuerça alla yremos
a nuestros fijos e fijas jamas nunca los veremos

Esto desamparado de todo bien e [illegible] 438
mas dixe muchas veces que non fuera nascido
dixe quien me del mundo por que me eres escondido
que me fazes beuir lazrado e perdido

Agora veo es la muerte de pesar 439
muerte de cada dia muy mala es de gustar
esperar todo la tiempo e ver todo pesar
ver los sus enemigos lo suyo heredar

Esto mesmo [illegible] gente sonrrada 440
heredad nuestra tierra e tenerla forçada
mas que [illegible] fincada [illegible] tornada
[illegible] la fe de [illegible] ensalçada

No es de la fortuna por que rrico es tornado 441
de uno que es rrico tierno como es menguado
commo es [illegible] las cosas la fortuna pensando
al pobre faze rrico e al rrico menguado

Que fazer los [illegible] el criador 442
de dar e de quitar el es el fazedor
por quitar al es pobre [illegible] el mejor
[illegible] nacido [illegible] el señor

443 a tal señor commo aqueste deuemos nos seruir
que por la su mesura [illegible] nos [illegible] dize
que el nos esta todo el dia bendezir
ca sin el non podemos ninguna cosa acabar

444 Amigos lo que digo bien deuedes entender
que fueremos vençidos [illegible] tornaredes
mostrados commo malos la tierra perderedes
sy esta vez caedes nunca vos leuantaredes

445 Eso mismo vos digo lo que cuedo yo fazer
en preso en cabtyvo nunca yo me dexare ser
maguer ellos a vida me quieran prender
matar me he yo ante que nunca sea en su poder

446 Todo aquel que de vos [illegible] a los dexar
con miedo de la muerte del cuerpo salir
que de ser alevoso el que tal fecho fizier
a Judas con el infierno yaga fundo morir

447 Quando esto oyo el su pueblo lozano
todos por una boca fablaron muy pagado
señor lo que tu dizes sea de nos otorgado
el que fuyere de nos yaga con Judas abraçado

448 Quando oyo el conde estas fablas dichas
[illegible]
luego todos [illegible] cavalleros e peones
mando commo [illegible] varones

449 Mando que fuesen aprestos otro dia por la mañana
que fuesen puestas las azes en medio de la plana

todos fueron armados ala primera canpana
dapian los de castiel aquella gent pagana
agustyo gonçalez el que de salas era 450
alçaron sus fijos dioles la delantera
ca por miedo dela muerte non dexaua la carrera
de ellos yua don velasco el que tan bien de salas era

|| Gustio gonçalo dios sollos con esta mesma haz 451
era con ellos aquellos muy bueno de toda paz
era para que fazer es quando commo aguaras
con gonçalo de madrid en la carrera de fas
dos sobrinos del conde buen cauallero sennor
fyeritales el conde aquestos cauallos 452
de ynojos con tendos estos ynojos primeros
fueron estos llamados sus buenos caualleros

|| sus que gustyo gonçalez a bya de acabdillar 453
do quieros fueron estos caualleros de prestar
estos mato el conde por la buena pres cobrar
de ellos ellos fueron nolo podria mejorar

||| De todos estos mill preuados pora la de batalla 454
omes dela montanna que era fuert e fuerta
que byen guisados fueron commo menester les era
por que todos de moros no dexasse la carrera
de ermos esta fasta oy en dia byen parada
no podrie el castiello mejorar sepornada 455
otra fue guysada fuesse adentro otro tal nada
pa era en todo esto la otra haz guysada

456 || Fue dado por cabdillo lope [illegible]
[illegible] de [illegible] [illegible] de pan e de vino
457 en esa faz fueron contados [illegible] de [illegible]
e otros [illegible] [illegible] [illegible] [illegible]
[illegible] de [illegible] e otros [illegible] de [illegible]
458 || [illegible] e de aragon [illegible]
de castilla la vieja [illegible] castellanos
[illegible] fueron fechos [illegible] manos
459 Vinieron ay de castro [illegible] [illegible]
Vinieron ay [illegible] de las montanas
fueron ay [illegible] [illegible] bien guisados
[illegible] de [illegible] e [illegible] de manos
460 || Llegaron ay [illegible] cabeços [illegible] mediana
[illegible] [illegible] castellana
todos fueron en [illegible] otro dia por la mañana
esa fuerça [illegible] hermana
461 || Todos [illegible] [illegible] [illegible] a [illegible]
[illegible] [illegible] en [illegible] los [illegible]
segund los [illegible] [illegible] abrieron
[illegible] los caballeros mejor por do podieron
462 || El rey de [illegible] [illegible] [illegible] granados
[illegible] [illegible] [illegible] [illegible]
[illegible] en baz fueron [illegible]
[illegible] todos fueron [illegible] contados
463 || [illegible] e [illegible] [illegible] [illegible]
[illegible] a los [illegible] [illegible] poblaça
en una [illegible] fue [illegible] de moros granada

Llegaron ay los

venjan ay los ballesteros que eran de almaria 464
venjan ay tres mill peones todos de biuaria espana [crossed-out number]
que por miedo dela muerte no faryan fallimjente 464
maguer que fuesen buscados de partes de oriente
no fallaryan mejores fasta en ocidente
Contespoles a todos de que gran fechos 465
por el dia primero sus azes mucho juntas
que se tornase a su tierra fuyendo el cuemo vernie
ala quinta del aldea todos se acogieron
Quando ovo el conde su cosa aguisada 466
sus azes bien paradas su gente ordenada
dixo bien cada uno en la su castigada
tornaron a sus tiendas cada uno a su posada
Catavan estrellas de la gente iuzgada 467
todos a dios rogando de voluntad pagada
que a ellos los ayudase la su virtud sagrada
Vieron aquella noche una muy fiera cosa 468
venje por el ayre una sierpe rabiosa
dando muy fuertes gritos la fantasma astrosa
toda venje sangrienta roxa como bermeja asi como rosa
fazia ella semblante que ferida venja
semejava en los gritos que el cielo partia 469
alunbrava las uestes el fuego que vertia
todos ovieron grand miedo quantos los veya
Non ovo ninguno de xpistianos que fuese tan esforçado 470
que grand miedo non ovo e fue espantado
cayeron muchos omnes en tierra del espanto
ovieron muy grand miedo todo el pueblo cruzado

471 Despertaron al conde que era ya dormido
ante que el veniese el cuntrebto era ydo
fallo todo el su pueblo como desmayado
demando que [illegible] cuntecho como fuera venido

472 Contaron le todo de qual guisa venia
como cosa fuera de que mucho se temia
por que se maravillavan como la tierra non ardia
tal [illegible] que nunca [illegible]

473 Quando gelo contaron assi como lo vieran
entendio bien el conde que grand miedo ovieran
que estas atal figuras que diablos las fizieran
a los pueblos cuytados siempre los bolviero

474 A los moros tenian que los venian ayudar
cuydaban que dubda a los castellanos espantar
por tal que los cuytados [illegible] tornar
que queria a Castilla vertir al grand fuego echar

475 Quando assy departio el buen conde el thema
[illegible] fueron pagados mucho los [illegible]
[illegible] ellos dixeron [illegible] de morir
[illegible] ellos [illegible] como [illegible] de fablar

476 Los moros bien sabed que se guian por las estrellas
non se guian por Dios que se guian por ellas
otro criador nuevo han fecho ellos dellas
diz que por ellas veen muchas de maravillas

477 Ay dellos otros que saben muchos encantamentos
fazen muchos malos gestos con sus esperamentos
de [illegible] los vientos de [illegible] los [illegible]
muestra les el diablo [illegible]

ayuntan los diablos en sus conjuramentos 478
[illegible] de ellos e fazen sus [illegible]
[illegible] para los [illegible] sus fallimientos
[illegible] fazer [illegible] falsos [illegible]

Allegó muy a [illegible] que [illegible] que [illegible] 479
fazia aquel diablo que [illegible]
por amor que podiese a los [illegible]
[illegible] tal [illegible] [illegible]

como puede [illegible] dize [illegible] 480
que ya no han ellos poder de mal a nos fazer
[illegible] el [illegible] fuere poder
[illegible] que [illegible]

que el poder el [illegible] que [illegible] el poder
que el solo devemos todos [illegible] 481
en el [illegible] de [illegible] de [illegible]
a tal [illegible] como [illegible] devemos todos [illegible]

que [illegible] alma [illegible] 482
[illegible] que [illegible] cuando el [illegible] que una grand [illegible]
anda en fallimiento [illegible] alma mezquina
[illegible] que mezquina anda el diablo los [illegible]

Tornemos en lo que [illegible] estamos 483
[illegible] lo [illegible] que [illegible]
[illegible] el cuerpo [illegible]
todos en [illegible] asi como [illegible]

[illegible] 484
[illegible]
[illegible] que [illegible]
[illegible] a dios [illegible] de [illegible]

485 Todos grandes e chicos su oraçion fizieron
del mal que avyan fecho todos se arrepentieron
la ostia consagrada todos la resçibieron
todos de coraçon a dios merçed pedieron

486 Era en todo esto el dia allegado
entraron en las armas todo el pueblo cruzado
las fazes fueron puestas commo les fue mandado
bien sabie cada uno su logar señalado

487 Fueron todas las gentes en un punto juntados
[illegible] para ellos todos por con [illegible] pagados
las azes fueron puestas mescladas las espadas
ovo y de cada parte muchas gentes caydas

488 El conde don fernando este leal cabdillo
paresçia entre todos un fermoso castillo
avya la [illegible] primera a [illegible]
[illegible] fernando muy mucho [illegible]

489 Enpeçaron todos los [illegible]
[illegible] todos [illegible]
[illegible] facia a [illegible]

490 Andava por las azes commo leon fanbriento
de vençer o de morir tenya fecho [illegible]
dezia por [illegible] todo el campo [illegible]
dava a sus [illegible]

491 Un [illegible] de [illegible] e de fuerça grande
[illegible]
El conde de [illegible] a las feridas [illegible]
[illegible]

El conde quando lo vio tan yrado venir 492
aguijo el cavallo e fue lo a rrescebir
abaxaron las lanças e fueron se a ferir
deuieran tales golpes vna torr partir

Entramos vno a otro fueron mucho enbargados 493
fueron muy mal feridos e estauan desacordados
fablar non se podian tanto eran mal golpados
eran de fuertes golpes amos ados llagados

El conde don fernando maguer mal ferido 494
en antes q el rey fuesse en su acuerdo venido
del conde fue el rey otra vez muy mal ferido
fue luego del cavallo a tierra batido

Los vasallos del muerto quando aquesto vieron 495
cercaron al buen conde e muy grand priessa le dieron
essa ora castellanos en balde non estuuieron
dando grandes feridas a su señor acorrieron

El conde castellano con sus gentes non dudadas
fueron aquestas otras fuerte mente espantadas 496
el cavallo del conde traya muy grandes lançadas
tenie fasta los pies las entrañas colgadas

Ouo le en buen cavallo el conde de mor[illegible]
a mano fue el conde [illegible] 497
ca non podia por nada en el [illegible]
los castellanos que [illegible] non lo podian a el acorrir

498 Estaua apeado en despues la pelea aperçebia
estando estos perfectos en las manos su espada
valas me dios e la tu virgen sagrada
non sea oy castiella de ty desanparada

499 los moros eran muchos ronpien lo bien armado
maguer el buen Rey estaua apeado
fyria andando los pies de guisa de esforçado
los sus buenos vasallos vazien lo pregado

500 Dieron le un buen cauallo que el mesmo traya
dexaua estos adiues e fazia grande alegria
el moro esta (?) tan muy grand fazer non podria
que tan bien mantouiese la grand caualleria

501 Derribaua el Rey muchos de otros que los
fueron de los que fueron de los buenos que los grauos

502 Don Juan Nuñez fue ... enna faz guardaua
entra muy fuerte por do el guyaua
los grandes alarues commo fuerte que mandaua
fazia muy grand mortandad en la gente que y estaua

503 los moros que non ... que uale de non ...
en los unos de por grand mortandad fazia
de pueblos que de aquellos los pies muchos con osadia
de los golpes que daua en los grand ventura pertinia

504 Don Diego Lopes con amos sus hermanos
fyrien esta entra por los otros castellanos
fazia muy grand mortandad en los [illegible]
los que cayan de buelta los moros e los paganos

[illegible] 505
[illegible]
[illegible]
[illegible]
[illegible]
[illegible] 506
los pueblos paganos [illegible]
[illegible]
[illegible]
[illegible]
[illegible] 507
[illegible]
[illegible]
los buenos [illegible]
[illegible]
[illegible] 508
[illegible]
[illegible]
[illegible]
[illegible] 509
[illegible]
[illegible]
[illegible]
los pueblos castellanos [illegible]
[illegible] 510
[illegible]
[illegible]
[illegible]
[illegible] 511
[illegible]

[illegible] nable [illegible] noz la carta de bre [illegible]
[illegible] amesse e de [illegible] le bi cumplir [illegible]
quatro mill [illegible] lo fallaro
[illegible] a mi [illegible] por a la muerte [illegible]

512 El dia primero muy grand era el [illegible] primero
[illegible] pasar [illegible] [illegible]

513 Otro dia por la mañana los pueblos descreydos
todos estauan con el conde [illegible] armas aperçebidos
dando muy grandes bozes [illegible] aperçebidos
semejaua que todos los montes e valles [illegible]

514 El conde don fernando [illegible] lozana
todos [illegible] missa otro dia por la mañana
fueron todos con el conde ~~[illegible]~~ [illegible]ana
pararon [illegible] en medio de la plana

515 Comencaron el [illegible] a la [illegible] diziendo
llamando santiago el apostol [illegible]
los [illegible] fueron bueltos el [illegible] [illegible]
[illegible] aqui [illegible] llamamos aquel [illegible]

516 [illegible] en el [illegible] su [illegible]
non [illegible] muchos [illegible]
nunca [illegible] el buen [illegible] de [illegible]
[illegible] en el [illegible] de [illegible]

517 El conde don fernando coraçon sin [illegible]
[illegible] de [illegible] mucho de nobleza
[illegible] con los paganos [illegible]
[illegible] dios [illegible]

518 El conde don fernando [illegible]
[illegible] la otro [illegible] el dia [illegible]
[illegible] mala [illegible]
[illegible] otro [illegible] con el pueblo descreydo

Dixe moros nos del rrey de [illegible] prision otrar 519
nunca nuestro señor de amos que non le podieron mostrar
diziamos nos de los christianos a rrey a moros [illegible]
palos para traer e levantar

Los moros e los christianos de fierro e de cobertar 520
fera dos con armas luego muchos omnes morir
la noche fue venida de aquella batalla
nada non acabaron por la su venida

Tornaronse a las tiendas fanbrientos e lazrados 521
la noche fue de dormir estavan muy cansados
a la ora muchos omnes feridos e matados
christianos e los moros todos los vi nafrados

Alcayde don Fernando de fuera de Granada 522
mudo aquella noche llamando esa mesnada
luego fue a poca de ora para el entrada
pasaron por orden aquella gente la guarda

Los moros dixeron al rrey por dios christianos [illegible] 523
por el muy mal trabajo [illegible] non los tomaron

Todos de buen coraçon para pasar la dicha 524
con lanças con espadas non le pudieron fallar
firieron los golpes los escudos quebrar
fieren con los [illegible] los lorigones falsar

Los christianos e los moros [illegible] todos al [illegible] 525
como aquel de dios todos al [illegible]
[illegible] castiella todos [illegible]
todos con su palabra [illegible]

526 Conquisto [illegible] de [illegible] leal cabdillo
a [illegible] de los moros [illegible] otro portillo
vn fijo dalgo de castiella vasallo de [illegible] cavallero
firiol de vna espada por medio el capillo
527 el capillo e el almofar e la cofia de armar
ovo le la espada [illegible] de cortar
[illegible] fasta los ojos la espada de pasar
de aqueste golpe [illegible] conquisto [illegible]
528 Ally do el mucho non vale el amigo
[illegible] del conde [illegible] su enemigo
[illegible] de vno [illegible] con buena [illegible]
non [illegible] y de moros mas [illegible]
529 de tantos otros [illegible]
ellos que todo esto [illegible] de non [illegible]
con los pueblos paganos [illegible]
fablara dello [illegible] quanto lo [illegible]
530 Ally de don Fernando llegaron los mandados
como eran los moros de los otros [illegible]
los castellanos estavan todos [illegible]
si los non acorriera que eran desbaratados
531 Quando lo oyo el conde por eso fue muy [illegible]
[illegible] el cavallo [illegible]
fallo de mala guisa [illegible]
532 [illegible] los fuertes [illegible]
[illegible] luego el conde con los pueblos paganos
[illegible] alcançava [illegible]
[illegible] el conde [illegible] castellanos
[illegible] amigos y hermanos

Los paños labrados guardo & mucho bien 533
adonde otros mal andantes todo el mundo desbierto
todos a su grand onor cuerpo & ffuerça corrieron
cuydo fazer sopeçanos mas de ffecho seria
el rey castellano de coraçon esforçado 534
dexo estar cabellos que yo a sy e vençido
non quiso de fallesçer por ello que vn fuero ffirmado
mucho le bastaua mas que nunca fue bien mesurado
Non se omne en el mundo que tal rey dixiese 535
que en esta manera el mucho poder ouiese
mucho [illegible] el mucho el que tal se esforçase
me[illegible] el que otro el que en los [illegible]
Este rey assi justo que estas vezes manera 536
el rey de pro ponia de guarda que de ssobre para
sy lo quisiese podria mejor y lo vençiera
el grand onor de castiella fuera aparte de rata
El otra ffoy afrycanos vençida lo dirian 537
e con su grand onor el rey non ella podia guardar
por tanto que el podria llegar a lo ffuer
ninguno podio vençer el rey e fuelo a ffazer
Despues luego el rey partio el estudo 538
ffuyeron los que [illegible] mucho agudo
el rey de africa de miedo [illegible] non se pudo
fue del cauallo ayudo a ffia abatido
Fueron los africanos dello mucho pesados 539
caualleros del onor de mucho mal andantes
fueron el rey de mas de mill caualgantes
el primero fue bueno mas ser menos de antes

540 ‖ mataron bien grand parte de [illegible] de castyella
salia muy mucho cavallo vaçio con mucha siella
aver de sus vasallos el rrey muy grand manziella
coydo que en duda que se perdiese castyella

541 ‖ Estonçe fue contra el rrey don fernando
yva que le firiese en mucho aguijonando
alço al çielo los ojos el espada [illegible]
commo se oyo dezir asy lo esta llamando

542 ‖ pues non es de [illegible] esta lid arrancar
dixo que estonçes non quiso esta paz
commo cabe que mas contra ^moros^ mi pesar
meresçe me [illegible] logar que me vayan de matar

543 castyella que bien andada que dexa [illegible]
por que en esta ffazienda ninguno pecado
syn que cabdyllero del nuevo alcançe
por nos que [illegible] la muerte [illegible]

544 ‖ Señor por que nos [illegible] fuese sana
por los nuestros pecados non [illegible] espanna
que [illegible] ella por nos que me sera fazaña
que de buenos ganados non obra calunna

545 ‖ padre señor del mundo padre vero Jhesu christo
[illegible] que me [illegible] nada non me [illegible]
que me [illegible] commo yo lo [illegible]
que no te [illegible] tu por que me [illegible] falleçiendo

546 ‖ Señor pues es el rrey de [illegible] desamparado
que por alguna cosa [illegible] en [illegible] desgraçiado
[illegible] tu señor que [illegible] da [illegible]
que non [illegible] por el todo [illegible]

Que yo no mate a estos de castigado 547 178
antes muerran de my los moros mal mezclado
el rey fara cantar a este mego lazrado
quanto el mundo dure syenpre sera contado

En estança de gña me seredes tu my buen dar 548
si de alemança me pudier escapar
no quiero yo q aluda me pudiese estar
yo mesmo avre a la my muerte vengar

Todos los mis vasallos q aqui son finados 549
despues seran de my oy a vengados
todos q partieron conmigo ayuntados
seria muy grande honrra de conde a todos vasallos

Castellanos gentiles el conde don Fernando 550
los moros fincados del campo lydiando
con una grand boz q le estaua llamando
Fernando de Castiella oy te crece muy grande bando

Alço suso los ojos por ver la campaña 551
vio el santo apostol q andava en la compaña
de cavalleros del mucha grand compaña llenaua
todas armas cruzadas como el semejaua

Fueron contra los moros las lanças paradas 552
tenian yo come tenidos con esforçadas
el conde alma de esto todas sus mesnadas
ellos fueron luego fuerte mete embargadas
venyeron vna señal ferida de ellos armadas
Los qual se veran estan maravillados 553
los paganos los xptianos q eran todos pesados

554 [struck] / dixo el Rey de ma[illegible] como no puede [illegible]
[illegible] le [illegible] de tan fuerte poder
[illegible] con [illegible] de le matar [illegible]
[illegible] el [illegible] acometer
[struck]

555 Los christianos mezquinos que estavan [illegible]
[illegible] todas armas [illegible]
fueron del [illegible] muy grande los [illegible]
nunca fueron que un [illegible] tan fuerte [illegible]

556 [illegible] el [illegible] de [illegible] fizieron
e los [illegible] christianos [illegible]
los [illegible] e los christianos [illegible] fizieron
tornaron las espaldas [illegible] moros [illegible]

557 [illegible] don fferrando [illegible] las espaldas tornavan
tan miedo de la muerte el [illegible] les [illegible]
[illegible] fueron los [illegible]
las espuelas e los pies [illegible] e manos tornava

558 A fuera [illegible] el almena a los moros mal fizieron
muchos fueron los presos e muchos los que mataron
un [illegible] los [illegible]
[illegible] del [illegible] de la [illegible]

559 Ovieron [illegible] los muertos que [illegible]
como estavan sin esfuerço [illegible] los [illegible]
los christianos [illegible] e los [illegible]
[illegible] en otros lugares [illegible] lugares e [illegible]

560 El conde don fferrando [illegible]
dixo amigos no me [illegible] que a esto los [illegible]
e buscar los otros [illegible] los ganados
meteremos [illegible]

Los muertos a los biuos pues q̄ ende se baxar 561
pues ouelo nō pudieron al mjsmo ellos tornar 179
Auja y vna ermita q̄ es vn buen lugar
tenjan q̄ pues fuessen de alli los soterrar

ffernan gonçalez pago el lugar tan honrrado 562
q̄ mjs mis q̄ mj cuerpo alli lo encomendado
mando me q̄ alli lieuen quando fuere finado
e alli quiso q̄ faga vn lugar mucho onrrado

Lo q̄ dixo el conde todos lo otorgaron 563
los xpistianos finados pa alli los leuaron
mucho onrradamente alli los soterraron
quando fueron soterrados su camjno tomaron

Los xpistianos todos del buen conde mandado 564
q̄ yuan faz otros e q̄ fueron pasando
e q̄ eran aujnnados todos los del fonsado
pues el solo tenja q̄ no era ayuntado
ellos y ellos entre ssi nō eran pagado 565

Era muy fuerte cosa de la mano le lieuo
dixo todos ellos a ellos q̄ sepan me ayudar
q̄ non pueden a aquella de esta tierra guardar

El Rey q̄ agora pone muy bien los bendixeron 566
todos del buen conde muy grande gozo ouieron
grandes graçias todos de todos del conde tenjeron
de la ... de la guerra todos se despidieron

Los Reyes y los grandes de toda la cibdad 567
a la ... del conde plazia de voluntad
e la Reyna de la gente de voluntad
q̄ alli del muy grande q̄ la meytad

568 [illegible] que todos [illegible] muy [illegible] pueblo [illegible]
[illegible] el amor [illegible] [illegible]
[illegible] el buen amor [illegible] de buen [illegible]
ellos que [illegible] ellos [illegible] buen [illegible]

569 [illegible] don fernando [illegible] mandado [illegible]
no avya que castilla [illegible] tal [illegible] mejor
[illegible] un cavallo que fue de almançor
[illegible] de todo ello el rrey [illegible]

570 [illegible] el rrey de aquello [illegible]
luego [illegible] el rrey que lo [illegible]
[illegible] mas [illegible]
[illegible] no [illegible] mas [illegible]

571 el rrey [illegible] el amor [illegible]
mas aver [illegible] el cavallo [illegible]
que de aquella moneda mill [illegible] le dava
[illegible] aver [illegible] cavallo [illegible]

572 [illegible] de ambos [illegible] mandado
[illegible]
[illegible] el [illegible] fuese [illegible] pagado
[illegible]

573 [illegible] partydas y fezieron
[illegible]
[illegible] los tres [illegible]
[illegible] delante ~~[illegible]~~ [illegible]

574 [illegible] el rrey buen cavallo [illegible]
mas [illegible] tres [illegible] muy [illegible]
del [illegible] de françia [illegible] pagado
[illegible] el rrey [illegible] mandado

575 [illegible] partydas
[illegible] fueron [illegible]

Tantos q partio vna dueña buena [illegible] 576
Reyna de leon del Rey don Sancho [illegible] 230
e prometiole el buen amor [illegible]
entre [illegible] amo al mançebo q fue [illegible]

de muy [illegible] el diablo de [illegible] 577
[illegible] la Reyna e le [illegible]
[illegible] mientre el amor de la Reyna
[illegible]

[illegible] el buen amor [illegible] bien [illegible] 578
[illegible] q la [illegible]
[illegible] luego la Reyna [illegible]
[illegible] bien [illegible]

[illegible] la [illegible] 579
de mi Reyna de leon [illegible] Reyna
[illegible] el Rey tu padre q yo [illegible]
[illegible] Rey [illegible] tu ya [illegible]

[illegible] 580
[illegible]
[illegible] muy buen [illegible] de aquel [illegible]
[illegible] de [illegible] aquel [illegible] castellano

[illegible] 581
[illegible] muy [illegible]
[illegible] de la [illegible]
mas [illegible] el diablo [illegible]

[illegible] 582
[illegible]
[illegible]
[illegible]

[illegible] 583
[illegible] de buen [illegible]
[illegible]

584 Fueron sus via Gallizia al rey como mandaron
del conde de Castilla [illegible] [illegible] en [illegible]
del Rey y los [illegible] del pleyto fallesçeron
en lugar de los [illegible] mas de [illegible] [illegible]

585 Quando vyo don [illegible] conffessado del Rey venir [illegible]
[illegible] de la [illegible] del pleyto falleçido
[illegible] me por palabra [illegible] [illegible] [illegible]
586 el conde [illegible] [illegible] los [illegible] fueron [illegible]
[illegible] de [illegible] de [illegible] el mundo [illegible]
[illegible] que me [illegible] el monte [illegible] [illegible]
[illegible] me por palabra yo [illegible] [illegible] [illegible]

587 E matanle de el mismo [illegible] mal [illegible]
no pudo tomar [illegible] ny pudo tomar [illegible]
fizo [illegible] [illegible] [illegible] fue su [illegible]
de manera [illegible] la [illegible] [illegible] fueron [illegible]

588 [illegible] su [illegible] [illegible] de el [illegible]
no [illegible] fuerte [illegible] que no [illegible] [illegible]
[illegible] [illegible] la [illegible] me [illegible] [illegible] [illegible]
[illegible] [illegible] [illegible] que no pudo [illegible] el

589 Todos [illegible] que al conde fueron
[illegible] [illegible] [illegible] antes no [illegible]
[illegible] que [illegible] [illegible] [illegible] [illegible]

590 [illegible] el Rey [illegible] la [illegible] [illegible] [illegible]
[illegible] la [illegible] [illegible] [illegible] [illegible]
no pudo [illegible] [illegible] el Rey [illegible] [illegible]
[illegible] el conde la [illegible] [illegible] [illegible]

[illegible] esta [illegible] e de gracia [illegible] 591 138
mando el rrey [illegible] del conde preguntar
[illegible] de gracia dar [illegible] [illegible]
e [illegible] la muerte [illegible]

[illegible] [illegible] [illegible] 592
por [illegible] muchos [illegible] en el [illegible] [illegible]
[illegible] una los [illegible] como los [illegible]
[illegible] en [illegible] [illegible] fasta [illegible]

[illegible] e [illegible] la [illegible] [illegible] 593
por que fue [illegible] e [illegible] [illegible]
[illegible] e [illegible] fasta la [illegible] [illegible]
que no fue [illegible] [illegible] [illegible]

Fue luego por [illegible] e los [illegible] metido 594
de [illegible] [illegible] [illegible] [illegible]
[illegible] de una [illegible] [illegible] e [illegible]
[illegible] del mundo [illegible] que me [illegible]

[illegible] [illegible] [illegible] e [illegible] fuese aventurado 595
e [illegible] los [illegible] me fallaron armado
[illegible] [illegible] [illegible] [illegible]
[illegible] me tengo de [illegible]
[illegible] [illegible] de my [illegible]

[illegible] [illegible] por que fuese de [illegible] 596
[illegible] [illegible] [illegible] como ome de mal [illegible]
[illegible] [illegible] [illegible] bien [illegible] [illegible]
[illegible] e [illegible] del buen conde [illegible] 597
[illegible] le [illegible] e [illegible] [illegible] le metieron
como ome [illegible] [illegible] [illegible] [illegible]
los vasallos del conde [illegible] [illegible]

598 Dixo el [illegible] de su fano
no vos [illegible] que [illegible]
[illegible] castiella os
nobles [illegible] que ellos [illegible]
[illegible] castiella venjr
599 Quando los castellanos el mandado oyeron
[illegible] castellanos [illegible]
por poco de pesar de [illegible] no [illegible]
600 Fueron muy grand duelo [illegible] en castiella
nunca [illegible] fasta nunca castiella
[illegible] nunca [illegible]
tenja cada vno [illegible] grand [illegible]
601 [illegible] somos nos de ventura
de [illegible] mucho fuerte [illegible]
[illegible] de [illegible] de [illegible]
mas [illegible] nos [illegible] natura
602 Somos los castellanos contra dios [illegible]
por que nos [illegible]
[illegible] de todos los de españa
[illegible] castiella vna pobre cabaña
603 Nunca no sabemos [illegible] señor
[illegible] que nos [illegible]
[illegible] desta [illegible]
[illegible] nos [illegible] señor
604 Dixeron castellanos con su grant pesar
[illegible] nos [illegible]
[illegible]
Dixeron los [illegible] nos [illegible]

tornemos nos al conde ado lo avemos dexado 605 / 137
esta en castro viejo en carçel echado
de gentes de navarra esta byen aguardado
nunca fue omne en preson mas coytado
dezya en estas tierras tanto de yra oydo 606
q̃ omne mejor de armas nunca fuera nasçido
rrogare por merçed el señor a dyos conosçido
a dyos padre de todo ello nos ayudado
bun conde muy onrrado q̃ era de lonbardia 607
vynol en coraçon de yr en rromeria
tomo de sus vasallos muy buena conpanja
por yr mas afreçado mejor por su via
aqueste conde lonbardo yendo por su carrera 608
demando por el conde q̃ en qual tierra era
dixeron q̃ el bueno yaze en tal carçera
sobre q̃ fuera preso e en qual manera
demandolo por çierto todo el [illegible] 609
como ardido fidalgo castellanos guardamo
levaronle a yr las asi lyn [illegible]
vyllas le pusyeron byen a byen con amo
pregunto si le podrian por alguna cosa ver 610
o saber de su podrio e algund pro fazer
q̃ tal omne non era para en carçel yazer
fuesele a castro viejo demando por los porteros 611
los vieron los de los dar mucho los de los guerreros
de guisa vez al conde con sus dos cavalleros
levaronle al castillo los porteros le abrieron 612
los conde como aveys muy byen de [illegible]
entramos en su fablar q̃ [illegible]
la su fabla acabada luego se despidieron

613 || partieron se xpistianos los ojos llorando
firmo que su persona el rrey don fernando
estando que grand guerra muchos coraçonados
que dios rrende le saber poder vyda firmando

614 Venol el rrey noble de grado fue bendicho
el rrey castellano nunca le tardo que obligado
guardado por la donzella por que fuera castigado
como el rrey oviera fecho della mandado

615 || Mostraron ella luego la fermosa donzella
vyestra apuesta cosa que era maravylla
fablo luego el rrey de fydalgía conella
diziendo como avia grand mal con ella ~~ella~~

616 Buena dixo el rrey eres muy desventura
no a buena de mas mal fado quando tu naçiste
de ty los castellanos todos fueron syn ventura
• Aun los moros por ty este mal syn mesura

617 || Buena siempre dios e syn bien consejo
de fydalgo bien o mal tu tienes el poder
el rrey no quiso tu demanda volo fazer
ca se ya castilla por tu culpa a perder

618 || Fizo muy grand ayuda a los pueblos paganos
ca los ganava este rrey a pesar de xpistianos
estavan muy grand esfuerço a todos los paganos
por que de nuevo los moros alegres e pagados

619 || Tierras buenas de pobres peryco muy menoscabada
tierra por este fecho de muchos menoscabada
quando fue esta cosa por el mundo sonada
cata toda esta culpa a ty echada

Que tu a dios [illegible] de poderes [illegible] casada 620
tener te yan todos los dueños por bien [illegible]
de todos los de [illegible] seras mucho onrrada
no casaria dueña tan buena cabalgada

Que nunca de [illegible] esto es lo mejor 621
que [illegible] de cavallero amor
mas de los [illegible] que no [illegible]
no ha cavallero del mundo de sus armas mejor

Mesurose el rey [illegible] todo fue sabidor 622
fue [illegible] [illegible] fermosura
[illegible] la infanta [illegible]
a una de sus dueñas [illegible] mucho [illegible]

Tomose la mensajera luego al mandado 623
a la carta del rey [illegible] cerrado
vino a la [illegible] a la infanta [illegible]
dixo como de carta el rey muy [illegible]

Dixo [illegible] dixo el rey [illegible] 624
el [illegible] a [illegible] Dios [illegible]
[illegible] del mundo [illegible]
[illegible] el [illegible]

Dixo la infanta [illegible] dueña por la fe que devedes 625
[illegible] el [illegible] lo [illegible]
tal [illegible] dixo la dueña no lo [illegible]
[illegible] de tal [illegible]

Respondio a la dueña essa grant fermosura 626
bien vos digo [illegible] me por mal andança
de quantos males passe mucho [illegible]
mas [illegible] bien andança

627 Syenpre cataua el rey buena onor fazer
al pescador amor dezir mucho bienes
que o le auia dar e por mucho que a dar
fazer le bien con su coraçon al pescador

628 La infanta doña Luciana de todo bien conplida
fue luego al castiello ella luego sobida
quando ella vio al rey padre se por guarida
señora dixo el rey como es esta venida

629 bien rey dixo ella esto faze buen amor
que tu lle alas dineros de guisa de pastor
coluyero ~~el pastor~~ dos pareçca por el pescador
dios que ellos que pagan tienelo por mejor

630 Todos por su amor eran mucho largados
onde moraua bien oluidados todos con essa çibdad
de fazienda non eran quitados e de bien segurados
cada vno bien quito de aqui alegre e pagado

631 Qual los luego aquita de aqui sellar e [illegible]
pleyto so comendase en mi mano firmado
que por dineros del mundo aun no de tirado
sanyo de dineros e myssa perdida dos

632 Seruido no fazie de vna tal mercados
como omne que lo sopo nunca de aqui salidos
los nuestros non pu[e]n salir sobre que dados
seran por esta cabeça [illegible] dados

633 Quando esto vio el rey padre se por guardado
dixo en esta consolaçion sy fuese ya cobrado
conorta dixo el rey por seguir los fidalgos
que si dos mi mugeres los dos maridos

634 Que dixo los fablastes pieça de dos fablados
fabla le le todo como a fin [illegible]
muy [illegible] los conorta en [illegible]
que ellos que fablastes nunca eran dos en su tiempo

[illegible]

Al conde don fernando dixo doña fermosa
sy vos quysierdes prometer de fazer vna cosa
ny esta vos mugier dos vnca aber otra esposa
sy de esto [illegible] fallescieredes fallecera me luz gloriosa
quando todo esto dixieron afirmado
luego caualgo la dueña el conde don fernando
dize vayamos nos conde con todo lo guysado
del buen rrey don gra no nos sea mj (en)paçado
El camyno frances ovieron a dexar
tomaron a synyestra por vn grand enzinar
el conde don fernando no podia andar
ca el estaua preso agrauiado esta vez
quando se fue la noche el dia quyere aparescer
en vn enzinar oujeron los podieron ver
ovieron vn miedo esforçado fueron se en ascoder
ovieron ally la noche a morar
de comer agyan allos con la mano ventar
vieron cerca venir los monteros dios dar
de vn arcipreste malo que yva a caçar
ovieron los canes con el rrastro a ventar
fueron luego los canes a do yazen ventando
el conde e la dueña fueron en grand espanto
el arcipreste malo quando vio la capita
plogole mucho con su ganancia a tan angasto
dixo commo los vio commo seria de dever
dixo donos traydores non podedes fuyr
Dixo el conde al arcipreste por dios con tu bo[illegible]
que nos fagas amparamos fazer gesta [illegible]
en medio de castilla dar te e vna [illegible]
de qual sea la cosa [illegible] por tyerra de [illegible]
el fijo tierno de [illegible]
mas que fue en canes no solo [illegible] pridiat
a de que mucho era apreciar
sera mi dueña [illegible] con voluntad

// Quando oyo el Fernando cosa tan desaguysada
non espero mas ... que le dixo una cantada
... digo el ... nona desaguysada
... poco de trabajo ... grand ...

// La dueña fue bayta contra el ... tornado
arçipreste que ... lo fize de grado
por que non nos ... amos ... la verdad
mas vale que ... todos el pecado

// E ... luego la dueña ... de desposar
... todos los paños ... guardar
por que non ... fuere ...
... arçipreste de ... apartar

// Quando el arçipreste ... ayunto ...
... grand alegria ... tornado
... non ... el falso ...
... fue confondido

// ... que ... ya ... de apartar
... luego de acabar
... el arçipreste ... de tardar
... abrigar

// La primera ... dueña ...
... dueña tan esforçada
... la buena ... buena ...
... falso traydor ...

// ... esta dueña no podia ayudar
... no podia andar
... alegrar
... al traydor de matar
quando de tal manera ... el traydor
... la ... el ...
... la ... de ...
... mas ... amor

[illegible] todo el dia la muy [illegible]da
el dia que fue fecha la [illegible] conquistada
quando [illegible] en la noche [illegible]dada
no queremos andar por medio de la calçada
digamos que a ellos [illegible] de la [illegible]
por [illegible] a Castilla [illegible] muy [illegible]
[illegible] de los castellanos que fuerte [illegible]
[illegible] non se podian por ninguna manera
los unos [illegible] los otros [illegible] leal
commo omne [illegible] cavallero [illegible] muy mal
fablo muy [illegible] de su natural
buen cavallero de armas e de grant leal
Este [illegible] muy fuerte e [illegible]ura
fagamos [illegible] de una [illegible] dura
[illegible] al buen [illegible] e de la mesma [illegible]ura
[illegible] fagamos todos nos otros [illegible]
Assy commo [illegible] todos los manos [illegible]amos
[illegible]amos la [illegible] nos la [illegible]amos
[illegible] por [illegible] le [illegible]gamos
[illegible] todos [illegible] fagamos
[illegible] non [illegible] nosotros [illegible]amos
[illegible] armas [illegible]amos
[illegible] por [illegible] le [illegible]amos
la [illegible] de Castilla [illegible] mano le [illegible]amos
[illegible] fuerte [illegible]amos
[illegible] de Castilla nos [illegible] le [illegible]amos
[illegible] todos [illegible]amos
[illegible] esta cosa mucho nos [illegible]amos
[illegible] de Castilla muy fuerte [illegible] le damos
[illegible] de cada dia e nos [illegible]amos
[illegible] dia e nos [illegible] dia mos
[illegible] nos [illegible] nos [illegible]amos

// que de amor [illegible] dannos ado castillo
[illegible] nos otros [illegible] [illegible] de [illegible] el [illegible]
a [illegible] el no fazemos [illegible] de [illegible]
[illegible] de [illegible] bien [illegible] poca de [illegible]
[illegible] mucho [illegible] acabo su fazienda
[illegible] plugo de [illegible]
[illegible] luego mucho de buen [illegible]
[illegible] lo [illegible] a [illegible]
// [illegible] en [illegible] como de amor dicho era
[illegible] de la mesma manera
[illegible] de muy fuerte manera
[illegible] cabeça
// Todos [illegible] desta [illegible]
como a su [illegible] ansy la agua [illegible]
[illegible] andaua el can non tomase
[illegible] dicen a la mançana llegase
// [illegible] de otro dice [illegible] buena [illegible]
su [illegible] mucho [illegible] su [illegible] mucho [illegible]
pasar [illegible] vna [illegible] mañana
[illegible] buenos [illegible] de [illegible]
// caualleros castellanos [illegible] muy [illegible]
fuy [illegible] otra [illegible]
[illegible] de [illegible] a la posada
[illegible] otro dice [illegible] el [illegible]
// [illegible] vna legua andada
[illegible] fue la noche [illegible]
[illegible] a su dueña [illegible] mucho [illegible]
[illegible] la [illegible] muy mal [illegible]
// la dueña la [illegible] esta palabra
dixo luego la dueña [illegible] fazemos [illegible]
[illegible] vna [illegible] no [illegible] [illegible] valor
[illegible] de [illegible] hermano [illegible] el [illegible]
// [illegible] e no [illegible]
no [illegible] mañana [illegible]
no [illegible] por dios
[illegible]

Castiella muy fuerte que era a grand maravilla fuego en tamaño
que si era sy podiera atreverse alla [illegible]
que se asconderia [illegible] en una cabaña
fue catando la seña [illegible] la compaña
Conoscido en las armas commo eran navarros
no era de navarra nin era de ~~[illegible]~~ paganos
conoscido que era de pueblos castellanos
que yba a su señor a sacar de agenos manos
Tenien dixo el conde de nos de dios por ello merced
Esta la vista mano de todos ellos loada
la reyna e la gente que nos veedes armada
aquestos que seña e ellos que a españa
Oy vos fize señora de pueblos castellanos
seran todos con vusco alegres y pagados
todos caballeros e grandes besar vos han las manos
dar vos he que castilla fortalezas e llanos
La dueña estava triste e desmayada
fue con aquestas nuevas alegre e pagada
cuydo ella que era a castilla llegada
dio gracias a dios que la avia bien guiada
Vinieron [illegible] su pueblo al conde fue se llegado
fue adelante en un caballo e sopo este mandado
commo venia su señor el conde don Fernando
que traya la [illegible] e que venia muy cansado
tornara se este pueblo al pueblo castellano
dixeron les commo venia don Fernando bien alegre e pagado
los [illegible] castellanos quando aquesto oyeron
que venia su señor e [illegible] lo [illegible]
nunca en [illegible] mano gozo castellanos fizieron
todos [illegible] alegria a dios gracias muchos dieron
tanto alegria de [illegible] gozo que nunca lo [illegible]

dieron se a correr quanto de ffecho pudieron
ante que llegasen al conde conosçieron
allegaron se a el con los braços le corrieron
fueron besar le las manos todos a su señora
dixo el conde amigos ffijos castellanos agora
infanta doña Sancha nasciestes en buena ora
por ende vos ffazemos todos por señora
ffeziestes nos grand bien nunca otra tal viemos
quanto bien nos ffeziestes contar no lo sabremos
sy no fuera por vos cobrar no lo podriamos
Sacastes a castylla de grand catyvydat
ffeziestes muy mucho bien grand a la xpiandat
ffeziestes muy mucho pesar a los moros esto es verdat
todo esto vos gradesca el rrey de la magestat
todos e ella e ellos a grand gozo llorauan
tornaron se entre muchos e que solicitaua
al rrey de los cielos bendezian e laudauan
el llanto que fazian en grand gozo tornaua
llegaron de venida todos a Bylforado
aquesta villa era en cabo del condado
un logar muy bueno de mu[illegible] poblado
el conde de las fferradas de los fierros fue sacado
fueron se para burgos quanto yr se podieron
luego que ally llegaron grandes bodas fezieron
non alongaron plazo bien de dia non prendieron
todos grandes e chycos muy grand gozo fezieron
lançauan a los tablados todos los caualleros
e a tablas e cubtanes jugauan los escuderos
de otra part matauan los toros los monteros
avya y muchos de estrumentos e muchos juglares

Los bozes que non venian castellanos fueran
fazian muy grand golpe que mayor non podian
la una por su amor que cobrado avian
la otra por que castellanos le dixeron non podian

Antes que ovyesen las bozes acabadas
ovo y de cada parte dardos e lanças mescladas
fueron a don Fernando otros muchos llegadas
o venia el rey ... muy grandes compañas

Mando luego el conde a sus gentes guarnir
quando fueron guarnidos salio a los recebir
acabdo el ... de salir
ovieron el pleyto todos a departir

Las fazes fueron paradas mucho ... a ...
aquel era su menester ... bien ...
el rey de los navarros estava bien guisado
comencaron castellanos un torneo pesado

Si como nos leemos e dizelo la leyenda
duro bien mucho dia empero la fazienda
enclavados eran todos e fazien de ... da
... y por eso los navarros ...

Llevaron los del campo navarros grand partida
muchos dellos castellanos perdieron y la vida
de dardos y de lanças fazian mucha ferida
... con pesar de era mucha ... la ...

Quando vio don Fernando castellanos moviendo
como los iban cansados ... ...
fueron de sus palabras fuertemientre repreendidos
... por nos ... de en siglo por nascer ... nascidos

Maguer que ... los ... aun ... fallidos
faran los ... buenos ... amparados

sy oy aqui finare dexas mal castiella de dos reys fferidos
seria vengado por ello q muy de ser conoscidos
// El loçano del conde no quisiera foyr
dixo todos mis omes avemos aqui morir
Don fernando yo esto nos ficar
lo q nunca fiziemos no queremos agora fallir
// Tornaron en el campo pensaron de ferir
como omes q no han cobdiçia de foyr
fazian muchos cavallos syn señores salir
podrian aquel dia muy lexos los golpes oyr
// El rey de az gulloso de coraçon loçano
ovo vistar a su cuñado en medio de un llano
puso se cola lança sobre mano
hermano parad se por uos otros el campo
// Cada el uno e el otro enemigos sañudos
luego se aparten [illegible] muy sañudos
las lanças abaxadas los escudos fendidos
dieron se golpes q los luego con los escudos
// Ffirio el rey garcia al señor de castiella
a tamaña fue la ferida q cayo dela silla
metiol toda la lança por medio dela tetilla
q fuera dela espalda paresçio la cuchilla
// Don fernando dios por fuerça al rey a prender
el pueblo de navarra nolo pudo defender
dyo le golpes a osadas de traer
matolo luego el rey con los fierros [illegible]
// Tomaron sus vasallos con los fierros le tener
la presion fue a tan mala q peor no podria ser
por ningunos servicios [illegible] q quiso
[illegible] mucho la villa q [illegible]
// Tomolo la [illegible] de su espada de aquel sado
[illegible]
[illegible] el asi hermano [illegible]
[illegible]

fablo en castellano en que yo sé fablar
diré pocas palabras e muy buena razon
somos castellanos el rrey de [illegible]
por que en los nauarros de muy grandes son
en orgune de prescio el conde don Fernando
" [illegible]
= Como era el conde de tamaña caballeria
el rrey de cordoua luego vino dar
dexaron la cibdat e fueron el su logar
leuantose el de alli e a Sahagun fue entrar
" comenzaron pesar a todos de entrar e de folgar
obieron estos nueuos al conde de llegar
e todos se armaron pensó de cabalgar
" armaron se de leon caballeros de prestar
salieron al conde que pensaron guardar
luego el buen conde e mandolos prender
dexaron los leoneses de esto fueron presos
|| El conde don Fernando con toda su mesnada
vino a Sahagun e fallola cercada
quisieron conquistar por ir a vna su posada
fue luego en ese dia la villa descercada
|| [illegible] anda caualgando e [illegible]
[illegible] pueblo [illegible]
de [illegible] e de [illegible] de otro [illegible]
[illegible] que no seria contado
|| grandes eran los llantos e [illegible] eran los duelos
[illegible] a los padres [illegible] e los abuelos
[illegible] e los [illegible]
[illegible] los [illegible]
" [illegible]
no podian andar que [illegible] muy cansados

Oyo el buen rrey de ayna de alcaualos
fuesse a su venjda por los mal escapados
¶ E sus huestes con ellos no les dio ningun vagar
como aguila fanbrienta que en ocasion caçar
mando luego los moros a castiello nobrar
asi mesmo que podiesse en cordoua estar
¶ Tercero la [illegible] a su mal grado
que meior fazer podia [illegible] por bien aventurado
el rrey dellos en [illegible] mal fado
[illegible]
¶ [illegible]
[illegible]
[illegible]
[illegible]
¶ [illegible]
[illegible]
[illegible]
[illegible]
¶ [illegible]
[illegible]
[illegible]
[illegible]
[illegible]
¶ [illegible]
[illegible]
[illegible]
[illegible]
[illegible]
¶ [illegible]
[illegible]
[illegible]
[illegible]
¶ [illegible]
[illegible]

Nota deste [illegible] que de [illegible] ome fiziera

Mas de amar [illegible] judgar [illegible] engendrada
[illegible] natura [illegible] por [illegible]
[illegible] al diablo [illegible]
[illegible] por el buen rrey [illegible]

Commo los castellanos son fechos muy mal denostados
seran asi bien de otros todos desonrrados
fueron los castellanos a sus rreyes tornados
rrefusaron por dos annos a los sus llamados
en bos el buen conde aleon me [illegible]
[illegible] al rrey [illegible] dos [illegible]
de [illegible] el rrey don Sancho [illegible]
de commo llegaste [illegible] los [illegible]

[illegible] al conde [illegible] el mandado
[illegible] al rrey [illegible] de grado
mas que no [illegible] al [illegible] allegado
por todo [illegible] desterrado

el conde mucho plogo por que [illegible]
[illegible]
por [illegible] el conde [illegible]
[illegible] de voluntad de [illegible]

Al buen rrey don Sancho [illegible] muy [illegible]
[illegible] annos [illegible]
[illegible]
[illegible] no lo pudieron [illegible]
de [illegible] en aqueste lugar

Dubio que dixo al buen conde aquel fue
del conde don Fernando no ignoro que tomo
o bo exemplo [illegible] & adelante

de eximos todo aquesto creo asi tenemos
a los dellos no bastos justos no nos podemos
a aquellos dexamos a que comos leemos
En castilla lo dexamos a aquellos encerramos

Del Rey don [illegible] passos que las veo contando
heredades sus pasiones muy fuerte renglando
el mal que le fizo el conde don Fernando
[illegible]

o desles que tal avia no lo quiera que diga
de un consejo mucho un Rey tomo de dos uno [illegible]
que del rey passaron mente pleytear
mas que esta mejor [illegible] esta [illegible]

morzos de castilla venido en [illegible]
vino [illegible] castilla [illegible] de [illegible]
[illegible] el [illegible] leon de [illegible]
no que de que la [illegible] la [illegible]

[illegible] [illegible] [illegible] lo [illegible] [illegible] cada
[illegible] los [illegible] de [illegible] buena [illegible]
[illegible] de [illegible] buena [illegible] de [illegible]
las [illegible] de linages [illegible] [illegible]

[illegible] [illegible] [illegible] el [illegible]
[illegible] [illegible] el conde [illegible]
la [illegible] [illegible] [illegible]

Quando el Rey esto oyo e entendio este recabdo
le traxeron muy mucha tierra e mucho ganado
a fuerte y auança tenedor con Reynado
mas quien ayer de [illegible] capa nieta acabado
quedo fin don ferrando aquella vez dado
fallo el con de tierra este recabdo
de ganados e de conos [illegible] fallo mucho alinado

Rey dixo le don ferrando luego de [illegible]
que todo lo que lleuaua todo lo que ouo de tomar
que yra a [illegible] sus ganados buscar

Quando el Rey esto oyo luego el cauallero
fizo llamar don madrid como buen mensajero
dixo que todo le diga de [illegible] de don [illegible]
ello el [illegible] de que que esta le plaze mucho
el [illegible] que el [illegible] alonso todo lo que [illegible]
ayuntaron sus gentes quanto mas ayna pudieron
[illegible] de [illegible] fueron [illegible]
el Rey e don ferrando [illegible] de [illegible]
ayuntaron de [illegible] que en fueron vallejo
buen lugar para [illegible] de [illegible] e [illegible]
bien y mucha [illegible] en [illegible]
de [illegible] la parte [illegible] mucho [illegible]

[illegible] le dixo todos [illegible] llamaron
a el Rey [illegible] ayuntaron

de lino [illegible] el [illegible] [illegible]
por la [illegible] della la [illegible]

¶ no podrian mas fazer ni mas brava ~~[illegible]~~
[illegible] ella los [illegible] los [illegible] [illegible]
el [illegible] el [illegible] no podria ninguno mas fazer
los unos y los otros fazian todo su poder

¶ mis hermanos fue la fazienda [illegible] mucho mas [illegible]
[illegible] el conde mis hermanos todos [illegible] [illegible]
el [illegible] fueron [illegible] como hermanos [illegible]
no podria [illegible] todos ninguno [illegible]

¶ hermanos eran los [illegible] [illegible] no podian
los unos y los otros todo su poder fazian
muchos [illegible] [illegible] [illegible] [illegible]
de [illegible] [illegible] mucho [illegible] [illegible]

¶ todos eran los [illegible] [illegible] [illegible]
[illegible] [illegible] [illegible] [illegible] buenos y [illegible]
mas [illegible] el conde todos [illegible]
[illegible] [illegible] [illegible] [illegible] [illegible] [illegible]

¶ [illegible] del buen conde [illegible] fazer
[illegible] [illegible] no lo podrian [illegible]

[illegible]

[illegible] por [illegible]

[fol. 1r]
{HD. el conde fernan gonçalez}
{CB1.
Enel no*n*bre del padre que:
fiso toda cosa
El q*ue* q*ui*`so nasçer dela Vi`*r*ge*n* p*re*çiossa
Del sp*yrit*u santo q*ue* es ygual dela espossa
del conde de castilla q*ui*`ero faser vna prossa
El sen*n*or q*ue* c*ri*`o la t*ie*rra & la mar
delas cosas pasadas q*ue* yo pueda contar
El q*ue* es bue*n* maest*ro*` me deve demostrar
com*mo* cobro la t*ie*rra toda de[ ]mar a[ ]mar
Contar vos he p*ri*`mero com*mo* la perdiero*n*
n*uest*ros anteçessores en[ ]q*ua*`l coyta visq*ui*`ero*n*
com*mo* om*ne*s deseredados fuydos andodiero*n*
esa rrabia llebaro*n* q[*ue*][ ]no*n* moriero*n*
Ellos q*ue* p*ri*`mero pasaro*n* algu*na*`s amarguras
sufre*n* frio & fanbre & pasa*n* muchas ama*r*guras
muchas coytas pasaro*n* n*uest*ros anteçesores
muchos malos espa*n*tos & muchos malos sabores
estos viçios de[ ]agora esto*n*çes hera*n* dolores
Entanto deste t*ie*npo yr vos he conta*n*do
com*mo* fueron la t*ie*rra perdie*n*do & com*mo* la fuero*n* cobra*n*do
fasta q*ue* fuero*n* al[ ]conde don ferna*n*do
com*mo* es muy luenga desde el t*ie*npo antiguo
com*mo* se[ ]dio la t*ie*rra al[ ]bue*n* rrey do*n* rrodrigo
(^de grande honor por)[^com*mo* l(o)[a] ovo de] ganar el mo*r*tal enemjgo
[^de grande honor q*ue* hera tornol pobre mendigo]
Esto fiso mafomat el[ ]dela mala creençia
ca predico por su voca mucha mala sente*n*çia}

[fol. 1v]
{CB1.
desq*ue* ovo mafomat a[ ]todos prredicados
avya*n* las ge*n*tes los coraçones demudados
Ela muer*te* de jh*es*u x*risto*` avya*n* la olujdado
desqu*e* los espan*n*on*e*s a[ ]xp*istus* conosçiero*n*
desqu*e* e*n*la su ley vautysmo rresçibiero*n*
nu*n*ca e*n* otra ley tornar qujsyerom
mas por guarda de aquesto muchos males sufryero*n*
Esta ley d*e*los sa`*n*tos q*ue* oyero*n* predicada
por ella la su sa*n*gre derramada
apostoles & martyres & s*an*tos esta sa`*n*ta mesnada
q*ue* fuero*n* por la v*er*dat metydos a[ ]espada
fuero*n* las sa`*n*tas v*ir*gines e*n* este afyrmamje*n*to
de varo*n* no*n* q*ui*`syero*n* nj*n*gu*n* ayu*n*tamje*n*to

d*e*los vyçios d*e*l mu*n*do no*n* ovyero*n* talento
ve*n*çiero*n* por aquesto al vestya*n* mascarye*n*to
Enlas p*ri*`meras profec(^h)[^i]as esto profetyzaro*n*
elos s*an*tos co*n*fesores esta ley predicaro*n*
ca e*n*los otros dioses v*er*dat nu*n*ca fallaro*n*
sa*n* jo`*a*n lo afyrmo q*u*a`*n*do lo descaveçaro*n*
Muchos rreyes & co*n*des & muchas potestades
papas & arçovyspos & ovyspos & mo*n*jes & abad*e*s
por esta ley muryero*n* est(^a)[^o] b(^e)ye*n* lo crreades
por e*n*de han e*n*los çielos todas sus heredad*e*s}

[fol. 2r]
{CB1.
Tornemos nos al curso n*uest*ra rrazo*n* syguamos
tornemos nos e*n* espan*n*a (??)[ ]do lo come*n*çamos
com*m*o el escryto diz esto nos ansy lo fallamos
enlos rreye`s p*ri*`meros q*ue* godos los llama*n*
venjero*n* estos godos de p*ar*tes de orye*n*te
jh*es*u x*risto*` los e*n*byo esto syn falljmje*n*te
del ljnaje de godos vyno aquesta ge*n*te
co*n*q*ui*`ryero*n* el mu*n*do estos syn faljmje*n*te
non fuero*n* estos godos de comje*n*ço de x*ri*`*sti*anos
nj*n* de judios de egyto nj*n* de leye`s de paganos
antes fuero*n* ge*n*tyles vnos pueblos loçanos
era*n* p*ar*a e*n* vatalla pueblos muy ave*ntur*ados
A[ ]toda t*ie*rra de rroma venjero*n* la avasta*n*do
alos vnos prendie*n*do alos otros mata*n*do
Pasaro*n* a[ ]espan*n*a co*n* su grra*n* poder
(^escojiero) era e*n* este t*ie*npo el papa alexa*n*drer
escogyero*n* a[ ]espan[*n*]a toda de mar a[ ]mar
nj*n* vylla nj*n* castyllo no*n* seles pudo anpara*r*
turo*n*nja & afrryca ovyero*n* por ma*n*dar
onbres fuero*n* arteros q*ue* x*ristus* los q*ui*`so gujar
fuero*n* de s*anc*ty (^e)[^s]py*ritus* los godos espyrados
los malos argume*n*tos todos fuero*n* fallados
conosçiero*n* q*ue* era*n* los ydolos pecados
q*u*a`ntos creya*n* por ellos era*n* mal e*n*gan[*n*]ados}

[fol. 2v]
{CB1.
Dema*n*daro*n* maestros p*ar*a fage*r* selo e*n*te*n*der
e*n*la fe de don x*ristus* q*ue* avyam de creer
los maestros q*ue* sepades fuero*n* muy de velu*n*tat
fyzjero*n* la fe toda vye*n* e*n*te*n*der
Dyxero*n* los maestros todo esto no*n* vale nada
sy vavtyzados no*n* sodes e*n* el agua sagrada

la qual culpa & error es erejya llamada
ela qual culpa de pecados *ser*a luego lavada
Resçibyero*n* los godos [^el] a*nj*m*a* a[ ]vautysmo
fuero*n* lux & estrella de todo el x*r*i`*sti*anjsmo
alçaro*n* x*r*i`*sti*andat avaxaro*n* paganjsmo
el conde ferra*n* g*onçale*s fyzo aquesto mjsmo
q*ue* fue muy leal( )mje*n*te de *sus* om*ne*s *ser*ujdo
& fuero*n* de todo el mu*n*do pueblo muy escojido
ca e*n* q*ua*`nto el mundo durare nu*n*ca q*ue*dara*n* e*n* olvido
q*ua*`ndo los rreys godos deste mu*n*do pasaro*n*
fuero*n* se alos çielos grra*n* rreyno eredaro*n*
alçaro*n* luego rrey los pueblos q*ue* q*ue*daro*n*
com*m*o dize la escryt*ur*a do*n* çidus le llamaro*n*
q*ua*`ndo rreyno çidus vn vue*n* guerreador
erra sa*n* evgenjo de espan[*n*]ones pastor
e*n* toledo morava este s*an*to om*n*e co*n*fessor
ysydrro e*n* sevylla arçovysp[o] & sen[*n*]or
fyno se el rrey çidus vn nat*ur*al sen[*n*]or}

[fol. 3r]
{CB1.
aspan*n*a & afryca ovo e*n* su valor
dio[ ]les pastor muy vueno luego el cryador
rrey vanva vyno luego q*ue* fue tal o mejor
vanva aqueste rrey com*m*o avede*s* oydo
venja d*e*los godos pueblo escojydo
por q*ue* el no*n* rreynase andava asco*n*dido
no*n*bre se puso va*n*va por no*n* ser conosçido
vusca*n*do lo por espa*n*na ovyero*n* lo de fallar
fyzjero*n* le por fuerça el rreyno tomar
vye*n* sabye el q*ue* con yervas lo avya*n* de mata*r*
por ta*n*to de su grado no*n* qujsyera rreynar
rrey fue muy derechero de muy gra*n* se*n*tido
muy fra*n*co & muy ardite & de muy gra*n* mesura
leal & v*er*dadero & de muy gra*n* ve*n*tura
aquel q*ue*le dio la muerte nu*n*ca le falesca rre*n*cura
partyo todas las t*i*erras ayu*n*to los obispados
estableçidos fuese*n* los lugares sen[*n*]alados
com*m*o fuese*n* los terminos aellos sojusgados
fue toda la cosa puesta e*n* vue*n* estado
pesava co*n* su vyda muy fuerte al pecado
dio le y*er*vas & muryo este rrey va*n*va apo*n*çon*n*ado
e*n* parayso se( )a ta*n* vue*n* rrey eredado
rreyno despues vn rrey egyca fue llamado}

[fol. 3v]

{CB1.
dos an*n*os q*ue* no*n* mas vysq*ui*`o en el rreynado
a[ ]cabo de dos an*n*os d*e*l syglo fue sacado
no*n* peso al su pueblo q*ue* fue malo provado
luego q*ue* fyno egyca a[ ]poca de sazon
fynco e*n* vavtiçanos toda la rregyom
este njn*n*o d*e*los godos poderoso varon
om*n*e fue de grra*n* esfue*r*ço & de grra*n* coraçom
fyno se vavtyçanos rreyno el rrey don rrodrygo
avya*n* e*n* el los moros vn mortal enemjgo
era d*e*los x*ri*`*sti*anos sonbra & grra*n*de abrygo
por culpa q*ue* era no*n* le era dyos amjgo
Este fue de allende el mar [ˆde] grra*n* partyda sen*n*or
gano los mo*n*tes claros (ˆ&) [ˆel] vue*n* guerreador
de como se perdyo la t*ie*rra esto es grra*n* dolor
Era esto*n*çe espan*n*a todos de vna cree*n*çia
al fyjo d*e*la v*ir*ge*n* maria fazja*n* todos obedie*n*çia
pesava mucho al diablo co*n* ta*n*ta obedie*n*çia
no*n* avya e*n*tre ellos e*n*bydia nj*n* co*n*tie*n*da
Estava*n* las ygl*es*ias todas vye*n* ordenadas
de oljo & de açeyte & de çera estava*n* vie*n* avastadas
los diesmos & las premje*n*çias leal( )me*n*te era*n* dadas
& todas las ge*n*tes e*n*la fe vye*n* arraygadas era*n*
Vesquja*n* los labradores todos de su lazeryo}

[fol. 4r]
{CB1.
las grra*n*des potestades no*n* era*n* rrovadores
gua*r*dava*n* vyen *sus* pueblos com*m*o leales sen*n*or*e*s
todos vesquja*n* de *sus* derechos los grra*n*des & los menor*e*s
Estava la fazje*n*da toda e*n* ygual estado
avya co*n* este vye*n* grra*n* pesar el diablo
rrevolvyo atal cosa el mal ave*n*turado
el gozo q*ue* avya e*n* llanto fue tornado
fyjos vautyzados no*n* devyera*n* nascer
q*ue* esos come*n*çaro*n* trayçiom a[ ]fazer
e*n*volvyo lo el diablo & metyo y su poder
esto fue el escomje*n*ço de a[ ]espan*n*a perder
El co*n*de don yllam com*m*o aved*e*s oydo
com*m*o ovo por las paryas a[ ]maruecos torçido
ovo e*n* este comedio tal cosa co*n*teçido
por q*ue* ovo el rreyno [ˆde] ser todo destruydo
fyzo la grra*n*de yra trayçio*n* a[ ]volver
fablo co*n* vusarva*n* q*ue* avya*n* grra*n* poder
dixo com*m*o podrya alos x*ri*`*sti*anos co*n*fonder
no*n* sele podrya por nj*n*guna manera espan*n*a defender

Dyxo aquestas oras el co*n*de do*n* ylla*n*
dygo yo v*er*dat amjgo vursava*n*
sy no*n* te do yo a[ ]espan[*n*]a no*n* coma yo mas pan
sy no*n* de mj no*n* fyas mas q*ue* sy fuese yo vn ca*n*}

[fol. 4v]
{CB1.
Trrespasare [...] mucho ayna la mar
fare al rrey don rrodrygo sus cavaleros ayu*n*tar
fazer les e todas las armas e*n* el fuego q*ue*mar
por q*ue* despues no*n* aya*n* co*n* q*ue* se ma*n*parar
q*ua*`ndo esto ovyere fecho sabras de mj ma*n*dado
travesaras el mar co*n* todo tu fonsado
comm*o* s*er*a el pueblo todo vye*n* asegurado
rrefex( )mje*n*te podras co*nque*ryr el rreynado
Despydio se d*e*los moros & luego paso la mar
devyera se el mesq*ui*`no co*n* sus manos matar
pues q*ue* e*n*la mar yrada no*n* se pudo afogar
fue luego p*ar*a el rrey qual era fue pasado
omjllo me dixo el rrey el mj sen*n*or onrrado
rrecabde tu me*n*saje & cu*n*plj tu ma*n*dado
evas aquj las paryas por q*ue* ovyste e*n*byado
Resçiby(^ero*n*)[^o] lo muy bye*n* el vue*n* rrey do*n* rrodrygo
tomo lo por la mano & ase*n*to lo co*n*sygo
dixo comm*o* vos a[ ]ydo el mj leal amjgo
de aq*ue*llo por q*ue* fustes sy es paja o trygo
Sen*n*or sy q*ui*`syeres mj co*n*sejo tomar
grrado a[ ]dios d*e*l çielo q*ue* te fyzo rreynar
nj*n* moro nj*n* x*ri*`*sti*ano no*n* te puede co*n*trrallar
las armas q*ue*las q*ui*`eres pues no*n* as de pelear}

[fol. 5r]
{CB1.
ma*n*da por el rreyno las armas desatar
d*e*llas faga*n* açadas p*ar*a las vyn[*n*]as lavrar
& d*e*las otras fagam rrejas p*ar*a panes se*n*brar
cavallos & rroçines todos los faga*n* arar
todos labren por pa*n* cavalleros & peones
sye*n*bren cuestas & valles & todos los oteros
enrryq*ue*squa*n* sus rreynos de pa*n* & de dineros
ca no*n* as co*n*tra q*ui*`en poner otros fronteros
mas todos los varones asus t*ie*rras se vaya*n*
nj*n*gunas armaduras defye*n*de gelo q*ue* no*n* t*r*a`ya*n*
sy esto no*n* fyzjer(^a)[^e]*n* e*n*la tu yra caya*n*
sy no*n* co*n* las q*ue* arare*n* otras vestyas no*n* t*r*a`ya*n*
no*n* as alos cavalleros por q*ue*les dar soldada

labren sus eredad*e*s & vyua*n* e*n* sus posadas
co*n* mulas & co*n* cavallos faga*n* gra*n*des aradas
q*ue* eso a*n* menester ellos q*ue* no*n* otras espadas
q*ua*`ndo ovo el co*n*de acabada su rrazo*n*
no*n* la dixera[*n*] mejor q*ua*`ntos e*ne*l mu*n*do so*n*
Enbyo el rrey do*n* rrodrygo luego sus ca*rta*`s
Era la corte toda e*n* vno ayu*n*tada
arago*n* & navarra vuena t*ie*rra provada
leon & portogal castylla la preçiada
no*n* serya e*ne*l mu*n*do tal prrovy*n*çia fallada}

[fol. 5v]
{CB1.
q*ua*`ndo vyo el rrey do*n* rrodrygo q*ue* tenja sazom
ante toda la corte come*n*ço su rrazom
oyt me cavalleros sy x*ristus* vos perdom
grraç*ia*`s a[ ]dios d*e*l çielo q*ue*lo q*ui*`so fazer
e*n* aq*ue*sto le avemos mucho q*ue* agradeçer
por q*ue* es toda espan*na* e*n* el n*uestr*o poder
mal grrado alos moros q*ue*la solja*n* tener
Avemos e*n* afrryca vna vuena partyda
paryas nos da*n* por ella la ge*n*te descreyda
mucho oro & mucha plata a[ ]llena medida
vye*n* somos ya seguros todos desa p*ar*tyda
El co*n*de cavalleros las pazes a[ ]fyrmadas
& por estos çie*n*to an*n*os las paryas rrecabdadas
puede*n* veujr las gentes todas vye*n* aseguradas
no*n* avra*n* nj*n*gu*n* mjedo visq*ui*`ra*n* e*n* *sus* posadas
pues q*ue* todos avemos atales segura*n*ças
Ovyero*n* vos a[ ]dar carrera por q*ue* e*n* pax vivad*e*s
peones & cavalleros & todas las potestades
q*ue* vyua(^*n*) cada vno e*n*las *sus* eredades
lorrygas & capelinas & todas las vrafoneras
las lanças & los cochyllos & fierros & espalderas
espadas & vallestas & asconas (^a)[^m]*on*teras
metet las e*ne*l fuego & fazet grra*n*d*e*s fogueras}

[fol. 6r]
{CB1.
fared*e*s d*e*llas fierros & de *sus* gua*r*neçiones
picos & açadas & pycos & açadones
destrales & fachas segures & fachones
Estas cosas tales co*n* q*ue* labre*n* peones
por esta carrera avremos pa*n* asas
los grra*n*d*e*s & los chycos fasta el menor rrapaz
vibran por esta gujsa seguros e*n* pas

q*ui*`ero q*ue* esto sea sy avos otrros vos plas
Aquesto q*ue* yo ma*n*do sea luego co*n*pljdo
asy com*m*o yo ma*n*do q*ui*`ero q*ue* sea tenjdo
aquel q*ue* armas trraxyere & le fuere sabido
faga*n* lo q*ue* faze*n* al traydor enemjgo
Todo aquel q*ue* q*ui*`syere saljr de mj ma*n*dado
sy e*n* toda espan*n*a fuere despues fallado
ma*n*do q*ue* luego el su cue*r*po sea justyçiado
e q*ue*le de*n* atal justyçia com*m*o a[ ]tr[a]ydor provado
fue fecha la varata atal como e*n*te*n*dede*s*
vy(a)[o] lo el diablo q*ue* t(^e)ye*n*de tales rrede*s*
testorno el çimje*n*to cayero*n* se[ ]las parede*s*
lo q*ue* esto*n*çe perdiestes cobrar no*n*lo podede*s*}

[fol. 6v]
{CB1.
Tenje*n* lo a[ ]grra*n* vye*n* los pueblos labrad(e)[o]r*e*s
no*n* sabya*n* la trayçion los pueblos pecador*e*s
los q*ue* era*n* e*n*te*n*didos & e*n*te*n*dedor*e*s (^d)
dezja*n* mal syglo aya*n* tales co*n*sejador*e*s
Ovyero*n* a[ ]fazer todo lo q*ue*l rrey ma*n*dava
quje*n* las armas tenja luego las desvaratava
por el diablo antyguo e*n* esto se travajava
por fazer mal a[ ]x*r*i`*sti*anos nu*n*ca e*n* al andava
Qua*n*do fuero*n* las armas desechas & q*ue*madas
fuero*n* aquestas nuevas a[ ]marruecos pasadas
las ge*n*tes afrycanas fuero*n* luego ayu*n*tadas
al puerto d*e*la ma*r* fuero*n* luego legadas
Todos muy vye*n* gujsados p*ar*a espan*n*a pasar
q*u*a`ndo fuero*n* ju*n*tados pasaro*n* alle*n*de el mar
arryvaro*n* al puerto q*ue* dize*n* g(^??)ybraltar
no*n* podrya nj*n*gu*n* om*n*e q*u*a`ntos era*n* asmar
Todos estos paganos q*ue* [^a][ ]afryca ma*n*dava*n*
co*n*tra los de oropa despechosos estava*n*
Entraro*n* e*n*la t*ie*rra do e*n*trar no*n* cuydaro*n*
llegaro*n* a[ ]sevylla la ge*n*te rrenegada
esa çibdat nj*n* otras no*n* seles fyzo nada
era de mala gujsa la rrueda testornada
la cavtyva de espan*n*a era mal q*ue*bra*n*tada}

[fol. 7r]
{CB1.
Esto*n*çes el vue*n* rrey do*n* rrodrygo a[ ]q*ui*`e*n* avia co*n*teçido
ma*n*do por todo el rreyno dar el apelljdo
el q*ue* co*n* el no*n* fuese ante d*e*l mes co*n*pljdo
el aver & el cue*r*po toviese lo por pe*r*dido

las ge*n*tes q*ua*`ndo oyero*n* pregones aq*ue*xados
q*ue* de averes & de cue*r*pos era*n* mal amenazados
no*n* era y nj*n*guno p*ar*a fyncar osado
fuero*n* ante d*e*l *tien*po co*n* el rrey ju*n*tados
q*ua*`ndo ovo el rrey rr*odrig*o` *sus* poderes ju*n*tados
era poder sy*n* gujsa mas todos desarmados
ljdiar fuero*n* co*n* los moros levaro*n* los *sus* pecados
ca les fue d*e*los p*ro*fectas esto profetizado
tenja el rrey do*n* rrodrigo *sus* poderes llegados
Salj[*o] co*n*tra los moros tovo les la carrera
ayu*nto*[ ]se e*ne*l ca*n*po q*ue* dize*n* sa*n* govera
cerca de guadiana e*ne*sa su rryvera
fuero*n* de amas las p*artes* los golpes avyvados
era*n* p*ar*a ljdiar todos escale*n*tados
& fuero*n* d*e*la p*ri*`mera los moros arra*n*cados
rrecojiero*n* se co*n* todo esa ora los cruzados
Era castylla la vyeja vn pue*r*to vye*n* çerrado
no*n* avya e*n*trada mas de vn solo forado
tovyero*n* castellanos ese pue*r*to vye*n* gua*r*dado
por q*ue* de toda espan*n*a ese ovo fyncado}

[fol. 7v]
{CB1.
fyncaro*n* las asturyas a[ ]vn peq*ue*n*no* lugar
valles & mo*n*tan*n*as q*ue* so*n* cerca la mar
no*n* podiero*n* los moros por los puertos pasar
& ovyero*n* por ta*n*to las asturyas a[ ]fyncar
Espan*n*a la ge*n*tyl fue luego destruyda
era*n* sen*n*ores d*e*la ge*n*te descreyda
los x*ri*`*sti*anos mesq*ui*`nos avya*n* muy mala vida
nu*n*ca fue e*n* x*ri*`*sti*anos tan grra*n* cuyta venjda
Dentro e*n*las ygl*es*jas fazja*n* establjas
fazja*n* e*n*los altares muchas fieras folljas
rrovava*n* los tesoros d*e*las sac*ri*`stanjas
llorava*n* los x*ri*`*sti*anos las noches & los dias
qujero vos dezjr otra cosa q*ue*les fizo rret*ra*`er
prendia*n* alos x*ri*`*sti*anos & ma*n*dava*n* los cozer
por tal q*ue*les podiesem mayor mjedo meter
tenja*n* otros presos & dexava*n* los foyr
por q*ue* veya*n* las penas alos otros sofryr
avya*n* por do yva*n* las nuevas a[ ]dezjr
Dezja*n* & afyrmava*n* q*ue*los vyera*n* cozer
cozja*n* & asava*n* los om*nes* p*ar*a comer
q*ua*`ntos lo oya*n* yva*n* se a[ ]perder
no*n* sabya*n* co*n* grra*n* mjedo a[ ]do*n*de se asco*n*der
Era la cosa puesta & de dios otorgada

q*ue* serya*n* los de espan*n*a metidos a[ ]espada}

[fol. 8r]
{CB1.
alos duennos p*r*i`meros *ser*ya tornada
tornaro*n* enel ca*n*po ellos otra vegada
cuydava*n* los x*r*i`*sti*anos *ser* vie*n* asegurados
q*ue* avya*n* alos moros e*ne*l ca*n*po arre*n*cados
fuero*n* se los paganos esas oras tornados
Sy no*n* por q*ui*`en no*n* aya*n* p*er*do*n* de sus pecados
otro dia man*n*ana los pueblos descre`(^??)ydos
todos fuero*n* e*ne*l ca*n*po de sus armas gua*r*njdos
tanje*n*do an*n*afyles & dando alarydos
& las t*ie*rras & los çielos semejava*n* movydos
volviero*n* esas oras vn torneo pasado
comen*ç*aro*n* el a do lo avya*n* dexado
moryerom los x*r*i`*sti*anos todos ay mal pecado
Del rrey esas oras no*n* sopiero*n* ma*n*dado
En vysyo*n* fallaro*n* despues vna sepultura
el qual yazja e*n* vn sepulcro esc*r*i`to desta figura
aquj yaze el rrey do*n* rrodrygo vn rrey de grra*n* nat*ur*(r)a
q*ue* perdio la t*ie*rra por su desave*ntur*a
fuero*n* com*m*o oyestes d*e*los moros arra*n*cados
muchos era*n* los mue*r*tos & muchos los cativados
fuye*n*do los q*ue* fyncaro*n* mal dizje*n*do los *sus* fados
fuero*n* por todo el mu*n*do luego estos ma*n*dados}

[fol. 8v]
{CB1.
p*er*o co*n* todo esto vue*n* co*n*sejo pre*n*dierom
tomaro*n* las rreljqujas q*ua*`ntas mas podiero*n*
alçaro*n* se e*n* castylla asy se defendiero*n*
los d*e*las otras t*ie*rras por espadas pereçiero*n*
Asy yva*n* foye*n*do d*e*las ge*n*tes estran*n*as
murye*n* de grra*n* fanbre todos por las mo*n*tan*n*as
no*n* dies nj*n* vey*n*te nj*n* trey*n*ta mas muchas d*e*las co*n*pan*n*as
perdiero*n* co*n* grra*n* mjedo mucho[s] d*e*llos los se*n*tydos
matava*n* alas madres e*n* brac[´]os alos *sus* fyjos
no*n* se podie*n* dar co*n*sejo mugeres nj*n* marydos
avya*n* co*n* grra*n* mjedo muchos pueblos e*n*loq*ue*çidos
Elos om*ne*s mesq*ui*`nos q*ue* esta*n* alçados
de grra*n* vye*n* q*ue* movyero*n* estava*n* muy me*n*guados
q*ue*rya*n* mas ser mue*r*tos o *ser* soterrados
q*ue* vesqujr tal vida fanbrye*n*tos & lazerados
los om*ne*s de otro t*ie*npo q*ue* fuera*n* segurados
vye*n* se [...] de nuevo e*n*la t*ie*rra tornados

comja*n* el panezjllo de s*us* fyjos amados
los pobres era*n* rrycos & los rrycos me*n*guados
Dezja*n* los mal fadados e*n* mal ora nasçimos
diera(^*n*) nos dios a[ ]espan[*n*]a gua*r*dar no*n* la sopimos
sy e*n* coyta somos nos vye*n* lo meresçimos
por n*uest*ro mal sentydo e*n* grra*n* yerro caymos}

[fol. 9r]
{CB1.
Sy nos tales fuesemos com*m*o n*uest*ros parie*n*tes
no*n* avrya*n* poder aquestas malas ge*n*tes
ellos fuero*n* vuenos & nos menos cavados
trae*n* nos com*m*o lovos alos corderos rrezje*n*tes
no*n* a[ ]dios falesçie*n*do anos el falesçido
lo q*ue* otros ganaro*n* emos nos otros perdido
partye*n*do nos de dios a se de nos partydo
el vye*n* d*e*l(^l)os godos por eso es co*n*fondido
Diera dios esas oras vn grra*n* poder al pecado
fasta alle*n*de d*e*l pue*r*to todo fuera estragado
semeja fyera cosa mas dize lo el ditado
a[ ]sa*n* m*art*jn de torres ovyero*n* allegado
vysqujero*n* castellanos grra*n* *tien*po mala vida
e*n* *tie*rra muy angosta de vya*n*das muy falljda
lazerados muy grra*n* *tien*po ala mayor medida
veye*n* se e*n* muy grra*n* mjedo co*n* la ge*n*te descreyda
En todas estas co(^??)[^y]tas p*er*o q*ue* mal anda*n*tes
e*n*la me*r*cet de x*pistus* era*n* e*n*fuzja*n*tes
q*ue*les avrya me*r*çed co*n*tra los no*n* vautyza*nte*s
valet nos dixero*n* sen*n*or onde seamos cobra*n*tes
Avya*n* e*n* todo esto a[ ]almozore dar
çien donzellas fermosas q*ue* fuese*n* por casar
avya*n* las por castylla cada vno a[ ]vuscar
avya*n* lo de cu*n*pljr p*er*o co*n* grra*n* pesar}

[fol. 9v]
{CB1.
Duro les esta co(^s)[^y]ta muy fyera te*n*porada
los x*r*i`*sti*anos mesq*u*i`nos co*n*pan[*n*]a muy laze[r]ada
dezja*n* vala nos sen*n*or la tu me*r*çed sagrada
ca valjste a[ ]sa*n* p*edro*` de*n*tro e*n*la ma*r* yrada
sen*n*or q*ue* co*n* los sabyos valjste a[ ]cataljna
& de mue*r*te ljbreste a[ ]ester la rreyna
& d*e*l drago*n* ljbreste ala vi`*r*g*en* (^catalj)[^mary]na
tu da an*uest*ras llagas conorte & medeçina
Sen*n*or tu q*ue* ljbreste a[ ]davyt del leom
mateste al filjsteo vn soverujo varo*n*

q*ui*`teste alos jodios d*e*l rreyno de vaujlom
saq*ua*` (a)nos & ljbra nos de ta*n* cruel presyom
Tu q*ue* ljbreste a[ ]susan(˜)a d*e*los falsos varon*e*s
saq*ue*ste a[ ]danjel de e*n*tre dos leones
ljbreste a[ ]sa*n* matheo d*e*los fieros drragon*e*s
sen*n*or ljbra nos destas te*n*taçiones
ljbreste alos tres njn*n*os d*e*los fuegos ardie*n*t*e*s
q*ua*`ndo los metiero*n* y los pueblos descreye*n*tes
ca*n*tara*n* *en* el forno ca*n*tos muy co*n*venje*n*tes
ljbreste[ ]los otra vez de vocas de serpye*n*tes
sa*n* jo`*a*n eva*n*geljsta ant*e* muchos varones
yazja*n* ante el mue*r*tos de ye*r*vas dos ladrron*e*s
veujo el muy grra*n* vaso de esos mjsmos po*n*çon*e*s
mayor mal no*n* le fizjero*n* q*ue* sy comjera pin[*n*]on*e*s}

[fol. 10r]
{CB1.
Tu q*ue* asy podiste alas ye*r*vas toller su poder
q*ue* no*n* le pudiero*n* dan*n*o nj*n*guno fazer
sen*n*or por la tu mesura deves nos acorrer
ca e*n* ty nos yaze leva*n*tar o caer
sen*n*or tu q*ue* q*ue*syste d*e*l çielo desçender
en el seno d*e*la vi*r*ge*n* carne vera pre*n*der
cara( )me*n*te nos conpreste al n*uestr*o e*n*te*n*der
no*n* nos qujeras dexar agora ansy perder
Somos mucho pecadores & co*n*tra ty mucho errados
pe*r*o x*ri*`*sti*anos somos & la tu ley agua*r*damos
el tu no*n*bre tenemos & por tuyos nos llamamos
tu me*r*çed ate*n*demos otrra nos no*n* esperamos
(^duraro*n* *en* esta vyda)
Duraro*n* *en* esta vyda al cryador rroga*n*do
de llorar de s*us* ojos nu*n*ca se escaparo*n*
sye*n*pre dias & noches su cuyta rreco*n*ta*n*do
oyo les jh*es*u x*risto*` a[ ]quje*n* estava*n* llama*n*do
Dyxo les por el angel q*ue* a[ ]pelayo vuscase*n*
e q*ue*le alçase*n* por rrey & q*ue* todos ael catase*n*
en ma*n*parar la t*ie*rra todos le ayudase*n*
Ca el les daria ayuda por q*ue*la anparase*n*
vuscaro*n* a[ ]pelayo com*m*o les fue ma*n*dado
fallaro*n* lo e*n* cueva fanbrrye*n*to & lazerado
vesaro*n* le las manos & diero*n* le el rreygnado
ovo lo de rrescebyr pe*r*o no*n* de su grrado}

[fol. 10v]
{CB1.
Resçibyo el rreyna(gi)do a[ ]muy grra*n* mjdos

tovyero*n* se co*n* el los pueblos por guaridos
sopyero*n* estas nuevas los pueblos descreydos
p*ar*a venjr sobrre ellos todos fuero*n* movydos
Do sopiero*n* q*ue* era venjero*n* lo a[ ]vuscar
come*n*çaro*n* le luego la pena de ljdiar
ally q*ui*`so jh*es*u x*risto*` vn grra*n* mjraglo demostrar
bye*n* creo q*ue*lo oyestes alguna ves co*n*tar
Saetas & quadrryllos q*ua*`ntas al rrey tyrava*n*
ael nj*n* as*us* ge*n*tes nj*n*gunas no*n* llegava*n*
ta*n* yradas com*m*o yva*n* ta*n* yradas se tornava*n*
sy no*n* aellos mjsmos q*ue* a[ ]otrros no*n* matava*n*
q*ua*`ndo vyero*n* los moros ta*n* fyera fazan[*n*]a
q*ue* *sus* armas matava*n* asu mjsma co*n*pan*n*a
desçercaro*n* el castyllo saljero*n* d*e*la mo*n*tan*n*a
tenja[*n*] q*ue*les avya el cryador muy grra*n* san*n*a
Este do*n* pelayo sye*r*uo d*e*l cryador
gua*r*do ta*n* bye*n* la t*ie*rra q*ue* no*n* pudo mejor
fuero*n* ansy perdie*n*do x*r*i`*sti*anos el dolor
pe*r*o no*n* q*ue* perdiese*n* mjedo nj*n* de almozore
fyno el rrey pelayo jh*es*u x*risto*` lo p*er*done
rreygno su fyjo vaujlla q*ue* fue muy mal uaro*n*
qujso dios q*ue* ma*n*dase poco la rregio*n*
ca vysq*ui*`o rrey vn an*n*o & mas poca sazo*n*}

[fol. 11r]
{CB1.
fyja de pelayo duen*n*a muy ensen*n*ada
con el sen*n*or de tabyna ovyero*n* la casada
dixero*n* le a*lfonso*` vna la*n*ça dudada
gano muy fyera t*ie*rra toda co*n* su espada
Este gano a[ ]vyseo q*ue* es e*n* portogal
despues gano a[ ]brraga rreygno arçobyspal
estorga & çamora salama*n*qua ot*ro*` q*ue* tal
gano despues amaya q*ue* es vn alto poyal
Murio este rrey alfonso sen*n*or ave*ntur*ado
sea e*n* parayso ta*n* bue*n* rrey heredado
rreygno su fyjo fabya q*ue* fue malo provado
q*ui*`so dios q*ue* vysqujese poco en el rreygnado
Despues rreygno alfonso vn rrey de grra*n* valor
el casto q*ue* dixero*n* syervo d*e*l cryador
vysq*ui*`ero*n* e*n* su t*ien*po e*n* pax & e*n* sabor
este fyzo la ygl*es*ja q*ue* se dize sa*n* saluador
emos esta rrazo*n* por fue*r*ça de alongar
q*ui*`ero e*n* rrey carlos este cue*n*to tornar
ovo el al rrey a*lfonso*` ma*n*dado de e*n*byar
q*ue* venje p*ar*a espan*n*a p*ar*a gela ganar

Enbyo el rrey alfonso al rrey carlos ma*n*dado
ca e*n* ser atrybutado no*n* era acordado
por dar paryas por el no*n* *que*ria el rreygnado
seria llamado torpe e*n* fer atal mercado}

[fol. 11v]
{CB1.
Dyxo q*ue* mas q*ue*ria estar com*m*o estava
q*ue* el rreygno de espan*n*a a[ ]frra*n*çia sujusgar
q*ua*` no*n* se podrrya*n* deso los frra*n*çeses alabar
q*ue* mas la q*ue*ria*n* ellos e*n* çinco an*n*os ganar
Carlos ovo luego co*n*sejo sobre este ma*n*dado
com*m*o menester fuera no*n* fue bye*n* aco*n*sejado
diero*n* le por co*n*sejo el su pueblo famado
q*ue* venjese*n* a[ ]espan[*n*]a co*n* todo su (^??)fonsado
Ayu*n*to sus poderes grra*n*des sy*n* mesura
movyo p*ara* castylla te*n*go q*ue* fue grra*n* locura
al q*ue* selo co*n*sejo nu*n*ca le marre rre*n*cura
ca fue esa venjda plaga de su ve*n*tura
sopo fernan*d*o d*e*l carpyo q*ue* frra*n*çeses pasava*n*
q*ue* a[ ]fue*n*te rrabya todos ay arrybaua*n*
por co*n*q*ue*ryr a[ ]espan*n*a segu*n*t q*ue* ellos cuydava*n*
qua g*e*lla co*n*q*ue*rerya*n* mas no*n*lo bye*n* asmava*n*
Ovo grra*n*d*e*s poderes vernaldo de ayu*n*tar
de q*ue*lo ovo ayu*n*tado e*n*byo los al puerto d*e*la ma*r*
ovol todas *sus* ge*n*tes el rrey casto a[ ]dar
no*n* dexo aese puerto al rrey carlos q*ue* sepad*e*s
mato ay de frra*n*çeses rreyes & potestades
com*m*o dize la escrytura syete fuero*n* q*ue* sepad*e*s
muchos mato ay esto bye*n* lo creades
q*ue* nu*n*ca mas tornaro*n* alas *sus* bezj*n*dad*e*s}

[fol. 12r]
{CB1.
Tovo se por mal *tre*`cho carlos esa vegada
q*ua*`ndo vyo q*ue* por ally le tolljo la e*n*trrada
movyo se co*n* asas ge*n*tes & co*n* toda su mesnada
al pue*r*to de marsylla fyzo luego tornada
Qua*n*do fuero*n* al puerto frra*n*çeses llegados
rrendiero*n* a[ ]dios grra*çia*`s q*ue*los avya gujados
folgaro*n* & dormjero*n* q*ue* era*n* muy ca*n*sados
sy esas oras se tornara*n* fuera*n* bye*n* ave*ntur*ados
Ovyero*n* su acue*r*do de venjr a[ ]pasar aspan[*n*]a
e non les fynquase torre nj*n* cabanna
fuero*n* los poderes todos luego co*n* toda su mesnada
al pue*r*to de gitarea fyzjero*n* luego tornada

los poder*e*s de frra*n*çia todos bye*n* gua*r*njdos
por los de aspa fuero*n* luego torçidos
fuera*n* de bue*n* acuerdo sy no*n* fuera*n* ay venjdos
q*ue* nu*n*ca mas tornaro*n* do fuero*n* nasçidos
dexemos los frra*n*çeses e*n* espan*n*a tornados
por co*n*q*ue*ryr la t*ie*rra todos bye*n* gujsados
tornemos nos e*n* vernaldo d*e*los fechos grranados
q*ue* avye de espan*n*ones grra*n*d*e*s poder*e*s ju*n*tados
moujo v*er*naldo d*e*l carpyo co*n* toda su mesnada
sy sobre moros fuese era buena provada
movyero*n* p*ar*a vn agua muy fue*r*te & muy yrada
ebrro le dixero*n* sye*n*pre asy es oy llamada}

[fol. 12v]
{CB1.
fuero*n* p*ar*a çaragoça alos pueblos paganos
veso v*er*naldo d*e*l carpjo al rrey ma*r*sjl las manos
q*ue* diese la dela*n*tera alos pueblos castellanos
co*n*trra los doze pares esos pueblos loçanos
Otorgo[ ]g*e*lla luego & dio sela de bue*n* grrado
nu*n*ca oyo ma*r*syl otrro nj*n* tal ma*n*dado
movjo v*er*naldo d*e*l carpjo co*n* su pueblo dudado
de ge*n*tes castellanas era bye*n* agua*r*dado
Tovo la dela*n*tera v*er*naldo esa vez
co*n* ge*n*tes espan[*n*]ones ge*n*t*e*s de muy grra*n* pres
ve*n*çiero*n* esas oras alos frra*n*çeses muy de rrefes
fue esa alos frra*n*çeses mas negra q*ue*la p*r*i`mera ves
por eso vos djgo aq*ue*so q*ue* bye*n* lo e*n*te*n*dades
mejor*e*s so*n* q*ue* otrras t*ie*rras e*n*las q*ue* vos morad*e*s
de todo es bie*n* co*n*pljda e*n*la q*ue* vos estad*e*s
dezjr vos he agora [...] a de vo*n*dades
tyerra es muy te*n*prada sy*n* grra*n*d*e*s calle*n*turas
no*n* faze e*n* yvye*r*no deste*n*prradas fryuras
no*n* es t*ie*rra ene*l* mu*n*do q*ue* aya tales pasturas
arvoles p*ar*a fruta syq*ui*`era de mjles naturas
Sobre todas las t*ie*rras mejor es la mo*n*tan*n*a
de vacas & de ovejas no*n* ay t*ie*rra taman[*n*]a
ta*n*tos hay de pue*r*cos q*ue* es fyera fazan*n*a
syrve*n* se muchas t*ie*rras d*e*las cosas de espan[*n*]a}
{CW. es de ljno}

[fol. 13r]
{CB1.
es de ljno & lana t*ie*rra mucho avastada
de çera sobre todas vuena t*ie*rra provada
no*n* seria de azeyte e*n* todo el mu*n*do tal fallada

*tie*rra de jngla & *tie*rra de frra*n*çia desto es mucho avo*n*dada
buena *tie*rra de çera & buena de venados
de rrio de mar muchos buenos pescados
quje*n* los q*ui*`ere rrezje*n*tes q*ui*`en los qujere salados
so*n* destas cosas tales pueblos muy abastados
De panes & de vynos *tie*rra(^s) muy comunal
no*n* fallaria*n* e*ne*l mu*n*do otrra mejor nj*n* tal
muchas de buenas fue*n*tes & mucho bue*n* rrio cabdal
& otrras muchas mas fuert*e*s de q*ue* faze*n* la sal
ay muchas venas de fyerro & sal
A(n)[y] syerras & valles & mucha de buena mata
todas llenas de grrana p*ar*a fazer escarlata
ay venas de oro q*ue* so*n* de mejor varata
Por lo q*ue* ella mas val avn no*n* vos lo dixemos
d*e*los buenos cavalleros avn me*n*çion no*n* fyzjemos
mejor *tie*rra es d*e*las q*ue* q*ua*`ntas nu*n*ca vyemos
nu*n*ca tales cavalleros ene*l* mu*n*do nu*n*ca vjemos
Dexar vos q*ui*`ero desto q*ue* asas vos he co*n*tado
no*n* q*ui*`ero mas dezjr q*ue* podrria ser errado}

[fol. 13v]
{CB1.
p*er*o no*n* olujdemos al apostol s*an*tyago honrrado
fyjo d*e*l zebedeo s*an*tyago llamado
fue*r*te( )me*n*te q*ui*`so dios a[ ]espan*n*a honrrar
q*ua*`ndo al s*an*to apostol q*ui*`so ay enbyar
de jngla *tie*rra & frra*n*çia q*ui*`so la mejorar
q*ue* sabet q*ue* no*n* yaze apostol e*n* todo aq*ue*l logar
onrro le otra gujsa el p*re*çioso sen*n*or
fuero*n* y muchos s*an*tos mue*r*tos por su sen*n*or
q*ue* de moryr a[ ]cochyllo no*n* ovyero*n* (^delos) temor
muchas vi`*r*gen*e*s y s*an*tas & mucho bue*n* co*n*fesor
Com*m*o ella es mejor d*e*las *sus* vezj*n*dad*e*s
asy sod*e*s mejor*e*s q*ua*`ntos e*n* espan*n*a morad*e*s
omn*e*s sod*e*s sesudos & mesura heredades
desto por todo el mu*n*do grra*n* preçio heredast*e*s
p*er*o de toda espan*n*a castylla es mejor
por q*ue* fue d*e*los otrros comje*n*ço mayor
gua*r*da*n*do & temje*n*do sye*n*pre asu sen[*n*]or
qujso acreçentar ansy el n*uest*ro sen*n*or
Avn castylla vyeja al mj ente*n*dimje*n*to
mejor es q*ue*lo hal por q*ue* fue el çimje*n*to
ca co*n*q*ui*`riero*n* mucho maguer poco co*n*ve*n*to
bye*n* lo poded*e*s ver enel acabamje*n*to}

[fol. 14r]

{CB1.
pues q*ui*`ero mas co*n* ta*n*to desta rrazo*n* dexar
temo me sy mas dixese q*ue* podrria herrar
otrro( )sy no*n* vos q*ui*`ero la rrazo*n* alongar
q*ui*`ero en do*n* alfonso el casto rrey tornar
rrey fue de grra*n* se*n*tydo & de grra*n* valor
syeruo fue & amjgo mucho d*e*l cryador
fue[ ]se de aq*ue*ste m[und]o p*ar*a el otrro mayor
fynco toda la t*ie*rra essa ora sy*n* sen*n*or
Era*n* en muy grra*n* coyta espan*n*on*e*s caydos
duraro*n* muy grra*n* t*ie*npo todos desavenjdos
com*m*o om*ne*s syn sen*n*or(^*e*s) tr*i*`st*e*s doloridos
dizje*n* mas nos baldrrya nu*n*ca s*er* nasçidos
Qua*n*do vyero*n* castellanos la cosa ansy yr
e p*ar*a alçar rrey no*n* se podia*n* avenjr
vyero*n* q*ue* sy*n* pastor no*n* podia*n* bye*n* veujr
posyero*n* q*ue* podiese*n* los canes rreferyr
Todos los castellanos e*n* vna se acordaro*n*
dos om*ne*s de grra*n* gujsa por al*ca*ld*e*s los alc[´]aro*n*
los pueblos castellanos por ellos se gujaro*n*
& no*n* posyero*n* rrey grra*n* t*ie*npo duraro*n*
dezjr vos he los al*ca*ld*e*s los no*n*bres q*ue* ovyero*n*}

[fol. 14v]
{CB1.
Dende adelante diremos d*e*los q*ue* dellos veniero*n*
muchas buenas vatallas co*n* los moros oviero*n*
co*n* su fiero esfuerço grra*n* t*ie*rra co*n*qujriero*n*
Don nun*n*o ovo no*n*bre om*ne* de grra*n* valor
vyno de su ljnaje el bue*n* e*n*perador
al otrro do*n* laym( )no bue*n* guereador
vyno de su ljnaje el bue*n* çid ca*n*peador
fy de nun*n*o rrasura om*ne* bye*n* e*n*te*n*dido
gonçalo ovo por no*n*bre o*n*bre muy atrevydo
anparo bye*n* la t*ie*rra fyzo q*ua*`[n]to fazer pudo
esto fue rreferie*n*do al pueblo descreydo
Ouo go*n*çalo nun*ne*s tres fyjos varon*e*s
todos trres de grra*n* gujsa & de grra*n*d*e*s coraçon*e*s
estos partyero*n* t*ie*rra & diero*n*[ ]la a[ ]jnfa*n*çon*e*s
por do*n*de ellos par*t*yero*n* ay esta*n* los mojon*e*s
Don diego go*n*çales el e*r*mano mayor
rrodrrygo el mediano ferna*n*do el menor
todos trres fuero*n* bu*e*nos mas ferna*n*do el mejor
ca q*ui*`to muy grra*n* t*ie*rra al moro almozore
fyno diego go*n*çales el e*r*mano mayor
q*ue*do toda la t*ie*rra e*ne*l otrro ermano

"como los castellanos alçaron por su señor al conde fernan gonçalez fijo de don gonçalo nuñez"

don rrodrrygo por no*n*bre q*ue* era el mediano
sen*n*or fue grra*n* t*ie*npo d*e*l pueblo castellano}

[fol. 15r]
{CB1.
(^Qua*n*)
Qua*n*do la ora vyno puesta d*e*l cryador
fue se rruy go`*nçale*s *par*a el cryador
fynco toda la t*ie*rra en*e*l ermano menor
don ferna*n*do po*r* no*n*bre cue*r*po de muy grra*n* valor
Esto*n*çes era castylla vn peq*ue*n*n*o rry*n*co*n*
era mo*nte*s doca de castylla mojo*n*
moros tenja*n* a[ ]caraço e*n* aq*ue*sta sazo*n*
Esto*n*çes era castylla toda vna alcaldia
mague*r* q*ue* era pobre esa ora poco valja
nu*n*ca de buenos om*ne*s fuera castylla vazja
de q*ua*`les ellos fuero*n* paresçe (^sç) oy dia
Varon*e*s castellanos este fue su cuydado
de llega*r* al su [...] al mas alto estado
de vn alcaldia pobre fyzjero*n* la co*n*dado
tornaro*n*[ ]la despues cabeça de rreynado
ovo no*n*bre fernando el co*n*de de prymero
nu*n*ca fue enel mu*n*do otrro tal cavallero
este fue d*e*los moros vn mortal omjçero
dizje*n*[ ]le por *sus* ljd*e*s el vueytrre ca*r*njçero
fyzo grra*nde*s vatallas co*n*la ge*n*te descreyda
esto les fyzo laçrar alla mayor medida
ensa*n*cho e*n* castylla vna grra*n* *par*tyda
ouo enel su t*ie*npo mucha sa*n*grue ue*r*tyda}

[fol. 15v]
{CB1.
el co*n*de do*n* ferna*n*do co*n* muy poca co*n*pan*n*a
e*n* co*n*tar lo q*ue* fyzo semejaria fazan*n*a
ma*n*tovo sye*n*pre guerra co*n*los rreys de espan*n*a
no*n* dava mas por ellos q*ue* por vna castan*n*a
En ante q*ue* e*n*trremos adela*n*te e*n*la rrazo*n*
dezjr uos he yo d*e*l co*n*de q*ua*`l fue su cryazo*n*
furto[ ]le vn pobrezyllo q*ue* labraua ca*r*vo*n*
tovo lo e*n*la mo*n*tan*n*a vna grra*n* sazo*n*
Qua*n*to podia el amo gana*r* de su menester
al su bue*n* cryado dava selo de volu*n*tad
de q*ua*`l ljnaje ve*n*ja fazja selo e*n*te*n*der
avya el moço q*ua*`ndo lo oya muy grra*n* plazer
q*ua*`ndo sopo el moço todas cosas e*n*te*n*der
Oyo com*m*o a[ ]castylla moros la yva*n* corrie*n*do

ualas me dixo x*ristus* yo aty me e*n*comje*n*do
e*n* coyta es castylla segu*n*t q*ue* yo e*n*tye*n*do
Sen*n*or ya t*ien*po era sy fuese tu mesura
q*ue* mudases la rrueda q*ue* anda ala ve*n*tura
asas a*n* (^*p) castellanos pasada mucha rre*n*cura
ge*nte*s nu*n*ca pasaro*n* ata*n* malla ve*ntur*a
Sen[*n*]or ya t*ien*po era de saljr d*e*las cavan*n*as
q*ue* no*n* so yo oso urauo p*ar*a uevyr e*n*las mo*n*tan*n*as
t*ien*po es ya q*ue* sepa*n* de mj las mjs co*n*pan*n*as}

[fol. 16r]
{CB1.
e sy sopyese el mu*n*do & las cosas estran*n*as
Castelanos [...] so*n*bra & grra*n*d abrygo
la ora q*ue* perdiero*n* amj ermano do*n* rrodrygo
avya*n* los moros e*ne*l vn mortal enemjgo
sy yo de aq*ui*` no*n* salgo nu*n*ca valdre vn fygo
saljo d*e*las mo*n*tan*n*as & vyno p*ar*a poblado
co*ne*l pobrezjllo q*ue*lo avya cryado
ayna fue sabydo por todo el co*n*dado
nu*n*ca ovo mayor goso onbre de madre nado
Venja*n* los castellanos asu sen*n*or ver
avya*n* chycos & grra*nde*s todos co*ne*l plazer
metyero*n* el co*n*dado todo e*n* su poder
no*n* podia*n* e*ne*l mu*n*do mejor aver
q*ua*`ndo e*n*te*n*dio q*ue* era de castylla sen*n*or
alço a[ ]dios las manos & rrogo al c*ri*`ador
diz sen*n*or tu me ayuda q*ue* so mucho pecador
q*ue* yo saq*ue* a[ ]castylla d*e*l antygo dolor
Da[ ]me sen*n*or esfuerço seso & se*n*tydo
q*ue* yo tome ve*n*gança d*e*l pueblo descreydo
& cobre*n* castellanos algo d*e*lo p*er*dido
E te te*n*gas de mj por algo e*n* serujçio}

[fol. 16v]
{CB1.
E sen*n*or lue*n*go t*ien*po ha q*ue* v(^s)[^i]ue*n* mala vyda
so*n* mucho ap*ri*`mjados d*e*la ge*n*te descreyda
sen*n*or rrey d*e*los rreyes aya la tu ayuda
q*ue* yo torne a[ ]castylla buena medida
sy por algu*na*` culpa cayeremos e*n*la su san*n*a
no*n* sea sobre nos esta pena taman*n*a
ca yazemos e*n* catyvo & de todos los despan*n*a
los sen*no*r*e*s ser sye*r*uos te*n*go lo por façan*n*a
Tu lo sabes sen*n*or bye*n* q*ue* vyda e*n*duramos
no*n* nos q*ui*`er*e*s oyr maguer te llamamos

non sabemos con quexa que consejo prendamos
sennor grrandes & chycos tu merçed esperamos
Sen[*n*]or esta merçed te querria pedir
seyendo yo tu vasallo non me qui`eras falljr
sennor con( )tygo cuedo atanto conquerir
por que aya castylla de pri`mja a[ ]saljr
fyzo su oraçion el moço byen conpljda
de coraçon la fyzo byen le fuera oyda
fyzo grrandes vatallas conla gente descreyda
mas nunca fue vençido en toda la su vyda
Non qui`so maguer moço dar se njngun vagar
començo alos moros muy fuerte( )mente gue`rrear}

[fol. 17r]
{CB1.
moujo[ ]se con sus gentes a[ ]caraço fue cercar
vna syerra muy alta & muy fyrme castellar
El conde castellano con todos sus varones
convatyan las torres agujsa de guereadores
de dardos peleavan los peones
fazjan a[ ]dios serujçio de puros coraçones
Non se podian los m[or]os por cosa defender
en ante que almozore los pudiese acorrer
ovyeron se[ ]los moros por fuerça a[ ]vençer
ovyeron los xri`stianos las torres en poder
Llego almozorre luego el apelljdo
sopo commo avya a[ ]caraço perdido
dixo ya fyrme so del conde mal trraydo
sy del non me vengo en mal ora fuy nasçido
Enbio por la tierra a[ ]grran pri`esa trroteros
vnos en pos de otrros carta`s & mensajeros
que venjesen ayna peones & cavalleros
& que sus rreyes venjesen luego enlos delanteros
qua`ndo fueron conel juntados sus varones
rreyes & rricos omnes & muchos jnfançones
sy todos los contasemos cavaleros & peones
serien mas por cuenta de çien mjll legiones}

[fol. 17v]
{CB1.
Quando ovo almozore su poder ayuntado
moujo para castylla san[*n*]udo & mucho yrado
avya muy fiera( )mente al conde amenazado
que non fyncaria tierra que non fuese vuscado
avya(^*n*) aquestas nuevas el conde ya oydo
commo era almozore para venjr moujdo

de toda el almaria t*ra*`ya el apelljdo
mayor poder nu*n*ca vyera nj*n*gu*n* om*ne* nasçido
Enbio por castylla ap*ri*`esa los ma*n*dados
q*ue* fuese*n* e*n* vno todos co*ne*l ju*n*tados
faze saber las nuevas as*us* adela*n*tados
com*mo* de almozorre era*n* desafyados
fablo co*n* *sus* vasallos e*n* q*ue* acordava*n*
q*ue* q*ue*ria oyr a[ ]todos q*ue* q*ue* co*n*sejo le daria*n*
sy q*ue*ria*n* yr aellos o sy los ate*n*deria*n*
o q*ua*`l seria la cosa por q*ue* mejor te*r*nja*n*
fablo *gonçalo*` dies vn seso de bue*n* varo*n*
Rogo q*ue*le escuchase*n* & q*ue* deria su rrazo*n*
oyt me dixo sen[*n*]or sy jh*e*su x*risto*` vos p*er*do*n*(m)
p*ar*a av*er* la ljd no*n* tenemos sazo*n*
Sy alguna carrera podiese om*ne* fallar
de gujsa q*ue* pudiesemos esta ljd escusar
no*n* devrryemos t*re*`gua nj*n* pecho rrefusar}

[fol. 18r]
{CB1.
por do( )q*ui*`er q*ue* om*ne* los pudiese ama*n*sar
en muchas ot*ra*`s cosas se espye*n*de el aver
enel ljdiar om*ne* no*n* puede esforc[´]ar
avya cue*r*po y a*nym*a todo y a[ ]poner
lo qual por oro nj*n* plata no*n* lo puede aver
Muchos so*n* sy*n* gujsa los pueblos rrenegados
cavall*er*os & peones todos bye*n* agujsados
somos poca co*n*pan*n*a co*n*pan*n*a de armas muy me*n*guados
seremos sy nos ve*n*çen todos ay descabeçados
Sy nos co*n* almozore pl*e*jto podiesemos traer
q*ue* q*ue*dase la ljd por dar o por prometer
sy otrra cosa fazemos podemos nos p*er*der
Todo [ˆel] mj se*n*tydo ya oydo lo aved*e*s
dezjt vos otros agora todo lo q*ue* por bie*n* tovjered*e*s
sy yo fable sy*n* gujsa vos melo p*er*doned*e*s
por dios q*ue*lo mejor al co*n*de co*n*sejed*e*s
fue de *gonçalo*` dies el co*n*de despagado
ca no*n* se tovo d*e*l por bye*n* aco*n*sejado
magu*er* q*ue* fue san[*n*]udo no[*n*]le fablo desagujsado
mas co*n*t*ra*`dixol todo q*ua*`nto avya fablado
Por dios dixo el co*n*de q*ue* me q*ue*rad*e*s oyr
q*ui*`ero a[ ]do*n* *gonçalo*` a[ ]todo rrecudyr
co*n*trra q*ua*`nto ha dicho q*ui*`ero yo dezjr
ca tales cosas dixo q*ue* solo no*n* so*n* de oyr}

[fol. 18v]

{CB1.
Dyxo delo pri`mero de escusar el ljdiar
pero non puede omne la muerte e[s]cusar
el omne pues que sabe que non puede escapar
deve ala su carne onrrada muerte le dar
por la tregua aver por algo que pechemos
de sennores que somos vasalos nos fari`emos
en logar que a[ ]castylla de pri`mja saquemos
la pre`mja que era doblar gella yemos
por enganno ganar non ha cosa peor
el que cayere en este fecho caya en grrande error
por defender el enganno murio el saluador
mas valle ser engannado que non ser engannador
Nuestrros anteçesores lealtat syenpre guardaron
sobre las otra`s tierras ellos la heredaron
por esto aguardar las muertes olujdaron
qua`nto saber ovyeron por y lo acabaron
Toda( )vya se guardaron de mal fecho fazer
non les pudo njnguno` aquesto rretrraer
eredar non qujsieron para menos valer
que ellos non podiesen enpennar njn vender
Este debdo levaron nuestros anteçesores
de todos los [que] byuen mejor guardar sennores
de morir delante dellos tenjen se por mejores
Non deve otrra cosa y ser olujdada
por que al sennor fizjesen cosa desagujsada
ellos nunca fyzjeron sanna vyeja alçada
mas syenpre lealtat leal( )mjentre pagada}

[fol. 19r]
{CB1.
Asy agujso la cosa el mortal enemjgo
qua`ndo perdio la tierra el buen rrey don rrodrygo
non quedo en espanna qui`en valjese vn fygo
syn non castylla vieja vn logar muy antygo
fueron nuestros abuelos grran tienpo muy lazrados
ca los tenjan los moros muy fuerte( )mente arrenconados
eran en poca tierra muchos omnes juntados
de fanbre & de guera eran muy lazrados
Maguer mucho lazerio & mucha coyta sofryeron
syenpre ganaron delo suyo non perdieron
por mjedo dela mu(^y)erte yerro nunca fezjeron
todos sus adversarios por aqui` los vençieron
Commo se nos ovyera todo esto olujdar
lo que ellos ovyeron anos todo es de heredar
venjendo anos en mjente non podrremos errar

puede nos todo a*que*sto de mal fecho ljbrrar
Dexemos los parie*nte*s alo n*uestr*o tornemos
p*ar*a yr ala vatalla a*que*so agujsemos
por mjedo d*e*la mue*r*te la ljd no*n*la escusemos
cae*r* o leva*n*tar ay lo departyremos
Esforçad castellanos no*n* ayad*e*s pavor
ve*n*çeremos los poderes d*e*l rrey almozorre
saq*ua*`remos a[ ]castylla de pr*i*`mja & de error
el sera el ve*n*çido yo sere el ve*n*çedor}

[fol. 19v]
{CB1.
Mague*r* q*ue* muchos so*n* no*n* vale*n* tres a*r*vejas
yrie*n* tres lovos a[ ]trey*n*ta mjll ovejas
Amjgos de vna cosa so*n* bie*n* sabidor
q*ue* ve*n*çeremos sy*n* duda al moro almozorre
de todos los de espan*n*a fared*e*s de mj el mejor
s*er*a grra*n*d la mj onrra & la v*uestr*ra mejor
Qua*n*do ovo el co*n*de la rrazo*n* acabada
co*n* estos tales dichos su ge*n*te cono*r*tada
moujo se de mun*n*o co*n* toda su mesnada
fuero*n* se p*ar*a lara tomar ot*r*a` posada
El co*n*de ferra*n* *gonçale*s cuerpo de buenas man*n*a`s
cavalga e*n* su cavallo apa*r*to se de *sus* co*n*pan*n*as
p*ar*a yr vuscar el pue*r*co metio se po*r* las mo*n*tan*n*as
fallo lo e*n* vn arroyo çe*r*ca de vasq*ue*ban[*n*]as
Acojio[ ]sele el pue*r*co a[ ]vn fyerro luga*r*
do tenja su cueva & do solja alue*r*gar
no*n* se oso el pue*r*co e*n*la cueva asegurar
fuxo a[ ]vna e*r*mjta metyo[ ]se tras el altar
Era esa e*r*mjta de vna piedrra techada
por q*ue* de toda ella no*n* paresçia nada
tres mo*n*jes y veuja*n* vida fue*r*te (laçadrra) [lazrada]
sa*n* *pedro*` avia no*n*bre esa casa sagrrada
No*n* pudo por la pen*n*a el co*n*de aguijar
sorre*n*do el cavallo ovo se de apear}

[fol. 20r]
{CB1.
por do se metio el pue*r*co metio se po*r* ese luga*r*
entrro por la e*r*mjta llego fasta el altar
q*ua*`ndo vio do*n* ferna*n*do ta*n* onrrado loga*r*
desanparo el pue*r*co no*n*lo q*ui*`so allj matar
sen*n*or dixo a[ ]q*ui*`en teme*n* los vie*n*tos & la mar
sy yo erre e*n* esto deves me pe*r*donar
Aty me manjfyesto v*ir*ge*n* sa*n*ta ma*ri*a`

q*ue* de esta s*an*tydat sen[*n*]ora yo no*n* sabia
por y fazer enojo yo aq*ui*` no*n* e*n*trraria
sy no*n* por da*r* ofre*n*da o por fazer rromeria
sen*n*or tu me pe*r*dona & me vale & me ayuda
co*ntra*` la ge*n*te pagana q*ue* ta*n*to me seguja
anpara a[ ]castylla d*e*la ge*n*te descreyda
sy tu no*n*la anparas te*n*go la por perdida
q*ua*`ndo la ora*çion* el co*n*de ovo acabada
vyno ael vn mo*n*je d*e*la pobre posada
pelayo avya no*n*bre ujuja vyda lazrada
saludol & pregu*n*tol q*ua*`l era su andada
Dyxo q*ue* tras el pue*r*co era ay venjdo
era de su mesnada arredrrado & pa*r*tydo
sy por pecados fuese de almozore sabydo
no*n* fyncaria t*ie*rra do*n*de escapase v(u)juo
rrecudiol el mo*n*je dixo rruego te por dios amjgo
sy fuese tu mesura q*ue* ospedases co*n*( )mjgo
dar te yo pa*n* de ordio q*ue* no*n* te*n*go de trygo}

[fol. 20v]
{CB1.
da*r*[ ]te yo d*e*l agua q*ue* no*n* te*n*go d*e*l vyno
sabras com*m*o as de fazer co*n*tra el tu enemjgo
el co*n*de ferra*n* go*n*ç*ale*s de todo bye*n* co*n*pljdo
co*ntra*` el mo*n*je sa*n* pelayo q*ue* se fyzo su amjgo
d*e*l mo*n*je sa*n* pelayo rresçibio su co*n*vydo
d*e*l e*r*mjtan*n*o s*an*to tovo se por bye*n* s*er*ujdo
mejor no*n* aluer*g*ara despues q*ue* fuera ujuo
Dyxo do*n* frray pelayo esco*n*trra su sen*n*or
fago te el bue*n* co*n*de de ta*n*to sabydor
q*ue* q*ui*`ere la tu fazje*n*da guja*r* el alto cryador
ve*n*çeras todo el poder d*e*l moro almozorre
faras grra*nde*s vatallas e*n*la ge*n*te descreyda
muchas sera*n* las gen*te*s a[ ]q*ui*`e*n* q*ui*`taras la vida
cobrraras d*e*la t*ie*rra vna buena pa*r*tyda
la sa*n*g(u)re d*e*los rreyes po*r* ty s*er*a vertyda
No*n* q*ui*`ero mas dezjr te de toda tu a*n*da*n*ça
s*er*a por todo el mu*n*do temjda la tu lança
q*ua*`nto q*ue* te yo digo te*n* lo por asegura*n*ça
(^dos vezes s*er*as preso te*n* lo por segura*n*ça)
dos vezes s*er*as preso crey me sy*n* duda*n*ça
Ant*e*s de te*r*çero dia te veras e*n* grra*n* cuydado
ca veras el tu pueblo todo muy mal espa*n*tado
vera*n* vn fue*r*te sygno q*ua*`l nu*n*ca vyo om*n*e nasçido
el mas loçano d*e*llos s*er*a muy mal espa*n*tado}

[fol. 21r]
{CB1.
Tu co*n*fortar los has q*ua*\`nto mejor podiere*s*
dezjr les as a[ ]todos q*ue* semejara*n* mugere*s*
dep*ar*tyr les has [...] el q*ua*\`nto mejor podiere*s*
p*er*dera*n* todo el mjedo q*ua*\`ndo g*e*llo dep*ar*tiere*s*
Espyde te agora co*n* lo q*ue* as oydo
aq*ue*ste luga*r* pobre no*n*lo eches e*n* olujdo
fallaras el tu pueblo *tri*\`ste & dolorido
ffazje*n*do lloro & lanto & metye*n*do apelljdo
por lloro nj*n* llanto no*n* faze*n* nj*n*gu*n* tue*r*to
ca pie*n*sa*n* q*ue* eres preso o q*ue* moros te ha*n* mue*r*to
& q*ue* q*ue*da*n* sy*n* senn*o*r & sy*n* nj*n*gu*n* co*n*fue*r*to
coydava*n* co*n* los moros por ty saljr a[ ]pue*r*to
rruego te amjgo & pydo telo de grrado
q*ua*\`ndo ovyeres tu el bue*n* co*n*de el ca*n*po arra*n*cado
ve*n*ga te e*n* mje*n*te*s* q*ue* somos co*n*ve*n*to laçrad(^rr)o
& no*n* sete olujde el pobre ospedado
senn*o*r tres mo*n*jes somos asas pobre co*n*ve*n*to
la n*uestr*a pobre vyda no*n* ha par nj*n* cue*n*to
mas sy dios no*n* nos e*n*bya algu*n* co*n*solamje*n*to
daremos alas syerpes n*uestr*o avytamje*n*to
el co*n*de diol rrespuesta com*m*o om*n*e e*n*senn*a*do
dixo do*n* frray pelayo no*n* ayas cuydado
q*ua*\`nto dema*n*daste*s* se*r* vos ha otorgado
conosçerede*s* a[ ]do*n*de dieste*s* el v*uestr*ro ospedado}

[fol. 21v]
{CB1.
Sy dios aq*ue*sta ljd me d(^a)[^e]xa arra*n*car
q*ui*\`ero de todo lo mjo lo q*ui*\`nto aeste luga*r* dar
de mas q*ua*\`ndo muriere aq*ui*\` me ma*n*dar soterrar
q*ue* mejore por mj sye*n*pre este lugar
ffare otra ygl*é*sja de mas fue*r*te çimje*n*to
fare de*n*trro e*n* ella el mj soterramje*n*to
dare ay do*n*de ujva*n* mo*n*jes mas de çie*n*to
q*ue* *sir*ua*n* todos a[ ]dios & q*ue* faga*n* su ma*n*damj*ento*\`
despydio se d*e*l mo*n*je alegrrue & muy pagado
vyno se p*ar*a lara el co*n*de ave*n*turado
q*ua*\`ndo alla llego & le vio el su fonsado
el lloro & llanto e*n* gozo fue tornado
co*n*to as*us* varone*s* com*m*o le avya co*n*tesçido
d*e*l mo*n*je q*ue* fallara q*ue* yazja asco*n*dido
com*m*o fuera su vesped & tomara su co*n*vydo
(^&) q*ue* mejor no*n* alv*er*gara despues q*ue* fue nasçido
Otrro dia man*n*ana ma*n*do mover *sus* gente*s*

"de como el conde fernan gonçalez vencio y tomo y mato syete rreyes moros y tomo el castillo de lara"

mjll avya para vn xri`stiano delos moros descrey[e]ntes
los del conde eran pocos mas buenos convatyentes
todos eran yguales de vn corasc[´]on ardientes
vien se vey[*an] por ojo los xri`stianos & los moros
non es omne enel mundo que asmase los paganos
todos venjan cobyertos los oteros & los llanos
a[ ]xri`stianos cuydavan prender selos a[ ]manos
fazjan grrand alegri`a los pueblos descreyentes}

[fol. 22r]
{CB1.
venjan tannendo trronpas & dando alaridos
davan los mal fadados atamannos rroydos
quelos montes & los valles semejavan moujdos
El conde don fernando estava muy quexado
queria moryr por ver se conlos moros enel canpo
byen cuydava ese dia rreygnar ay el pecado
que metyo grrande espanto enel pueblo cruzado
vno delos del conde valjente cavallero
natural de entreujnno dela puente ytero
tenje buen cavallo fermoso & ljgero
pusol delas espuelas por ençima de vn otero
partyo se la tierra conel & somjo se el cavallero
qujen con el se encontrrava non yva del sano
otrro( )sy vn rryco omne que dezjan don velasco
Metya toda su fuerça en guardar asu sennor
non avya de su muerte pesar njn dolor
tolja le el grran depdo dela muerte el pauor
non ha [...] para buenos deste mundo mejor
commo todos fyzjeron rrefex es de entender
tanto non fyzo omne con tan poco poder
semeja poca cosa pesada de entender
con trezjentos cavalleros tan grran pueblo vençer
Cavalleros & peones fyrme( )mjente ljdiavan
todos qua`nto podian asu sen[n]or aguardavan
qua`ndo dezja castylla todos con el esforc[´]avan
los moros en todo esto las espaldas tornavan}

[fol. 22v]
{CB1.
fue les de vna ljd el conde acuytando
yvan se contra` la tyenda de almozore acostando
llegaron almozorre aquestos malos rroydos
sabyendo commo eran sus poderes vençidos
eran muchos los muertos & muchos los feridos
avya de sus rreyes los mejores perdidos

dem*an*do su cavallo por ljdiar co*n* *sus* manos
fuera*n* y bye*n* ave*ntur*ados caveros castellanos
mue*r*to fuera o p*re*so d*e*los pueblos x*r*i`*sti*anos
mas no*n* g*e*llo aco*n*sejaro*n* los pueblos paganos
por no*n* vos detener e*n* otrras ledanjas
fue almozore ve*n*çido & todas *sus* cavall*er*jas
allj fue demostrrado el poder d*e*l mexyas
el co*n*de fue tenjdo almozorre golljas
ffoya almozorre agujs de algurnjo
dizje*n*do ay mafomat e*n* mal ora e*n* ty fyo
no*n* vale tres arvejas todo tu poderio
el mj grra*n* poder es mue*r*to & catyvo
pues ellos mue*r*tos so*n* p*a*r*a* q*ue* fy*n*co yo vjuo
fyncaro*n* en*e*l ca*n*po mue*r*tos muchos ge*n*tyos
d*e*los q*ue* sanos era*n* ayna fuero*n* vazjos
q*ua*`ndo fuero*n* ve*n*çidos los pueblos paganos
fuero*n* los ve*n*çedor*e*s los pueblos castellanos
el co*n*de ferra*n* *gonçale*s co*n* todos los x*r*i`*sti*anos
fuero*n* e*n* su alca*n*çe por cuestas & por
los llanos}

[fol. 23r]
{CB1.
Rendiero*n* a[ ]dios grra*ç*i*a*`s & a[ ]s*an*ta maria
por q*ue*les dexo ver atamann*a* mar(^y)[^a]vylla
duro[ ]les el alca*n*çe q*ua*`nto medio dia
e*n*rrequ*i*`çio d*e*l alcançe (^la) por sie*n*pre la pobre alcaldia
Qua*n*do fue almozorre grra*n* *tie*rra alexado
fynco de *sus* averes el ca*n*po bye*n* poblado
cojyero*n* *sus* averes q*ue* dios les avya dado
ta*n* grra*n*de av*er* fallaro*n* q*ue* no*n* podrrya *ser* co*n*tado
fallaro*n* e*n*las tye*n*das soberano tesoro
muchas copas & vasos q*ue* era*n* de vn fyno oro
nu*n*ca vyo atamann*a* rriq*ue*za x*r*i`*sti*ano nj*n* moro
serie*n* e*n*de abondados alexa*n*der & poro
fallaro*n* ay muchas malettas & muchos çurron*e*s
llenos de oro & de plata q*ue* no*n* de pyn*n*on*e*s
muchas tye*n*das de seda & muchos te*n*dejon*e*s
spadas & lorigas & muchas gua*r*njçiones
fallaro*n* ay de ma*r*fyl arq*ue*tas muy p*re*çiadas
co*n* ta*n*tas de noblezas q*ue* no*n* podrrya*n* *ser* co*n*tadas
fuero*n* p*a*r*a* sa*n* pedrro las de aq*ue*llas dadas
esta*n* oy dia en*e*l su altar asentadas
Tomaro*n* desto todo lo q*ue* sabor ovyero*n*
mas q*ue*daro*n* ay d*e*las dos p*a*r*tes* q*ue* levar no*n*lo podiero*n*
p*er*o las armas q*ue* fallaro*n* dexar no*n*las q*ui*`syero*n*}

[fol. 23v]
{CB1.
co*n* toda su gana*n*çia a[ ]sa*n* p*edr*o` venjero*n*
q*ua*`ndo fuero*n* ay llegados a[ ]dios grra*ç*i*a*`s rre*n*diero*n*
todos chycos & grra*nde*s su oraçio*n* fizjero*n*
todos por vna voca deo grra*ti*a`s dixero*n*
cada vno s*us* joyas al altar las ofreçiero*n*
de toda su gana*n*çia q*ue* dios les avya dado
ma*n*do tomar el quj*n*to el co*n*de vye*n* ave*n*turado
q*ua*`lq*ui*`er cosa q*ue* d*e*llo le copo ovo lo bye*n* co*n*prado
ma*n*do[ ]lo da*r* al mo*n*je q*ue*le diera el ospedado
El co*n*de & s*us* gentes & todos los cruzados
ala çibdat de b*ur*gos fuero*n* todos ay llegados
folgaro*n* & dormjero*n* q*ue* era*n* muy ca*n*sados
dema*n*daro*n* maestros p*ar*a sanar los llagados
destos q*ue* era*n* y muy mal golpados
el co*n*de ferra*n* go*nçale*s d*e*los fechos grranados
avya ya oydos vnos fuert*e*s ma*n*dados
q*ue* avya*n* los navarr(^??)[^o]s as*us* pueblos rrobados
mj*e*ntrra q*ue* estava el co*n*de a[ ]dyos fazje*n*do plazer
ljdia*n*do co*n*los moros & co*n* todo su poder
el rrey d*e*los navarros ovo[ ]se a[ ]mover
cuydo a[ ]toda castylla de rrovar & de correr
los pueblos castellanos q*ua*`ndo oviero*n* los ma*n*dados
bye*n* cuydava*n* q*ue* nu*n*ca d*e*llos s*er*ye*n* be*n*gados
dizje*n* e*n* fue*r*te ora fuemos mesq*ui*`nos nados
de todos los d*e*l mu*n*do somos desafyados}

[fol. 24r]
{CB1.
El co*n*de castellano qua*n*do lo ovo oydo
por poco co*n* pesar no*n* saljo de sentydo
com*m*o leo*n* brrauo a*n*sy dio vn gemjdo
dixo avn yo selo dema*n*de co*n* mjs armas gua*r*njdo
Avya*n* los castellanos desto vn fyero pesar
por q*ue*los co*n*fondia q*ui*`en los devya saluar
sen*n*or dixo el co*n*de q*ui*`eras me ayudar
q*ue* pueda tal sove*r*uja ayna arra*n*car
e*n*byo el co*n*de al rrey d*e*los navarros dema*n*dar
sys q*ue*rie co*n*trra el e*n* algo mejorar
qua farie su mesura & el su bye*n* estar
sy fer no*n*lo q*ui*`syese ma*n*do[ ]le desafyar
llego al rrey do*n* sa*n*cho aq*ue*ste me*n*sajero
omjllo me dixo rrey luego d*e*lo pr*i*`mero
d*e*l co*n*de de castylla so yo su me*n*sajero
dezjr te he lo q*ue* te dize el co*n*de fasta lo postrymero

Sepas q*ue* ha de ty el co*n*de muy grra*n* q*ue*rella
q*ue* telo grradesçeria sy le saq*ua*`ses d*e*lla
qua traxyste a[ ]castylla grra*n* t*ien*po ala pella
& dos vezes e*ne*l an*no* venjste a[ ]corrella
&´ por fer mal a[ ]castylla & destruyr castellanos
fezjste te amjgo d*e*los pueblos paganos
fezjste guerra malla alos pueblos x*ri*`*sti*anos
por q*ue* no*n* q*ui*`ere*n* meter se e*n*las tus manos}

[fol. 24v]
{CB1.
A de ty sobre todo esto fyera rre*n*cura
ca fezjste otra cosa q*ue* fue mas desmesura
qua mje*n*trra el corria alla a[ ]estr(^??)[^e]madura
fyzjste le atal dan*no* q*ue* fue desapostura
Sy de aq*ue*sta q*ue*rella le q*ui*`siere*s* (f)[s]acar
de com*mo* es derecho ansy lo mejorar
farias tu mesura & el tu bye*n* estar
sy esto no*n* q*ui*`syere*s* ma*n*da te desafyar
Qua*n*do ovo el me*n*sajero su rrazo*n* acabada
avya por lo q*ue* yva cosa rrecabdada
fablo el [...] do*n* sa*n*cho & dixo su rrazo*n* & vegada
dezjt[ ]le q*ue* no*n*le mejorare valja de vna meaja
Erma(*n*)no yt al co*n*de & dezjt[ ]le el ma*n*dado
de el me desafyar so yo mucho maravyllado
no*n* (^deujera) fue ta*n* bye*n* com*mo* deviera *ser* aco*n*sejado
no*n* se puede bye*n* fallar de aq*ue*ste tal me*r*cado
mucho lo te*n*go por loco & de seso me*n*guado
solo por me desafyar & de *ser* e*n*de osado
por q*ue* aq*ue*sta ves alos moros arra*n*cado
por esta loçanja aesto come*n*çado
dezjt[ ]le q*ue* mucho ayna le yre yo a[ ]vuscar
e*n* torre nj*n* e*n* çe*r*ca no*n* se me podrria escapar
q*ue* vuscado no*n* sea de*n*trro fasta la mar
sabre por q*ue* me oso el amj desafyar
Torno se el me*n*sajero ya q*ua*`nto vye*n* espa*n*tado}
{CW. por q*ue* vyo al rrey}

[fol. 25r]
{CB1.
por q*ue* vyo al rrey fyera( )mje*n*te yrado
co*n*to[ ]selo al co*n*de nada no*n*le fue çelado
dixol com*mo* le avya mala( )me*n*te amenazado
Ma*n*do llama*r* el co*n*de a[ ]todos sus varone*s*
todos los rricos om*ne*s & a[ ]todos los jnfançone*s*
ta*n* bie*n* alos escuderos com*mo* alos peone*s*

q*ue*rie de cada vno saber *sus* coraçon*e*s
Qua*n*do fuero*n* ju*n*tados come*n*ço de fablar
q*ua*`lq*ui*`er selo veria q*ue* avya grra*n* pesar
amjgos avemos menester de co*n*sejo tomar
de gujsa q*ue* podamos tal fue*r*ça rrecurryr
Nu*n*ca nos alos navarros mal les meresçiemos
nj*n* tue*r*to nj*n* sove*r*uja nos nunca les fezjemos
muchos fuero*n* los tue*r*tos q*ue* d*e*llos rresçibyemos
p*ar*a g*e*llo dema*n*dar nu*n*ca sazo*n* tovyemos
Cuyde q*ue* se q*ue*ria co*n*trra nos mejorar
la q*ue*rella q*ue* tenjemos q*ui*`ere nos la doblar
amj & avos otros e*n*bya nos a[ ]desafyar (^??)
Amjgos tal sove*r*uja no*n* g*e*lla suframos
q*ue* nos ot*r*o`s nos ve*n*guemos d*e*lla o todos y muramos
ante q*ue* ta*n*ta cuyta & ta*n*to pesar veamos
por dios los mjs vasallos nos ot*r*os los acometamos
En nos otros los acometer es n*uest*ra la mejoria
por q*ua*`nto so*n* ellos mayor cavall*er*(e)ya
nos ot*r*o`s no*n* amostremos y nj*n*guna covardia}

[fol. 25v]
{CB1.
en dudar nos por ellos seria grra*n* vyllanja
Sepad*e*s q*ue* e*n* ljd no*n* so*n* todos yguales
por çien la*n*ças se ve*n*çem las fazje*n*das [...]
mas vale*n* çie*n* cavalle*r*os todos de vn av*er* yguale*s*
q*ue* no*n* faze*n* trezje*n*tos d*e*los descomunales
Ay bu*e*nos & malos q*ue* no*n* puede al ser
los malos q*ue* y son no*n* podrria*n* ate*n*der
av*er* se a*n* por aq*ue*llos los buenos a[ ]ve*n*çer
vemos muchas vezes tal cosa co*n*teçer
Muchos so*n* mas q*ue* nos peon*e*s & cavalle*r*os
om*ne*s so*n* muy esforçados de pies muy ljgeros
de asconas & [^de] dardos faze*n* golpes çerteros
trrae*n* buen*a* co*n*pann*a* de bue*n*os caball*er*os
por esto ha menester q*ue* nos los acometamos
sy ellos nos acomete*n* mejoria les damos
sy ellos e*n*te*n*diere*n* q*ue* nos otrros no*n* dudamos
dexar nos ha*n* el ca*n*po ante q*ue* fyramos
otrra cosa vos djgo & vos la vered*e*s
mue*r*to s*er*e de pel*e*a o e*n* q*ue*xa me vered*e*s
vere los castellanos com*m*o me acorred*e*s
menester se vos s*er*a qua*n*ta fue*r*ça tened*e*s
Sy por alguna gujsa ael puedo llegar
los tue*r*tos q*ue* me fyzo cuedo g*e*llos dema*n*dar
no*n*le podrya nj*n*gun om*ne* d*e*la mue*r*te escapar

no*n* averia sy el muere d*e*la mj mue*r*te pesar
Qua*n*do ovo el co*n*de su rrazo*n* acabada
ma*n*do co*n*trra navarra mover la su mesnada}

[fol. 26r]
{CB1.
entro les e*n*la *tie*rra *qua*`nto vna jornada
fallo al rrey do*n* sa*n*cho ala era degollada
Qua*n*do el rrey vyo al co*n*de ta*n* yrado venjr
enderesço *sus* fazes e*n* vn fermoso prado
el co*n*de castellano co*n* su pueblo loçano
no*n* alongaro*n* plazo fasta otrro me*r*cado
Avaxaro*n* las lanças & fuero*n* a[ ]feryr
el co*n*de dela*n*tero com*m*o sye*n*pre oyeste*s* dezjr
do*n* sa*n*cho de navarra *qua*`ndo lo vyo venjr
co*n* *sus* açes paradas saljo lo a[ ]rresçebyr
ferye e*n*tre las fazes *que* frronteras fuero*n* venjr
Enla pa*r*te *que*l co*n*de yva todos carrera le dava*n*
& los vnos & los ot*r*os fyrme( )mje*n*tre ljdiava*n*
los navarros co*n*la mue*r*te ljdiava*n* & la(ç)[zr]ab(r)a*n*
Ta*n* grra*n*de era la p*ri*`esa *que* avya*n* e*n* ljdiar
oye el om*n*e a[ ]lexos las ferrydas sonar
no*n* oyria*n* ot*ra*` vos sy no*n* astas *que*brrar
spadas rretenjr & los yelmos cor[t]ar
No*n*brraua*n* los navarros pa*n*plona navarra
los fyrmes castellanos no*n*bra*n* a[ ]castylla
no*n*braua el rrey do*n* sa*n*cho alas vezes castylla
com*m*o algunos frra*n*çeses alas veçes echa*n* pella
El bue*n* co*n*de y el rrey vusca*n*do se a*n*dudiero*n*
fasta *que* vno a[ ]otrro a[ ]ojo se vyero*n*
las armas *que* trraya*n* çerteras las fyzjero*n*
fuero*n* se a[ ]feryr *qua*`nto de rrezjo pudiero*n*}

[fol. 26v]
{CB1.
entramos vno a[ ]ot*ro*` tales golpes se diero*n*
*que*los fyerros d*e*las lanças a[ ]vna pa*r*te saljero*n*
nu*n*ca de dos cavall*er*os tales golpes viero*n*
todas *sus* gua*r*njçione*s* nada no*n* les valjero*n*
Cuytado fue el rrey d*e*la mala ferryda
ente*n*dio *que* d*e*l golpe ya pe*r*diera la vyda
la su grra*n* valentya luego fue avatyda
mano a[ ]mano d*e*l cue*r*po el anjma fue saljda
El co*n*de fue d*e*l golpe fyera( )me*n*te golpado
ca tenja grra*n* lançada por el diestrro costado
llamava castellanos mas no*n* era y nj*n*gu*n* vasallo

de todos s*us* cavall*er*os era ya desa*n*parado
Tovyero*n* castellanos q*ue* era*n* muy falesçidos
todos s*us* bue*n*os fechos q*ue* era*n* por y p*er*dydos
co*n* grra*n* q*ue*xa castelanos andava*n* muy marrydos
Ta*n*to tenja cada vno e*n*lo suyo q*ue* ver
q*ue* no*n* podia*n* nj*nguno*`s al co*n*de acorrer
fyzo les la *ver*gue*n*ça todo el mjedo p*er*der
ovyero*n* por pura fuerça las fazes a[ ]rro*n*per
ssofrryendo grra*n*d*e*s golpes al co*n*de allegaro*n*
ant*e*s q*ue* ael llegase*n* muchos derrybaro*n*
mal trrecho sy*n* duda al co*n*de fallaro*n*
de vna pa*r*te & de otrra muchas anjmas sacaro*n*
llegaro*n* castellanos al co*n*de acorriero*n*
luego q*ue* ael legaro*n* todos sobre el fyriero*n*
alos navarros por fue*r*ça afuera los fyzjero*n*
tenje*n* q*ue* era mue*r*to grra*n* mjedo ovyero*n*
alçaro*n* le de t*ie*rra la ferryda le vyero*n*}

[fol. 27r]
{CB1.
todos q*ue* mue*r*to era bye*n* ansy lo toviero*n*
por poco co*n* pesar de seso no*n* saljero*n*
com*m*o sy fuese mue*r*to muy grra*n* duelo fyzjero*n*
fyriero*n* e*n*los navarros d*e*l co*n*de los tyraro*n*
sobre vn bue*n* cavallo al co*n*de alçaro*n*
la sa*n*grue d*e*la cara toda g*e*lla aljnpyaro*n*
todos com*m*o de nuevo a[ ]ljdiar come*n*çaro*n*
Cuytaro*n* los afyrmes dava*n* ljd presurada
rretenja*n* e*n*los yelmos mucha buena cuchyllada
dava*n* & rresçebya*n* mucha buena lançada
& dava*n* & rresçebya*n* mucha buena porrada
No*n* vos q*ue*remos mas la cosa alongar
oviero*n* los navarros el ca*n*po a[ ]dexar
ovo el rrey do*n* sancho [...] ay a[ ]fyncar
mando le luego el co*n*de a[ ]navarra levar
Dexemos al rrey do*n* sa*n*cho p*er*done le el *cr*i`ador
los navarros mal *tr*e`chos llora*n*do asu sen*n*or
avya*n* de ve*n*gar se todos fue*r*te sabor
saljero*n* al bue*n* co*n*de todos por su amor
El co*n*de [de] pyteos & el co*n*de de tolosa
parye*n*t*e*s era*n* d*e*l rrey do*n* sa*n*cho esto es cosa çierta
tomaro*n* de s*us* co*n*(^pan*n*as)dados co*n*panna(^s) muy fermosa
movyero*n* p*ar*a castylla e*n* ora muy astrrosa
los co*n*des no*n* uyaro*n* ala ljd llegar
pe*r*o qua`ndo lo sopyero*n* no*n* qu*i*`syero*n* detardar
al bue*n* rrey de nav(^r)[^a]rra cuydaro*n* lo ve*n*gar

al pue*r*to de getarea ovyero*n* arrybar
los navarros alos co*n*des todos aellos se llegaro*n*
com*m*o fue la fazje*n*da todo ge*l*lo co*n*taro*n*}

[fol. 27v]
{CB1.
q*ua*`ntos fuero*n* los mue*r*tos q*ua*`ntos los q*ue* fyncaro*n*
com*m*o ael e*n* antes de dos dias le esperaro*n*
el co*n*de de tolosa dio les muy grra*n*d esfuerço
coydo co*n* ese fecho co*n* el saljr a[ ]pue*r*to
ca me ha*n* castellanos fecho grra*n* tue*r*to
el co*n*de do*n* ferna*n*do avya lo ya oydo
com*m*o era aq*ue*l co*n*de al pue*r*to ya venjdo
el co*n*de do*n* ferna*n*do maguer mal ferrydo
atal com*m*o estava p*ar*a alla fue ydo
llos vasallos d*e*l co*n*de tenje*n*[ ]se por errados
era*n* co*n*trra el co*n*de fue*r*te( )me*n*te yrados
era*n* de su sen*n*or todos muy despagados
por q*ue* avya*n* por fue*r*ça sye*n*pre de andar armados
folga*r* no*n*les dexa nj*n* estar asegurados
dizje*n* no*n* es esta vyda sy no*n* p*ar*a los pecados
q*ue* a*n*da*n* de noche & de dia & nu*n*ca so*n* ca*n*sados
el semeja a[ ]satanas & nos alos *sus* pecados
por q*ue* ljdiar q*ue*remos & ta*n*to lo amamos
nu*n*ca folg*ur*a tenemos sy no*n* q*ua*`ndo almas saq*ua*`mos
alos d*e*la ueste a*n*tygua aq*ue*llos semejamos
ca todas cosas ca*n*sa*n* & nos nu*n*ca ca*n*samos
No*n* a[ ]duello de nos q*ue* sofrrymos tal vyda
nj*n*lo ha de sy mjsmo q*ue* tyene ta*n* mala feryda
sy mal pecado muere castylla es perdyda
nu*n*ca tomaro*n* om*ne*s ta*n* mala cayda
Ovyero*n* a[ ]toma*r* acuerdo q*ue* no*n* gelo co*n*sejase*n*
lo q*ue* vye*n* no*n* era q*ue* luego ge*l*lo dixese*n*
por grra*n* loçanja e*n* yerro no*n* cayese*n*
q*ue* por mala codiçia asu sen*n*or no*n* p*er*diese*n*}

[fol. 28r]
{CB1.
Dyxo nun*n*o layno sen*n*or sy tu q*ui*`sieres
sy aty semejase o tu lo por bye*n* tovyeses
estovyesedes q*ue*do fasta q*ue* guaresçiesed*e*s
q*ue* por mala codiçia e*n* yerro no*n* cayesed*e*s
no*n* se om*ne* ene*l* mu*n*do q*ue*lo podiese e*n*durar
la vyda q*ue* avemos nos & vos a[ ]pasar
la n*uestr*a grra*n* codiçia(^r) no*n* nos dexa folgar
avemos la mesura por aq*ui*` de olujdar

no*n* rrecude*n* las cosas todas a[ ]vn logar
deve av*er* el om*ne* grra*n* seso e*n* ljdiar
sy no*n* podrra ayna grra*n* yerro tomar
podrrya y todo el grra*nd* pres por y ast*ra*`gar
los vye*n*tos q*ue* so*n* fue*r*tes vemos los ca*n*sar
el ma*r* q*ue* es yrada vemos la ama*n*sar
el diablo no*n* ca*n*sa nj*n* puede folgar
qujere la n*uest*ra vyda ala suya semejar
dexa folgar t*us* ge*n*tes & aty mesmo sanar
tyenes muy fue*r*te llaga dexa la folgar
dexa venjr t*us* ge*n*tes q*ue* avn so*n* por llegar
muchos so*n* por venjr deves los esperar
sseras a[ ]dies dias d*e*l golpe bye*n* guarido
sera el tu pueblo aese plazo venjdo
pone*r* te as e*n*e*l* ca*n*po co*n* tu pueblo gua*r*njdo
sera mue*r*to o preso desto so yo bye*n* creydo
sen*n*or dicho te he lo q*ue* te dezjr q*ue*ria
mejor co*n*sejo deste sen*n*or yo no*n* sabrya
no*n* temas q*ue*lo digo por nj*n*guna covardia
q*ue*rrya te agua*r*dar com*m*o a[ ]alma mja}

[fol. 28v]
{CB1.
Qua*n*do ovo do*n* nun*n*o acabada su rrazo*n*
come*n*ço el bue*n* co*n*de ese fyrme varo*n*
avya grra*n* conpljmj*ento*` d*e*l seso de salamo*n*
nu*n*ca fue alexa*n*drre mas grra*n*de de coraço*n*
Dyxo nun*n*o layn*e*s bue*n*a rrazo*n* dixi[e]st*e*s
las cosas com*m*o so*n* asy las dep*ar*tyest*e*s
de alo*n*ga*r* esta ljd creo q*ue* ansy dix[i]est*e*s
[q*ui*`en ]q*ui*`er q*ue* vos lo dixo vos mal lo apre*n*diest*e*s
No*n* deue el q*ue* puede la (^di) ljd alongar
quje*n* tyene buena ora otra qujere esperar
vn dia q*ue* p*er*demos nu*n*ca lo podrremos cobrar
jamas e*n* aq*ue*l dia no*n* podemos tornar
Sy el om*ne* e*n* su t*ie*npo e*n* valde lo q*ui*`ere pasar
no*n* q*ui*`ere deste mu*n*do otrra cosa levar
sy no*n* estar viçioso & dormjr & folgar
deste atal muere su fecho q*ua*`ndo viene a[ ]fynar
el ujçioso & el lazrado amos an de moryr
el vno nj*n* el otrro no*n* lo puede foyr
q*ue*da*n* los bue*n*os fechos estos ha*n* de vesq*ui*`r
d*e*llos toma*n* e*n*sye*n*plo los q*ue* ha*n* de venjr
todos los q*ue* grra*n* fecho q*ui*`syere*n* acabar
por muy grra*n*d*e*s travajos ovyero*n* a[ ]pasar
no*n* come*n* qua`ndo q*ui*`ere*n* nj*n* çena*n* nj*n* a*n* ya*n*tar

los vyçios d*e*la carne a*n* los de olujdar
No*n* cue*n*ta*n* de alexa*n*dre(^s) las noches nj*n* los dias
cue*n*ta*n* *sus* bue*n*os fechos & *sus* cavall*er*yas
cue*n*ta*n* d*e*l rrey davyt q*ue* mato a[ ]goljas
de judas el macabeo fyjo de matavyas}

[fol. 29r]
{CB1.
Carlos valdoujnos rrolda*n* & do*n* ojero
terry*n* & gualdabuey & vernalde & oljuero
torpy*n* & do*n* rryvaldos & el gasco*n* angelero
estol & salomo*n* & el otrro su co*n*pan[*n*]ero
estos & otrros muchos q*ue* vos he no*n*brado
sy ta*n* bue*n*os no*n* fuera*n* oy *ser*ye*n* olujdados
sera*n* los buenos fechos fasta la(*n*) fyn co*n*tados
por ta*n*to ha menester q*ue*los dias co*n*temos
los dias & las noches e*n* q*ue*las espe*n*demos
q*ua*`ntos dias e*n* valde pasa*n* nu*n*ca las cobrraremos
amjgos bye*n* lo vede*s* q*ue* mal seso fazedes
Cavall*er*os & peone*s* ovo los de ve*n*cer
a[ ]cosa q*ue*l dezja no*n* sabya*n* rrespo*n*der
q*ua*`nto el por bye*n* tovo ovyero*n* lo a[ ]fazer
su rrazo*n* acabada ma*n*do luego mover
El co*n*de do*n* ferna*n*do co*n* toda su mesnada
llegaro*n* a[ ]vn agua muy fuerte & muy yrada
ebrro le dixero*n* sye*n*pre ansy es oy llamada
viero*n* se y e*n* grra*n* rrevate q*ue* fuese y su posada
tovyero*n* esta rrybera tolosanos bye*n* gua*r*dada
no*n* diero*n* castellanos por eso todo nada
da*n*do & rresçebye*n*do mucha buena la*n*çada
ovyero*n* mucho ayna el agua travesada
Ovyero*n* grra*n* rrevato e*n* pasar aq*ue*l vado
ovo y de petavynos grra*n* pueblo derrybado
maguer no*n* q*ue*ria*n* venja*n* a[ ]mal de su grrado
dellos se afogava*n* d*e*llos salja*n* a[ ]nado
Abrio por medio d*e*l agua el co*n*de la carrera
ovyero*n* tolosanos a[ ]dexar la rrybera}

[fol. 29v]
{CB1.
nasçio medio d*e*los ent*re*` medio de vna glera
fue[ ]los acometer de vna estrran*n*a manera
q*ua*`ndo ovo el co*n*de el agua atravesada
fferio luego e*n* ellos comm*o* venja yrado
al q*ue* el alca*n*çaba mucho era de mal fado
yva*n* del as*us* parie*n*te*s* ayna mal ma*n*dado

el co*n*de do*n* ferna*n*do de sabydoria acabado
fyrie e*n* pytavynos & fazje[ ]les grra*n* dan*no*
rro*n*pya les las gua*r*njçion*e*s com*mo* sy fuese[*n*] un pan*no*
no*n* les valja esfue*r*ço nj*n*les valja e*n*gan[*n*]o
Acorria*n* le luego *sus* buenos varones
ca tenja ay muchos buenos jnfa*n*çon*e*s
de vn logar era*n* todos & de vnos corraçones
laçrava*n* tolosanos & lazraban los gascon*e*s
pe*r*o com*mo* era*n* muchos yva*n* los acoyta*n*do
ya yva la ljd de fyera gujsa escale*n*ta*n*do
yva se de o*n*bres mue*r*tos la glera poblando
maltra`ye alos afyrmes el co*n*de do*n* ferna*n*do
andava por açes muy fyera( )mje*n*te yrado
por q*ue* no*n*los podia ve*n*çer a*n*dava muy cuytado
dixo no*n* puede s*er* avn q*ue* pese al pecado
no*n* puede*n* tolosanos fallar se bye*n* deste me*r*cado
metyo se por las açes muy fue*r*te( )me*n*te espolea*n*do
la la*n*ça sobre mano su pe*n*do*n* aleando
do*n*de estas el bue*n* co*n*de ansy yua grra*n*d*e*s vozes da*n*do
sal aca al ca*n*po q*ue* cata aquj a[ ]do*n* fernando
Antes q*ue* ellos amos venjese*n* alas ferridas
co*n*las vozes de do*n* ferna*n*do las ge*n*tes era*n* desm[*ay]das}

[fol. 30r]
{CB1.
las ge*n*tes tolosanas todas fuero*n* foydas
nu*n*ca nj*n*gunas ge*n*tes fuero*n* ta*n* mal falljdas
ca fuero*n* e*n* grra*n* mjedo & e*n* mal pr*e*çio metidas
fuero*n* todos foydos por vna grra*n* mo*n*tan*n*a
fyncaro*n* co*n* el co*n*de muy poca co*n*panna
nu*n*ca fue el co*n*de tolosano e*n* q*ue*xa atamanna
ca el co*n*de de castylla le tenja fue*r*te san*n*a
El co*n*de de tolosa mucho fue espa*n*tado
ca vyo a[ ]do*n* ferna*n*do venjr mucho yrado
por no*n* tener ge*n*te q*ue* era desma*n*parado
co*n* *sus* armas gua*r*njdo saljo luego al ca*n*po
El co*n*de do*n* ferna*n*do om*n*e sy*n* crueldat
olujdo co*n*la yra mesura & vo*n*dat
fue feryr al co*n*de de yra & de volu*n*ta(^t)[^d]
no*n* dudo de feryr lo sy*n* nj*n*guna piedat
El co*n*de castellano vn guerrero natural
feryo al co*n*de tolosano de vna ferida mo*r*tal
cuytado fue el gasco*n* d*e*la ferida muy mal
dixo a[ ]altas vozes *san*ta ma*ria*` sen*n*ora & val
El co*n*de de tolosa ansy fue mal ferydo
fue luego d*e*l cavallo a[ ]*tie*rra avatydo

dezjr no*n* pudo nada ca fue luego tra*n*sido
luego q*ua*`ndo el fue mue*r*to su pueblo fue ve*n*çido
cavall*er*os tolosanos trezje*n*tos y pre*n*diero*n*
muchos fuero*n* los otros q*ue* esto*n*çes y moriero*n*
esto*n*çes castellanos e*n* preçio sobyero*n*}

[fol. 30v]
{CB1.
ahe el co*n*de castellano arguloso de coraço*n* loçano
oyrede*s* lo q*ue* fyzo al co*n*de tolosano
desgua*r*neçio le el cuerpo el mjsmo co*n* su mano
no*n* le fyzo menos ho*n*rra q*ue* si fuera su e*r*mano
q*ua*`ndo le ovo desgua*r*njdo & de todo despojado
levol & vestyol de vn jamete muy preçiado
echol e*n* vn escan[*n*]o sotyl( )mje*n*tre labrado
ovol e*n*la vatalla de almozore ganado
el co*n*de castellano co*n* todo su co*n*sejo
fyzjero*n* le ataut bye*n* obrrado sobejo
gua*r*njdo rryca( )me*n*te de vn pan*n*o (m)[v]ermejo
de clavos bye*n* dorados q*ue* rreluze*n* com*m*o espejo
Ma*n*do as*us* vasallos d*e*la presyo*n* sacar
ma*n*do les q*ue* venjesem asu sen*n*or agua*r*dar
a[ ]grra*n*de*s* & a[ ]chycos a[ ]todos fyzo jurar
q*ue* d*e*l no*n* se partyesem fasta e*n* su lugar
Mortajaro*n* el cue*r*po com*m*o costu*n*bre era
de vnos pan*n*os p*r*eçiados rrycos de grra*n* mane`*r*a
dio les q*ue* despe*n*diesem por toda la carrera
ma*n*do[ ]les dar mjll pesos fechos çirios de çera
Qua*n*do ovo el co*n*de el cuerpo mortajado
el ataut fue preso de clauos bye*n* çerrado
sobre vna azemjla ayna fue aparejado
ma*n*do q*ue*lo levase*n* luego asu co*n*dado
tolosanos mesq*ui*`nos llora*n*do su mal fado
sus caras afyladas pueblo mal deso*n*rrado
llegaro*n* el cue*r*po a[ ]tolosa cabeça es del co*n*dado
fue com*m*o de p*r*i`mero el llanto rrenovado}

[fol. 31r]
{CB1.
Dexemos tolosanos trystez & dessonrrados
era*n* e*n* tolossa co*n* su sen*n*or llegados
tornemos e*n*e*l* co*n*de d*e*los fechos grranados
com*m*o avia oydo otrros malos ma*n*dadoz
q*ue* venja almozorre com muy fue*r*tes fonsados
q*ue* trraya*n* çie*n*to & trey*n*ta mjll cavall*er*os lorigadoz
no*n* serya*n* los peones por nj*nguna*` gujsa co*n*tadoz

estava*n* çerca lara e*n* mun[*n*]o ayu*n*tados
Qua*n*do fue almoçorre la otrra ves ve*n*çido
co*n* grra*n* pesar q*ue* ovo a[ ]marruecos fue ydo
ma*n*do por toda afrryca andar el apelljdo
E fue com*m*o a[ ]p*er*dom todo el pueblo movydo
Turcos alarabes essa[*s] ge*n*tes ljgeraz
q*ue* son p*ar*a e*n* vatallas vnas ge*n*tes çerteras
q*ue* trrae*n* arcos de ne*r*byos & vallestas çerberas
destos venje*n* llenos (carreras & senderos) [senderos & carreras]
venje*n* los al(^f)mofares & los aues marinos
trraem e*n* s*us* camelloz suz fornos & moljnos
venje*n* los moroz todos de orie*n*te vezjnos
de todos estoz venje*n* cobje*r*tos los camjnos
venje*n* y destas ge*n*tes syn cue*n*ta & syn cue*n*to
no*n* era*n* de vn logar nj*n* de vn ente*n*dimje*n*to
mas feos q*ue* sata*n* co*n* todo su co*n*ve*n*to
q*ua*`ndo sale d*e*l jnfye*r*no suzjo & carv[o]nje*n*to
Q*ua*`ndo fuero*n* ju*n*tados pasaro*n* la mar
arrybaro*n* al pue*r*to q*ue* dize*n* de gybraltar}

[fol. 31v]
{CB1.
Coydo se almoçorre del bue*n* co*n*de ve*n*gar
por amor de acabar lo no*n* se podia da*r* vaga*r*
Cordova & jae*n* co*n* toda el andal(^j)[^u]zja
lorca & cartajena co*n* toda el almaria
de muchas otrras t*ie*rras q*ue* no*n*brar yo no*n* sabria
ayu*n*to almoçorre muy grra*n* cavalleria
Q*ua*`ndo fuero*n* ju*n*tados come*n*çaro*n* a[ ]venjr
coydaro*n* a[ ]espan*n*a sy*n* falla co*n*q*ue*ryr
& q*ue*l co*n*de castellano no*n* sele(^s) podrrya foyr
q*ue* el le farya e*n* presyom mue*r*te mala moryr
Era*n* en façinas ya la ge*n*te mal dicta
todos loz castellanos todoz e*n* pyedrra fycta
El co*n*de q*ue*la su alma de pena sea q(^o)[^u]jta
ffue se p*ar*a sa*n* p*edr*o` aessa su ermjta
q*ua*`ndo fue ala e*r*mjta el co*n*de allegado
dema*n*do por su mo*n*je do*n* pelayo llamado
dixero*n* le por nuevas q*ue* era ya fynado
ocho dias avya ya & mas no[*n*] q*ue* era soterrado
entrro e*n*la e*r*mjta co*n* muy grra*n* devoçio*n*
fynco los fynojos & fyzo su oraçio*n*
d*e*loz ojos llora*n*do fizo a[ ]dios su petyçio*n*
sen*n*or tu me g*ua*`*r*da de yerro & de ocassyo*n*
sen*n*or por amor de fazer aty s*er*ujçio
paso yo mucho lazerio & dexo mucho viçio

co*n* este cue*r*po lazrrado fago[ ]te s*er*ujçio
co*n* moros & co*n* x*r*i`*sti*anos meto me e*n* grra*n* volliçio}

[fol. 32r]
{CB1.
los rreyes de espan*n*a co*n* derecho pavor
olujdaro*n* aty q*ue* eres su sen*n*or
tornaro*n* se vasallos d*e*l rrey almoçorre
por mjedo d*e*la mue*r*te fyzjero*n* lo peor
nu*n*ca de su co*n*panja despues uve sabor
por fazer aty s*er*ujçio no*n* q*ui*`se (^s) mas su amor
fynq*ue* [^yo] entrre todos solo & desamparado
no*n* ove mjedo a[ ]mue*r*te nj*n* q*ui*`se aquel diablo
q*ua*`ndo ellos veyero*n* q*ue* era d*e*llos apartado
luego fuy de todos ellos muy fue*r*te amenazado
llegaro*n* me las ca*rta*`s a[ ]mun*n*o ese dia
venjero*n* me mesajeros çinco e*n* aq*ue*l dia
com*m*o me amenazava*n* rreyes d*e*l andaluzja
por q*ue* d*e*los de espan*n*a yo solo me erzja
Ovyero*n* *sus* poderes sobre mj de ayu*n*tar
vnos venje*n* por t*ie*rra otros venje*n* por mar
q*ue*rrie*n* sy podiesem deste syglo me sacar
quesyste me tu sen*n*or valer & ayudar
ve*n*çi los & mate los sen*n*or co*n* tu poder
nu*n*ca fuy yo co*n*trra ty segu*n*t mj e*n*te*n*der
te*n*go me por pagado sy te fyze algu*n* plazer
bye*n* te*n*go q*ue* non as por q*ue* me falesçer
por las escr*i*`turas q*ue* dixo yssayas
q*ue* alos t*us* vasallos nu*n*ca los falesçerias
sen*n*or tu sye*r*uo so co*n* mjz cavall*er*yas
no*n* me pa*r*tyre de ty e*n* todos los mjs djas}

[fol. 32v]
{CB1.
maz he meneste*r* sen*n*or la tu ayuda
sen*n*or sea por ty castylla defendida
toda t*ie*rra de afrryca sobre mj es venjda
anparar no*n*la podrrya sen*n*or sy*n* la tu ayuda
por fuerça nj*n* por seso q*ue* yo podiese aver
no*n*la podrrya por nj*n*guna g*ui*`sa defender
sen*n*or da me esfuerc[´]o [^seso] & poder
qua pueda al rrey almoçorre o mata*r* o ve*n*çer
Tenje*n*do su vegilja co*n* dios se rrazona*n*do
vn suen*n*o muy sabrroso el co*n*de fue toma*n*do
co*n* *sus* armas g*ua*`*r*njdo asy se fue acosta*n*do
la ca*r*ne adormjda asy yaze son*n*a*n*do

no*n* podrrye el co*n*de avn *ser* bye*n* adormjdo
el mo*n*je sa*n* pelayo de susol fue venjdo
de pan*n*os com*m*o el sol todo venja vestydo
nu*n*ca mas vella cosa veyera om*ne* nasçido
llamo l[*e] por su no*n*bre al co*n*de do*n* fernan*do*
dixol due[*r*]mes o velas o com*m*o estas asy callan*do*
despye*r*ta & ve tu vya ca te creçe oy grra*n* va*n*do
ve te p*ar*a el tu pueblo q*ue* te esta esperan*do*
El cryador te otorga q*ua*`nto pedido le as
e*n*los pueblos paganos grra*n* mo*r*ta*n*dat faras
de t*us* buenas co*n*pan*n*as muchas ay p*er*deras
pe*r*o co*n* todo el dan*n*o el ca*n*po tu le ve*n*çeras
Avn te dize mas el alto c*r*i`ador
q*ue* tu eres su vasallo & el es tu sen*n*or}

[fol. 33r]
{CB1.
co*n*los pueblos paganos ljdiaras por el su amor
ma*n*da te q*ue* te vayas ljdiar (^por el su amor) [^con almoc[´]orre]
yo sere ay co*n*( )tygo q*ue* melo ha otorgado
ay sera el apostol s*an*tyago llamado
enbyar nos ha jh*es*u xp*ist*o valer asu c*r*i`ado
sera co*n* tal ayuda almoçorre e*n*bargado
Ot*r*o`s v*er*na*n* ay muchos com*m*o e*n* visiom
e*n* blancas armaduras ang*e*les de dios som
traera cada vno la crrus e*n* su pe*n*do*n*
los moros q*ua*`ndo nos vey(^r)[^e]re*n* p*er*dera*n* el coraçom
amjgo dicho te he lo q*ue* amj ma*n*daro*n*
vo[ ]me p*ar*a aq*ue*llos q*ue* me aca e*n*byarom
dos ang*e*les fermosos de t*ie*rra lo alçaro*n*
ffazje*n*do grra*n*de alegrrya al çielo lo leuarom
desperto do*n* fernan*do* com*m*o espa*n*tado
Que puede ser aq*ue*sto vala me el cryador
pecado es q*ue* me q*ui*`ere echar e*n* algu*n* error
jh*es*u x*risto*` yo tuyo so gua*r*da me tu sen*n*or
Esta*n*do e*ne*l suen*n*o q*ue* son*n*ara pe*n*sa*n*do
oyo vna grra*n* vos q*ue*le estava llama*n*do
ljeva de*n*de ue tu vya el co*n*de don fernan*do*
espera te almoçorre co*ne*l su fuerte ma*n*dado
No*n* tardes ve tu vya sy no*n* tue*r*to me fazes
por q*ue* ta*n*to me ta*r*das e*n* grra*n* culpa me q*ui*`*er*es
no*n*le des nj*nguna*` tregua nj*n* fagas co*ne*l pazes
todo el tu pueblo fazer lo as trres fazes
Tu entrra co*n*los menos de p*ar*t*e*s de orye*n*te
e*n*trra*n*te d*e*la ljd ver me as vesyble( )mje*n*te}

[fol. 33v]
{CB1.
ma*n*da e*n*trar la otrra fas de p*ar*te de oçide*n*te
sera s*an*tyago [^esto] sy*n* faljsçimje*n*to
Entrre la otrra te*r*çera de p*arte*s de aq*ui*`lom
vençeremos sy esto tu fazes aeste vrravo leom
ffaras tu sy esto fazes agujssa de sa*n*so*n*
q*ua*`ndo co*n* las manos ljdio co*ne*l vestyom
No*n* q*ui*`ero mas dezjr te por e*n*de ljeva de*n*de ve tu vya
q*ui*`eres saber quje*n* *tra*`e esta me*n*sajerya
mjlla*n* so por no*n*bre jh*es*u xp*ist*o me e*n*bya
Q*ua*`ndo ovo do*n* ferna*n*do todo esto oydo
el varo*n* do*n* mjlla*n* alos çielos fue ydo
fue luego el bue*n* conde d*e*la e*r*mjta espedido
torno se a[ ]pyedrra fytta do*n*de el fuera saljdo
Q*ua*`ndo llego el co*n*de asu bue*n*a co*n*panna
fablaro*n*[ ]le s*us* vassallos todos co*n* fue*r*te san*n*a
mal*tra*`ya*n* le ta*n*to q*ue* era por grra*n* façan*n*a
Com*m*o todos estava*n* maljnconjcos co*n* grra*n* despecho
de chycos & de grra*n*d*e*s de todos fue mal trecho
ffazes dixero*n* al co*n*de sy*n* nj*n*gu*n*a` gujsa mal fecho
sy algu*n*t yerro grra*n*de tomamos s*er*a muy grra*n* derecho
Asy com*m*o ladrro*n* andas destos q*ue* anda*n* a[ ]furta*r*
asy solo sen*n*ero te amas apartar
q*ua*`ndo nos ot*ro*`s te vuscamos no*n* te podemos fallar
abremos solo por aq*ue*sto algu*n* grra*n*d yerro tomar
por q*ue* ta*n*to te sofrymos por e*n*de somos peor*e*s
pedimos te por merçed q*ue* no*n* nos fagas *tra*`ydor*e*s
ca no*n*lo fuero*n* nu*n*ca n[*uest*]ros anteçesor*e*s
no*n* ovo e*ne*l mu*n*do om*ne*s mas leales nj*n* mejor*e*s}

[fol. 34r]
{CB1.
q*ua*`ndo a[ ]toda su gujsa lo ovyero*n* mal *tra*`ydo
dixo les don ferna*n*do por dios sea oydo
de q*ua*`nto q*ue* yo fyze no*n* so por ello arrepe*n*tydo
no*n* me deves tener ansyna por ta*n* falljdo
fuy yo ala he*r*mjta por amjgo mjo ver
por q*ue* yo & el en vno amos a[ ]dos aver plazer
q*ua*`ndo fuy alla llegado dema*n*de sy podrya d*e*l saber
dixero*n* me por nuevas q*ue* era e*n* ageno poder
Sope com*m*o era mj amjgo fynado
mostraro*n* me el loga*r* donde estava soterrado
rrogue a[ ]jh*es*u x*risto*` q*ue* sy el fyzo algu*n* pecado
por la su grra*n* mesura q*ue*le sea pe*r*donado
Entra*n*te d*e*la pue*r*ta allj fyze mj oraçiom

atal qual me dio dios seso & me metyo e*n* corac[´]om
vyno amj el mo*n*je com*mo* e*n* vysyom
despye*r*ta dixo amjgo q*ue* hora es & sazom
Dyxo melo e*n* suen[*n*]os & no*n*lo q*ui*`se creer
desperte & no*n* pude nj*ngun*a` cosa ver
oy vna grra*n* vos d*e*l çielo desçender
vos era d*e*los *san*tos segu*n* mj e*n*tender
Esta es la Razo*n* q*ue*la vos me dezja
co*n*de ferna*n* go*n*çales ljeva te de*n*de & ve tu vya
todo el poder de afryca & d*e*l andaluzja
vençer lo he e*ne*l canpo deste terçero dia
Dyxo me q*ue* mal fazja por ta*n*to q*ue* ta*r*dava
aquel Rey d*e*los Reyes por cuyo amor ljdiava}

[fol. 34v]
{CB1.
q*ue* fuese & q*ue* no*n* ta*r*dase co*n*trra la ge*n*te pagana
q*ue* por q*ue* avya mjedo pues q*ue* el me ayvdava
Otras cosas me dixo q*ue* me q*ui*`ero callar
q*ue* q*ue*ria grra*n* alonga*n*ça de todo lo co(r)[n]tar
mas aber lo hed*e*s todo ayna de prrovar
fasta q*ue*lo prrouedes aver melo he de callar
En aq*ue*lla he*r*mjta fuy yo bye*n* aco*n*sejado
d*e*l mo*n*je sa*n* pelayo sye*r*uo de dios amado
q*ue* por el su co*n*sejo almozorre fue arra*n*cado
fuy lo a[ ]buscar agora & falle lo soterrado
fasta q*ue*lo sepad*e*s com*mo* yo lo fuera a[ ]saber
por e*n*de no*n* me deved*e*s por falljdo tener
agua*r*dar vos q*ue*rrya a[ ](^*d)[^t]odo mj poder
& por me*n*gua nj*ngun*a` de mj e*n* yerro no*n* caer
De dios & d*e*los om*ne*s menester avemos co*n*sejo
sy no*n* los afyncamos faze*r* nos ha*n* mal *tre*bejo
*tr*a`ye el Rey alexa*n*dre muy grra*n* pueblo sobejo
eso mesmo el Rey almozorre fue[*r*]te pueblo mor[e]sno
nu*n*ca e*n*la su vyda ay(^??)[^u]*n*to tal co*n*sejo
mjll ay p*a*ra vno esto bye*n* lo sabemos
dicho es q*ue* ha meneste*r* q*ue* (q*ue*) co*n*sejo tomemos
maguer fuyr q*ue*ramos faze*r* no*n*lo podemos
asy com*mo* los peçes e*n*rredados ansy yazemos
arago*n* & navarra & todos los pytavynos
sy e*n* q*ue*xa nos vyere*n* no*n* nos sera*n* padrynos
q*ue* no*n* nos darya*n* saljda por nj*n*gunos camjnos
mal nos q*ui*`ere*n* de mue*r*te todos n*uest*rros vezjnos}

[fol. 35r]
{CB1.

sy nos por mal pecado fueremos arra*n*cados
los n*uest*rros enemjgos sera*n* de nos ve*n*gados
seremos nos otrros catyvos fanbrye*n*tos & laz[r]ados
sera*n* los n*uest*rros fyjos d*e*los moros catyvados
los fyjos & las fyjas q*ue* nos otrros ta*n*to q*ue*remos
ver los hemos leua*r* catyvos valer no*n*los podremos
alla donde nos ma*n*dare*n* yr por fuerça alla yremos
an*uest*rros fyjos & fyjas jamas nu*n*ca los veremos
Es desanparado de todo bye*n* el cavtyvo
mas dize muchas vezes q*ue* no*n* q*ue*rrya se*r* nasçido
dize sen*n*or d*e*l mu*n*do por q*ue* me eres esq*ui*`vo
q*ue* me fazes veujr lazrado & perdido
ljgera cosa es la mue*r*te de pasar
mue*r*te de cada dia muy mala es de e*n*dura*r*
sofryr ta*n*to lazerio & ver ta*n*to pesar
ver los sus enemjgos lo suyo heredar
Contesçe eso mjsmo co*n*la ge*n*te Renegada
hereda*n* n*uest*rra t*ie*rra & tyene*n*[ ]la forçada
mas e*n*dereçar se ha la Rueda q*ue* esta trestornada
sera*n* ellos ve*n*çidos la fe de xp*istus* onrrada
No*n* es dicha fortuna por se*r* sye*n*pre e*n* vn estado
de vno se*r* sye*n*pre Ryco & otrro se*r* me*n*guado
comja estas dos cosas la fortuna pryado
al pobre faze Ryco & al Ryco me*n*guado
qujere fazer las cosas ansy el cryador
de dar & de q*ui*`tar el es el fazedor
por e*n*te*n*der q*ue*l es sobre todos el mejor
el q*ue* suele se*r* ve*n*çido sera el ve*n*çedor}

[fol. 35v]
{CB1.
atal sen*n*or com*m*o aqueste devemos nos Roga*r*
q*ue* por la su grra*n* mesura nos q*ui*`era ayvdar
q*ue* e*n*e*l* nos esta todo cae*r* o leua*n*tar
ca sy*n* el no*n* podemos nj*n*guna cosa acabar
Amjgos lo q*ue* digo bie*n* deuede*s* e*n*tender
sy fueremos vençidos q*ue* co*n*sejo tomarede*s*
morirede*s* com*m*o malos la t*ie*rra pe*r*deredes
sy esta ves caede*s* nu*n*ca vos leua*n*tarede*s*
De mj mjsmo vos digo lo q*ue* cuedo yo faze*r*
nj*n* preso nj*n* cabtyvo nu*n*ca yo me dexare ser
maguer ellos a[ ]vyda me q*ui*`eran prender
matar me yo ante q*ue* nu*n*ca sea e*n* su poder
Todo aquel q*ue* de vos otrros a[ ]presyo*n* seles diere
& co*n* mjedo d*e*la mue*r*te d*e*l ca*n*po saljere
q*ue*de por aleuoso el q*ue* tal fecho fyzjere

co*n* judas e*ne*l jnfye*r*no yagua q*ua*`ndo moriere
Q*ua*`ndo esto oyo el su pueblo loçano
todos por vna voca fablaro*n* muy pryado
sen*n*or lo q*ue* tu dizes sea de nos otorgado
el q*ue* fuy[e]re de nos (a)yaga co*n* judas abraçado
Q*ua*`ndo ovo el co*n*de estas Razon*e*s dichas
antes tenje*n* todos e*n*dureçidos los coraçones
fuero*n* todos co*n*fortados cavall*er*os & peon*e*s
ma*n*do com*m*o fyzjese*n* esos grra*n*d*e*s varon*e*s
ma*n*do q*ue* fuese*n* prestos otrro dia por la man*n*ana
q*ue* fuese*n* puestas las ases e*n* medio d*e*la plana}

[fol. 36r]
{CB1.
todos fuese*n* a*r*mados ala p*ri*`mera ca*n*pana
darian ljd ca*n*pal aq*ue*lla ge*n*te pagana
a[ ]gustyo gonçales el q*ue* de salas era
ael & asus fyjos dio les la delantera
ca por mjedo d*e*la mue*r*te no*n* dexarya*n* la carrera
co*n* ellos yva do*n* velasco el q*ue* ta*n* bye*n* de salas era
Entrro gonçalo dies co*ne*llos e*n* esta mjsma has
era e*n*los co*n*sejos muy bue*n*o de toda paz
era p*a*r*a* e*n* fazje*n*das crudo com*m*o agrras
quje*n*( )q*ui*`er q*ue*lo dema*n*das salar lo ye de fas
dos sobrynos d*e*l co*n*de valje*nt*e*s* & ljgeros
fyçiera los el co*n*de esto*n*çes cavall*er*os
deujera*n* ser co*n*tados estos e*n*los p*ri*`meros
fuero*n* estos llamados los lovos ca*r*njçeros
los q*ue* gustyo go*n*çales avya de acabdillar
dozje*n*tos fuero*n* estos cavall*er*os de prestar
estos ma*n*do el co*n*de por la vna pa*r*te e*n*trrar
de q*ua*`les ellos fuero*n* no*n*lo podrya*n* mejorar
Dyo les seys mjll peon*e*s p*a*r*a* la dela*n*tera
omn*e*s d*e*la mo*n*tan*n*a ge*n*te era fue*r*te & ljgera
sy bye*n* gujsados fuese*n* com*m*o menester les era
por tres ta*n*tos de moros no*n* dexarie*n* la carrera
dexemos esta fas toda bye*n* parada
no*n* podrye el cabdillo mejorar se por nada
serye por nj*n*gu*n*a fuerça a[ ]duro q*ue*bra*n*tada
ya era e*n* todo esto la otra has agujsada}

[fol. 36v]
{CB1.
ffue dado por cabdillo lope el vyscayno
bye*n* Ryco de ma*n*çanas pobre de pam & de vyno
en esa fas fuero*n* co*n*tados fyjo de do*n* layno

& otrro d*e*la mo*n*tan*n*a co*ne*l q*ue* dizje*n* do*n* mino
avye de b*ur*goneses & otrro( )sy de e*n*treujno
Caball*er*os bye*n* ljgeros & de coraçon loçanos
de castylla la vyeja ovo y bu*en*os castellanos
q*ue* muchos bu*en*os fechos fyzjero*n* y por s*us* manos
venje*n* ay de castr*o*` vnas bu*en*as co*n*pan[*n*]as
venje*n* ay co*ne*llos otr*o*`s d[*e*]las mo*n*tan[*n*]as
fuero*n* ay estoryanos ge*n*tes muy bye*n* gujsadas
muy bu*en*os era*n* de a*r*mas & muy bye*n* co*n*pljdos de manos
venja*n* ay estos caberos e*n*la has mediana
estos dozje*n*tos d*e*la flor castellana
todos fuero*n* e*n* ca*n*po otrro dia por la man*n*ana
esa fue p*ar*a moros vna malla & negrua semana
Dyo les otros seys mjll peon*e*s p*ar*a co*n* q*ue*los co*n*vatyese*n*
peones co*n* peon*e*s e*n* vno los partyese(*n*)n
q*ue* qu*a*`ndo los peon*e*s carrera les abryese(*n*)n
entrrarya*n* los caball*er*os mejor por do podiesem
El co*n*de do*n* fernan*d*o d*e*los fechos granados
ovo vey*n*te escuderos e*n* ese dia armados
estos co*ne*l bue*n* co*n*de en has fuero*n* e*n*trrados
por todos fuero*n* çincue*n*ta & no*n* mas co*n*tados
Ruy cavya & nun*n*o & d*e*los d*e*la fos de lara
venja*n* aya los serranos ge*n*tes q*ue*l poblara
e*n* vna syerra muy fue*r*te q*ue*l de moros ganara}
{CW. venja*n* ay los}

[fol. 37r]
{CB1.
venjan ay los velascos q*ue* ese dia armara
venja*n* ay tres mjll peones todos de buena co*n*pan*n*a
q*ue* por mjedo d*e*la mue*r*te no*n* farya*n* falljmje*n*te
maguer q*ue* fuese*n* vuscados de pa*r*tes de orie*n*te
no*n* fallarya*n* mejor*e*s fasta e*n* oçidente
Consejo[ ]les a[ ]todos de qu*a*`l gujsa fyzjese*n*
sy el dia pr*i*`mero ve*n*cer no*n*los podiese*n*
q*ue* se tornase*n* afuera qu*a*`ndo el cue*r*no oyese*n*
ala sen*n*a d*e*l co*n*de todos se acojese*n*
qu*a*`ndo ovo el co*n*de su cosa agujsada
sus azes bye*n* paradas su ge*n*te ordenada
sabye bye*n* cada vno su çertera e*n*trrada
tornaro*n* asus tye*n*das cada vno asu posada
çenaro*n* & folgaro*n* esa ge*n*te cruzada
todos a[ ]dios Rogaro*n* co*n* volu*n*tad pagada
q*ue* allj les ayvdase la v*ir*tud sagrrada
vyero*n* aq*ue*lla noche vna muy fyera cosa
venje por el ayre vna sye*r*pe Raujosa

da*n*do muy fue*r*tes gruytos la fantasma ast*ro*`sa
toda venje sa*n*gruje*n*ta com*m*o (m)[v]*er*meja asy com*m*o rrosa
fazja ella senblante q*ue* feryda venja
semejava e*n*los gruytos q*ue* el çielo pa*r*tya
alu*n*braua las vestes el fuego q*ue* ve*r*tya
todos ovyero*n* grra*n* mjedo q*ue* q*ue*ma*r* los venja
No*n* ovo e*n*de nj*n*guno q*ue* fuese ta*n* esforc[´]ado
q*ue* grra*n* mjedo no*n* ovo & fuese espa*n*tado
cayero*n* muchos om*ne*s e*n* *tie*rra d*e*l espa*n*to
ovyero*n* muy grra*n* mjedo todo el pueblo crruzado}

[fol. 37v]
{CB1.
despertaro*n* al co*n*de q*ue* era ya dormjdo
ante q*ue*l venjese el culuebro era ydo
fablo todo el su pueblo com*m*o desmaydo
dema*n*do d*e*l culuebro com*m*o fuera venjdo
Dyxera*n* selo todo de q*ua*`l gujsa venjera
com*m*o cosa ferryda q*ue* muy grra*n*d*e*s g*ri*`tos diera
por q*ue* se maraujllava*n* com*m*o la *tie*rra no*n*la e*n*çendiera
vuelta venja e*n* sa*n*grue aq*ue*lla vestya fyera
Q*ua*`ndo gelo co*n*taro*n* asy com*m*o lo vyero*n*
e*n*te*n*dio bye*n* el co*n*de q*ue* grra*n* mjedo ovyero*n*
q*ue* esta atal fygura q*ue* diablos la fyzjero*n*
alos pueblos cruzados Reuolue*r* los q*ui*`sjero*n*
Alos moros tenja*n* q*ue*los venja*n* ayvdar
coydava*n* sy*n* duda alos x*ri*`*sti*anos espa*n*tar
por tal q*ue*los cruzados se ovyero*n* a[ ]tornar
q*ue* q*ui*`syera[*n*] e*n*la veste algu*n* fuego echar
Q*ua*`ndo asus varone*s* el bue*n* co*n*de llamo
q*ua*`ndo fuero*n* ju*n*tados ma*n*do los escuchar
q*ue* el les deria q*ue* q*ue*rye la se*r*pye*n*te demost[r]ar
luego d*e*los estrelleros come*n*ço de fab[l]ar
los moros bye*n* sabede*s* q*ue* se guja*n* po*r* est*re*`llas
no*n* se g*ui*`am por dios q*ue* se guja*n* por ellas
otrro cryador nuevo ha*n* fecho ellos d*e*llas
dize*n* q*ue* por ellas vee*n* muchas de maraujllas
ay avn otrros q*ue* sabe*n* muchos e*n*cantame*n*tos
faze*n* muchos malos gestos co*n* *sus* esperame*n*tos
de Reuoluer las nuves & de rrevoluer los vye*n*tos
muestra les el diablo estos e*n*te*n*dymje*n*tos}

[fol. 38r]
{CB1.
ayvnta*n* los diablos co*n* *sus* co*n*juramentos
aljega*n* se co*n* ellos & fazem sus co*n*ve*n*tos

diz*en* d*e*los pasados todos sus falljmje*n*tos
todos faz*en* co*n*çejo estos falsos ca*r*vonje*n*tos
Algu*n* moro astroso q*ue* sabe e*n*ca*n*tar
fyzo aquel diablo e*n* sye*r*pe fygurar
por amor q*ue* podiese avos otrros espa*n*tar
co*n* este tal e*n*ga*n*no cuydaro*n* se nos tornar
com*m*o sod*e*s sesudos bye*n* podedes saber
qua no*n* ha*n* ellos poder de mal anos fazer
q*ua*` q*ui*`to[ ]les jh*es*u xp*ist*o el su fue*r*te poder
veades q*ue* so*n* locos los q*ue*lo q*ui*`ere*n* creer
q*ue* es todo el mu*n*do e*n* vno el poder
q*ua*` el solo deuemos todos obedeçer
ca el es poderoso de dar & de toller
atal sen*n*or com*m*o aq*ue*ste deuemos todos de temer
Quje*n* este sen*n*or dexa & e*n*la vestya fya
te*n*go q*ue* es caydo al sen*n*or dios e*n* vna gra*n*d yra
anda e*n* falljmje*n*to la su alma mesq*ui*`na
q*ua*`ntos q*ue* ansyna anda*n* el diablo los guja
Tornemos e*n*lo al q*ue* agora estamos
travajado abemos menester es q*ue* durmamos
co*ne*llos e*ne*l ca*n*po cras man*n*ana seamos
todos e*n* su logar asy com*m*o ma*n*damos
fuero*n* as*us* posadas come*n*çaro*n* a[ ]dormjr
comen*ç*aro*n* las alas los gallos a[ ]feryr
leua*n*taro*n* se todos mjsa fuero*n* a[ ]oyr
co*n*fesar[ ]se a[ ]dios sus pecados descubryr}

[fol. 38v]
{CB1.
Todos gra*n*d*e*s & chycos su oraçio*n* fyzjero*n*
d*e*l mal q*ue* avya[**n*] fecho todos se arrepe*n*tiero*n*
la ostya co*n*sagrrada todos la Resçebyero*n*
todos de coraçon a[ ]dios m*erç*ed pediero*n*
Era e*n* todo esto el dia allegado
e*n*traro*n* e*n*las armas todo el pueblo cruzado
las fazes fuero*n* puestas com*m*o les era ma*n*dado
bye*n* sabye cada vno su luga*r* sen*n*allado
Ffuero*n* todas las ge*n*t*e*s en vn pu*n*to g*ua*`*r*njdas
movyero*n* p*ar*a ellos todos por *sus* pa*r*tydas
las açes fuero*n* puestas mescladas las ferydas
ovo y de cada p*ar*te muchas ge*n*tes caydas
El co*n*de do*n* fern*an*do este leal cabdillo
paresçia e*n*trre todos vn fermoso castyllo
avya e*n*la faz p*ri*`mera avye*r*to vn [^gra*n*] portyllo
t*ra*`ya e*ne*l escudo fyncado muy mucho cuadryllo
Ronpya todas las hazes q*ue* frro*n*teras estava*n*

ala pa*r*te q*ue*l yva todos carrera le dava*n*
los golpes q*ue* fazja bye*n* a[ ]lexos sonava*n*
Andava por las azes com*mo* leo*n* f(ˆr)[ˆa][*n*]brye*n*to
de ve*n*çer o de moryr tenja fue*r*te talje*n*to
dexava por do yva todo el ca*n*po co*n*bye*n*to
dava ay muchas anjmas al vestyo*n* fa*n*brye*n*to
Vn Rey d*e*los de afryca era y de fue*r*ça gra*n*de
e*n*tre todos los otrros semejava vn gyga*n*te
q*ue* al co*n*de vuscaua & asy fazja el co*n*de al semeja*n*te
& luego q*ua*`ndo vyo al co*n*de fue[ ]sele para*r* dela*n*te}

[fol. 39r]
{CB1.
El co*n*de q*ua*`ndo le vyo ta*n* yrado venjr
agujso el cavallo & fue[ ]lo a[ ]Resçebyr
avaxaro*n* las lanças & fuero*n* se a[ ]feryr
q*ue* devyera*n* tales golpes vna torre pa*r*tyr
Entramos vno a[ ]otrro fuero*n* mucho e*n*ba*r*gados
fuero*n* muy mal ferrydos & estava*n* e*n*baçados
fablar no*n* se podia*n* ta*n*to era*n* mal golpados
era*n* de fue*r*tes golpes amos y dos llagados
El co*n*de do*n* ferna*n*do mague*r* mal ferydo
e*n* antes q*ue*l Rey e*n*trrase e*n* todo su se*n*tydo
d*e*l co*n*de fue el Rey otra ves muy mal ferydo
fue luego d*e*l cavallo a[ ]t*ie*rra avatydo
los vasallos d*e*l moro q*ua*`ndo aq*ue*sto vyero*n*
çercaro*n* al bue*n* co*n*de & muy gra*n* pr*i*`esa le diero*n*
esa ora castellanos e*n* valde no*n* estubyero*n*
da*n*do grra*n*des ferydas asu sen*n*or acorrie*n*do
El co*n*de castellano co*n* *sus* ge*n*tes no*n* dudadas
fuero*n* aq*ue*stas oras fue*r*te( )me*n*te esforçadas
el cavallo d*e*l co*n*de q*ue* traya muy gra*n*d*e*s lançadas
tenje fasta los pyes las e*n*tran*n*as colgadas
Ovo el su bue*n* caballo al co*n*de de moryr
a[ ]mayor fue*r*te sazo*n* no*n*le podiera falesçer
ca no*n* podia torna*r* se nj*n* podia fo(o)yr
las coytas q*ue* sofrrya no*n*las podrya onbre dezjr}

[fol. 39v]
{CB1.
Estava apeado e*n* deredor la su bue*n*a co*n*pan*n*a
escudo co*n*tra pechos en la mano su espada
valas me dixo x*ristus* la tu v*ir*tud sagrrada
no*n* q*ue*de oy castylla de ty desanparada
los moros era*n* muchos tenje*n*[ ]lo bye*n* çercado
mague*r* q*ue*l bue*n* co*n*de estava apeado

feria a[ ]todas las p*arte*s agu*i*`sa de esforçado
los sus bu*en*os vasallos valjero*n* lo pryado
Diero*n*[ ]le vn bue*n* caballo q*ua*`l el meneste*r* [^lo] avya
dava grra*çia*`s a[ ]dios & fazja gra*n*de alegr*i*`a
sen*n*or esta m*erçe*d ta*n* man*n*a gradeçer no*n* te podrya
q*ue* ta*n* bye*n* me acorryste ala grra*n*d coyta mja
Dexemos [^nos] el co*n*de mejor de otrras ljdes
ffazje*n*do lo q*ue* faze el lovo e*n*las grueys
Don gustyo *gonçale*s q*ue*la otrra faz gujava
corrya mucha sa*n*grue por do el agujjava
yva*n* grra*n*des arroyos com*m*o fue*n*te q*ue* manava
fazja muy gra*n* mo*r*ta*n*dat e*n* aq*ue*sta ge*n*te b*r*a`ua
los moros e*n* todo esto e*n* valde no*n* estava*n*
e*n*los omn*e*s de pye grra*n* morta*n*dat fazja*n*
sepad*e*s q*ue* de amas las p*ar*tes muchos om*ne*s caya*n*
alos golpes q*ue* dava*n* las syerras rretenja*n*
Don diego laynes co*n* amos sus he[*r*]manos
ferrye d*e*la otrra p*ar*te co*n* otrros castellanos
fazja muy grra*n* morta*n*dat e*n*los pueblos paganos
todos caya*n* de buelta los moros & los x*r*i`*sti*anos}

[fol. 40r]
{CB1.
Estydo la fazje*n*da e*n* peso todo el dia
sobre gana*r* el ca*n*po era gra*n*de la porfya
tenje se por bye*n* anda*n*te el q*ue* mejor feria
sobre todos el co*n*de llevaua la mejorya
qua el q*ue* de sus manos escapava tenja se por nasçido es[*e] [*dia]
ferie[ ]los do*n* ferna*n*do de toda volu*n*tad
e*n*los pueblos paganos fazja grra*n* mortandad
valas me dixo xp*istus* padre de pyedad
sea oy por ty e*n*salçada la x*r*i`*sti*andad
la voca & los die*nte*s tenja ljeno de poluos
q*ue* apenas podia fablar por co*n*forta*r* *sus* ge*n*tes
dizje*n*do oy sed bu*en*os vasallos & parie*n*tes
los buenos e*n* tal dia deued*e*s parar mje*nte*s
dezje feryd de Rezjo mjs leales amjgos
aved*e*s muchos tue*r*tos de almozorre Resçebydos
p*ar*a ve*n*gar nos d*e*l set bye*n* mje*n*tes metydos
ca bye*n* se vos ve*n*ga mje*nte*s q*ue* por eso somos aq*ui*` venjdos
El sol era ya puesto q*ue*ria anocheçer
nj*n* moros nj*n* x*r*i`*sti*anos no*n* se podia*n* vençer
ma*n*do luego el co*n*de su cue*r*no tan[*n*]er
ovyero*n* se todos ala sen*n*a de acojer
los pueblos castelanos & las ge*n*tes cruzadas
sacaro*n* alos moros fueras de sus posadas

el co*n*de do*n* fernan*d*o co*n* todas sus mesnadas
fuero*n* aq*ue*lla noche todos bye*n* alve*r*gados
El co*n*de & sus ge*n*tes las posadas tomaro*n*
ovyero*n* tal alvergue q*ua*`l a[ ]dios pediero*n*}

[fol. 40v]
{CB1.
qua*n*to menester ovyero*n* todo ay lo fallaro*n*
co*n* sus a*r*mas g*ua*`*r*njdos toda la noche velaro*n*
e*ne*l dia p*ri*`mero muy grra*n* dan*no* tomaro*n*
sea*n* e*n* parayso q*ua*`ntos ay fynaro*n*
Otrro dia por la man*n*ana los pueblos desc*re*ydos
todos estava*n* e*ne*l ca*n*po co*n* *sus* a*r*mas apreçebydos
da*n*do muy gra*nde*s vozes & gra*n*des apelljdos
semejava q*ue* todos los mo*n*tes & valles era*n* movydos
El co*n*de do*n* fernan*d*o co*n* su ge*n*te loçana
todos oyero*n* mjsa otrro dia por la man*n*ana
fuero*n* todos e*ne*l ca*n*po (^otrro dia por la ma) [^ala prymera canpana]
pararo*n* se[ ]las azes e*n* medio d*e*la plana
Come*n*çaro*n* el pl[e]jto a[ ]do[ ]lo avya*n* dexado
llama*n*do *san*tyago el apostol onrrado
las fazes fuero*n* bueltas el torneo mesclado
bye*n* avya*n* castellanos aq*ue*l menester vsa(*r*l)[d]o
Orbyta el su alferes el q*ue* traya la su sen*n*a
no*n* sofrya mas golpes q*ue* sy fuera el vna pen*n*a
nu*n*ca mejor la tovo el bue*n* terry*n* de ca*r*den*n*a
dios pe*r*done la su alma q*ue*l yaze e*n* ca*r*den*n*a
el co*n*de do*n* fernan*d*o coraçon syn flaq*ue*za
sen*n*or de e*n*sen[*n*]amje*n*to çimje*n*to de nobleza
ferya e*n*los paganos sy*n* nj*n*guna pereza
esto*n*çe dixo caberos afam ay e*n* pobreza
El co*n*de do*n* fernan*d*o mas brrauo q*ue* se*r*pye*n*te
avya(*n*) la grra*n* fuerça co*ne*l dia calje*n*te
matava & feria e*n*la mala semje*n*te
fazja(*n*) grra*n* morta*n*dat e*ne*l pueblo descreye*n*te}

[fol. 41r]
{CB1.
Dexemos nos d*e*l co*n*de e*n* pryesa estar
nu*n*ca nasçio o*n*brre de a*r*mas q*ui*`en sele podiese mejorar
digamos vos d*e*los otrros no*n* avya*n* mas vaga*r*
ca les yva [...] caer o leuantar
los vnos & los otrros de Rezjo se co*n*vatye*n*
sepad*e*s q*ue* de amas las pa*r*tes muchos om*ne*s morie*n*
la noche fue venjda de allj se he*r*zjero*n*
nada no[*n*] acabaro*n* por lo q*ue* ay venjero*n*

Tornaro*n* se alas tye*n*das fanbrye*n*tos & laz[r]ad(ˆrr)[ˆo]s
levaro*n* fue*r*te dia estava*n* muy ca*n*sados
avya*n* ay muchos om*ne*s ferydos & matados
çenaro*n* & dormjero*n* toda la noche a*r*mados
El co*n*de do*n* ferna*n*do de fazje*n*da granada
ma*n*do a[ ]p*r*iˋmera noche llama*r* esa mesnada
luego fue a[ ]poca de ora toda co*ne*l ju*n*tada
pasaro*n* por oyr[ ]le aq*ue*lla ge*n*te lac[´]rada
Amjgos dixo el co*n*de por dios q*ue* esforçed[*e*]s
por el muy mal lazeryo q*ue* no*n* desmay[e]des
Todos de bue*n* coraçon era*n* p*ar*a ljdiar
nj*n* lanças nj*n* espadas no*n* avya*n* vaga(*r*)r
Retenje*n* los yelmos las espadas q*ue*brar
ferye*n* e*n*los (ˆ??)[ˆc]apyllos las lorygas falsar
los chycos & los grra*n*des todos ael mje*nte*s parava*n*
com*m*o a[ ]a*n*gel de dios todos ael ag*ua*ˋ*r*dava*n*
q*ua*ˋndo oye*n* castylla todos se esforc[´]ava*n*
todos e*n* su palabra grra*n*d esfue*r*c[´]o tomava*n*}

[fol. 41v]
{CB1.
Don gustio go*n*çales el q*ue* de salas era leal cabdillo
avya e*n*los p*r*iˋmeros avye*r*to vn gra*n* portyllo
vn Rey d*e*los de afryca valje*n*te cavall*er*o
feriol de vna espada por medio d*e*l capyello
El capyello & el almofar & la cofya de armar
ovo[ ]lo la espada ljgero de cortar
ouo fasta los ojos la espada de pasar
de aq*ue*ste golpe ovo do*n* gustio g*onçal*eˋs a[ ]fynar
Allj do el muryo no*n* yaze el sen[*n*]ero
vn sobryno d*e*l co*n*de q*ue* era su co*n*pan[*n*]ero
mataro*n* se vno a[ ]otrro co*n* vn b[u]en cavall*er*o
no*n* avya y de moros mas estrran[*n*]o brraçero
de x*r*iˋ*sti*anos otrros muchos por e*n*de y moriero*n*
ellos e*n* todo esto e*n* val( )de no*n* estovyero*n*
e*n*los pueblos paganos grra*n* mo*r*ta*n*da[d] fyzjero*n*
fab(ˆa)[ˆl]ara*n* d*e*llo sye*n*pre q*ua*ˋntos lo oyero*n*
Al co*n*de do*n* ferna*n*do llegaro*n* los ma*n*dados
com*m*o era*n* los mejor*e*s d*e*los otrros fynados
elos x*r*iˋ*sti*anos estava*n* t*r*iˋst*e*s & desheredados
sy los no*n* acorrya*n* q*ue* era*n* desbaratados
Q*ua*ˋndo lo oyo el co*n*de por eso fue muy q*ue*xado
agujjo el caballo & acorio les p*r*iˋado
fallo de mala gujsa Reuelto el me*r*cado
presos fuera*n* o mue*r*tos sy no*n* fuera*n* ayuˋdados
ferio luego el co*n*de e*n*los pueblos paganos

d*e*los q*ue*l alcançava pocos yva*n* sanos
dize yo so el co*n*de esforçad castellanos
feryd bye*n* de Rezjo amjgos y he*r*manos}

[fol. 42r]
{CB1.
los x*r*i`*sti*anos lazrados qua*n*do aquesto viero*n*
avn q*ue* era*n* mal andant*e*s todo el mjedo p*er*diero*n*
todos co*n* su sen*n*or grra*n*d esfuerço cogiero*n*
e*n*las fazes paganas muy de Rezjo feryero*n*
el co*n*de castellano de coraçon co*n*pljdo
dizje feryt cab[a]ll*er*os q*ue* oy aveys ve*n*çido
no*n* se donde falle pa*n* el q*ue* oy fuere Retraydo
mucho le valdrya mas q*ue* nu*n*ca fuese nasçido
Non se om*n*e e*n*el mu*n*do q*ue* al co*n*de oyese
q*ue* e*n* nj*n*gu*n*a manera se*r* malo podiese
nu*n*ca podrye se*r* malo el q*ue* co*n*el se cryase
mejor devrye se*r* q*ue* otrro el q*ue* co*n*el vysq*ui*`ese
El q*ue* a[ ]do*n* gustio *gonçal*e`s esas oras matara
d*e*l co*n*de sy podiera de grrado se desvyara
sy lo gujsar podiera mejor y lo varatara
el sen*n*or de castylla fue[ ]sele a[ ]parar de cara
El grra*n* Rey afrycano oyera lo dezjr
q*ue* nj*n*gu*n* om*n*e al co*n*de no*n* sele podia guaryr
por ta*n*to sy el podiera q*ui*`syera lo foyr
no*n*le dio vagar el co*n*de & fue[ ]lo a[ ]feryr
fyriol luego el co*n*de & partyol el escudo
Ronpyo[ ]le las gua*r*njçion*e*s co*n* fyerro mucho agudo
el Rey de afryca de mue*r*te anparar no*n* se pudo
fue d*e*l cavallo ayvso a[ ]*tie*rra abatydo
fuero*n* los afrrycanos desto mucho pesa*n*tes
ca era*n* d*e*l bue*n* co*n*de mucho mal anda*n*tes
feryero*n* sobre el co*n*de mas de mjll cavalga*n*tes
el torneo fue vuelto mas fyrme q*ue* no*n* de antes}

[fol. 42v]
{CB1.
mataro*n* bye*n* quare*n*ta de p*ar*te d*e*los de castylla
salja muy mucho caballo vazjo co*n* mucha sylla
avye de sus vasallos el co*n*de muy gra*n* ma*n*zjlla
coydo se sy*n* duda q*ue* se p*er*derya castylla
Era e*n* fue*r*te cuyta el co*n*de do*n* ferna*n*do
yva sy sele fyzjese su mue*r*te agujsa*n*do
alço al çielo los ojos al cryador Roga*n*do
com*m*o sy estovyese co*n*el ansy le esta llama*n*do
pues no*n* so vi*r*tuoso desta ljd arra*n*car

[q*ui*`en]q*ui*`er q*ue* escape [...] yo no*n* q*ui*`ero escapar
nj*n* nu*n*ca vere yo mas coyta nj*n* [^mas] pesar
mete*r* me he*n* loga*r* do*n*de me haya*n* de matar
castylla *que*brra*n*tada *que*dara sy*n* sen*n*or
yre yo co*n* esta Rabya mesq*ui*`no pecador
sera e*n* cavtyveryo d*e*l moro almoçorre
por no*n* v*er* aq*ue*l dia la mue*r*te es mejor
Sen*n*or por q*ue* nos tyenes a[ ]todos fue*r*te san*n*a
por los n*uestr*ros pecados no*n* estrruyas a[ ]espan*n*a
q*ue* pe*r*der[ ]se ella por nos semejarya fazan*n*a
q*ue* de buenos x*ri*`*sti*anos no*n* abrya calan*n*a
padre sen*n*or d*e*l mu*n*do padre vero jh*es*u xp*ist*o
d*e*lo q*ue* me dixero*n* nada no*n* me rr[e]tovyste
q*ue* me acorreryas comjgo lo posyste
yo no*n* te falesçie*n*(^??)[^d]o tu por q*ue* me has falesçido
sen*n*or pues e(^l)[^s] el co*n*de de ty desanparado
q*ue* por alg*un*a cosa eres tu d*e*l despagado
Resçeb(^y)[^e] tu sen*n*or e*n* *en*comje*n*da este co*n*dado
sy no*n* sera ayna por el todo estragado}

[fol. 43r]
{CB1.
{RMK: second scribal hand begins here.}% p*er*o yo no*n* morre asj desanparado
antes aueran de mj los moros mal me*r*cado
tal cosa fara antes aq*ue*ste cue*r*po lac[´]rado
q*ue* q*ua*`nto el mundo dure sjenpre sera co*n*tado
% sj atanta de g*ra*`çia me q*ue*sjeses tu mj sen*nor* dar
q*ue* yo almançore me pudjese allegar
no*n* creo yo q*ue* a[ ]vyda me pudjese escapar
yo mjsmo cujdaria la mj mue*r*te vengar
% todos los mjs vasallos q*ue* aq*ui*` son fj[*n]ados
serian p[*or] su sen*nor* este dja vengados
todos e*n* parayso con( )mjgo ayuntados
faria muj grra*n*de honrra el conde asus vasallos
% q*ue*rellando se a[ ]djos el conde don ferrando
los fjnojos fincados al crjado*r* Rogando
oyo vna grra*n*de bos q*ue*le estaua llamando
ferra*n*do d*e*l castjllo oy te creçe muj grra*n*de vando
% alço suso los ojos po*r* v*er* q*ui*`en lo llamaua
vjo al santo apostol q*ue* de[ ]suso le estaua
de cavalleros co*ne*l mucha grra*n* co*n*pan*n*a lleuaua
todos armas crus(´)adas com*m*o ael semejauan
% fueron co*n*tra[ ]los moros las haçes paradas
nunca vjo om*ne* [...] gentes tan esforçadas
al moro alma*n*çorre co*n*[ ]todas sus mesnadas
co*ne*llos fueron luego fuerte( )me[*n*]te e*n*bargadas

venya (^d)ende vna sen[*n*]al gentes pueblos armados
de qual p*ar*te venjan eran marauijllados
lo q*ue* mas les pesaua q*ue* er(e)[a]n todos crusados}

[fol. 43v]
{CB1.
(^dj[??]xo) djxo el Rey alma*n*çorre esto no*n* puede se*r*
donde le Recreço al conde atan fuerte poder
cuydaua yo oy sjn duda dele matar o prende*r*
auja con estas gentes el anos acometer
(^los crjstj)
los crjstjanos mesq*ui*`nos q*ue* estaua*n* cansados
de fjncar co*n*las anjmas eran desafjucjados
fueron co*ne*l apostol muj fue*r*te confortados
nunca fueron e*n* vn ora tan fuerte esforçados
% acreçento[ ]les el esfuerço todo el mjedo pe*r*djeron
e*n*los pueblos paganos grran mortandad fjcjeron
los podere*s* d[*e*]los afrjcanos sof(^j)[^r]jr no*n*la pudjeron
tornaron las (^??) espaldas d*e*l canpo se moujeron
% qua`ndo vjo don ferra*n*do q*ue*las espaldas tornauan
q*ue* con mjedo d*e*la muerte el canpo les dexauan
el conde & sus gentes fueron los aq*ue*xando
las espuelas e*n*los pyes açotes e*n* manos tomaua*n*
% fasta dentro e*ne*l almeria alos moros mal façaron
muchos fueron los presos & muchos los q*ue* mataron
vn dja & dos noches sjenpre[ ]los alcançaron
despues al te*r*çero dja a[ ]facjnas se to*r*naron
% buscaron po*r* los mue*r*tos q*ue* espesos ya(^y)cyan
como estauan sangrjentos a[ ]duro[ ]los conoçian
los crjstjanos fjnados q*ue*los soterrarian
cada vno asus[ ]lugare*s* (a sus lugar[*e*]s) q*ue* selos leuarja*n*
% el conde don ferrando conpljdo (^b)[^d]e bondad*e*s
djçe amjgos no*n* me semeja q*ue* aq*ue*sto vos fagad*e*s
e*n* e*n*bargar vos d*e*los muertos nj[*n*]g*un*a` cosa no*n* ganad*e*s
meteredes grra*n*d*e*s duelos e*n* v*ue*s*tr*as vecjndad[*e*]s}

[fol. 44r]
{CB1.
% los mue*r*tos alos[ ]bjuos po*r* q*ue* an de e*n*bargar
po*r* duelo no*n* podremos a[ ]njng*un*o` d*e*llos tornar
aq*ui*` ay vna ermjta q*ue* es vn buen lugar
tenja yo po*r* bjen do allj los soterrar
% nunca podjan yaçe*r* e*n*[ ]lugar tan honrrado
yo mjs( )mo & mj cue*r*(t)[p]o allj lo e e*n*comendado
mando me yo allj lleua*r* q*ua*`ndo fuere fjnado
& allj q*ui*`ero yo façer vn lugar mucho honrrado

% lo q*ue* djxo el conde todos esto(ˆs) oto`rgaron
los crjstjanos fjnados p*ar*a a(ˆ??)[ˆy] los[ ]lleuaron
mucho honrrada( )me[*n*]te allj los soterraron
q*ua*`ndo fuero*n* soterrados su camjno tomaron
% e*n*bjo sancho hordon*n*es al buen conde mandado
q*ue* q*ue*rian façe*r* cortes & q*ue* fuese p*r*yado
& q*ue* eran ayuntados todos[ ]los del Reynado
po*r* el solo tardaua q*ue* no*n* era oy gyado
ovo yr alas cortes p*er*o no*n* desu grrado
% era muy fjera cosa d*e*la mano le[ ]besa*r*
sen*n*o*r* djos d*e*los çielos q*ui*`eras me ayudar
q*ue* yo pueda a[ ]castjlla desta premja sacar
% el Rey y asus varones muj bje*n* los Reçebjeron
todos co*n*el buen conde muj grra*n*de goço ovjeron
fasta e*n*su posada todos co*n*el conde venjeron
ala e*n*trada d*e*la puerta todos se despedjeron
% los chycos y los grrandes de toda[ ]la çibdad
co*n*la venjda del conde placja de voluntad
ala Reyna sola pesaua de voluntad
q*ue* avja co*n*el [...] muj grra*n*de e*n*nemjstad}

[fol. 44v]
{CB1.
% auja e*n* estas cortes muj grran pueblo sobejo
despues q*ue*l conde vjno duro[ ]les poq*ue*llejo
djo[ ]les el buen conde mucho de[ ]buen consejo
d[*e*]llos e*n* poridad d[*e*]llos po*r* buen consejo
% leuara don ferrando vn mudado açor
no*n* auja e*n* castjlla ot*ro*` tal njn mejor
ot*ro*`sj vn cauallo q*ue* fue de almançor
auja de todo ello el Rey muj grra*n* sabor
% de grra*n* sabor el Rey de aello lleua*r*
luego djxo el Rey q*ue*lo q*ue*ria conpra*r*
no*n*lo venderia sen*n*or mas ma*nde*s[ ]lo toma*r*
vender no*n* voslo q*ui*`ero mas q*ui*`ero voslo dar
% el Rey djxo al conde q*ue* no*n* gelo tomaria
mas açor y el cavallo q*ue* gelo co[*n*]praria
q*ue* de aq*ue*lla moneda mjll ma*r*cos[ ]le daria
po*r* açor y cavallo sj dar gelo q*ue*ria
% abenjero*n* se anbos y fjcjero*n*[ ]su me*r*cado
puso q*ua*`ndo gelo djesen a[ ]dja sen[*n*]alado
sj el aue*r* no*n* fuese aq*ue*l dja pagado
sj[e]npre fuese cada dja (cada dja) doblad[o]
% c*ar*ta`s po*r* a.b.c partydas y fjcjeron
todos[ ]los paramentos allj los escrjujero*n*
e*n* cabo d*e*la c*ar*ta` los tres escrjujeron

q*ua*`ntos aesta me*r*ca delante (^escrjujeron) estuujero*n*
% asas avja el Rey buen cavallo conprado
mas saljo[ ]le a[ ]tres an*n*os muj caro el me*r*cado
co*n*el aue*r* de françia nunca seria pagado
po*r* y pe*r*djo el Rey castjlla su condado
% ay fuero[*n*] (^las)[^tod]as[ ]las ca*rt*a`s desfechas & partydas
las gentes castellanas fueron todas venjdas}

[fol. 45r]
{CB1.
% antes q*ue* partyese vna duen[*n*]a[ ]loçana
Reyna de[ ]leon del Rey don sancho h*ermana*`
prometyo[ ]le al buen conde & fic[´]o[ ]le f[i]uzja vana
conteçio[ ]le com*m*o al ca*r*nero q*ue* fue busca*r*[ ]la lana
demostro[ ]le el djablo el e*n*gan*n*o ayna
po*r* q*ue* finase la Reyna & le daria asu sobrjna
cometyo[ ]le el casa( )mjento el conde ala Reyna
seria el dan*n*(a)[o] grrande [...] aq*ue*sta melecjna
% touo el buen conde q*ue* seria bjen casado
oto`rgo gelo [...] q*ue*lo faria de[ ]buen grrado
e*n*bjo[ ]luego la Reyna a[ ]nauarra el ma*n*dado
vna ca*rt*a` bjen djtada co*n* vn falso djtado
% esta es[ ]la Raçon q*ue*la ca*rt*a` decja
de mj Reyna de[ ]leon aty el Rey ga`*r*çia
pe*r*dj al Rey tu padre q*ue* yo grran bje*n* q*ue*ria
sj yo fuese Rey com*m*o tu ya vengado[ ]lo auerja
% oras tyenes tyenpo p*ar*a venga*r* amj h*ermano*`
po*r* este tal e*n*gan*n*o coger lo as e*n* mano
tomaras muj buen derecho de aq*ue*l conde[ ]loçano
a[ ]ujda no*n*le dexes aq*ue*l fue*r*te castellano
q*ua*`ndo oyeron las gentes aq*ue*ste casamje[*n*]to
todos tenja*n* q*ue* era muj bue*n* ayuntamje[*n*]to
q*ue* seria d[*e*]lla pas carrera y çimje[*n*]to
mas ordjo o*tr*a`s Red*e*s el djablo & çe[??]ye[*n*]to
% pusjeron su luga*r* a[ ]do a[ ]ujstas venjesen
toujero*n* po*r* bje*n* anbos q*ue* a[ ]vjstas venjesen
& de cada p*ar*te çinco caberos aduxesen
fablarian & p*ro*`meterjan lo q*ue* po*r* bje*n* toujesen
% tomo ferran g[*onçale*]s çinco desus varones
todos de[ ]buen derecho & grra*n*d*e*s ynfa[*n*]çones
muj grrand*e*s de[ ]ljnaje & esforçados varones}

[fol. 45v]
{CB1.
% fuero*n* p*ar*a hurbena asj com*m*o mandaro*n*
co*n*el conde de castjlla solos seys e*n*bjaron

El Rey y los nauarros d*e*l pleyto falleçieron
e*n*[ ]lugar d*e*los seys mas de treynta traxeron
% q*ua*`ndo vjo don ferra*n*do al Rey venjr g*ua*`rnjdo
e*n*tendjo q*ue*le auja d*e*l pleyto falleçido
crey[e]ndo me po*r* p(1)alabra yo mjsmo so vendjdo
el conde dj(^x)o grra*n* bos com*m*o sj fuese atronjdo
djs deuja se*r* agora el mundo destrujdo
q*ue*lo q*ue* me djxo el monje e*ne*llo soy caydo
crey[e]ndo me po*r* palabra yo mjsmo so confondjdo
% matando[ ]se el mjsmo co*n*la[ ]su mal andança
no*n* pudo toma*r* escudo nj[*n*] pudo toma*r* lança
fuxo a[ ]vn ermjta allj fue su anparança
de man*n*ana fasta[ ]la noche allj fue su morada
% fiço su escudero agjsa de[ ]leal (^vjo v)
vjo vna fjnjestra e*n* m*edi*o` del fastjal
ujno p*ar*a[ ]la[ ]hermjta metjo[ ]se po*r* el po*r*tal
djo[ ]les sus espadas q*ue* non pudo façe*r* al
% estos escuderos q*ue* co*ne*l conde fueron
q*ua*`ndo asu sen*nor* acorrer no*n* pudjeron
todos e*n*sus cavallos ayna se arrecojeron
% fue d*e*l Rey ga`*rç*ia la ylesja bje*n* ljdjada
no*n*la q*ui*`so dexa*r* magera era sagrada
no*n* pudo d*e*lo q*ue* q*ui*`so el Rey acabar nada
ca tenja el conde la pue*r*ta bjen çerrada}

[fol. 46r]
{CB1.
% el sol era ya baxo q*ue* se q*ue*ria to*r*nar
ma*n*do el Rey ga`*rç*ia al conde preguntar
sj se q*ue*ria dar a[ ]presjon o sobre omenaje dar
q*ue* podrja po*r* solo aq*ue*sto la mue*r*te escapa*r*
% a[ ]salua fe jurando djo[ ]seles a[ ]presjon
peso muj mucho a[ ]djos po*r* el fecho a[ ]sjn Raçon
oyeron vna bos & grjto com*m*o[ ]bos de pauon
partjo[ ]se po*r* m*edi*o` el alta*r* de[ ]somo fasta fondon
% esta oy e*n*[ ]dja la ylesja pe*r*djda
po*r* q*ue* fue tal cosa e*ne*lla co*n*teçida
bjen cujdo q*ue* durara fasta[ ]la fjn conpljda
q*ue* no*n* fue atal cosa q*ue* sea ascondjda
% fue luego don ferra*n*do e*n*los fjerros metjdo
de grra*n* pesa*r* q*ue* ovo cayo amo*r*teçido
a[ ]cabo de vna pyeça torno e*n* su sentjdo
djxo sen*nor* del mundo po*r* q*ue* me as falleçido
% sen[*n*]or djos sj q*ui*`sjer[*e*]s q*ue* yo fuese aventurado
q*ue* amj los nauarros me fallasen armado
aq*ue*sto te te*r*nja a[ ]m*erçe*d & grrado

& po*r* esto me tengo de tj desanparado
% sj fueses e*n*la[...][ ]serjas de mj Rebtado
(%) nunca fjs po*r* q*ue* fuese de ty desanparado
morre yo de mala gjsa com*m*o om[*n*]e de mal fado
sj yo pesa*r* te fjçe bjen deues se*r* vengado
dentro e*n* castro vjejo al buen conde metjeron
tenjendo le fue*r*te san[*n*]a e*n* grran presjon le metjeron
com[*m*]o om*ne* sjn mesura mesura no*n*le fjcjeron
alos vasallos d*e*l conde e*ne*llos se depa*r*tjeron}

[fol. 46v]
{CB1.
{RMK: first scribal hand resumes.}Dyxo el Rey ga*r*çia al co*n*de su Razo*n*
no*n* has por q*ue* tener a[ ]nj*n*gu*n*os e*n* presyo*n*
abras por mj sen*n*ero q*ua*`ntos e*n* castylla so*n*
no*n*les fagas nj*n*gu*n* mal q*ue* ellos sy*n* culpa so*n*
solto los do*n* ga*r*çia a[ ]castylla venjero*n*
q*ua*`ndo los castellanos el ma*n*dado oyero*n*
nu*n*ca ta*n* mal me*n*saje castellanos Resçebyero*n*
por poco de pesar de seso no*n* saljero*n*
fyzjero*n* muy grra*n* duelo esto*n*çes por castylla
mucho vestydo negruo Rota mucha capylla
Rascadas muchas frue*nte*s rrota mucha mexylla
tenja cada vno e*n* su coraçon grra*n* ma*n*zjlla
tornava*n* & dezja*n* somos om*ne*s sy*n* ve*n*tura
dezja*n* d*e*l cryador mucha fue*r*te majadura
no*n* q*ui*`ere q*ue* salgamos de premja nj*n* de ardura
mas q*ue* seamos sye*r*uos nos & n*uest*rra natura
somos los castellanos co*n*tra dios e*n* grra*n* san*n*a
por q*ue* nos q*ui*`ere da*r* esta premja ataman*n*a
caymos e*n*la yra de todos los despan*n*a
tornada es castylla vna pobre caban*n*a
A[ ]otrro no*n* sabemos n*uest*rra coyta dezjr
sy no[*n*] al cryador q*ue* nos deve oyr
co*ne*l co*n*de coydavamos desta coyta saljr
ovyemos nos e*n* antes e*ne*lla de venjr
dexemos castellanos e*n* su fue*r*te pesar
ave*r* nos hemos luego e*ne*llos a[ ]tornar
ayu*n*taro*n* se e*n* vno por se aco*n*sejar
dexemos los ayvntados bye*n* nos deve me*n*brar}

[fol. 47r]
{CB1.
tornemos nos e*ne*l co*n*de a[ ]do lo avemos dexado
era e*n* castr*o*` vyejo e*n* carçel echado
de ge*n*tes de navara era bye*n* aguardado

nu*n*ca fue om*n*e [...] e*n* presyo*n* mas coytado
avya e*n* estas *tie*rras vn co*n*de ya oydo
q*ue* otrro mejor de armas nu*n*ca fuera nasçido
tenja[ ]se por mejor el q*ue*le avya conosçido
avye sabor de ve*r*[ ]le el q*ue* no*n*le avya vysto
vn co*n*de muy onrrado q*ue* era de lonba*r*dia
vynol e*n* coraçon de yr e*n* Romerya
tomo de *sus* vasalos muy bu*en*a cavall*er*ja
p*ar*a yr a[ ]*san*tyago metyo[ ]se por su vya
aq*ue*l co*n*de lonbardo ye*n*do por la carrera
dema*n*do por el co*n*de q*ue* e*n* q*ua*`les *tie*rras era
dyxero*n* selo luego toda cosa çertera
sobre q*ue* fuera preso & e*n* qual manera
Dema*n*do por çie*r*to todo el e*n*gan*n*o
com*m*o avya*n* Resçebydo castellanos grra*n* dan*n*o
levaro*n*[ ]le a[ ]vystas a[ ]fe syn e*n*gan*n*o
e*ne*llas le pusyero*n* bye*n* abye vn an*n*o
pregu*n*to sy lo podrrya por alguna cosa ver
q*ue* verie sy podrya alguna prro tener
q*ue* tal om*n*e no*n* era p*ar*a e*n* ca*r*çel tener
fue[ ]se p*ar*a cast*ro*` vyejo dema*n*do por los porteros
prometyo les deles dar muchos d*e*los djneros
q*ue*l dexase*n* ver al co*n*de co*n* solos dos caball*er*os
levaro*n* le al castyllo las pue*r*tas le abryero*n*
los co*n*des vno a[ ]otrro muy bye*n* se Resçibyero*n*
e*n*trre amos e*n* su fabla grra*n* pyeça estovyero*n*
la Razo*n* acabada luego se despediero*n*}

[fol. 47v]
{CB1.
partyero*n* se e*n*trramos [...] los ojos llora*n*do
fynco e*n* su presyo*n* el co*n*de do*n* ferna*n*do
esta*n*do e*n* grra*n* coyta muchas coytas pasa*n*do
q*ue* dios dende le saq*ua*`se toda( )vya Rogando
Aquel co*n*de (n)[l]o*n*bardo q*ua*`ndo fue despedido
al co*n*de castellano nu*n*ca le echo e*n* olujdo
dema*n*do por la donzella por q*ue* fuera co*n*teçido
com*m*o (ˆa)[ˆe]l co*n*de oujera faze*r* d*e*lla marydo
Mostraro*n* gella luego la fermosa donzella
vyo ta*n* apuesta cosa q*ue* era maravylla
fablo luego el co*n*de de porydat con ella
dixo com*m*o avya grra*n*d ma*n*zjlla d*e*lla
duen*n*a dixo el co*n*de eres muy sy*n* ve*n*tura
no*n* ay duen*n*a de mas mal fado e*n* toda tu natu*r*a
de ty ha*n* castellanos todos fue*r*te Rencura
q*ue*les vyno por ty este mal syn mesura

Duen*na* syn pyedat & syn bue*n* conosçer
de faze*r* bye*n* o mal tu tyenes el poder
sy al co*n*de no*n* *qui*`eres tu de mue*r*te estorçer
aver se ha castylla por tu culpa a[ ]perder
faze(*n*)[s] muy grra*n*d ayvda alos pueblos paganos
ca los *qui*`tava este co*n*de a[ ]todos pyes & manos
qui`tas muy grra*n*d esfue*r*ço a[ ]todos los x*r*i`*sti*anos
por *en*de anda*n* los moros alegrues & pagados
Eres duen*na* de tu bue*n* preçio mucho menoscabada
seras por este fecho de muchos menoscabada
qua`ndo fuere esta cosa por el mu*n*do sonada
sera toda esta culpa aty echada}

[fol. 48r]
{CB1.
Sy tu co*n* este co*n*de podieses se*r* casada
tener[ ]te[ ]ya*n* todas las duen[*n*]as por bye*n* ave*n*turada
de todos los de espan*na* seryas mucho onrrada
nu*n*ca fyzjera duen[*n*]a ta*n* buena cabalgada
Sy tu eres de se*n*tydo esto es lo mejor
sy tu nu*n*ca ovyste de cabalero amor
mas deves ama*r* aeste *que* no[*n*] a[ ]otrro e*n*perador
no*n* ha caball*er*o e*n*el mu*n*do de *sus* armas mejor
Despydio[ ]se el co*n*de co*n* todo fue su vya
fue p*ar*a *san*tyago co*n*pljo su Romerya
e*n*byo la jnfanta esta me*n*sajerya
co*n* vna de sus duen*n*as *que* ella mucho *que*rya
To[r]no(r) se la me*n*sajera luego co*n*el ma*n*dado
d*e*la coyta d*e*l co*n*de *que* esta e*n* grra*n* coydado
vyno co*n*la Respuesta ala jnfanta pryado
dixo com*mo* dexara al co*n*de muy laçrado
Delo *que* me dixo el co*n*de ove grra*n* pesar
el yo co*n*trra vos al sen*n*or dios es a[ ]*que*rellar
que vos sola lo *que*rede*s* deste mu*n*do sacar
E sy vos qujsyesede*s* el podrrya escapar
Dyxo la jnfanta sen*n*ora duen*na* por la fe *que* devedes
que vayade*s* al conde & vos lo conortedes
tal co*n*de com*mo* aq*ue*ste se(no)nnora dixo la duen*na* no*n*lo desa[*n*]parede*s*
sy muere de tal gujsa gra*n* pecado levaredes
Respo*n*dio ala duen*na* esa ora la jnfanta
byen vos digo cryada & te*n*go me por mal anda*n*te
de *qua*`ntos males pasa mucho so yo de*n*de pesa*n*te
mas venjra sazo*n* *que*le vere byen anda*n*te}

[fol. 48v]
{CB1.

Qujero co*n*trra el co*n*de vna cosa fazer
al su fue*r*te amor dexar mele yo vençer
q*ui*\`ero me ave*n*turar & yr melo yo a[ ]ver
fazer le he yo mj coraçon ael e*n*te*n*der
la jnfanta don*n*a sa*n*cha de todo bye*n* e*n*te*n*dida
fue luego al castyllo ella luego sobyda
q*ua*\`ndo ella vyo al co*n*de tovo se por guaryda
sen*n*ora dixo el co*n*de com*m*o es esta venjda
buc*n* co*n*de dixo ella esto faze bue*n* amor
q*ue* tuelle alas duen*n*as v*er*guença & pavor
& olujda*n* (^el pabor) los parye*n*t*e*s por el e*n*te*n*dedor
d*e*lo q*ue* ellos se paga*n* tyene*n*[ ]lo por mejor
Sodes por mj amor co*n*de mucho lazrado
onde nu*n*ca bye*n* ovyestes sodes e*n* grra*n* cuydado
do*n* fernan*d*o no*n* vos q*ue*xed*e*s & sed bye*n* segurado
saca*r* vos he yo de aquj alegrue & pagado
Sy vos luego agora de aquj saljr q*ue*redes
pleyto [e] omenaje e*n* mj mano faredes
q*ue* por duen*n*a ene*l* mu*n*do amj no*n* dexedes
comjgo ve*n*diçion*e*s & mjsa pre*n*deredes
sy esto no*n* fazed*e*s e*n*la ca*r*çel moredes
com*m*o om*n*e sy[*n*] co*n*sejo nu*n*ca de aq*ui*\` saljredes
vos mesq*ui*\`no lo pensat sy bue*n* seso avedes
sy vos por v*uest*rra culpa atal duen*n*a p*er*dedes
q*ua*\`ndo esto oyo el co*n*de tovo se por guarydo
dixo entre s(^y)[^u] coraçon sy fuese ya co*n*pljdo
sen*n*ora dixo el co*n*de por v*er*dat vos lo digo
q*ue* seredes mj muge*r* & yo v*uest*rro marydo
quje*n* desto vos falesçiere sea de dios falesçido
falesca le la vyda com*m*o a[ ]falso descreydo
rruego vos lo sen*n*ora e*n* m*erç*e*d* vos lo pydo
q*ue* d*e*lo q*ue* fablastes no*n*lo eched*e*s e*n* olujdo}
{CW. El co*n*de do*n* fe}

[fol. 49r]
{CB1.
El conde do*n* fernan*d*o dixo cosa fermosa
sy vos gujsar podieredes de fazer esta cosa
mje*n*trra vos vysq*ui*\`ered*e*s nu*n*ca abre otrra esposa
sy desto yo vos falesçiere falesca me la gloriosa
Qua*n*do todo esto ovyero*n* afyrmado
luego saco la duen*n*a al co*n*de do*n* ferna*n*do
diz vayamos nos sen*n*or q*ue* todo es gujsado
de*l* bue*n* Rey do*n* ga*rçia*\` no*n* nos sea mesturado
El camjno françes ovyero*n* a[ ]dexar
tomaro*n* a[ ]synjestra por vn grra*n*d e*n*zjnal

"como salieron el conde y la ynfanta doña sancha del castillo y mataron al açipreste"

el co*n*de do*n* ferna*n*do no*n* podia andar
ouol ella vn poco a[ ]cuestas a[ ]llevar
qua*n*do se fue la noche el dia qujere aparesçer
e*n* ante q*ue* nj*n*gu*n* om*n*e los podiese ver
vyero*n* vn mo*n*te espeso fuero*n* se ay asco*n*der
ovyero*n* allj la noche ate(*n*)nder
dexemos aquj aellos e*n*la mata(r) estar
vered*e*s q*ua*`nta coyta les querye dios dar
de vn açipreste malo q*ue* yva a[ ]caçar
ovyero*n* los canes e*ne*l Rastrro a[ ]e*n*trrar
fuero*n* luego los canes a[ ]do yazje*n* e*n*la mata
el co*n*de & la duen*n*a fuero*n* e*n* grra*n*d aRebata
el açipreste malo q*ua*`ndo vyo la varata
plogo[ ]le mas q*ue* sy ganase a[ ]acre & a[ ]mjaça
Ansy com*m*o los vyo come*n*ço de dezjr
dixo donos traydores non podede(r)[s] foyr
Dyxo el co*n*de al açipreste por dios sea tu vo*n*dat
q*ue* nos q*ui*`eras a[ ]e*n*trramos tener aq*ue*sta porydat
e*n* medio de castylla dar te [...] yo vna çibdat
de gujsa q*ue*la ayas sye*n*pre por tuya de eredat
el falso [...] lljeno de crueldat
mas q*ue* sy fuese*n* canes no*n* ovo nj*ngu*na pyedat
conde sy tu q*ui*`eres q*ue* sea porydat
dexa me co*n*la duen*n*a co*n*pljr mj volu*n*tad}

[fol. 49v]
{CB1.
q*ua*`ndo vyo do*n* ferna*n*do cosa ta*n* desagujsada
no*n* serya mas q*ue*xado q*ue* sy le diera*n* vna lançada
pa*r* dios dixo el co*n*de pydes cosa desagujsada
por poco de trabajo dema*n*das grra*n* soldada
la duen*n*a fue ha*r*tera esco*n*trra el coronado
açipreste q*ue* q*ui*`eres q*ue* yo lo fare de grrado
por e*n*de no*n* nos *per*deremos amos e*n* el co*n*dado
mas vale q*ue* ayunemos todos tres el pecado
Dyxo le luego la duen*n*a pe*n*sat vos de despoja(*r*)r
aver vos ha el co*n*de los pan*n*os de g*ua*`*r*dar
por q*ue* no*n* vea ata*n* fue*r*te pesar
plega vos asçipreste de aq*ui*` vos apartar
q*ua*`ndo el arçipreste ovo aquesto oydo
ovo grra*n*d alegruja & tovo se por guarydo
verguença no*n* avya el falso descreydo
co*n*fonder cuydo a[ ]otrro mas el fue co*n*fondydo
Ovyero*n* se e*n*trramos ya qua*n*to de apa*r*tar
cuydara se la cosa el luego de acabar
ouo el açipreste co*n* ella de travar

co*n* *sus* brraços abye*r*tos yva sela abrraçar
la jnfanta don*n*a sa*n*cha duen*n*a ta*n* mesurada
nu*n*ca om*n*e byo duen*n*a ta*n* esforçada
tomo lo por la va*r*ua dio le vna grra*n* tyrada
dixo do*n* falso trraydor oy de ty sere ve*n*gada
El co*n*de ala duen*n*a no*n* podia ayudar
ca tenja grra*n*des fyerros & no*n* podia andar
su cuchyllo e*n*la (^s)[^m]ano ouo aella a[ ]llegar
ovyero*n* le e*n*trramos al traydor de matar
q*ua*`ndo de tal manera morio el traydor
nu*n*ca m*erçe*d le q*ui*`era aver el cryador
la mula & los pan*n*os & el mudado açor
qujso dios q*ue*lo ovyese mas onrrado sen*n*or}

[fol. 50r]
{CB1.
Tovyero*n* todo el dia la mula arre*n*dada
el dia fue saljdo la noche omjllada
q*ua*`ndo vyero*n* q*ue* era la noche aq*ue*dada
movyero*n* se andar por medio d*e*la calçada
dexemos aq*ui*` aellos e*n*trrados e*n*la carrera
por llega*r* a[ ]castylla q*ue* muy çerca era
dezjr vos he d*e*los castellanos ge*n*te fue*r*te & ljgera
avenjr no*n* se podian por nj*n*guna manera
los vnos q*ue*rye*n* lo vno los otrros q*ue*rye*n* lo al
com*m*o om*ne*s syn cabdiello avenje*n* se muy mal
fablo nun*n*o laynes de seso natural
bue*n* cavall*er*o de a*r*mas & de sen*n*or leal
Come*n*c[´]o su Razo*n* muy fue*r*te & oscura
fagamos sen*n*or de vna pyedrra dura
semejable al bue*n* conde & desa mesma fechura
aq*ue*lla ymaje*n* fagamos todos nos otrros jura
Ansy com*m*o al co*n*de todos las manos le vesemos
pongamos la e*n* vn carro ante nos la tengamos
por amor d*e*l bue*n* co*n*de por sen*n*or le tengamos
pl*e*jto & omenaje todos aella fagamos
sy ella no*n* fuy[e]re nos otrros nu*n*ca fuyamos
syn el co*n*de a[ ]castylla jamas nu*n*ca ve*n*gamos
el q*ue* antes tornare por traydor le te*n*gamos
la sen*n*a de castylla e*n*la mano le po*n*gamos
sy fue*r*te sen*n*or es el conde fue*r*te sen*n*or llevamos
el co*n*de de castylla nos a[ ]buscar le vayamos
alla fynq*ue*mos todos o ael aca le traygamos
ta*r*da*n*do aq*ue*sta cosa mucho nos menoscavamos
al co*n*de de castylla muy fue*r*te onrra le damos
el puja de cada dia & nos menoscabamos

semeja q*ue*l ljdia & nos nu*n*ca ljdiamos
jh*esu* x*risto*` nos p*er*done q*ue* ata*n*to nos pecamos}

[fol. 50v]
{CB1.
que veamos q*ue* preçio damos a[ ]v[n] caball*er*o
q*ue* nos otrros somos mas de trezje*n*tos & el solo sen*n*ero
& sy*n* el no*n* fazemos valja de vn dynero
pye*r*de onbre bue*n* preçio e*n* poco de mjjero
q*ua*`ndo nun*n*o layno acabo su Razon
a[ ]chycos & a[ ]grra*n*des plugo de coraçom
rrespondiero*n* le luego mucho de bue*n* jnfanço*n*
todos lo otorgamos q*ue* es co*n* grra*n* Razo*n*
fyzjero*n* su ymage*n* com*m*o de antes dicho era
a[ ]fyg*ur*a d*e*l conde desa mjsma manera
pusyero*n*[ ]le e*n* vn carro de muy fue*r*te ma(^??)[^d]era
sobydo e*ne*l carro e*n*trraro*n* e*n*la carrera
Todos chycos & grra*n*des ala pyedrra juraro*n*
com*m*o asu sen*n*or ansy la agua*r*daro*n*
p*ar*a yr a[ ]navarra el camjno tomaro*n*
enel p*r*i`mero dia a[ ]arlançon llegaro*n*
Dexe*n*de otrro dia esa buena co*n*pan*n*a
su sen*n*or mucho onrrado su sen*n*a mucho estrran*n*a
pasaro*n* mo*n*tes doca vna fyera mo*n*tan*n*a
solja s*er* d*e*los bu*e*nos & d*e*los grra*n*d*e*s despan*n*a
caball*er*os castellanos co*n*pan*n*a muy laçrada
fuero*n* a[ ]byl forrado a[ ]fazer otrra alve*r*gada
qual a[ ]dios dema*n*daro*n* ovyero*n* atal posada
movyero*n* se otrro dia q*ua*`ndo al aluorada
antes q*ue* ovyeron vna legua andada
Saljda fue la noche & el dia aclarado
el co*n*de co*n* su duen*n*a benja mucho laçrado
q*ua*`ndo vyo la sen*n*a muy mal fue desmayado
la duen*n*a la vyo ant*e*s & ovo grra*n* pavor
dixo luego la duen*n*a q*ue* faremos sen*n*or
veo vna grra*n* sen*n*a & no*n* (^veo)[^se] de q*ue* color
o es de mj h*er*mano o d*e*l moro almoçorre
fuero*n* e*n* fue*r*te q*ue*xa & no*n* sabya*n* q*ue* fyzjese*n*
no*n* veye*n* mo*n*tan*n*a a[ ]do*n*de mete*r* se pudiese*n*
no*n* sabya*n* co*n*la q*ue*xa q*ue* co*n*sejo pre*n*diese*n*
qua no*n* veya*n* nj[*n*]gu*n* loga*r* do guaryda alg*un*a ovyese*n*}

[fol. 51r]
{CB1.
Era*n* e*n* fue*r*te q*ue*xa q*ue* nu*n*ca fuero*n* en taman*n*a
q*ui*`siera*n* sy podiera*n* alçar[ ]se alla mo*n*tan*n*a

q*ue* se asconderia*n* siq*ui*`era en vna caban*n*a
fue cata*n*do la sen*n*a mesura*n*do la co*n*pan*n*a
Conosçio enlas armas com*m*o era*n* *x*r*i*`*sti*anoz
no*n* era*n* de navara nj*n* era*n* de (^navarros) paganos
conosçio q*ue* era*n* de pueblos castellanos
q*ue* yva*n* asu sen*n*or a[ ]sacar de agenas manos
Duen*n*a dixo el co*n*de no*n* dedes por ello nada
sera la v*uestr*ra mano de todos ellos vesada
la sen[*n*]a & la ge*n*te q*ue* vos vedes armada
aq*ue*lla es mj senna & ellos mj co*n*pan*n*a
oy vos farre sen*n*ora de pueblos castellanos
sera*n* todos co*n*vusco allegrues y pagados
todos chycos & grra*n*des vesar vos ha*n* las manos
dar vos he yo e*n* castylla fortalezas & llanos
la duen*n*a estava tryste & desmay[a]da
fue co*n* aq*ue*stas nuevas alegrue & pagada
q*ua*`ndo ella vyo q*ue* era a[ ]castylla llegada
dio grra*çi*a`s a[ ]dios q*ue*la avya bye*n* gujada
Antes quel su pueblo al conde fuese llegado
fue adelante vn caball*er*o & sopo este ma*n*dado
com*m*o venja su sen[*n*]or el co*n*de do*n* ferna*n*do
q*ue* traya la jnfanta & q*ue* venja muy ca*n*sado
tornara se al pueblo al pueblo castellano
dyxo les com*m*o venja do*n* ferna*n*do bye*n* alegrue & paga[*do]
las gentes castellanas q*ua*`ndo aq*ue*sto oyero*n*
q*ue* venja su sen*n*or & por çie*r*to lo tovyero*n*
nu*n*ca ta*n* man*n*o goso castellanos Resçibyero*n*
todos co*n* alegruja a[ ]dios grra*çi*a`s muchas diero*n*
ta*n*to avya*n* de grra*n* goso q*ue* cree*r* no*n*lo q*ui*`siero*n*}

[fol. 51v]
{CB1.
diero*n* se a[ ]correr q*ua*`nto de Rezjo pudiero*n*
antes q*ue* llegasen al co*n*de conosçiero*n*
allegaro*n* se ael e*n*los braços le cojiero*n*
fuero*n* vesar le las manos todos asu sen*n*ora
dizje*n*do somos Ricos castellanos agora
jnfanta don*n*a sancha nasçieste*s* e*n* bue*n*a ora
por e*n*de vos Resçebymos todos por sen*n*ora
fizjeste*s* nos m*er*ç*e*d nu*n*ca otra tal viemos
q*ua*`nto bye*n* nos fyzjeste*s* co*n*tar no*n*lo (^pod??) [^sabr]yemos
sy no*n* fuera por vos cobrar no*n*lo podieramos
Saquaste*s* a[ ]castylla de grra*n* cavtyvydat
fyzjeste*s* muy mucha m*er*ç*e*d gra*n*d ala *x*r*i*`*sti*andat
& fyzjeste*s* muy mucho pesar alos moros esto es v*er*dat
todo esto vos grradesca el Rey d*e*la magestat

"de como el obispo don sebastian y castellanos"

Todos & ella co*n* ellos co*n* grra*n*d goso llorava*n*
tenje*n* q*ue* era*n* muer*t*os & q*ue* rresuçitava*n*
al Rey d*e*los çielos ve*n*dezjan & laudava*n*
el llanto q*ue* fazja*n* e*n* grra*n*d goso tornava
llegaro*n* de venjda todos a[ ]byl forado
aq*ue*sta vylla era e*n* cabo d*e*l condado
vn ferrero muy bueno dema*n*daro*n* p*r*i`ado
el co*n*de do*n* ferna*n*do d*e*los fierros fue sacado
fuero*n* se p*ar*a b*ur*gos q*ua*`nto yr se podiero*n*
luego q*ue* allj llegaro*n* gra*n*des vodas fezjero*n*
no*n* alongaro*n* plazo vendiçione*s* prendiero*n*
todos grra*n*des & chycos muy grra*n*d goso fyçiero*n*
Alançava*n* alos tablados todos los caball*er*os
& a[ ]tablas & castanes juga*n* los escuderos
de otrra p*ar*te matava*n* los toros los mo*n*teros
avya ay muchas de çitulas & muchos vyoleros}

[fol. 52r]
{CB1.
Dos bodas q*ue* no*n* vna castellanos fazja*n*
fazja*n* muy grra*n*d goso q*ue* mayor no*n* podia*n*
la vna por su sen*n*or q*ue* cobrrado avya*n*
la otrra por q*ue* e*n*trramos ve*n*diçione*s* pre*n*dia*n*
En antes q*ue* ovyese*n* las vodas acabadas
no*n* avya ocho dias q*ue* era*n* escome*n*çadas
fuero*n* a[ ]do*n* ferna*n*do otrras nuevas llegadas
q*ue* venja el Rey gar*çi*a` co*n* muy grra*n*des co*n*pan*n*as
ma*n*do luego el co*n*de asus ge*n*tes gua*r*njr
q*ua*`ndo fuero*n* gua*r*njdos saljo[ ]lo a[ ]Resçebyr
a[ ]cabo d*e*l co*n*dado ovyero*n* de saljr
oujero*n* el pl*e*jto todos a[ ]departyr
las fazes fuero*n* paradas movydas ata*n* pryado
aquel era su menester avya lo bye*n* vsado
el Rey d*e*los navarros estava bye*n* gujsado
come*n*çaro*n* e*n*trramos vn torneo pesado
Segu*n*d nos lo leemos & dize lo la ljenda
estovo bye*n* medio dia e*n* peso la fazje*n*da
ca*n*sados era*n* todos & fartos de co*n*tye*n*da
tomaro*n* y por poco los navarros ymye*n*da
lleuaro*n*[ ]los d*e*l canpo navarros grra*n* partyda
muchos d*e*los castellanos pe*r*diero*n* y la vyda
de dardos y de lanças fazja*n* mucha feryda
ovo e*n* poca de ora mucha sa*n*grue vertyda
q*ua*`ndo vyo do*n* ferna*n*do castellanos moujdos
vyo los estar ca*n*sados & todos Retraydos
fuero*n* de *sus* palabrras fue*r*te( )me*n*te Repre*n*didos

por nos otrros pye*r*de*n* oy siglo por nasçer & nasçidos
mague*r* q*ue* vos q*ue*rad*e*s ansy s*er* ta*n* falljdos
fazer vos he yo ser buenos a[ ]fue*r*ça o a[ ]mjdos}

[fol. 52v]
{CB1.
sy yo aquj fynare vos no*n* q*ue*rryedes ser (^ser) nasçidos
qua seryades por ello traydores conosçidos
El sosan*n*o d*e*l conde no*n* quesyero*n* sofryr
dixero*n* todos mas q*ue*remos aquj moryr
q*ue* don ferna*n* *gonçale*s esto nos façeryr
lo q*ue* nu*n*ca falesçiemos no*n* q*ue*remos agora falljr
tornaro*n* e*ne*l canpo pensaro*n* de feryr
com*m*o om*ne*s q*ue* no*n* ha*n* codisçia de foyr
fazja*n* muchos cavallos syn sen*n*or*e*s saljr
podryan a[ ]grra*n*d mjjero bye*n* los golpes oyr
El co*n*de argulloso de coraçon loçano
vyo estar asu cun*n*ado e*n* medio de vn llano
puso se co*n*la lança sobre mano
hermano parta se por nos otrros el canpo
Era*n* el vno y el otrro enemjgos sabydos
fuero*n* se a[ ]feryr e*n*trramos muy san[*n*]udos
las lanças avaxadas los pe*n*dones te*n*didos
diero*n* se grra*n*des golpes luego e*n*los escudos
ferryo el Rey ga*r*çia al sen*n*or de castylla
atamann*n*a fue la ferryda q*ue* cayo d[*e*]la sylla
metyol toda la lança por medio d*e*la tetylla
q*ue* fuera d*e*la espalda paresçio la cochylla
Don ferna*n*do ovo por fue*r*ça al Rey a[ ]pre*n*der
el pueblo de navarra no*n*lo pudo defender
ovyero*n*[ ]le a[ ]b*ur*gos aesa çibdat de traer
ma*n*do lo luego el co*n*de e*n*los fyerros meter
Doze meses co*n*pljdos e*n*los fyerros le tovyero*n*
la presyon fue ata*n* mala q*ue* peor no*n* podiero*n*
por nj*n*gunas Rehenes nu*n*ca dar le qujsiero*n*
no*n* era maravylla q*ue* negrua g*e*lla fyzjero*n*
Touo[ ]lo la co*n*desa esto por desagujsado
por ser ella muge*r* d*e*l co*n*de do*n* ferna*n*do
& tener el asu he*r*mano cavtyvo & laçrado
& q*ue* era ata*n* bue*n* Rey & ta*n* Ryco Reygnado}

[fol. 53r]
{CB1.
fablo co*n* castellanos e*n* aq*ue*sa saz(´)o*n*
dixo pocas palabrras & muy buena Raz(´)o*n*
saq*ue*mos castellanos al (^co*n*de) [^rrey] de presyom

por q*ue* oy los navarros de mj q*ue*xados son
yo saque de presyo*n* al co*n*de do*n* ferna*n*do
es el ago(go)ra co*n*trra mj tan byllano
Com*m*o era y el co*n*de co*n* taman*n*a caball*er*ya
el Rey de cordova luego otrro dia
deçercaro*n* la çibdat & fue[ ]se el su vya
leva*n*taro*n* se de ally & a[ ]safagu*n* fuero*n* a[ ]çercar
come*n*çaro*n* toda ca*n*pos de correr & de Robar
ovyero*n* estas nuevas al co*n*de de l(^e)[^l]egar
co*n* todas *sus* co*n*pan*n*as penso de cabalgar
co*n*pan*n*as de leon caball*er*os de prestar
saljero*n* co*n*el conde querye*n*[ ]lo agua*r*dar
& no*n* q*ui*`so el bue*n* co*n*de & ma*n*do les tornar
ovyero*n* los leoneses desto fue*r*te pesar
El co*n*de do*n* ferna*n*do co*n*[ ]toda su mesnada
vyno a[ ]safagu*n*t & fallo la çercada
dio[ ]les vn grra*n* torneo vna ljd presurada
fue luego e*n* este dia la vylla desçercada
Avya*n* a[ ]toda ca*n*pos corrydo & Robad(^a)[^o]
llevaua*n* de x*ri*`*sti*anos grra*n*d pueblo cabtyvado
de vacas & de yeguas & de otrro ganado
ta*n*to lleuava*n* d*e*llo q*ue* no*n* serya co*n*tado
grrandes era*n* los llantos & grra*n*des era*n* los duelos
yva*n* los padres presos los fyjos & los abuelos
matava*n* alas madrres & los fyjos e*n*los brraçuelos
dava*n* alos padres co*n*los *sus* fyjuelos
yva*n* co*n* muy grra*n*d Robo alegrues & pagados
no*n* podia*n* andar q*ue* yva*n* muy ca*n*sados}

[fol. 53v]
{CB1.
ovo el bue*n* co*n*de ayna de alca*n*ça[*r*][ ]los
fuero*n* co*n* su venjda todos mal espa*n*tados
ferrio luego e*n*tre ellos no*n*les dio nj*n*gu*n* vagar
com*m*o agujla fanbrye*n*ta q*ue* se q*ue*rya çebar
q*ua*`ndo vyero*n* los moros a[ ]castylla no*n*brar
qujsyera*n* sy podiera*n* e*n* cordova estar
Dexaro*n* la prea toda avn asu mal grrado
quje*n* mejor f[*ou]yr podia tenje[ ]se por bye*n* abentu*r*ado
el Rey d*e*los cordoveses fynco e*n*de e*n* mal fado
bye*n* bendizje a[ ]mafomad q*ua*`ndo dende fue escapado
el co*n*de do*n* ferna*n*do de ardides çimje*n*to
sen*n*or de buenas man*n*as & de bue*n* e*n*sen*n*amje*n*to
e*n*los pueblos (pueblos) paganos fyzo grra*n*d esca*r*mje*n*to
fallo & mato d*e*llos a[ ]todo su tallento
los q*ue* avye muerto no*n*los podie tornar

no*n* dexo *de*la prea nj*n*guna cosa levar
ma*n*do[ ]los yr todos asu logar
todos dezjen ferna*n* gonçales dexe te dios Reygnar
El co*n*de do*n* fernan*d*o co*n* toda su mesnada
q*u*a`ndo ovo el Rouo asus casas tornado
por *ver*dat avya fecho muy buena cabalgada
a[ ]leo*n* el bue*n* Rey luego fyzo tornada
fallo los leoneses san*n*udos & pagados
por q*ue* co*ne*l no*n* fuera*n* fallo los despagados
los vnos & los otrros fuero*n* mal denostados
coydava*n* sy*n* nj*n*guna duda Reygna*r* ay los pecados
Reygna de leo*n* de navarra natural
era de castellanos en(ˆj)[ˆe]mjga mortal
matara*n*[ ]le el he*r*mano q*ue*rye[ ]les grra*n*d mal
de buscar les la mue*r*te nu*n*ca pensava e*n* al
Querya alos castellanos de grrado desso*n*rrar
q*ue*rye sy sele fyzjese asu hermano vengar}

[fol. 54r]
{CB1.
no*n*la deuje por e*n*de nj*n*gu`no om*n*e Reutar
{RMK: third (?) scribal hand begins.}% Era de amas las pa*r*tes la cosa ençendida
sopo lo la Reyna & touo se por guarida
ay abia el diablo gra*n* tela ordida
mas fue por El bue*n* Rey la pelea pa*r*tida
% leoneses & castellanos fuero*n* muy mal denostados
fyncaro*n* vnos de otros todos desafiados
fueron los castellanos asus *tie*rras tornados
no*n* fueron por dos an*n*os alas cort[*e*]s llamados
enbio el bue*n* conde a[ ]leon me*n*sajeros
q*ue* Rogaba al Rey q*ue*le diese sus dineros
dixo el Rey don sancho alla son mjs porteros
de como llegare*n* da*r*[ ]les hemos los prymeros
% tornaro*n*[ ]se al conde & dixiero*n*[ ]le el ma*n*dado
q*ue* deçia El Rey q*ue* g*e*los daria de grado
mas q*ue* no*n* era El su pecho allegado
por ta*n*to sele abia su ave*r* ta*r*dado
% al conde mucho plogo por q*ue* ata*n*to deta*r*daba
% entendie q*ue* abrie lo q*ue*l codiçiaba
por q*ue* tanto ta*r*daba el conde ay ganaba
plaçiel de volu*n*tad d*e*l plaço q*ue* (ˆy) pasaba
El buen Rey sancho ordon[*n*]es dio[ ]se muy gra*n* vaga*r*
ouo despues d[*e*]l plaço tres an*n*os a[ ]pasa*r*
ouo eneste comedio otro ta*n*to de puja*r*
todos los de vrupa no*n*lo podria*n* paga*r*
dexa*r* q*u*i`ero a[ ]sancho ordon[*n*]es en aq*ue*ste luga*r*}

[fol. 54v]
{CB1.
Enbio sus dineros al bue*n* conde a[ ]paga*r*
El conde don fe*r*na*n*do no*n* ge*l*os *qui*`so toma*r*
obo en[e]ste pl*e*ito la cosa a[ ]de[*x]a*r*
% dexemos todo aq*ue*sto e[n][ ]nabara tornemos
avn d*e*los nabaros pa*r*tyr no[*n*] nos podemos
alla do lo dexamos asj como leemos
e*n* castilla lo dexamos alla lo enpeçemos
{RMK: second scribal hand resumes.}% el Rey d*e*los nauarros e*n*las co*r*tes estando
a[ ]todas sus co*n*pan*n*as muj fue*r*te se q*ue*xando
d*e*l mal q*ue*le fjcjera el conde don ferra*n*do
(^djxo)
% djxo[ ]les q*ue* tal cosa no*n* lo q*ue*rya e*n*dura*r*
de vn condecjllo malo vn Rey tantos dan[*n*]os toma*r*
q*ue* con*e*l no*n* q*ue*rja ot*r*a`( )me[*n*]te pleytear
mas q*ue* q*ue*rja morjr (^o) ante o se q*ue*rja venga*r*
% moujo[ ]se de estela co*n*[ ]todo su pode*r*
vjno p*ar*a castjlla come*n*ço la de correr
esas oras ovo el co*n*de co*n*tra leon de move*r*
no*n* q*ue*do e*n*la t*ie*rra q*ui*`en la pudjese defende*r*
% corrjo a[ ](^po) toda burueua & toda pyedra lada
corrjo[ ]los mo*n*tes de oca buena t*ie*rra p*r*o`uada
corrjo a[ ]Rjo de ovje*r*na buena t*ie*rra prouada de pan
alas pue*r*tas de[ ]burgos alla fiço su alue*r*gada
% q*ue*sjera sj pudjera ala co*n*desa leua*r*
po*r* amo*r* q*ue* pudjese al conde desonrrar
la condesa fue [...]}

[fol. 55r]
{CB1.
% quando [...] el Rey ga`*rç*ia el condado corrjdo & Robado
leuaron muj mucha prea & mucho ganado
co*n* fuerte ganançia to*r*no[ ]se asu Reynado
mas fue a[ ]poco de t*ie*n*p*o cara( )me[*n*]te co*n*prado
q*ua*`ndo fue don ferrando a[ ]castjlla to*r*nado
fallo el su co*n*dado corrjdo & Robado
de ganados & de om*n*es fallo mucho lleuado
% e*n*bjo[ ]le don ferra*n*do luego desafja*r*
q*ue* sj[ ]lo q*ue* leuara no*n*lo q*ue*sjese to*r*nar
q*ue* yrja a[ ]nauarra sus ganados busca*r*
% q*ua*`ndo al Rey ga`*rç*ia llego el cavallero
Recabdo[ ]su ma*n*dado com*m*o[ ]buen me*n*sajero
djxo q*ue* no*n*le darja valja de vn djnero
d[*e*]lo al q*ue*le decja q*ue* era[ ]bje*n* plaçentero
el vno nj*n* el ot*r*o` alonga*r* no*n*lo q*ue*sjeron

ayuntaro*n* sus poder*e*s q*ua*`nto mas ayna pudjeron
cada vno desu p*ar*te gr*a*nd*e*s gentes adujeron
el Rey & don ferra*n*do a[ ]buscar[ ]se andoujeron
ayuntaron se e*n* vno e*n* vn fuerte vallejo
buen luga*r* p*ar*a caça de[ ]lj[e]bres & conejo
cojen y mucha grrana co*n* q*ue* tjn*nen* be*r*mejo
al py[e] le pasa ebro mucho ayrad[o] & sobejo
% val pyrre le djçen todos asj le llamaron
do el Rey y el conde anbos se ayuntaron}

[fol. 55v]
{CB1.
El vno contra el ot*ro*` anbos e*n*dereçaron
& la[ ]ljd canpal allj la escome*n*çaron
% no*n* podrja mas fue*r*te nj[*n*] mas (^grran) [^braua] se*r*
ca allj les yv(n)a todo leuanta*r* o caer
el njn el Rey no*n* podrrja njnguno ma[s] façe*r*
los vnos y los ot*ro*`s facjan todo su poder
% muj grrande fue la facjenda & mucho mas el R[*o]jdo
darja el om*n*e muj grra*n*d*e*s boçes & no*n* serja oydo
el q*ue* oydo fuese serja com*m*o grrande tronjdo
no*n* podrja oyr boçes njng[*u*]d apelljdo
% grrand*e*s eran los golpes q*ue* mayor*e*s no*n* podjan
los vnos y los ot*ro*`s todos su pode*r* facjan
muchos cayan e*n*[ ]t*ie*rra q*ue* nunca se ercjan
de sangre[ ]los arroyos mucha t*ie*rra cobrjan
% asas eran los nauaros cavalleros esforçados
q*ue* e*n* qual( )q*ui*`e*r* luga*r* serjan buenos y p*r*o`uados
mas escontra el conde todos desaue*n*turados
om*n*es son de grra*n*d cue[*n*]ta & de coraçon loçanos
% q*ui*`so djos al buen conde esta g*r*a`çia façe*r*
q*ue* moros nj[*n*] crjstjanos no*n*le podjan vençer}
{RMK: text is incomplete.}

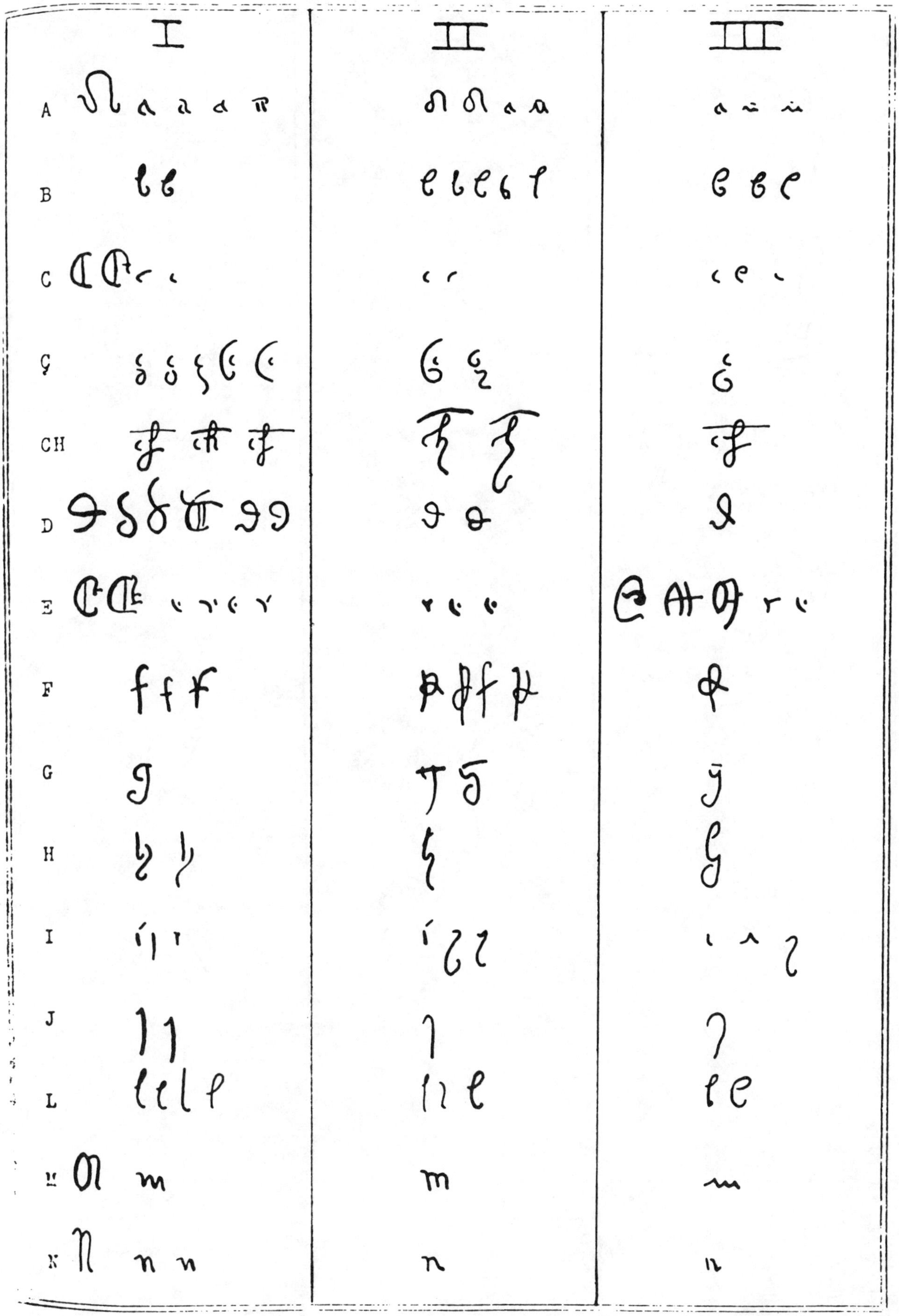

I
II
III
A
B
C
Ç
CH
D
E
F
G
H
I
J
L
M
N

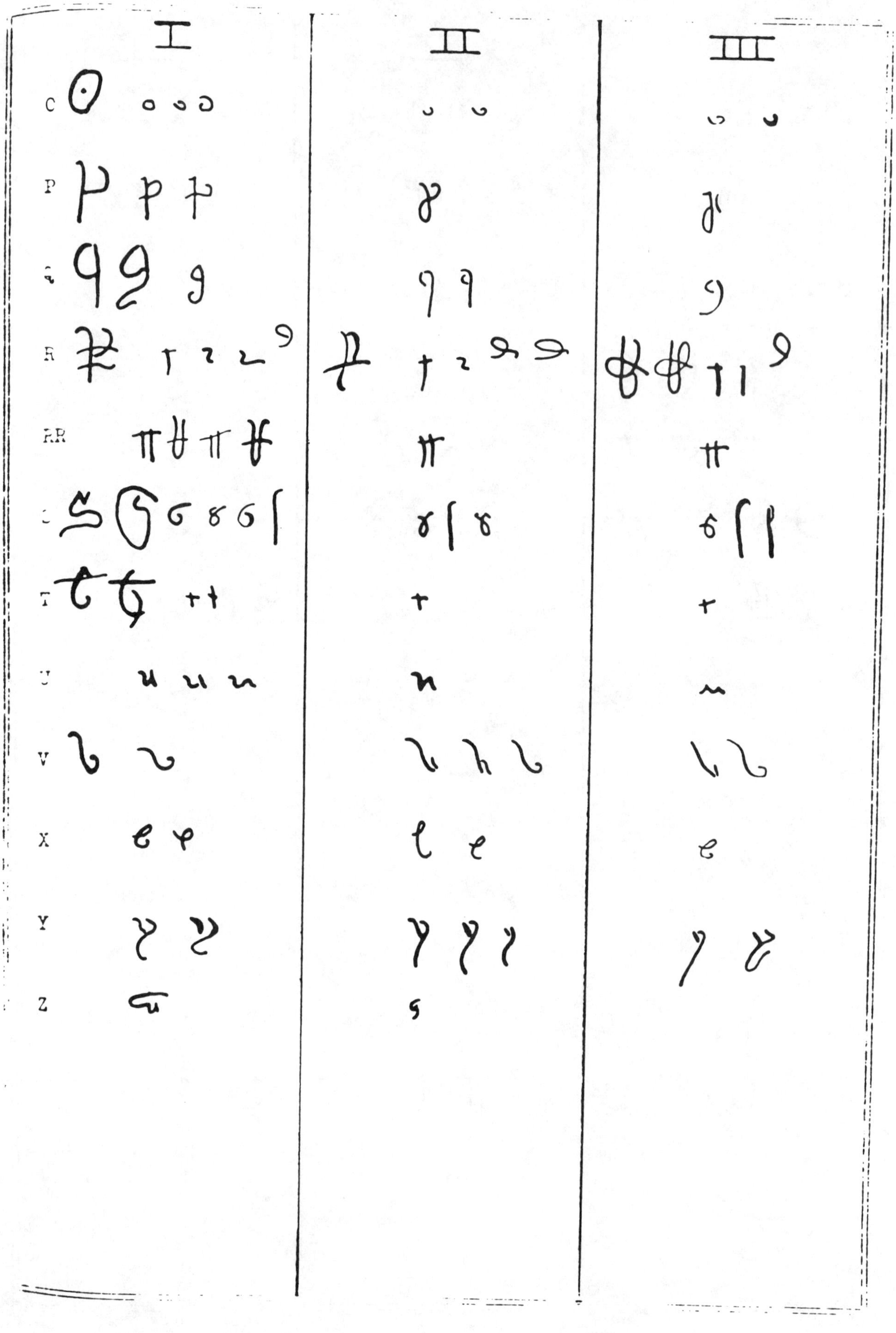

I
II
III
C
P
Q
R
RR
S
T
U
V
X
Y
Z

 al<ca>ld<e>s

 a<lfons>o`

 alg<un>a

 a<n>j<m>a

 a<n>y<m>a

 ast<r>a`gar

av<er>

 b<r>a`ua

 bu<en>os

 b<ur>goneses

 b<ur>gos

 ca<rt>a`

 ca<rt>a`

 ca<rt>a`s

 ca<rt>a`s

 cast<r>o`

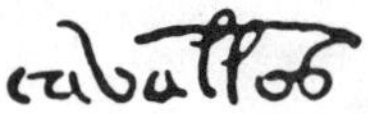 cavall<er>os

 conpljmj<ent>o`

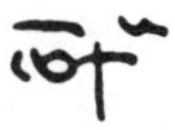 co<n>t<r>a`

 c<r>i`ador

 x<r>i`<sti>andad

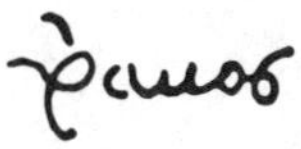 x<r>i`<sti>anos

 xp<ist>us

 x<rist>us``

 xp<istu>s

 d<e>l

 e<ne>l

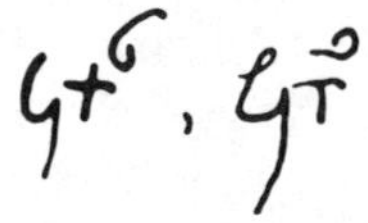 h<e>r<man>a`,
h<e>r<man>o`

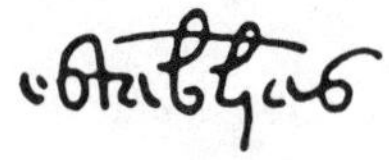 establ<er>jas

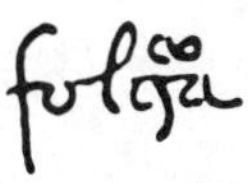 folg<ur>a

p<r>i'

p<ro>

q<u>a`

q<u>a`ndo

q<u>a`nto

q<ue>

q<u>i`

rr<odryg>o`

s<an>ta,
sa`<n>ta

s<anc>ty
spy<rit>us

s<an>tyago,
sa`<n>tyago

s<er>

sp<yrit>u

s<us>

t<ien>po

t<r>a`ya

t<r>e`cho

t<r>e`gua

t<r>i`st<e>s

t<ie>rra

t<us>

v<er>

v<ir>

vi`<r>ge<n>

ygl<es>ias

& (y,e)

& (y,e)

ya<rc'i>a`

g<onc'ale>s,
g<onc'al>e`s

g<onc'al>o`

grra<c'i>a`s

grra<c'i>a`s

g<u>a`<r>da

jh<es>u x<rist>o`

jh<es>u xp<ist>o

jo`<a>n

ma<ri>a`

m<art>jn

m<edi>o`

m<erc'e>d

m<und>o

nj<n>y<un>a

or<ac'i>o<n>

ot<r>o s

ot<r>os

ot<r>os

ot<r>a

p<ar>t<e>s

p<ar>tydo

p<edr>o

p<er>do<n>

p<er>o

p<e>l<e>a

pl<e>jto

p<ar>a

p<ar>a

p<r>i`

A

A *304* 1r9; 1v1; 1v4; 1v11; 2r13; 2r15; 2r17; 2v9; 3v2; 3v4; 4r9; 4r11; 4r13;4r16; 4r22; 4v18; 4v21; 5v4; 5v10; 5v12; 5v17; 6r16; 6v1; 6v5; 6v8; 6v10; 6v17; 6v20; 7r1; 7v1; 7v4; 7v18; 7v21-7v22; 7v24; 8r12; 8v21; 9r5; 9r7; 9r12; 9r21; 9r23; 9v4-9v6; 9v9; 9v13-9v15; 10r17-10r18; 10r22; 10v1; 10v5; 10v12; 11r5-11r6; 11v2; 11v8; 11v14-11v15; 11v19; 12r6; 12r9; 12v16; 13v3; 13v9; 14v14; 15r8; 15v14; 16r15; 16r17; 16v4; 16v16; 17r1; 17r6; 17r9; 17r12; 17r15; 17v14; 18r4; 18r22; 18v7; 19r23; 19v2; 19v15; 19v18; 20r5; 20r13; 20v13; 21r2; 21r12; 21r24; 21v8; 21v24; 23r1; 23v1-23v2; 23v18; 23v20-23v21; 24r19-24r21; 24v1; 24v3; 24v21; 25r4-25r5; 25r18; 25v8; 26r7; 26r10; 26r16; 26r20; 26r24; 26r26; 26v1-26v2; 26v8; 26v19; 27r7; 27r13-27r15;27v4; 27v17; 27v22; 27v26; 28r6; 28r9; 28r21; 28r28; 28v16; 28v22; 28v27; 29r13-29r14; 29r17; 29r26-29r27; 29r29; 29v26; 30r9; 30r19; 30r21; 30v15; 30v27; 31r10; 31r12; 31v7-31v8; 31v21; 32r8; 32r11; 33v13; 33v21; 34r1; 34r6; 34r11; 34v10-34v11; 34v13; 35v11; 35v13; 36r3; 36r25; 37r6; 37r15; 37v15; 38r25-38r28; 38v4; 38v19; 39r2-39r3; 39r5; 39r12; 39r22; 39v7; 39v10;40r27; 40v13; 41r14-41r15; 41r24; 41v8; 41v11; 42r13; 42r16; 42r20; 42r24; 42v17-42v18; 43r7; 43r13; 43v21; 43v23; 44r2; 44r20; 44v18; 44v26; 45r11; 45r20; 45r25-45r26; 45v14; 46r3; 46r5-46r6; 46r15; 46r19; 46v2; 46v5; 46v21;46v26; 47r1; 47r12; 47r19; 47r28; 47v20; 47v22-47v23; 48r7; 48r18; 48v3; 48v30; 49r9-49r10; 49r12; 49r19-49r21; 49r24; 49r28; 49v16; 49v27; 50r6; 50r22; 50r26; 50v1; 50v6; 50v10; 50v15-50v16; 50v22-50v23; 50v34; 51r8; 51r19-51r20; 51r30; 51v1; 51v11; 51v19; 51v28; 52r7; 52r10-52r12; 52r30; 52v10; 52v16; 52v23; 52v25; 53r10; 53r19; 53r22; 53v5; 53v10; 53v14; 53v22; 54r10; 54r23; 54r26; 54v1; 54v3; 54v9; 54v20; 54v22; 55r4-55r5; 55r10; 55r18
Abades *1* 1v21
Abastados *1* 13r8
Abatydo *1* 42r24
Abc *1* 44v21
Abemos *1* 38r22
Abenjeron *1* 44v17
Abenturado *1* 53v8
Aber *1* 34v5
Abia *2* 54r4; 54r17
Abondados *1* 23r12
Abraçado *1* 35v20
Abras *1* 46v3
Abre *1* 49r3
Abremos *1* 33v24
Abrie *1* 54r19
Abrio *1* 29r28
Abrraçar *1* 49v20
Abrya *1* 42v20
Abryeron *1* 47r27
Abryesen *1* 36v19
Abrygo *2* 3v10; 16r2
Abuelos *2* 19r5; 53r27
Abye *1* 47r20
Abyertos *1* 49v20
Aca *3* 29v26; 33r12; 50r27
Acabada *8* 5r17; 19v7; 20r15; 24v9; 25v26; 28v1; 29r15; 47r30
Acabadas *1* 52r5
Acabado *1* 29v7
Acabamjento *1* 13v22
Acabar *5* 28v21; 31v2; 35v4; 45v25; 49v18
Acabaron *2* 18v16; 41r8
Acabdillar *1* 36r15
Acabo *1* 50v5
Açadas *2* 5r2; 6r2
Açadones *1* 6r2
Açes *4* 26r10; 29v19; 29v23; 38v11
Açeyte *1* 3v20
Açipreste *5* 49r19; 49r23; 49r27; 49v6; 49v19
Aclarado *1* 50v26
Acojer *1* 40r21
Acojesen *1* 37r9
Acojio *1* 19v15
Acometamos *2* 25r22; 25v14
Acometen *1* 25v15
Acometer *3* 25r23; 29v2; 43v4
Aconsejado *4* 11v6; 18r18; 24v15; 34v7
Aconsejar *1* 46v27
Aconsejaron *1* 22v10
Açor *4* 44v5; 44v14; 44v16; 49v31
Acordado *1* 11r22
Acordaron *1* 14r17
Acordavan *1* 17v13
Acorio *1* 41v22
Acorredes *1* 25v20
Acorrer *4* 10r3; 17r8; 26v17; 45v21
Acorreryas *1* 42v23
Acorrian *1* 29v11
Acorriendo *1* 39r16
Acorrieron *1* 26v24
Acorryan *1* 41v20
Acorryste *1* 39v12
Acostando *2* 22v2; 32v11
Açotes *1* 43v17
Acoytando *1* 29v15
Acre *1* 49r24
Acreçentar *1* 13v18
Acreçento *1* 43v10
Acuerdo *3* 12r9; 12r15; 27v26
Acuytando *1* 22v1
Adelantados *1* 17v11
Adelante *3* 14v1; 15v5; 51r22
Adormjda *1* 32v12
Adormjdo *1* 32v13
Adujeron *1* 55r17
Aduxesen *1* 45r27
Adversarios *1* 19r12

Ael *14* 10r19; 10v10; 20r16; 25v22; 26v21; 26v25; 27v2; 36r4; 41r23-41r24; 43r20; 48v4; 50r27; 51v3
Aella *2* 49v27; 50r20
Aello *1* 44v9
Aellos *6* 3r18; 10v12; 17v15; 27r28; 49r17; 50r5
Aesa *1* 52v25
Aese *2* 11v20; 28r22
Aessa *1* 31v14
Aesta *1* 44v24
Aeste *3* 21v2; 33v4; 48r7
Aesto *1* 24v20
Afam *1* 40v24
Afogar *1* 4v11
Afogavan *1* 29r27
Afrjcanos *1* 43v12
Afrryca *4* 2r19; 5v8; 31r11; 32v3
Afrrycanos *1* 42r25
Afryca *6* 3r1; 6v17; 34r23; 38v24; 41v3; 42r23
Afrycanas *1* 6v11
Afrycano *1* 42r17
Afuera *2* 26v26; 37r8
Afyladas *1* 30v26
Afyncamos *1* 34v16
Afyrmado *1* 49r5
Afyrmamjento *1* 1v12
Afyrmavan *1* 7v19
Afyrmes *2* 27r8; 29v18
Afyrmo *1* 1v19
Agenas *1* 51r8
Ageno *1* 34r8
Agjsa *1* 45v16
Agora *12* 1r18; 10r8; 12v16; 18r14; 21r5; 34v10; 38r21; 45v9; 48v17; 51v5; 52v6;53r6
Agradeçer *1* 5v5
Agrras *1* 36r9
Agua *7* 2v6; 12r23; 20v1; 29r17; 29r23; 29r28; 29v3
Aguardado *2* 12v8; 47r3
Aguardamos *1* 10r10
Aguardar *5* 18v15; 28r28; 30v14; 34v13; 53r15
Aguardaron *1* 50v14
Aguardavan *2* 22r24; 41r24
Agudo *1* 42r22
Aguijar *1* 19v23
Aguisa *1* 39v7
Agujjava *1* 39v16
Agujjo *1* 41v22
Agujla *1* 53v4
Agujs *1* 22v15
Agujsa *1* 17r4
Agujsada *2* 36r26; 37r10
Agujsados *1* 18r7
Agujsando *1* 42v6
Agujsemos *1* 19r18
Agujso *2* 19r1; 39r2
Agujssa *1* 33v5

Ahe *1* 30v1
Al *143* 1r21; 1r23; 1v15; 2r1; 3r20; 3v3; 3v16-3v17; 4v2; 6r12; 6v8; 6v12; 6v15; 9r9; 9v10; 10r7; 10r14; 10v9; 11r19; 11r21; 11v11; 11v18; 11v20; 12r4-12r5; 12r12; 12v2; 13v1; 13v4; 13v19; 14v6; 14v11; 14v19; 15r14; 15v10; 16r15; 17v3; 18r16; 18v25; 19v4; 23v5; 23v9; 24r9; 24r13; 24v13; 25r1-25r2; 25v6; 26r2-26r3; 26v17; 26v20; 26v22; 26v24; 27r5; 27r16; 27r19; 27r26-27r27; 27v7; 29v5; 29v21; 29v26; 30r11; 30r14; 30r17; 30v2; 31r26; 32v8; 32v17; 33r14; 33v19; 35r24; 37v1; 38r18; 38r21; 38v23; 38v26-38v27; 39r14; 39r21; 41v17; 42r9; 42r18; 42v7; 43r14; 43r18; 43r23; 43v2; 43v21; 44r13; 44v13; 45r3-45r4; 45r15; 45v5; 45v19; 46r2; 46r25; 46v1; 46v22; 47r26-47r27; 47v6; 47v19; 48r16; 48r18; 48r22; 48v2; 48v6-48v7; 49r6; 49r27; 49v28; 50r9; 50r15; 50r17; 50r29; 50v24; 51r21; 51r25; 51v2; 51v17; 52v19; 52v23; 53r3; 53r5; 53r12; 53v30; 54r11; 54r14; 54r18; 54v1; 54v25; 55r11; 55r14; 55r22; 55v19
Ala *27* 9r15; 9v7; 15v18; 18v4; 19r18; 23v11; 24r19; 26r2; 27r24; 28r16; 31v15; 34r5; 36r1; 37r9; 38v18; 39v12; 40r21; 40v11; 44r24; 44r27; 45r7; 48r15; 48r25; 49v25; 50v13; 51v12; 54v24
Alabar *1* 11v3
Alançavan *1* 51v27
Alarabes *1* 31r13
Alaridos *1* 22r1
Alarydos *1* 8r9
Alas *14* 8v9; 10r1; 11v24; 21r20; 26r21-26r22; 29v27; 38r26; 41r9; 44r17; 48v10; 53r28; 54r9; 54v23
Alçada *1* 18v26
Alçados *1* 8v12
Alcaldes *2* 14r18; 14r21
Alcaldia *3* 15r9; 15r15; 23r4
Alcançaba *1* 29v5
Alcançar *1* 53v1
Alcançaron *1* 43v20
Alcançava *1* 41v26
Alcançe *3* 22v25; 23r3-23r4
Alçar *2* 14r14; 51r2
Alçaron *7* 2v11; 2v18; 8v3; 14r18; 26v28; 27r5; 33r13
Alçasen *1* 10r19
Alço *3* 16r15; 42v7; 43r17
Aleando *1* 29v24
Alegria *2* 21v25; 39v10
Alegrrue *1* 21v9
Alegrrya *1* 33r14
Alegrue *3* 48v16; 51r18; 51r26
Alegrues *2* 47v24; 53r30
Alegruja *2* 49v14; 51r30
Aleuoso *1* 35v15
Alexado *1* 23r5
Alexander *1* 23r12
Alexandre *2* 28v25; 34v17
Alexandrer *1* 2r16
Alexandrre *1* 28v4
Alferes *1* 40v17
Alfonso *6* 11r3; 11r9; 11r13; 11r19; 11r21; 14r4
Algo *4* 16r20-16r21; 18v5; 24r10
Algun *7* 21r19; 32r21; 33r17; 33v24; 34r11; 37v16; 38r5

Alguna *8* 10v8; 16v5; 17v21; 25v22; 42v26; 47r21-47r22; 50v36
Algunas *1* 1r14
Algunos *1* 26r22
Algunt *1* 33v20
Algurnjo *1* 22v15
Aljegan *1* 38r2
Aljnpyaron *1* 27r6
Alla *13* 15r22; 21v11; 24v3; 27v9; 34r7; 35r7; 50r27; 51r2; 54r12; 54v6-54v7; 54v23
Allegado *4* 9r12; 31v15; 38v5; 54r16
Allegar *1* 43r6
Allegaron *2* 26v20; 51v3
Allegrues *1* 51r14
Allende *3* 3v12; 6v14; 9r10
Allj *18* 20r4; 22v13; 34r13; 37r16; 41r7; 41v9; 44r4; 44r6-44r8; 44r11; 44v22;45v14-45v15; 49r16; 51v24; 55v2; 55v4
Ally *3* 10v7; 12r2; 53r10
Alma *4* 28r28; 31v13; 38r19; 40v20
Almançor *1* 44v7
Almançore *1* 43r6
Almançorre *2* 43r23; 43v1
Almaria *2* 17v7; 31v4
Almas *1* 27v19
Almeria *1* 43v18
Almoçorre *10* 31r9; 31v1; 31v6; 32r3; 32v8; 33r2; 33r6; 33r22; 42v15; 50v32
Almofar *1* 41v5
Almofares *1* 31r17
Almozore *11* 9r21; 10v20; 14v19; 17r8; 17v1; 17v6; 18r10; 20r21; 22v2; 22v12; 30v8
Almozorre *13* 17r11; 17v12; 19r22; 19v4; 20v11; 22v3; 22v14-22v15; 23r5; 31r5; 34v9; 34v18; 40r15
Alo *1* 19r17
Alongança *1* 34v4
Alongar *6* 11r17; 14r3; 27r12; 28v7; 28v9; 55r15
Alongaron *2* 26r6; 51v25
Alos *44* 2r14; 2v17; 4r18; 5r13; 5v7; 7v14; 7v17; 8r1; 8r4; 8v9; 9r4; 9v11; 9v17; 12v1; 12v3; 12v11-12v12; 16v22; 24r23; 24v19; 25r6; 25r12; 26v26; 27r28; 27v17; 27v20; 29v18; 32r24; 33v11; 37v12-37v14; 39v22; 40r23; 43v18; 44r1; 46r28; 47v21; 51v13; 51v27; 53r29; 53v31
Alta *1* 17r2
Altar *5* 19v18; 20r2; 23r20; 23v5; 46r8
Altares *1* 7v10
Altas *1* 30r19
Alto *4* 11r8; 15r14; 20v10; 32v25
Aluergada *1* 54v23
Aluergar *1* 19v16
Aluergara *1* 20v7
Alunbraua *1* 37r23
Aluorada *1* 50v24
Alvergada *1* 50v22
Alvergados *1* 40r25
Alvergara *1* 21v16
Alvergue *1* 40r27
Amado *1* 34v8
Amados *1* 8v18
Amamos *1* 27v18
Amansar *2* 18r1; 28r14
Amar *1* 48r7
Amarguras *2* 1r14-1r15
Amas *5* 7r17; 33v22; 39v21; 41r6; 54r2
Amaya *1* 11r8
Amenazado *3* 17v3; 25r3; 32r10
Amenazados *1* 7r6
Amenazavan *1* 32r13
Amj *8* 16r3; 24v24; 25r18; 33r11; 34r15; 45r17; 46r18; 48v19
Amjgo *12* 3v11; 4r21; 4v18; 14r6; 20r23; 20v4; 21r13; 24r22; 33r11; 34r5; 34r9;34r16
Amjgos *9* 19v3; 25r10; 25r19; 29r11; 35v5; 40r14; 41r17; 41v28; 43v27
Amo *1* 15v9
Amor *13* 27r19; 31v2; 31v23; 32r6; 33r1; 34r26; 38r7; 48r6; 48v2; 48v9; 48v13;50r19; 54v25
Amorteçido *1* 46r14
Amos *7* 28v17; 29v27; 34r6; 39r8; 39v23; 47r29; 49v7
Amostremos *1* 25r25
An *7* 5r16; 15v19; 25v8; 28v17; 28v23-28v24; 44r1
Anbos *4* 44v17; 45r26; 55r24; 55v1
Anda *2* 15v18; 38r19
Andada *2* 20r18; 50v25
Andaluzja *3* 31v3; 32r13; 34r23
Andan *4* 27v16; 33v21; 38r20; 47v24
Andança *2* 20v16; 45v12
Andante *3* 40r3; 48r26; 48r28
Andantes *3* 9r17; 42r2; 42r26
Andar *6* 27v13; 31r11; 49r11; 49v26; 50r4; 53r31
Andas *1* 33v21
Andava *5* 3r6; 6v8; 29v19-29v20; 38v20
Andavan *1* 26v15
Andodieron *1* 1r12
Andoujeron *1* 55r18
Andudieron *1* 26r23
Angel *2* 10r18; 41r24
Angelero *1* 29r3
Angeles *2* 33r8; 33r13
Angosta *1* 9r14
Anjma *2* 2v9; 26v8
Anjmas *3* 26v23; 38v23; 43v7
Annafyles *1* 8r9
Anno *3* 10v24; 24r20; 47r20
Annos *7* 3v1-3v2; 5v13; 11v4; 44v26; 54r9; 54r23
Anocheçer *1* 40r18
Anos *5* 9r5; 19r14-19r15; 38r10; 43v4
Anpara *1* 20r13
Anparança *1* 45v14
Anparar *3* 2r18; 32v4; 42r23
Anparas *1* 20r14
Anparasen *1* 10r21
Anparo *1* 14v10

Ansy *19* 2r3; 10r8; 10v19; 13v18; 14r13; 24r3; 24v6; 27r1; 28v7; 29r18; 29v25;30r20; 34v23; 35r25; 42v8; 49r25; 50r17; 50v14; 52r29
Ansyna *2* 34r4; 38r20
Ante *14* 5v2; 7r3; 7r8; 9v21-9v22; 15v5; 17r8; 25r21; 25v17; 35v12; 37v2; 49r14; 50r18; 54v15
Anteçesores *4* 1r16; 18v13; 18v21; 33v27
Anteçessores *1* 1r11
Antes *19* 2r11; 20v21; 26v21; 27v2; 29v27; 35v22; 39r10; 42r28; 43r2-43r3; 45r1; 46v24; 50r23; 50v9; 50v25; 50v29; 51r21; 51v2; 52r5
Antiguo *1* 1r22
Antygo *2* 16r17; 19r4
Antygua *1* 27v20
Antyguo *1* 6v7
Anuestras *1* 9v8
Anuestrros *1* 35r8
Anyma *1* 18r4
Aparejado *1* 30v23
Aparesçer *1* 49r13
Apartado *1* 32r9
Apartar *3* 33v22; 49v12; 49v17
Aparto *1* 19v12
Apeado *2* 39v1; 39v6
Apear *1* 19v24
Apelljdo *6* 7r2; 17r11; 17v7; 21r8; 31r11; 55v10
Apelljdos *1* 40v7
Apenas *1* 40r11
Aponçonnado *1* 3r21
Apostol *7* 13v1; 13v4; 13v6; 33r4; 40v14; 43r18; 43v8
Apostoles *1* 1v10
Apreçebydos *1* 40v6
Aprendiestes *1* 28v8
Apriesa *1* 17v9
Aprimjados *1* 16v2
Apuesta *1* 47v10
Aquedada *1* 50r3
Aquel *20* 3r15; 6r11; 6r13; 13v6; 27v7; 28v12; 29r24; 32r8; 32r12; 34r26; 35v13;38r6; 40v16; 42v16; 44v19; 45r19-45r20; 47r13; 47v5; 52r14
Aquella *9* 34v7; 36r2; 37r17; 37v8; 40r25; 41r16; 44v15; 50r16; 51r12
Aquellas *1* 23r19
Aquello *1* 4v19
Aquellos *3* 25v8; 27v20; 33r12
Aquesa *1* 53r1
Aqueso *2* 12v13; 19r18
Aquesta *10* 2r7; 15r8; 21v1; 24v5; 24v19; 39v18; 45r8; 49r28; 50r28; 51v20
Aquestas *6* 4r20; 6v10; 9r2; 17v5; 39r18; 51r18
Aqueste *12* 3r4; 14r7; 21r6; 24r13; 24v16; 35v1; 38r16; 41v8; 43r3; 45r21; 48r23;54r26
Aquesto *17* 1v7; 1v15; 2v12; 5v5; 6r9; 18v18; 19r16; 33r16; 33v24; 39r13; 42r1; 43v27; 46r4; 46r19; 49v13; 51r27; 54v4
Aquestos *1* 22v3
Aquexados *1* 7r5
Aquexando *1* 43v16
Aqui *11* 16r5; 19r12; 20r9; 21v3; 28r8; 40r17; 43r9; 44r3; 48v22; 49v12; 50r5
Aquilom *1* 33v3
Aquj *8* 4v15; 8r17; 29v26; 48v16-48v17; 49r17; 52v1; 52v4
Aradas *1* 5r15
Aragon *2* 5r21; 34v24
Arar *1* 5r4
Araren *1* 5r12
Arçipreste *1* 49v13
Arçobyspal *1* 11r6
Arcos *1* 31r15
Arçovyspo *1* 2v23
Arçovyspos *1* 1v21
Ardides *1* 53v11
Ardientes *2* 9v17; 21v20
Ardite *1* 3r13
Ardura *1* 46v15
Arebata *1* 49r22
Argulloso *1* 52v11
Arguloso *1* 30v1
Argumentos *1* 2r22
Arlançon *1* 50v16
Armada *1* 51r11
Armado *1* 46r18
Armados *5* 27v13; 36r1; 36v22; 41r12; 43r25
Armaduras *2* 5r10; 33r8
Armar *1* 41v5
Armara *1* 37r1
Armas *24* 4v3; 4v23; 5r1; 6r11; 6v6; 6v9; 8r8; 10v14; 18r8; 23r23; 24r4; 26r25;30r11; 32v11; 36v12; 38v6; 40v2; 40v6; 41r2; 43r20; 47r6; 48r8; 50r12; 51r5
Arquetas *1* 23r17
Arrancado *3* 21r14; 24v19; 34v9
Arrancados *3* 7r19; 8r19; 35r1
Arrancar *3* 21v1; 24r8; 42v9
Arraygadas *1* 3v22
Arrecojeron *1* 45v22
Arredrrado *1* 20r20
Arrencados *1* 8r4
Arrenconados *1* 19r6
Arrendada *1* 50r1
Arrepentieron *1* 38v2
Arrepentydo *1* 34r3
Arroyo *1* 19v14
Arroyos *2* 39v17; 55v14
Arrybar *1* 27r27
Arrybaron *1* 31r26
Arrybauan *1* 11v14
Arryvaron *1* 6v15
Arteros *1* 2r20
Arvejas *2* 19v1; 22v17
Arvoles *1* 12v20

As *13* 4v23; 5r8; 5r13; 20v2; 21r2; 21r5; 28r23; 32r22; 32v21; 33r26; 33r28;45r18; 46r16
Asas *7* 6r5; 12r3; 13r21; 15v19; 21r17; 44v25; 55v15
Asavan *1* 7v20
Asçipreste *1* 49v12
Asconas *2* 5v22; 25v12
Asconder *2* 7v22; 49r15
Asconderian *1* 51r3
Ascondido *2* 3r6; 21v14
Ascondjda *1* 46r12
Aseguradas *1* 5v14
Asegurado *1* 4v7
Asegurados *2* 8r3; 27v14
Aseguranҫa *1* 20v18
Asegurar *1* 19v17
Asentadas *1* 23r20
Asento *1* 4v17
Ases *1* 35v26
Asj *4* 43r1; 45v1; 54v6; 55r23
Asmar *1* 6v16
Asmase *1* 21v22
Asmavan *1* 11v16
Aspa *1* 12r14
Aspanna *2* 3r1; 12r9
Astas *1* 26r17
Astragar *1* 28r12
Astrosa *1* 37r19
Astroso *1* 38r5
Astrrosa *1* 27r23
Asturyas *2* 7v1; 7v4
Asu *24* 10v14; 13v17; 16r10; 22r15; 22r24; 27r17; 27v29; 30v14; 30v24; 33r5; 33v14; 37r13; 39r16; 45r6; 45v21; 50v14; 51r8; 51v4; 52v12; 52v33; 53v7; 53v17; 53v32; 55r3
Asus *16* 5r9; 10v10; 17v11; 21v13; 23v17; 29v6; 30v13; 36r4; 37r13; 37v17; 38r25; 43r12; 43v25; 44r21; 52r9; 53v20; 54r8
Asy *18* 6r10; 8v3; 8v5; 10r1; 12r24; 13v12; 19r1; 28v6; 32v11-32v12; 32v18; 33v21-33v22; 34v23; 37r20; 37v9; 38r24; 38v26
Atal *14* 4r6; 6r16-6r17; 11r24; 24v4; 27v9; 28v16; 34r14; 35v1; 37v11; 38r16; 46r12; 48v24; 50v23
Atales *1* 5v16
Atamanna *5* 23r2; 23r11; 30r6; 46v18; 52v20
Atamannos *1* 22r2
Atan *6* 15v20; 43v2; 49v11; 52r13; 52v28; 52v34
Atanta *1* 43r5
Atanto *3* 16v15; 50r32; 54r18
Ataut *2* 30v10; 30v22
Atendemos *1* 10r12
Atender *2* 25v7; 49r16
Atenderian *1* 17v15
Atravesada *1* 29v3
Atrevydo *1* 14v9
Atronjdo *1* 45v8
Atrybutado *1* 11r22
Aty *9* 15v15; 20r7; 28r2; 28r17; 31v23; 32r2; 32r6; 45r14; 47v28
Auer *2* 44v19; 44v27
Aueran *1* 43r2
Auerja *1* 45r16
Aues *1* 31r17
Auja *5* 43v4; 44v1; 44v6; 44v8; 45v6
Avastada *1* 13r1
Avastadas *1* 3v20
Avastando *1* 2r13
Avatyda *1* 26v7
Avatydo *2* 30r21; 39r12
Avaxadas *1* 52v17
Avaxaron *3* 2v11; 26r7; 39r3
Avedes *5* 3r4; 4r12; 18r13; 40r15; 48v23
Avemos *8* 5v5; 5v8; 5v16; 25r10; 28r6; 28r8; 34v15; 47r1
Avenjen *1* 50r10
Avenjr *2* 14r14; 50r8
Aventurada *1* 48r2
Aventurado *5* 4r6; 11r9; 21v10; 23v7; 46r17
Aventurados *3* 2r12; 12r8; 22v8
Aventurar *1* 48v3
Aver *18* 7r4; 16r13; 17v20; 18r2; 18r5; 18v5; 23r8; 25v4; 25v8; 28r10; 32v5; 34r6; 34v6; 46v26; 47v20; 49v10; 49v30; 54r17
Averes *3* 7r6; 23r6-23r7
Averia *1* 25v25
Aveys *1* 42r6
Avia *3* 7r1; 19v22; 31r4
Avja *2* 44r28; 44v25
Avn *12* 13r17-13r18; 13v19; 24r4; 28r19; 29v21; 32v13; 32v25; 37v25; 42r2; 53v7; 54v5
Avondada *1* 13r4
Avos *3* 6r8; 25r18; 38r7
Avran *1* 5v15
Avremos *1* 6r5
Avrya *1* 9r19
Avryan *1* 9r2
Avya *44* 3v18; 4r5; 4r7; 7r22; 10v16; 12r6; 15v12; 16r7; 17r12; 17v3; 17v5; 18r4; 18r20; 20r17; 21v13; 21v18; 22r16; 22v6; 23r7; 23v6; 23v16; 24v10; 25r3; 25r9; 27v6; 28v3; 31v18; 34v2; 36r15; 38v15; 39v9; 40v26; 41v2; 41v12;47r5; 47r7-47r8; 47v12; 49v15; 51r20; 51v30; 52r6; 52r14; 53v21
Avyam *1* 2v2
Avyan *30* 1v2-1v3; 3r10; 3v9; 4r17; 7v7; 7v18; 8r4; 8r12; 8v11; 9r21; 9r23-9r24;16r4; 16r11; 23v17; 24r5; 26r15; 27r18; 27v13; 38v2; 40v13; 40v16; 41r3; 41r11; 41r20; 47r18; 51r31; 52r3; 53r22
Avye *5* 12r20; 36v5; 42v3; 47r8; 53v15
Avyerto *2* 38v15; 41v2
Avytamjento *1* 21r20
Avyvados *1* 7r17
Ay *52* 8r13; 11v14; 11v21; 11v23; 12r15; 12v22; 13r13-13r14; 13r16; 13v4; 14v15; 18r9; 19r20; 20r19; 21v7; 22r6; 22v16; 23r13; 23r17; 23r22; 23v2; 23v11; 25v6; 27r14; 29v12; 32v23; 33r3-33r4; 33r7; 34v20; 36v9-36v11; 36v13; 37r1-37r2; 37v25; 38v23; 40v1; 40v4; 40v24; 41r8; 41r11; 44r3; 44r10; 44v29; 47v14; 49r15; 51v30; 53v26; 54r4; 54r20
Aya *4* 12v19; 16v3; 16v16; 36v26
Ayades *1* 19r21

Ayan *3* 4v4; 6v4; 8r6
Ayas *2* 21r22; 49r30
Ayna *16* 4v1; 16r8; 17r17; 22v21; 24r8; 24v21; 28r11; 29r23; 29v6; 30v23; 34v5; 42v28; 45r5; 45v22; 53v1; 55r16
Ayrado *1* 55r22
Ayre *1* 37r18
Ayuda *7* 10r21; 16r16; 16v3; 20r11; 32v1; 32v4; 33r6
Ayudados *1* 41v24
Ayudar *4* 24r7; 32r18; 44r19; 49v25
Ayudasen *1* 10r20
Ayunemos *1* 49v8
Ayuntada *1* 5r20
Ayuntadas *1* 6v11
Ayuntado *2* 11v18; 17v1
Ayuntados *3* 31r8; 43r11; 44r15
Ayuntamjento *2* 1v13; 45r22
Ayuntar *3* 4v2; 11v17; 32r15
Ayuntaron *4* 46v27; 55r16; 55r19; 55r24
Ayunto *5* 3r16; 7r15; 11v9; 31v6; 34v19
Ayvda *1* 47v21
Ayvdar *2* 35v2; 37v13
Ayvdase *1* 37r16
Ayvdava *1* 34v2
Ayvntados *1* 46v28
Ayvntan *1* 38r1
Ayvso *1* 42r24
Azemjla *1* 30v23
Azes *3* 37r11; 38v20; 40v12
Azeyte *1* 13r3

B

Baldrrya *1* 14r12
Baxo *1* 46r1
Bendizje *1* 53v10
Bengados *1* 23v23
Benja *1* 50v27
Bermejo *1* 55r21
Besar *1* 44r18
Bezjndades *1* 11v24
Bien *5* 12v15; 18r14; 19v3; 25r6; 35v5
Bjen *12* 44r4; 44r21; 45r9; 45r12; 45r15; 45r26; 45r28; 45v23; 45v26; 46r11; 46r24; 55r14
Bjuos *1* 44r1
Blancas *1* 33r8
Boçes *2* 55v8; 55v10
Bodas *1* 52r1
Bondades *1* 43v26
Bos *4* 43r15; 45v8; 46r7
Braços *2* 8v9; 51v3
Braua *2* 39v18; 55v3
Brraçero *1* 41v12
Brraços *1* 49v20
Brraçuelos *1* 53r28
Brraga *1* 11r6
Brrauo *2* 24r3; 40v25
Buelta *1* 39v26
Bueltas *1* 40v15
Buen *71* 1r8; 1r23; 11r10; 12r15; 12v5; 13r11; 13v10; 14v5-14v7; 15v10; 17v17; 19r2; 20v9; 21r14; 22r10; 26r23; 27r5; 27r19; 27r26; 28v2; 29v25; 31v1; 33v12; 36v23; 37v17; 39r14; 39r21; 39v6; 39v9; 40v19; 41r19; 41v11; 42r26; 44r3; 44r13; 44r22; 44v3-44v4; 44v25; 45r3; 45r9-45r10; 45r19; 45r22; 45r30; 46r25; 47v17; 47v25; 48v9; 48v23; 49r8; 50r12; 50r15; 50r19; 50v4; 50v7; 52v34; 53r16; 53v1; 53v12; 53v22; 54r5; 54r10; 54r22; 54v1; 55r12; 55r20; 55v19
Buena *24* 12r22; 13r5; 13r14; 16v4; 20v14; 25v13; 27r9-27r11; 28v5; 28v10; 29r22; 33v14; 37r2; 39v1; 47r11; 48r4; 50v17; 51v6; 53r2; 53v21; 54v21-54v22
Buenas *6* 13r11; 14v2; 19v11; 32v23; 36v9; 53v12
Bueno *2* 36r8; 51v21
Buenos *26* 13r6; 13r18; 14v18; 15r11; 21v19; 22r18; 25v6; 25v8; 25v13; 26v14; 28v19; 28v26; 29r6-29r7; 29v11-29v12; 36v7-36v8; 36v12; 39v8; 40r12-40r13; 42v20; 50v20; 52r30; 55v16
Burgoneses *1* 36v5
Burgos *4* 23v11; 51v23; 52v25; 54v23
Burueua *1* 54v20
Buscar *6* 34v10; 45r4; 50r26; 53v30; 55r10; 55r18
Buscaron *1* 43v22
Byen *91* 1v22; 4v16; 10v8; 10v18; 11v6; 11v16; 11v23; 12r8; 12r13; 12r18; 12v8; 12v13; 13v22; 14r15; 14v8; 14v10; 16v9; 16v17-16v18; 18r7; 18r18; 20v3; 20v6; 22r6; 22v8; 23r6; 23v8; 23v23; 24r11; 24v7; 24v15-24v16; 27r1; 28r2; 28r21; 28r24; 29r11; 29r14; 29r20; 29v22; 30v10; 30v12; 30v22; 32r22;32v13; 34v7; 34v20; 35r9; 36r6; 36r21; 36r23; 36v2; 36v6; 36v11-36v12; 37r11-37r12; 37v10; 37v21; 38r9; 38v8; 38v19; 39v5; 39v12; 40r3; 40r16-40r17; 40r25; 40v16; 41v28; 42v1; 46v28; 47r3; 47r20; 47r28; 47v18; 48r2; 48r26; 48r28; 48v5; 48v14-48v15; 51r20; 51r26; 51v9; 52r14-52r15; 52r18; 52v10; 53v8; 53v10
Byl *2* 50v22; 51v19
Byllano *1* 53r6
Byo *1* 49v22
Byuen *1* 18v22

C

Ca *41* 1r27; 1v18; 2v15; 5r8; 7r12; 9v4; 10r4; 10r21; 10v24; 11r22; 11v12; 13v21; 14v19; 16v7; 18r18; 18r24; 19r6; 20v22; 21r10; 24v2; 26v10; 27v5; 27v21; 29v12; 30r3; 30r7; 30r9; 30r22; 32v19; 33v27; 35v4; 36r5; 38r15; 39r23; 40r17; 41r4; 42r26; 45v26; 47v22; 49v26; 55v4
Cabalero *1* 48r6
Cabalgada *2* 48r4; 53v21
Cabalgar *1* 53r13
Caballero *3* 48r8; 50v1; 51r22
Caballeros *8* 25v13; 36v6; 36v20; 42r6; 47r26; 50v21; 51v27; 53r14
Caballerya *1* 53r7
Caballo *4* 39r21; 39v9; 41v22; 42v2

Cabanna *3* 12r10; 46v20; 51r3
Cabdal *1* 13r11
Cabdiello *1* 50r10
Cabdillo *4* 36r24; 36v1; 38v13; 41v1
Cabeça *2* 15r16; 30v27
Caberos *3* 36v13; 40v24; 45r27
Cabo *5* 3v2; 44v23; 46r15; 51v20; 52r11
Cabtyvado *1* 53r23
Cabtyvo *1* 35v10
Caça *1* 55r20
Caçar *1* 49r19
Cada *17* 5v19; 9r23; 23v5; 25r7; 26v16; 33r9; 35r14; 37r12-37r13; 38v8; 38v12;43v25; 44v20; 45r27; 46v12; 50r30; 55r17
Caedes *1* 35v8
Caer *6* 10r4; 19r20; 34v14; 35v3; 41r4; 55v4
Calanna *1* 42v20
Calçada *1* 50r4
Caljente *1* 40v26
Callando *1* 32v18
Callar *2* 34v3; 34v6
Callenturas *1* 12v17
Camelloz *1* 31r18
Camjno *3* 44r12; 49r9; 50v15
Camjnos *2* 31r20; 34v26
C´amora *1* 11r7
Can *1* 4r23
Canes *4* 14r16; 49r20-49r21; 49r32
Canpal *2* 36r2; 55v2
Canpana *2* 36r1; 40v11
Canpeador *1* 14v7
Canpo *27* 7r15; 8r2; 8r4; 8r8; 21r14; 22r5; 22v20; 23r6; 25v17; 27r13; 28r23; 29v26; 30r11; 32v24; 34r24; 35v14; 36v15; 38r23; 38v22; 40r2; 40v6; 40v11; 43v13; 43v15; 52r21; 52v7; 52v14
Canpos *2* 53r11; 53r22
Cansa *1* 28r15
Cansado *1* 51r24
Cansados *8* 12r7; 23v12; 27v16; 41r10; 43v6; 52r19; 52r26; 53r31
Cansamos *1* 27v21
Cansan *1* 27v21
Cansar *1* 28r13
Cantaran *1* 9v19
Cantos *1* 9v19
Capelinas *1* 5v20
Capyello *2* 41v4-41v5
Capylla *1* 46v10
Capyllos *1* 41r22
Cara *2* 27r6; 42r16
Caraço *3* 15r8; 17r1; 17r12
C´aragoça *1* 12v1
Caramente *2* 10r7; 55r4
Caras *1* 30v26
Carçel *3* 47r2; 47r23; 48v21
Cardenna *2* 40v19-40v20
Carlos *6* 11r18; 11r21; 11v5; 11v20; 12r1; 29r1
Carne *4* 10r6; 18v4; 28v24; 32v12
Carnero *1* 45r4
Carnjçero *1* 15r20
Carnjçeros *1* 36r14
Caro *1* 44v26
Carpjo *2* 12v2; 12v7
Carpyo *2* 11v13; 12r21
Carrera *15* 5v17; 6r5; 7r14; 17v21; 26r12; 29r28; 30v19; 36r5; 36r22; 36v19; 38v18; 45r23; 47r13; 50r5; 50v12
Carreras *1* 31r16
Carro *3* 50r18; 50v11-50v12
Carta *3* 44v23; 45r12-45r13
Cartajena *1* 31v4
Cartas *5* 5r19; 17r16; 32r11; 44v21; 44v29
Carvon *1* 15v7
Carvonjento *1* 31r24
Carvonjentos *1* 38r4
Casa *1* 19v22
Casada *2* 11r2; 48r1
Casado *1* 45r9
Casamjento *2* 45r7; 45r21
Casar *1* 9r22
Casas *1* 53v20
Castanes *1* 51v28
Castanna *1* 15v4
Castelanos *3* 16r2; 26v15; 40r22
Castellana *1* 36v14
Castellanas *3* 12v8; 44v30; 51r27
Castellano *13* 14v23; 17r3; 24r1; 26r5; 30r16; 30v1; 30v9; 31v9; 39r17; 42r5; 45r20; 47v6; 51r25
Castellanos *51* 7r23; 9r13; 12v3; 14r13; 14r17; 14r19; 15r13; 15v19; 16r10; 16r20; 19r21; 22v8; 22v23; 23v22; 24r5; 24r21; 25v20; 26r20; 26v11; 26v13; 26v24; 27v5; 29r21; 30r26; 31v12; 36v7; 39r15; 39v24; 40v16; 41v27; 46v6-46v7; 46v17; 46v25; 47r18; 47v15; 50r7; 50v21; 51r7; 51r13; 51r29; 51v5; 52r1; 52r22; 52r25; 53r1; 53r3; 53v28; 53v31; 54r6; 54r8
Castellar *1* 17r2
Castilla *2* 1r5; 54v7
Castjlla *6* 44r20; 44v6; 44v28; 45v2; 54v17; 55r5
Castjllo *1* 43r16
Casto *3* 11r14; 11v19; 14r4
Castro *4* 36v9; 46r25; 47r2; 47r24
Castylla *58* 5r22; 7r21; 8v3; 9r23; 11v10; 13v15; 13v19; 15r6-15r7; 15r9; 15r11; 15r23; 15v14; 15v16; 16r14; 16r17; 16v4; 16v16; 17v2; 17v9; 18v7; 19r4; 19r23; 20r13; 22r25; 23v21; 24r15; 24r19; 24r21; 26r20-26r21; 27r23; 27v24; 30r7; 32v2; 36v7; 39v4; 41r25; 42r16; 42v1; 42v4; 42v13; 46v3; 46v5; 46v9; 46v20; 47v20; 49r29; 50r6; 50r22; 50r24; 50r26; 50r29; 51r16; 51r19; 51v11; 52v19; 53v5
Castyllo *5* 2r18; 10v15; 38v14; 47r27; 48v6
Cata *1* 29v26
Cataljna *1* 9v5
Catando *1* 51r4
Catasen *1* 10r19
Cativados *1* 8r20
Catyvados *1* 35r4
Catyvo *2* 16v7; 22v18

Començo *8* 5v2; 16v22; 25r8; 28v2; 37v20; 49r25; 50r13; 54v17
Comer *1* 7v20
Cometyo *1* 45r7
Comja *1* 35r23
Comjan *1* 8v18
Comjenço *2* 2r9; 13v16
Comjera *1* 9v24
Comjgo *2* 42v23; 48v20
Commo *126* 1r9-1r10; 1r12; 1r20; 1r22-1r24; 2r3; 2v19; 3r4; 3r18; 4r2; 4r12-4r13;4r18; 4v7; 4v18; 6r10; 6r16; 8r19; 9r1; 9r4; 10r22; 10v11; 11v1; 11v6; 11v22; 13v11; 14r11; 15v14; 17r12; 17v6; 17v12; 19r13; 20v2; 21r21; 21v13; 21v15; 22r19; 22v4; 24r3; 24v6; 24v15; 25r3; 25r6; 25v20; 26r8; 26r22; 27r3; 27r7; 27r29; 27v2; 27v7; 27v9; 28r28; 28v6; 29v4; 29v9; 29v15; 30v12; 30v17; 30v28; 31r4; 31r12; 32r13; 32v15; 32v18; 33r7; 33r15; 33v17; 33v21; 34r9; 34r15; 34v11; 34v23; 35v1; 35v7; 35v24; 36r9; 36r21; 37r20; 37v3-37v4;37v6-37v7; 37v9; 38r9; 38r16; 38r24; 38v7; 38v20; 39v17; 41r24; 41v18; 42v8; 43r20; 45r4; 45r16; 45v1; 45v8; 46r7; 46r23; 46r27; 47r18; 47v8; 47v12; 48r16; 48r23; 48v8; 48v22; 48v30; 49r25; 50r10; 50r17; 50v9; 50v14; 51r5; 51r23; 51r26; 52v8; 53r7; 53v4; 55r12; 55v9
Como *5* 3v14; 6r17; 43v23; 54r13; 54v6
Comunal *1* 13r9
Con *141* 2r15; 3r10; 3r20; 3v17; 4r5; 4r17; 4v4; 4v6; 4v10; 5r12; 5r15; 6r4; 7r3; 7r8; 7r11; 7r20; 7v22; 8v1; 8v8; 8v11; 9r16; 9r24; 9v5; 10v2; 11r2; 11r4; 11v8; 12r3; 12r11; 12r21; 12v7; 12v10; 14r1; 14v2-14v3; 15v1; 16v11; 17r1; 17r3; 17v13; 18r10; 19v8-19v9; 21r5; 21r12; 22r13; 22r20; 22r22; 22r25; 22v7; 22v24; 23r18; 23v1; 23v19; 24r2; 24r4; 26r5; 26r10; 26v15; 27r2;27v4; 28r23; 29r16; 30r5; 30r11; 30v3; 30v9; 31r2; 31r10; 31r23; 31v3-31v4;31v19; 31v25-31v26; 32r1; 32r19; 32r25; 32v9; 32v11; 32v24; 33r2; 33r6; 33v6; 33v15; 33v17; 35v14; 35v16; 35v20; 36r6; 36v17-36v18; 37r15; 37v26; 38r1-38r2; 38r8; 39r17; 39v23-39v24; 40r24; 40v2; 40v6; 40v9; 41v11; 42r3;42r22; 42v2; 42v14; 43r23; 43v4; 43v15; 45r12; 47r26; 47v11; 48r1; 48r9; 48r12; 49v19-49v20; 50v8; 50v27; 51r18; 51r30; 51v15; 52r8; 53r1; 53r7; 53r13; 53r18; 53r30; 53v2; 53v19; 54v16; 55r3; 55r21
Conbyento *1* 38v22
Conçejo *1* 38r4
Condado *12* 15r15; 16r8; 16r12; 30v24; 30v27; 42v27; 44v28; 49v7; 51v20; 52r11; 55r1; 55r6
Condados *1* 27r22
Conde *254* 1r5; 1r21; 2v12; 4r12; 4r20; 5r17; 5v12; 15r17; 15v1; 15v6; 17r3; 17r13; 17v3; 17v5; 18r16-18r17; 18r21; 19v7; 19v11; 19v23; 20r15; 20v3; 20v9; 21r14; 21r21; 21v10; 21v19; 22r4; 22r8; 22v1; 22v14; 22v24; 23v7; 23v10; 23v15; 23v18; 24r1; 24r7; 24r9; 24r15-24r17; 24v13; 25r2; 25r4; 25v26;26r3; 26r5; 26r8; 26r12; 26r23; 26v9; 26v17; 26v20; 26v22; 26v24; 27r4-27r5; 27r15; 27r19-27r20; 27v3; 27v6-27v8; 27v10-27v11; 28v2; 29r16; 29r28; 29v3; 29v7; 29v18; 29v25; 30r5-30r8; 30r12; 30r14; 30r16-30r17; 30r20; 30v1-30v2; 30v9; 30v21; 31r3; 31v1; 31v9; 31v13; 31v15; 32v10; 32v13; 32v17; 33r21; 33v12; 33v14; 33v19; 34r22; 35v21; 36r11-36r12; 36r17; 36v21; 36v23; 37r9-37r10; 37v1; 37v10; 37v17; 38v13; 38v26-38v27; 39r1; 39r9; 39r11; 39r14; 39r17; 39r19; 39r21; 39v6; 39v13; 40r4; 40r20; 40r24; 40r26; 40v9; 40v21; 40v25; 41r1; 41r13; 41r17; 41v10; 41v17; 41v21; 41v25; 41v27; 42r5; 42r9; 42r14; 42r18; 42r20-42r21; 42r26-42r27; 42v3; 42v5; 42v25; 43r12-43r13; 43v2; 43v16; 43v26; 44r9; 44r13; 44r22-44r23; 44r26; 44v2-44v3; 44v13;45r3; 45r7; 45r9; 45r19; 45v2; 45v8; 45v20; 45v26; 46r2; 46r25; 46r28; 46v1; 46v23; 47r1; 47r5; 47r9; 47r13-47r14; 47r26; 47v2; 47v5-47v6; 47v8; 47v11; 47v13; 47v19; 47v22; 48r1; 48r9; 48r14; 48r16-48r17; 48r22-48r23; 48v1; 48v7-48v9; 48v13; 48v25; 48v27; 49r1; 49r6; 49r11; 49r22; 49r27; 49r33; 49v3; 49v10; 49v25; 50r15; 50r17; 50r19; 50r22; 50r25-50r26; 50r29; 50v10; 50v27; 51r9; 51r21; 51r23; 51v2; 51v22; 52r9; 52v3; 52v11; 52v26; 52v32; 53r5; 53r7; 53r12; 53r15-53r16; 53r18; 53v1; 53v11; 53v19; 54r10; 54r14; 54r18; 54r20; 54v1-54v2; 54v10; 54v18; 54v25; 55r24; 55v17; 55v19
Condecjllo *1* 54v13
Condes *4* 1v20; 27r24; 27r28; 47r28
Condesa *3* 52v31; 54v24; 54v26
Conejo *1* 55r20
Conel *28* 16r7; 16r11; 17r19; 17v10; 22r12; 33r22; 33r25; 33v6; 36v4; 36v23; 40v26; 41r15; 42r11-42r12; 42v8; 43r19; 43v8; 44r22-44r23; 44r28; 44v27; 45v2; 45v20; 46v23; 48r13; 53r15; 53v24; 54v14
Conellos *4* 36r7; 36v10; 38r23; 43r24
Confesar *1* 38r28
Confesor *1* 13v10
Confesores *1* 1v17
Confessor *1* 2v22
Confonder *2* 4r18; 49v16
Confondia *1* 24r6
Confondido *1* 9r8
Confondjdo *1* 45v11
Confondydo *1* 49v16
Confortados *2* 35v23; 43v8
Confortar *2* 21r1; 40r11
Confuerto *1* 21r11
Conjuramentos *1* 38r1
Conla *11* 15r21; 16v19; 26r14; 30r13; 35r17; 44r26; 45v12; 48r15; 49r34; 50v35;52v13
Conlas *2* 29v28; 43v7
Conlos *6* 15v3; 22r5; 23v19; 33r1; 33r27; 53r29
Conmjgo *2* 20r24; 43r11
Conoçian *1* 43v23
Conortada *1* 19v8
Conorte *1* 9v8
Conortedes *1* 48r22
Conosçer *1* 47v17
Conosçeredes *1* 21r24
Conosçido *2* 3r7; 47r7
Conosçidos *1* 52v2
Conosçieron *3* 1v4; 2r23; 51v2
Conosçio *2* 51r5; 51r7
Conpanja *1* 32r5
Conpanna *16* 9v2; 10v14; 15v1; 18r8; 25v13; 27r22; 30r5; 33v14; 37r2; 39v1; 43r19;50v17; 50v21; 51r4; 51r12
Conpannas *9* 8v7; 15v23; 19v12; 32v23; 36v9; 52r8; 53r13-53r14; 54v9

Creer *4* 2v2; 34r17; 38r12; 51r31
Creo *3* 10v8; 28v7; 43r7
Crey *1* 20v20
Creyan *1* 2r24
Creydo *1* 28r24
Creyendo *2* 45v7; 45v11
Criado *1* 33r5
Criador *3* 16r15; 27r16; 32v25
Crio *1* 1r6
Crjador *1* 43r14
Crjstjanos *4* 43v6; 43v24; 44r10; 55v20
Crreades *1* 1v22
Crrus *1* 33r9
Crruzado *1* 37r28
Crudo *1* 36r9
Cruel *1* 9v12
Crueldat *2* 30r12; 49r31
Crusadas *1* 43r20
Crusados *1* 43r27
Cruzada *1* 37r14
Cruzadas *1* 40r22
Cruzado *2* 22r7; 38v6
Cruzados *4* 7r20; 23v10; 37v12; 37v15
Cryada *1* 48r26
Cryado *2* 15v10; 16r7
Cryador *17* 3r2; 10r14; 10v16-10v17; 11r14; 14r6; 15r2-15r3; 20v10; 32v21; 33r16;35r25; 37v23; 42v7; 46v14; 46v22; 49v30
Cryase *1* 42r11
Cryazon *1* 15v6
Cuadryllo *1* 38v16
Cuchyllada *1* 27r9
Cuchyllo *1* 49v27
Cuedo *3* 16v15; 25v23; 35v9
Cuenta *3* 17r22; 31r21; 55v18
Cuentan *3* 28v25-28v27
Cuento *3* 11r18; 21r18; 31r21
Cuerno *2* 37r8; 40r20
Cuerpo *13* 6r15; 7r4; 15r5; 18r4; 19v11; 26v8; 30v3; 30v17; 30v21; 30v27; 31v25; 43r3; 44r6
Cuerpos *1* 7r6
Cuestas *3* 5r6; 22v25; 49r12
Cueva *3* 10r23; 19v16-19v17
Cujdaria *1* 43r8
Cujdo *1* 46r11
Culpa *9* 2v7-2v8; 3v11; 16v5; 33r24; 46v4; 47v20; 47v28; 48v24
Culuebro *2* 37v2; 37v4
Cunnado *1* 52v12
Cunplj *1* 4v14
Cunpljr *1* 9r24
C´urrones *1* 23r13
Curso *1* 2r1
Cuydado *4* 15r13; 20v21; 21r22; 48v14
Cuydara *1* 49v18
Cuydaron *3* 6v19; 27r26; 38r8
Cuydaua *1* 43v3
Cuydava *1* 22r6
Cuydavan *4* 8r3; 11v15; 21v24; 23v23
Cuyde *1* 25r16
Cuydo *2* 23v21; 49v16
Cuyo *1* 34r26
Cuyta *4* 7v8; 10r16; 25r21; 42v5
Cuytado *3* 26v5; 29v20; 30r18
Cuytaron *1* 27r8

D

Da *3* 9v8; 16r18; 32v7
Dadas *2* 3v21; 23r19
Dado *3* 23r7; 23v6; 36v1
Damos *3* 25v15; 50r29; 50v1
Dan *1* 5v9
Dando *7* 8r9; 22r1; 29r22; 29v25; 37r19; 39r16; 40v7
Danjel *1* 9v14
Danno *7* 10r2; 24v4; 29v8; 32v24; 40v3; 45r8; 47r18
Dannos *1* 54v13
Dar *31* 5r13; 5v17; 7r2; 8v10; 9r21; 11r23; 11v19; 16v21; 18r11; 18v4; 20r10;20r25; 20v1; 21v2; 23v9; 30v20; 31v2; 35r26; 38r15; 43r5; 44v12; 44v16; 46r3; 46v18; 47r25; 49r18; 49r29; 51r16; 52v29; 54r13
Dardos *3* 17r5; 25v12; 52r23
Dare *1* 21v7
Daremos *1* 21r20
Daria *4* 10r21; 44v15; 45r6; 54r15
Darian *2* 17v14; 36r2
Darja *2* 55r13; 55v8
Daryan *1* 34v26
Dava *4* 15v4; 15v10; 38v23; 39v10
Davan *8* 22r2; 26r12; 27r8; 27r10-27r11; 38v18; 39v22; 53r29
Davyt *2* 9v9; 28v27
De *663* 1r5; 1r9; 1r18; 1r24-1r25; 1v3; 1v7; 1v13; 2r5; 2r7; 2r9-2r10; 2r13; 2r17; 2r21; 2v2-2v3; 2v8; 2v10; 2v13-2v14; 2v21; 3r8; 3r10-3r14; 3v2; 3v4; 3v7; 3v12; 3v14-3v15; 3v20; 3v23; 4r3; 4r11; 4r15; 4r23; 4v5; 4v19; 4v23; 5r7; 6r1; 6r13; 6v18; 6v22-6v23; 7r6; 7r16-7r17; 7r22; 7r24; 7v23-7v24; 8r6;8r8; 8r17; 8v6; 8v13; 8v16-8v18; 9r7; 9r12; 9r14; 9r18; 9r24; 9v6; 9v11-9v12; 9v14; 9v20; 9v22-9v23; 10r15; 10r25; 10v6; 10v20; 11r1-11r2; 11r13; 11r17; 11r19; 11v2; 11v12; 11v17-11v18; 11v21; 12r4; 12r9; 12r12-12r15; 12r20; 12v5; 12v8; 12v10-12v11; 12v15-12v16; 12v20; 12v22-12v24; 13r1-13r6; 13r9; 13r11-13r16; 13v5; 13v9; 13v15; 14r5; 14r7; 14r18; 14v4-14v5; 14v7-14v8; 14v13; 15r5; 15r7; 15r11-15r12; 15r14-15r17; 15v3; 15v9-15v11; 15v21;15v23; 16r5; 16r9; 16r14; 16r21; 16v7; 16v16; 16v18; 17r4-17r6; 17r16; 17r22;17v7; 17v12; 17v17; 17v22; 18r8; 18r17; 18r24; 18v1; 18v6-18v7; 18v17; 18v22-18v23; 19r8; 19r14; 19r16; 19r23; 19v3; 19v5; 19v9; 19v11-19v12; 19v14; 19v19-19v20; 19v24; 20r8; 20r20-20r21; 20r25; 20v2-20v3; 20v9; 20v16;20v21; 21r13; 21v2-21v3; 21v5; 21v7; 21v20; 22r9; 22r11; 22r16; 22r19; 22r21;22v1-22v2; 22v6; 22v15; 23r6; 23r10; 23r14-23r15; 23r17-23r19; 23v6; 23v11; 23v21;

23v25; 24r2; 24r15; 24r17; 24v1; 24v5-24v6; 24v12; 24v14; 24v16-24v18; 25r7-25r8; 25r10-25r11; 25v4; 25v11-25v13; 25v19; 26r9; 26r26; 26v3; 26v12; 26v23; 26v28; 27r2; 27r7; 27r18; 27r20; 27r22; 27r26-27r27; 27v2-27v3; 27v12-27v13; 27v16; 27v22-27v23; 28r8; 28v3-28v4; 28v7; 28v17; 28v19-28v20; 28v24-28v25; 28v28; 29r12; 29r25-29r26; 29v1-29v2; 29v5; 29v7;29v13; 29v16-29v17; 29v28; 30r7-30r8; 30r14-30r15; 30r17; 30r20; 30v1; 30v5-30v6; 30v8; 30v11-30v12; 30v18; 30v20; 30v22; 30v28; 31r15; 31r19-31r20; 31r22; 31r26; 31v2; 31v5; 31v13; 31v22-31v23; 32r1; 32r5; 32r10; 32r14-32r15; 32r26; 32v3; 32v14-32v15; 32v23; 33r8; 33r13; 33r27; 33v1; 33v3; 33v5; 33v18; 34r3; 34r23; 34v4-34v6; 34v8; 34v14-34v15; 34v27; 35r2; 35r9; 35r13-35r14; 35r20; 35r22; 35r26; 35v9; 35v13; 35v19-35v20; 36r3; 36r6; 36r8; 36r10; 36r15-36r16; 36r18; 36r22; 36v2-36v3; 36v5-36v7; 36v9; 36v12; 36v25; 36v27; 37r2; 37r4; 37r6; 37v5; 37v20; 37v24; 37v27; 38r10; 38r15-38r16; 38v4; 38v12; 38v21; 38v24; 39r8; 39r21; 39v4; 39v7; 39v13; 39v20-39v21; 39v26; 40r5-40r6; 40r8; 40r10; 40r14-40r15; 40r21; 40r23; 40v19; 40v22; 41r2; 41r5-41r7; 41r13; 41r15; 41r19; 41r24; 41v1; 41v3-41v8; 41v12-41v13; 41v23; 41v28; 42r4-42r5; 42r14; 42r16; 42r23; 42r27-42r28; 42v1; 42v3; 42v12; 42v20; 42v25; 43r2; 43r5; 43r18-43r19; 43r26; 43v7; 43v26; 44r1; 44r25-44r27; 44v3; 44v7-44v9; 44v15; 44v27; 45r2; 45r10; 45r14; 45r19; 45r27; 45r30-45r31; 45v2; 45v4; 45v15-45v16; 46r7-46r8; 46r14-46r15; 46r20-46r23; 46v8; 46v15; 46v19; 46v24; 47r3; 47r6; 47r8-47r11; 47v11; 47v14-47v15; 47v18-47v19; 47v25-47v26; 48r3; 48r5-48r6; 48r8; 48r12; 48r24;48r27; 48v5; 48v16-48v17; 48v22; 48v29; 49r2; 49r19; 49r25; 49r29-49r31; 49v4; 49v6; 49v9-49v10; 49v12; 49v17-49v19; 49v24; 49v28-49v29; 50r11-50r12; 50r14; 50r24; 50r26; 50r29-50r30; 50v2-50v4; 50v6-50v7; 50v9; 50v11; 50v31-50v32; 51r6-51r8; 51r10; 51r13; 51r31; 51v1; 51v11; 51v19; 51v29-51v30; 52r11; 52r19; 52r23-52r24; 52r27; 52v7-52v8; 52v11-52v12; 52v19; 52v24-52v25; 53r3-53r5; 53r8; 53r10-53r14; 53r23-53r24; 53v1; 53v11-53v12; 53v27-53v28; 53v30-53v31; 54r2; 54r7; 54r13; 54r15; 54r21; 54r24-54r25; 54v13; 54v16-54v18; 54v21-54v23; 55r4; 55r7; 55r13; 55r20; 55v14; 55v18

Debdo *1* 18v21

Deçercaron *1* 53r9

Deçia *1* 54r15

Decja *2* 45r13; 55r14

Dedes *1* 51r9

Defender *6* 4r19; 17r7; 18v11; 32v6; 52v24; 54v19

Defendida *1* 32v2

Defendieron *1* 8v3

Defyende *1* 5r10

Degollada *1* 26r2

Del *115* 1r1; 1r4-1r5; 1v14; 2r7; 3v2; 4v21; 5v4; 7r3; 7r8; 8r14; 9r10; 9v7; 9v9; 9v11; 10r5; 10v17; 11r14; 11v13; 12r21; 12v2; 12v7; 13v2; 14r6; 14v23;15r2; 15v6; 16r17; 16r19; 17r13-17r14; 18r18; 19r22; 20v1; 20v5-20v6; 20v11;21v9; 21v14; 21v19; 22r8; 22r13; 22v13; 23r4; 23v25; 24r15; 26v6; 26v8-26v9;27r4; 27r21; 27v10; 28r21; 28v3; 28v27; 29r28; 29v6; 30r21; 30v16; 30v27; 31r24; 31v1; 32r3; 32r13; 34r7; 34r19; 34r23; 34v8; 35r11; 35v14; 36r11; 37r9; 37r27; 37v4; 38v2; 39r11-39r13; 39r19; 40r16; 41r1; 41v4; 41v10; 42r14; 42r24; 42r26; 42v15; 42v21; 42v26; 43r16; 43v13; 44r15; 44r26; 45r2; 45v3; 45v6; 45v17; 45v23; 46r16; 46r28; 46v14; 48r14; 49r8; 50r19; 50v10; 50v32; 51v20; 52r11; 52r21; 52v3; 52v32; 54r21; 54r23; 54v10

Dela *51* 1r3-1r4; 1r26; 3v16; 6v12; 7r19; 7v6; 10r6; 10v15; 11v18; 16v2; 19r11; 19r19; 20r13; 20r16; 20v14; 22r9; 22r17; 25v24-25v25; 26v5; 27r6; 27v20; 28v24; 30r18; 30v13; 32r4; 33r28; 33v12; 34r13; 35v14; 35v26; 36r5; 36r20; 36v4; 36v14; 36v25; 37r3; 39v24; 40v12; 43v15; 44r18; 44r24; 44v23; 48r14; 50r4; 51v14; 52v20-52v22; 53v16

Delante *3* 18v23; 38v27; 44v24

Delantera *4* 12v3; 12v9; 36r4; 36r19

Delantero *1* 26r8

Delanteros *1* 17r18

Delas *15* 1r7; 5r3; 7v11; 8v4-8v5; 8v7; 12v24; 13r19; 13v11; 15v21; 16r6; 22r11; 23r22; 26v2; 36v10

Dele *1* 43v3

Deles *1* 47r25

Della *5* 24r18; 25r20; 45r23; 47v8; 47v12

Dellas *3* 5r2; 6r1; 37v23

Dello *3* 23v8; 41v16; 53r25

Dellos *14* 8v8; 14v1; 18v23; 20v24; 23v23; 25r14; 28v20; 29r27; 32r9; 44r2; 44v4; 53v14

Delo *10* 16r20; 18v1; 19r10; 24r14; 42v22; 45v25; 48r17; 48v12; 48v32; 55r14

Delos *60* 1v8; 1v14; 3r5; 3v6; 3v10; 4v9; 7r12; 8r19; 9r8; 9v13; 9v15; 9v17; 12r19; 13r18; 13v16; 14v1; 15r19; 16v3; 20v15; 21v18; 22r8; 22v9; 22v21; 23v15; 23v20; 24r9; 24r22; 25v5; 29v1; 31r3; 32r14; 34r20; 34r26; 34v15; 35r4; 36v21; 36v25; 37v20; 38r3; 38v24; 41r3; 41v3; 41v18; 41v26; 42v1; 43v12; 43v28; 44r19; 45v4; 47r25; 50r7; 50v20; 51v17; 51v22; 52r15; 52r22; 53v9; 54v5; 54v8

Deloz *1* 31v21

Demandar *3* 24r9; 25r15; 25v23

Demandaron *4* 2v1; 23v13; 50v23; 51v21

Demandas *2* 36r10; 49v4

Demandastes *1* 21r23

Demande *2* 24r4; 34r7

Demando *7* 22v7; 31v16; 37v4; 47r14; 47r17; 47r24; 47v7

Demostrar *3* 1r8; 10v7; 37v19

Demostro *1* 45r5

Demostrrado *1* 22v13

Demudados *1* 1v2

Den *1* 6r16

Dende *7* 14v1; 33r21; 33v7; 34r22; 47v4; 48r27; 53v10

Denostados *2* 53v25; 54r6

Dentro *4* 7v9; 9v4; 43v18; 46r25

Dentrro *2* 21v6; 24v23

Deo *1* 23v4

Departieres *1* 21r4

Departjeron *1* 46r28

Departyestes *1* 28v6

Departyr *2* 21r3; 52r12

Departyremos *1* 19r20

Depdo *1* 22r17

Derechero *1* 3r12

Derecho *5* 24v6; 32r1; 33v20; 45r19; 45r30

Derechos *1* 4r3

Deredor *1* 39v1
Deria *2* 17v18; 37v19
Derramada *1* 1v9
Derrybado *1* 29r25
Derrybaron *1* 26v21
Des *1* 33r25
Desa *3* 5v11; 50r15; 50v10
Desafiados *1* 54r7
Desafjar *1* 55r8
Desafjucjados *1* 43v7
Desafyados *2* 17v12; 23v25
Desafyar *6* 24r12; 24v8; 24v14; 24v18; 24v24; 25r18
Desagujsada *3* 18v25; 49v1; 49v3
Desagujsado *2* 18r19; 52v31
Desamparado *1* 32r7
Desanparada *1* 39v4
Desanparado *6* 26v12; 35r9; 42v25; 43r1; 46r20; 46r22
Desanparedes *1* 48r23
Desanparo *1* 20r4
Desapostura *1* 24v4
Desarmados *1* 7r10
Desatar *1* 5r1
Desauenturados *1* 55v17
Desavenjdos *1* 14r10
Desaventura *1* 8r18
Desbaratados *1* 41v20
Descabeçados *1* 18r9
Descaveçaron *1* 1v19
Desçender *2* 10r5; 34r19
Desçercada *1* 53r21
Desçercaron *1* 10v15
Descomunales *1* 25v5
Descreyda *8* 5v9; 7v6; 9r16; 15r21; 16v2; 16v19; 20r13; 20v12
Descreydo *4* 14v11; 16r19; 48v30; 49v15
Descreydos *3* 8r7; 10v3; 40v5
Descreyente *1* 40v28
Descreyentes *3* 9v18; 21v18; 21v25
Descubryr *1* 38r28
Desde *1* 1r22
Desechas *1* 6v9
Deseredados *1* 1r12
Desfechas *1* 44v29
Desguarneçio *1* 30v3
Desguarnjdo *1* 30v5
Desheredados *1* 41v19
Desmanparado *1* 30r10
Desmayada *1* 51r17
Desmayado *1* 50v28
Desmaydas *1* 29v28
Desmaydo *1* 37v3
Desmayedes *1* 41r18
Desmesura *1* 24v2
Deso *1* 11v3
Desonrrado *1* 30v26
Desonrrar *1* 54v25
Despagado *2* 18r17; 42v26
Despagados *2* 27v12; 53v24
Despanna *3* 16v7; 46v19; 50v20
Despecho *1* 33v17
Despechosos *1* 6v18
Despedido *1* 47v5
Despedieron *1* 47r30
Despedjeron *1* 44r24
Despendiesem *1* 30v19
Despertaron *1* 37v1
Desperte *1* 34r18
Desperto *1* 33r15
Despojado *1* 30v5
Despojar *1* 49v9
Despues *14* 3r23; 4v4; 6r14; 8r15; 11r6; 11r8; 11r13; 15r16; 20v7; 21v16; 32r5; 43v21; 44v2; 54r23
Despydio *3* 4v9; 21v9; 48r9
Despyerta *2* 32v19; 34r16
Desque *3* 1v1; 1v4-1v5
Dessonrrados *1* 31r1
Dessonrrar *1* 53v31
Desta *5* 8r16; 14r1; 42v9; 44r20; 46v23
Destas *3* 9v16; 13r8; 31r21
Deste *10* 1r19; 2v16; 22r18; 28r26; 28v14; 28v16; 29v22; 32r17; 34r24; 48r19
Destenprradas *1* 12v18
Desto *10* 13r4; 13r21; 13v14; 23r21; 24r5; 28r24; 42r25; 48v29; 49r4; 53r17
Destos *3* 23v14; 31r16; 33v21
Destrales *1* 6r3
Destrujdo *1* 45v9
Destruyda *1* 7v5
Destruydo *1* 4r15
Destruyr *1* 24r21
Desu *2* 44r17; 55r17
Desus *1* 45r29
Desvaratava *1* 6v6
Desvyara *1* 42r14
Detardaba *1* 54r18
Detardar *1* 27r25
Detener *1* 22v11
Deue *1* 28v9
Deuedes *2* 35v5; 40r13
Deuemos *2* 38r14; 38r16
Deues *1* 46r24
Deuja *1* 45v9
Deuje *1* 54r1
Deujeran *1* 36r13
Deve *6* 1r8; 18v4; 18v24; 28r10; 46v22; 46v28
Devedes *2* 34v12; 48r21
Devemos *1* 35v1
Deves *5* 10r3; 20r6; 28r20; 34r4; 48r7
Deviera *1* 24v15
Devoçion *1* 31v19
Devrryemos *1* 17v23

Devrye *1* 42r12
Devya *1* 24r6
Devyera *1* 4v10
Devyeran *2* 4r8; 39r4
Dexa *8* 21v1; 27v14; 28r7; 28r17-28r19; 38r17; 49r34
Dexado *3* 8r12; 40v13; 47r1
Dexamos *2* 54v6-54v7
Dexar *12* 10r8; 13r21; 14r1; 23r23; 25v17; 27r13; 29r29; 45v24; 48v2; 49r9; 54r26; 54v3
Dexara *1* 48r16
Dexare *1* 35v10
Dexarien *1* 36r22
Dexaron *1* 53v7
Dexaryan *1* 36r5
Dexasen *1* 47r26
Dexauan *1* 43v15
Dexava *1* 38v22
Dexavan *1* 7v16
Dexe *1* 53v18
Dexedes *1* 48v19
Dexemos *12* 12r17; 19r17; 27r16; 31r1; 36r23; 39v13; 41r1; 46v25; 46v28; 49r17; 50r5; 54v4
Dexende *1* 50v17
Dexes *1* 45r20
Dexo *4* 11v20; 23r2; 31v24; 53v16
Dezja *3* 22r25; 29r13; 34r21
Dezjan *7* 6v4; 7v19; 8v20; 9v3; 22r14; 46v13-46v14
Dezje *1* 40r14
Dezjen *1* 53v18
Dezjr *19* 7v13; 7v18; 12v16; 13r22; 14r21; 15v6; 18r23; 20v16; 21r2; 24r16; 26r8; 28r25; 30r22; 33v7; 39r24; 42r17; 46v21; 49r25; 50r7
Dezjt *4* 18r14; 24v12-24v13; 24v21
Dia *40* 8r7; 15r12; 20v21; 21v17; 22r6; 23r3; 23r20; 27v16; 28v11-28v12; 32r11-32r12; 34r24; 35r14; 35v25; 36v15; 36v22; 37r1; 37r7; 38v5; 40r1; 40r5; 40r13; 40v3; 40v5; 40v10; 40v26; 41r10; 42v16; 49r13; 50r1-50r2; 50r30; 50v16-50v17; 50v24; 50v26; 52r18; 53r8; 53r21
Diablo *11* 3v17; 4r5; 4r10; 6r18; 6v7; 28r15; 32r8; 37v28; 38r6; 38r20; 54r4
Diablos *2* 37v11; 38r1
Dias *10* 7v12; 10r16; 27v2; 28r21; 28v25; 29r8-29r10; 31v18; 52r6
Dicha *1* 35r21
Dichas *1* 35v21
Dicho *5* 18r23; 28r25; 33r11; 34v21; 50v9
Dichos *1* 19v8
Dicta *1* 31v11
Diego *3* 14v16; 14v20; 39v23
Dientes *1* 40r10
Diera *4* 8v21; 9r9; 23v9; 37v6
Dieran *1* 49v2
Diere *1* 35v13
Dieron *10* 10r24; 11v7; 14v14; 26v1; 29r21; 39r14; 39v9; 51r30; 51v1; 52v18
Dies *5* 8v7; 17v17; 18r17; 28r21; 36r7
Diese *2* 12v3; 54r11
Diesmos *1* 3v21
Diestes *1* 21r24
Diestrro *1* 26v10
Digamos *1* 41r3
Digo *6* 20v18; 28r27; 35v5; 35v9; 48r26; 48v27
Dineros *3* 5r7; 54r11; 54v1
Dio *16* 1r23; 3r2; 3r15; 3r21; 12v5; 24r3; 27v3; 30v19; 34r14; 36r4; 42r20; 49v23; 51r20; 53r20; 53v3; 54r22
Diol *1* 21r21
Dios *53* 4v21; 5v4; 7v23; 8v21; 9r5; 9r7; 9r9; 10v23; 11r12; 12r6; 13v3; 16r15;17r6; 18r16; 18r21; 20r23; 21r19; 21v1; 21v8; 23r1; 23r7; 23v2; 23v6; 25r22; 31v21; 32v9; 33r8; 34r2; 34r14; 34v8; 34v15; 37r15; 37v22; 38r18; 38r28; 38v4; 39v10; 40r27; 40v20; 41r17; 41r24; 46v17; 47v4; 48r18; 48v29; 49r18; 49r27; 49v3; 49v32; 50v23; 51r20; 51r30; 53v18
Dioses *1* 1v18
Diremos *1* 14v1
Ditado *1* 9r11
Dixemos *1* 13r17
Dixeran *1* 5r18
Dixeron *11* 9r20; 11r3; 11r14; 12r24; 23v4; 29r18; 31v17; 33v19; 34r8; 42v22; 52v4
Dixese *1* 14r2
Dixesen *1* 27v27
Dixieron *1* 54r14
Dixiestes *2* 28v5; 28v7
Dixo *43* 4r18; 4v13; 4v18; 15v15; 17r13; 17v19; 18r21; 18r24; 20r5; 20r23; 21r22; 24r4; 24r7; 24r14; 24v11; 28v8; 29v21; 30r19; 32r23; 34r2; 34r16; 34v3; 39v3; 40r8; 40v24; 41r17; 47v12-47v13; 48r16-48r17; 48r23; 48v8-48v9;48v26-48v27; 49r1; 49r26; 49v3; 49v24; 50v30; 51r9; 53r2; 54r12
Dixol *2* 25r3; 32v18
Diz *3* 2r3; 16r16; 49r7
Dize *10* 2v19; 9r11; 11r16; 11v22; 24r16; 32v25; 35r10-35r11; 41v27; 52r17
Dizen *5* 6v15; 7r15; 31r26; 37v24; 38r3
Dizes *1* 35v19
Dizje *1* 42r6
Dizjen *5* 14r12; 15r20; 23v24; 27v15; 36v4
Dizjendo *4* 8r21; 22v16; 40r12; 51v5
Dja *7* 43r10; 43v20-43v21; 44v18-44v20; 46r9
Djablo *2* 45r5; 45r24
Djas *1* 32r26
Djçe *1* 43v27
Djçen *1* 55r23
Djesen *1* 44v18
Djgo *2* 12v13; 25v18
Djnero *1* 55r13
Djneros *1* 47r25
Djo *4* 44v3; 45v8; 45v19; 46r5
Djos *5* 43r13; 44r19; 46r6; 46r17; 55v19
Djs *1* 45v9
Djtada *1* 45r12
Djtado *1* 45r12

Djxo *8* 43v1; 44r9; 44v10; 44v13; 45v10; 46r16; 54v12; 55r13
Do *22* 2r2; 4r22; 6v19; 7v18; 8r12; 10v5; 12r16; 19v16; 20r1; 36v20; 38v22; 39v16; 40v13; 41v9; 44r4; 45r25; 47r1; 49r21; 50v36; 54v6; 55r24
Doblado *1* 44v20
Doblar *2* 18v8; 25r17
Doca *2* 15r7; 50v19
Dolor *4* 3v14; 10v19; 16r17; 22r16
Dolores *1* 1r18
Dolorido *1* 21r7
Doloridos *1* 14r11
Don *110* 1r21; 1r23; 2v2; 2v19; 3v8; 4r12; 4r20; 4v2; 4v16; 5r19; 5v1; 7r1; 7r13; 8r17; 10v17; 14r4; 14v4; 14v6; 14v16; 14v22; 15r5; 15v1; 16r3; 18r22; 19r2; 20r3; 20v8; 21r22; 22r4; 22r14; 24r13; 24v11; 26r2; 26r9; 26r21; 27r14; 27r16; 27r21; 27v6; 27v8; 28v1; 29r1; 29r3; 29r16; 29v7; 29v18; 29v26; 29v28; 30r9; 30r12; 31v16; 32v17; 33r15; 33r21; 33v10-33v11; 34r2; 36r6; 36v3-36v4; 36v21; 38v13; 39r9; 39v15; 39v23; 40r6; 40r24; 40v9; 40v21; 40v25; 41r13; 41v1; 41v8; 41v17; 42r13; 42v5; 43r13; 43v14; 43v26; 44v5; 45r2; 45v5; 46r13; 46v5; 47v2; 48v15; 49r1; 49r6; 49r8; 49r11; 49v1; 49v24; 51r23; 51r26; 51v22; 52r7; 52r25; 52v5; 52v23; 52v32; 53r5; 53r18; 53v11; 53v19; 54r12; 54v2; 54v10; 55r5; 55r8; 55r18
Donde *13* 7v22; 14v15; 20r22; 21r24; 21v7; 29v25; 33v13; 34r10; 35r7; 42r7; 42v12; 43v2; 50v34
Donna *3* 48v5; 49v21; 51v6
Donos *1* 49r26
Donzella *2* 47v7; 47v9
Donzellas *1* 9r22
Doquier *1* 18r1
Dorados *1* 30v12
Dormjdo *1* 37v1
Dormjeron *3* 12r7; 23v12; 41r12
Dormjr *2* 28v15; 38r25
Dos *19* 3v1-3v2; 9v14; 9v22; 14r18; 20v20; 23r22; 24r20; 26v3; 27v2; 33r13; 34r6; 35r23; 36r11; 39r8; 43v20; 47r26; 52r1; 54r9
Doze *2* 12v4; 52v27
Dozjentos *2* 36r16; 36v14
Dragon *1* 9v7
Drragones *1* 9v15
Duda *6* 19v4; 26v22; 37v14; 42v4; 43v3; 53v26
Dudada *1* 11r3
Dudadas *1* 39r17
Dudado *1* 12v7
Dudamos *1* 25v16
Dudança *1* 20v20
Dudar *1* 25v1
Dudo *1* 30r15
Duello *1* 27v22
Duelo *3* 27r3; 44r2; 46v9
Duelos *2* 43v29; 53r26
Duenna *25* 11r1; 45r1; 47v13-47v14; 47v17; 47v25; 48r4; 48r21; 48r23; 48r25; 48v19; 48v24; 49r6; 49r22; 49r34; 49v5; 49v9; 49v21-49v22; 49v25; 50v27; 50v29-50v30; 51r9; 51r17
Duennas *3* 48r2; 48r12; 48v10
Duennos *1* 8r1
Duermes *1* 32v18
Dura *1* 50r14
Durara *1* 46r11
Durare *1* 2v15
Duraron *3* 10r14; 14r10; 14r20
Dure *1* 43r4
Durmamos *1* 38r22
Duro *5* 9v1; 23r3; 36r25; 43v23; 44v2
Dygo *1* 4r21
Dynero *1* 50v3
Dyo *2* 36r19; 36v17
Dyos *2* 3v11; 23v18
Dyxeran *1* 37v5
Dyxeron *2* 2v5; 47r15
Dyxo *15* 4r20; 10r18; 11v1; 18v1; 20r19; 20v8; 28r1; 28v5; 34r17; 34r25; 46v1;48r21; 49r27; 49v9; 51r26

E

E *12* 4v3; 6r16; 10r19; 12r10; 14r14; 16r1; 16r21; 16v1; 31r12; 44r6; 48r20; 48v18
Ebro *1* 55r22
Ebrro *2* 12r24; 29r18
Echada *1* 47v28
Echado *1* 47r2
Echan *1* 26r22
Echar *2* 33r17; 37v16
Echedes *1* 48v32
Eches *1* 21r6
Echo *1* 47v6
Echol *1* 30v7
Egyca *2* 3r23; 3v4
Egyto *1* 2r10
El *588* 1r3; 1r6; 1r8; 1r22; 1r24; 1r26; 2r3; 2r8; 2r16; 2v6; 2v9-2v10; 2v12; 2v14-2v15; 2v24; 3r2; 3r6; 3r9-3r10; 3v1; 3v8-3v9; 3v12-3v13; 4r5-4r7; 4r10-4r12; 4r15; 4r20; 4v3; 4v6-4v8; 4v10; 4v12-4v13; 4v16; 4v18; 5r1; 5r17; 5r19; 5v1; 5v6; 5v12; 6r6; 6r15; 6r18-6r19; 6v7; 6v14; 7r1-7r4; 7r8-7r9; 7r13; 8r12; 8r16-8r17; 8r22; 8v18; 9r5; 9r8; 9r11; 9v19; 9v22-9v23; 10r6; 10r11; 10r18; 10r21; 10r24; 10v1-10v2; 10v15-10v16; 10v19; 10v21; 11r2; 11r12; 11r14; 11r19; 11r21; 11r23; 11v2; 11v7; 11v19; 13r3; 13v7; 13v14; 13v18; 13v20; 14r4; 14r7; 14v5; 14v7; 14v16-14v18; 14v20; 14v22; 15r3; 15r17; 15r20; 15v1; 15v9; 15v12-15v13; 16r1; 16r8; 16r12; 16v17; 17r3; 17r11; 17v5; 17v7; 18r2; 18r13; 18r17; 18r21; 18v1; 18v3; 18v10-18v11;19r1-19r2; 19r24; 19v5; 19v7; 19v11; 19v13; 19v15; 19v17-19v18; 19v23-19v24; 20r1-20r2; 20r4; 20r15; 20r19; 20r23; 20v2-20v4; 20v9-20v11; 20v17; 20v22; 20v24; 21r3-21r4; 21r7; 21r14; 21r16; 21r21; 21r24; 21v6; 21v10-21v12;22r4; 22r6; 22r12-22r13; 22r17; 22r25; 22v1; 22v13-22v14; 22v18; 22v24; 23r3; 23r6; 23v7; 23v9-23v10; 23v15; 23v18; 23v20; 24r1; 24r7; 24r9-24r11; 24r16-24r17; 24v3; 24v7; 24v9; 24v11; 24v13-24v14; 24v24-24v25; 25r4; 25v17; 25v25-25v26; 26r3; 26r5; 26r8; 26r16; 26r21; 26r23; 26v5; 26v8-26v10;26v18; 26v25; 27r13-27r16; 27r20; 27v3-27v4; 27v6; 27v8; 27v11; 27v17; 28r10; 28r12;

28r14-28r15; 28r22; 28v2; 28v9; 28v13; 28v17-28v18; 28v28; 29r3-29r4; 29r14; 29r16; 29r23; 29r28; 29v3; 29v5; 29v7; 29v18; 29v25; 30r5-30r8; 30r12; 30r16; 30r18; 30r20; 30r23; 30v1; 30v3; 30v9; 30v17; 30v21-30v22; 30v27-30v28; 31r11-31r12; 31v3-31v4; 31v10; 31v13; 31v15; 32v10; 32v13-32v15; 32v20-32v21; 32v24-32v26; 33r1; 33r4; 33r10; 33r16; 33r21; 33r26; 33v11-33v14; 34r6; 34r10-34r11; 34r15; 34r23; 34v2; 34v9; 34v17-34v18; 35r9; 35r25-35r28; 35v4; 35v15; 35v17; 35v20-35v21; 36r3; 36r6; 36r12; 36r17; 36r24; 36v1; 36v21; 37r7-37r8; 37r10; 37r18; 37r22-37r23; 37r28; 37v2-37v3; 37v10; 37v17; 37v19; 37v28; 38r11; 38r13-38r15; 38r20; 38v5-38v6; 38v13; 38v22; 38v26; 39r1-39r2; 39r9; 39r11; 39r17; 39r19;39r21; 39v9; 39v13-39v14; 39v16; 40r1-40r5; 40r18; 40r20; 40r24; 40r26; 40v9; 40v13-40v15; 40v17-40v19; 40v21; 40v25; 41r13; 41r17-41r18; 41v1; 41v5; 41v9; 41v21-41v23; 41v25; 41v27; 42r2; 42r5; 42r7; 42r11-42r13; 42r16-42r17; 42r19-42r21; 42r23; 42r27-42r28; 42v3; 42v5; 42v25; 42v28; 43r4; 43r12-43r13; 43v1; 43v4; 43v10; 43v15-43v16; 43v26; 44r9; 44r16; 44r21; 44v3; 44v8-44v10; 44v13-44v14; 44v19; 44v25-44v26; 44v28; 45r5; 45r7-45r9; 45r11; 45r14; 45r24; 45v3; 45v8-45v10; 45v12; 45v18; 45v25-45v26; 46r1-46r2; 46r6; 46r8; 46v1; 46v6; 47r7-47r8; 47r14; 47r17; 47v2; 47v8; 47v11; 47v13; 47v18; 47v27; 48r9; 48r17-48r18; 48r20; 48v1; 48v8; 48v11; 48v25; 48v27; 49r1; 49r9; 49r11; 49r13; 49r22-49r23; 49r27; 49r31; 49v3; 49v5; 49v7-49v8; 49v10; 49v13; 49v15-49v16; 49v18-49v19; 49v25; 49v29-49v31;50r1-50r2; 50r22-50r23; 50r25-50r26; 50r30; 50v2-50v3; 50v15; 50v26-50v27; 51r9; 51r23; 51v14; 51v18; 51v22; 52r8-52r9; 52r12; 52r15; 52v3; 52v11; 52v14-52v15; 52v19; 52v24; 52v26; 52v33; 53r6-53r9; 53r16; 53r18; 53v1; 53v9; 53v11; 53v19-53v20; 53v22; 53v29; 54r4-54r5; 54r10; 54r12; 54r14-54r16; 54r20; 54r22; 54v2; 54v8; 54v10; 54v18; 55r1; 55r6; 55r11; 55r15; 55r18; 55r24; 55v1; 55v5; 55v7-55v9; 55v17

Ela *2* 1v3; 2v8

Ella *19* 1v9; 5v9; 13r17; 13v11; 19v20; 21v6; 37r21; 42v19; 47v11; 48r12; 48v6-48v7; 48v9; 49r12; 49v19; 50r21; 51r19; 51v15; 52v32

Ellas *2* 37v22; 37v24

Ello *4* 34r3; 44v8; 51r9; 52v2

Ellos *41* 1r14; 2r24; 3v18; 5r16; 8r2; 9r3; 10v4; 11v4; 11v15; 14r19; 14v15; 15r12; 15v4; 18v14; 18v20; 18v26; 19r14; 22v19; 25r24; 25v1; 25v15-25v16; 29v4; 29v27; 32r9-32r10; 35r20; 35v11; 36r6; 36r18; 37v23; 38r2; 38r10; 38v10; 41v14; 46v4; 48v12; 51r10; 51r12; 51v15; 53v3

Elos *3* 1v17; 8v12; 41v19

Emos *2* 9r6; 11r17

En *276* 1r11; 1v6; 1v12; 2r2; 2r12; 2r16; 2v6; 2v15; 2v22-2v23; 3r1; 3r19; 3r22; 3v1; 3v5; 3v9; 4r4; 4r7; 4r14; 4v3; 5r14; 5r20; 5v5-5v6; 5v8; 5v15; 5v17; 6r7; 6r14; 6v7-6v8; 7v8; 8r15-8r16; 8v3; 8v9; 8v20; 8v22-8v23; 9r14; 9r16-9r17; 9r21; 9v19; 10r4; 10r6; 10r14; 10r20; 10r23; 11r5; 11r10; 11r12; 11r15; 11r18; 11r22; 11r24; 11v4; 12r17; 12r19; 12v18; 13r3; 13v6; 13v12; 14r4; 14r9; 14r17; 15r8; 15r23; 15v2; 15v5; 15v16; 16r12; 16r21; 16v7; 16v20; 17r8; 17r10; 17r14; 17r16; 17v10; 17v13; 18r2; 18v7; 18v10; 19r3; 19r7; 19r15; 19v12; 19v14; 20r6; 20v21; 21r6; 21r15; 21v6; 21v12; 22r15; 22r26; 22v11; 22v16; 22v25; 23v24; 24r10; 24v22; 25r23; 25v1-25v2; 25v19; 26r4; 26r15; 27r23; 27v2; 27v28; 28r4; 28r10; 28v12-28v13; 29r9-29r10; 29r19; 29r24; 29v4; 29v8; 30r3; 30r6; 30r26; 30v7; 30v16; 31r2; 31r8;31r14; 31r18; 31v10-31v12; 31v26; 32r12; 32r26; 33r7-33r9; 33r17; 33r24; 34r6; 34r8; 34r14-34r15; 34r17; 34v7; 34v14; 34v25; 35r21; 35v12; 35v26; 36r7; 36r9; 36r26; 36v3; 36v15; 36v18; 36v22-36v23; 36v27; 37r5; 37r27; 37v8; 38r6; 38r13; 38r18-38r19; 38r24; 38v5; 38v9; 39r10; 39r15; 39v1-39v2;39v18-39v19; 40r1; 40r13; 40v4; 40v12; 40v20; 40v24; 41r1; 41r26; 41v14; 42r10; 42v5; 42v15; 42v27; 43r11; 43v9; 43v17; 43v28-43v29; 44r5; 44v1; 44v4;44v6; 44v23; 45r18; 45v4; 45v17; 46r9; 46r15; 46r25-46r26; 46v2-46v3; 46v12; 46v17; 46v24-46v25; 46v27; 47r2; 47r4-47r5; 47r10; 47r14; 47r16; 47r23; 47r29; 47v2-47v3; 47v6; 47v14; 48r14; 48v14; 48v18; 48v31-48v32; 49r14; 49r22; 49r29; 49v7; 50r18; 50v4; 50v11; 50v33; 51r1; 51r3; 51r16; 51v6; 51v18; 51v20; 52r5; 52r18; 52r24; 52v12; 53r1; 53r21; 53v6; 53v9; 53v30; 54r26; 54v4; 54v7; 55r19; 55v13; 55v16

Enbaçados *1* 39r6

Enbargadas *1* 43r24

Enbargado *1* 33r6

Enbargados *1* 39r5

Enbargar *2* 43v28; 44r1

Enbio *4* 17r15; 17v9; 54r10; 54v1

Enbjaron *1* 45v2

Enbjo *3* 44r13; 45r11; 55r8

Enbya *3* 21r19; 25r18; 33v9

Enbyado *1* 4v15

Enbyar *3* 11r19; 13v4; 33r5

Enbyarom *1* 33r12

Enbydia *1* 3v18

Enbyo *6* 2r6; 5r19; 11r21; 11v18; 24r9; 48r11

Encantamentos *1* 37v25

Encantar *1* 38r5

Ençendida *1* 54r2

Ençendiera *1* 37v7

Ençima *1* 22r11

Encomendado *1* 44r6

Encomjenda *1* 42v27

Encomjendo *1* 15v15

Encontrrava *1* 22r13

Ende *14* 1v23; 23r12; 24v18; 33v7; 33v25; 34v12; 37r25; 41v13; 43r25; 47v24; 49v7; 51v7; 53v9; 54r1

Endereçar *1* 35r19

Endereçaron *1* 55v1

Enderesço *1* 26r4

Enduramos *1* 16v9

Endurar *3* 28r5; 35r14; 54v12

Endureçidos *1* 35v22

Enel *48* 1r1; 5r18; 5r23; 5v23; 7r15; 8r2; 8r4; 8r8; 12v19; 13r10; 13r20; 13v22; 14v21; 15r4; 15r18; 15r24; 16r4; 16r13; 18r3; 21v22; 22r5; 22r7; 22v20; 23r20; 24r20; 28r5; 28r23; 31r3; 33r19; 33v28; 34r24; 35v3; 35v16; 38r23; 38v16; 40v3; 40v6; 40v11; 40v28; 42r9; 43v18; 47r1; 48r8; 48v19; 49r20; 50v12; 50v16; 52v7

Enella *2* 46r10; 46v24

Enellas *1* 47r20

Enello *1* 45v10

Enellos *2* 46r28; 46v26

Enemjga *1* 53v28

Enemjgo *6* 1r24; 3v9; 6r12; 16r4; 19r1; 20v2

Enemjgos *3* 35r2; 35r16; 52v15
Enesa *1* 7r16
Eneste *2* 54r24; 54v3
Enfuzjantes *1* 9r18
Engannado *1* 18v12
Engannador *1* 18v12
Engannados *1* 2r24
Enganno *8* 18v9; 18v11; 29v10; 38r8; 45r5; 45r18; 47r17; 47r19
Enla *35* 1v5; 2v2; 3v22; 4v11; 5r11; 6v19; 8v17; 9r18; 9v4; 12v15; 15v5; 15v8; 16v5; 19v17; 20v12; 26r1; 26r12; 30v8; 31v19; 34v19; 36v13; 37v16; 38r17; 38v15; 40v27; 46r21; 46v19; 48v21; 49r17; 49r21; 49v27; 50r5; 50r24; 50v12; 54v19
Enlas *12* 1v16; 5v19; 7v9; 12v14; 15v22; 23r9; 24r24; 38v6; 39v14; 42r4; 51r5; 54v8
Enlo *2* 26v16; 38r21
Enloqueçidos *1* 8v11
Enlos *28* 1v18; 1v23; 2r4; 7v10; 17r18; 27r4; 27r9; 32v22; 36r8; 36r13; 37r22; 39v20; 39v25; 40r7; 40v23; 41r22; 41v2; 41v15; 41v25; 43v11; 43v17; 46r13; 51v3; 52v18; 52v26-52v27; 53r28; 53v13
Ennemjstad *1* 44r28
Enojo *1* 20r9
Enpeçemos *1* 54v7
Enpennar *1* 18v20
Enperador *2* 14v5; 48r7
Enrredados *1* 34v23
Enrrequiçio *1* 23r4
Enrryquesquan *1* 5r7
Ensalçada *1* 40r9
Ensancho *1* 15r23
Ensennada *1* 11r1
Ensennado *1* 21r21
Ensennamjento *2* 40v22; 53v12
Ensu *1* 44r23
Ensus *1* 45v22
Ensyenplo *1* 28v20
Entanto *1* 1r19
Entendades *1* 12v13
Entendedes *1* 6r17
Entendedor *1* 48v11
Entendedores *1* 6v3
Entender *12* 2v1; 2v4; 10r7; 15v11; 15v13; 22r19; 22r21; 32r20; 34r20; 35r27; 35v5;48v4
Entendida *1* 48v5
Entendido *1* 14v8
Entendidos *1* 6v3
Entendie *1* 54r19
Entendieren *1* 25v16
Entendimjento *2* 13v19; 31r22
Entendio *3* 16r14; 26v6; 37v10
Entendjo *1* 45v6
Entendymjentos *1* 37v28
Entrada *2* 7r22; 44r24
Entramos *2* 26v1; 39r5
Entrannas *1* 39r20
Entrante *1* 34r13
Entrar *2* 6v19; 33v1
Entraron *2* 6v19; 38v6
Entre *7* 3v18; 9v14; 26r11; 29v1; 38v25; 48v26; 53v3
Entreujnno *1* 22r9
Entreujno *1* 36v5
Entro *1* 26r1
Entrra *1* 33r27
Entrrada *2* 12r2; 37r12
Entrrados *2* 36v23; 50r5
Entrramos *7* 47v1; 49r28; 49v17; 49v28; 52r4; 52r16; 52v16
Entrrante *1* 33r28
Entrrar *2* 36r17; 49r20
Entrraria *1* 20r9
Entrraron *1* 50v12
Entrraryan *1* 36v20
Entrrase *1* 39r10
Entrre *4* 32r7; 33v3; 38v14; 47r29
Entrremos *1* 15v5
Entrro *3* 20r2; 31v19; 36r7
Entyendo *1* 15v16
Envolvyo *1* 4r10
Enzjnal *1* 49r10
Era *90* 2r16; 3v10-3v11; 3v15; 4v12; 5r20; 6v22-6v23; 7r7; 7r10; 7r21; 7v23; 10v5; 11r22; 12r22; 12v8; 14v22; 15r6-15r7; 15r9-15r10; 15v17; 15v21; 16r14;17v6; 18v8; 19v19; 20r18-20r20; 26r2; 26r15; 26v11-26v12; 26v27; 27r1; 27v7; 27v27; 29v5; 30r10; 30v17; 31v17-31v18; 32r9; 33v16; 34r8-34r9; 34r20;36r3; 36r6; 36r8-36r9; 36r20-36r21; 36r26; 37v1-37v2; 38v5; 38v7; 38v24; 40r2; 40r18; 41v1; 41v10; 42v5; 44r16; 44r18; 45r22; 45v24; 46r1; 47r2-47r3;47r9; 47r14; 47r23; 47v10; 50r3; 50r6; 50v9; 51r19; 51v20; 52r14; 52v30; 52v34; 53r7; 53v28; 54r2; 54r16; 55r14
Eran *65* 2r12; 2r23-2r24; 3v21-3v22; 4r1; 6v3; 6v16; 7r6; 7r18; 7v6; 8r20; 8v19; 9r18; 12r7; 14r9; 17v12; 19r7-19r8; 21v19-21v20; 22v4-22v5; 22v21; 23r10; 23v12; 23v14; 26v13-26v14; 27r21; 27v11-27v12; 29v13; 29v15; 29v28; 31r2; 31r22; 31v11; 36v12; 39r7-39r8; 39v5; 40v8; 41r19; 41v18; 41v20; 42r2; 42r26; 43r26-43r27; 43v7; 44r15; 51r1; 51r5-51r7; 51v16; 52r6; 52r19;52v15; 53r26; 55v11; 55v15
Ercjan *1* 55v13
Eredades *2* 5r14; 5v19
Eredado *1* 3r22
Eredar *1* 18v19
Eredaron *1* 2v17
Eredat *1* 49r30
Erejya *1* 2v7
Eres *8* 21r10; 32r2; 32v26; 35r11; 42v26; 47v13; 47v25; 48r5
Ermano *7* 14v16; 14v20-14v21; 15r4; 16r3; 24v13; 30v4
Ermjta *9* 19v18-19v19; 20r2; 31v14-31v15; 31v19; 33v12; 44r3; 45v14
Ermjtanno *1* 20v6
Erra *1* 2v21
Errado *1* 13r22
Errados *2* 10r9; 27v10
Errar *1* 19r15

Erre *1* 20r6
Error *4* 2v7; 18v10; 19r23; 33r17
Erzja *1* 32r14
Es *67* 1r4; 1r8; 1r22; 2v7; 3v14; 4v19; 5v6; 9r8; 11r5; 11r8; 12r24; 12v15; 12v17; 12v19; 12v21; 12v23; 13r1; 13r4; 13r19; 13v11; 13v15; 13v20; 15v16; 15v23; 19r14; 21v22; 22r19; 22v18; 24v6; 25r23; 27r21; 27v15; 27v24; 28r14; 29r18; 30v27; 32v3; 32v26; 33r17; 34r16; 34r21; 34v21; 35r9; 35r13-35r14; 35r21; 35r26-35r27; 38r13; 38r15; 38r18; 38r22; 42v16; 42v25; 44r3; 45r13; 46v20; 48r5; 48r18; 48v8; 49r7; 50r25; 50v8; 50v32; 51r12; 51v13; 53r6
Esa *17* 1r13; 6v21; 7r20; 11v12; 12r1; 12v9; 12v12; 15r10; 19v19; 19v22; 36v3; 36v16; 37r14; 39r15; 41r14; 48r25; 50v17
Esas *8* 8r5; 8r11; 8r14; 9r9; 12r8; 12v11; 42r13; 54v18
Escalentados *1* 7r18
Escalentando *1* 29v16
Escanno *1* 30v7
Escapado *1* 53v10
Escapar *7* 18v3; 24v22; 25v24; 42v10; 43r7; 46r4; 48r20
Escaparon *1* 10r15
Escapase *1* 20r22
Escapava *1* 40r5
Escape *1* 42v10
Escarlata *1* 13r15
Escarmjento *1* 53v13
Escogyeron *1* 2r17
Escojido *1* 2v14
Escojydo *1* 3r5
Escomençadas *1* 52r6
Escomençaron *1* 55v2
Escomjenço *1* 4r11
Escontra *1* 55v17
Escontrra *2* 20v8; 49v5
Escrito *1* 8r16
Escrituras *1* 32r23
Escrjujeron *2* 44v22-44v23
Escryto *1* 2r3
Escrytura *2* 2v19; 11v22
Escuchar *1* 37v18
Escuchasen *1* 17v18
Escudero *1* 45v16
Escuderos *4* 25r6; 36v22; 45v20; 51v28
Escudo *4* 38v16; 39v2; 42r21; 45v13
Escudos *1* 52v18
Escusar *3* 17v22; 18v1-18v2
Escusemos *1* 19r19
Ese *10* 7r23-7r24; 20r1; 22r6; 27v4; 28v2; 32r11; 36v22; 37r1; 40r5
Esforçad *2* 19r21; 41v27
Esforçada *1* 49v22
Esforçadas *2* 39r18; 43r22
Esforçado *2* 37r25; 39v7
Esforçados *4* 25v11; 43v9; 45r31; 55v15
Esforçar *1* 18r3
Esforçavan *2* 22r25; 41r25
Esforçedes *1* 41r17
Esfuerço *10* 3v7; 14v3; 16r18; 27v3; 29v10; 32v7; 41r26; 42r3; 43v10; 47v23
Eso *8* 5r16; 9r8; 12v13; 29r21; 34v18; 35r17; 40r17; 41v21
Esos *4* 4r9; 9v23; 12v4; 35v24
Espada *7* 1v11; 7v24; 11r4; 39v2; 41v4; 41v6-41v7
Espadas *6* 5r16; 5v22; 8v4; 41r20-41r21; 45v19
Espalda *1* 52v22
Espaldas *3* 22r26; 43v13-43v14
Espalderas *1* 5v21
Espanna *33* 2r2; 2r15; 2r17; 3r8; 3v15; 4r11; 4r19; 4r22; 5v6; 6r14; 6v13; 6v23; 7r24; 7v5; 7v24; 8v21; 11r20; 11v2; 11v8; 11v15; 12r17; 12v24; 13v3; 13v12;13v15; 15v3; 19r3; 19v5; 31v8; 32r1; 32r14; 42v18; 48r3
Espannones *5* 1v4; 2v21; 12r20; 12v10; 14r9
Espantado *6* 20v22; 20v24; 24v25; 30r8; 33r15; 37r26
Espantados *1* 53v2
Espantar *2* 37v14; 38r7
Espanto *2* 22r7; 37r27
Espantos *1* 1r17
Espedido *1* 33v12
Espejo *1* 30v12
Espendemos *1* 29r9
Espera *1* 33r22
Esperamentos *1* 37v26
Esperamos *2* 10r12; 16v12
Esperando *1* 32v20
Esperar *2* 28r20; 28v10
Esperaron *1* 27v2
Espeso *1* 49r15
Espesos *1* 43v22
Espoleando *1* 29v23
Esposa *1* 49r3
Espossa *1* 1r4
Espuelas *2* 22r11; 43v17
Espyde *1* 21r5
Espyende *1* 18r2
Espyrados *1* 2r21
Esquivo *1* 35r11
Essa *1* 14r8
Essas *1* 31r13
Esta *39* 1v8; 1v10; 1v17; 1v22; 6r5; 6r7; 9v1; 10r14; 11r17; 16v6; 16v13; 17v22; 20r8; 24v20; 27v15; 28v7; 29r20; 32v20; 33v8; 34r21; 35r19; 35v3; 35v8; 36r7; 36r23; 37v11; 39v11; 42v8; 42v14; 45r13; 46r9; 46v18; 47v27-47v28; 48r11; 48r14; 48v8; 49r2; 55v19
Estableçidos *1* 3r17
Establjas *1* 7v9
Estades *1* 12v15
Estado *4* 3r19; 4r4; 15r14; 35r21
Estamos *1* 38r21
Estan *3* 8v12; 14v15; 23r20
Estando *3* 33r19; 47v3; 54v8
Estar *10* 11v1; 24r11; 24v7; 27v14; 28v15; 41r1; 49r17; 52r26; 52v12; 53v6
Estas *11* 6r4; 9r17; 10v3; 29v25; 32v18; 35r23; 35v21; 43v4; 44v1; 47r5; 53r12

Estaua *2* 43r15; 43r18
Estauan *2* 43v6; 43v23
Estava *11* 4r4; 11v1; 22r4; 23v18; 27v9; 33r20; 34r10; 39v1; 39v6; 51r17; 52r15
Estavan *13* 3v19-3v20; 6v18; 8v13; 10r17; 31r8; 33v17; 38v17; 39r6; 39v19; 40v6; 41r10; 41v19
Este *32* 1v12; 2r16; 2v22; 3r21; 3v6; 3v12; 4r5; 4r14; 10v17; 11r5; 11r9; 11r16; 11r18; 11v5; 15r13; 15r19; 18v10; 18v21; 21v4; 31v25; 38r8; 38r17; 38v13; 42v27; 43r10; 45r18; 47v16; 47v22; 47v26; 48r1; 51r22; 53r21
Estela *1* 54v16
Ester *1* 9v6
Esto *48* 1r26; 1v16; 1v22; 2r3; 2r6; 2v5; 3v14; 4r11; 4v5; 5r11; 6r8; 6v7; 7r12;8v1; 9r21; 11v23; 14v11; 15r22; 18v15; 19r13; 20r6; 22r26; 24v1; 24v8; 25v14; 27r21; 33v2; 33v4-33v5; 33v10; 34v20; 35v17; 36r26; 38v5; 39v19; 41v14; 43v1; 44r9; 46r20; 48r5; 48v9; 48v21; 48v25; 49r5; 51v13-51v14; 52v5;52v31
Estol *1* 29r4
Estonçe *3* 3v15; 6r20; 40v24
Estonçes *8* 1r18; 7r1; 15r6; 15r9; 30r25-30r26; 36r12; 46v9
Estorçer *1* 47v19
Estorga *1* 11r7
Estoryanos *1* 36v11
Estos *21* 1r18; 2r5; 2r8-2r9; 5v13; 6v17; 8r22; 14v14; 19v8; 28v19; 29r5; 36r13-36r14; 36r16-36r17; 36v13-36v14; 36v23; 37v28; 38r4; 45v20
Estovo *1* 52r18
Estovyeron *2* 41v14; 47r29
Estovyese *1* 42v8
Estovyesedes *1* 28r3
Estoz *1* 31r20
Estragado *2* 9r10; 42v28
Estrannas *2* 8v5; 16r1
Estrella *1* 2v10
Estrellas *1* 37v21
Estrelleros *1* 37v20
Estremadura *1* 24v3
Estrranna *2* 29v2; 50v18
Estrranno *1* 41v12
Estrruyas *1* 42v18
Estubyeron *1* 39r15
Estuujeron *1* 44v24
Estydo *1* 40r1
Evangeljsta *1* 9v21
Evas *1* 4v15
Evgenjo *1* 2v21

F

Fabla *1* 47r29
Fablado *1* 18r20
Fablar *4* 25r8; 37v20; 39r7; 40r11
Fablaran *1* 41v16
Fablarian *1* 45r28
Fablaron *2* 33v15; 35v18
Fablastes *1* 48v32
Fable *1* 18r15
Fablo *9* 4r17; 17v13; 17v17; 18r19; 24v11; 37v3; 47v11; 50r11; 53r1
Fabya *1* 11r11
Façanna *2* 16v8; 33v16
Façaron *1* 43v18
Façer *5* 44r8; 44r14; 45v19; 55v5; 55v19
Façeryr *1* 52v5
Fachas *1* 6r3
Fachones *1* 6r3
Façinas *1* 31v11
Facjan *2* 55v6; 55v12
Facjenda *1* 55v7
Facjnas *1* 43v21
Fadados *2* 8v20; 22r2
Fado *5* 29v5; 30v25; 46r23; 47v14; 53v9
Fados *1* 8r21
Fagades *1* 43v27
Fagam *1* 5r3
Fagamos *3* 50r14; 50r16; 50r20
Fagan *5* 5r2; 5r4; 5r15; 6r12; 21v8
Fagas *3* 33r25; 33v26; 46v4
Fager *1* 2v1
Fago *2* 20v9; 31v25
Falesca *3* 3r15; 48v30; 49r4
Falesçer *2* 32r22; 39r22
Falesçerias *1* 32r24
Falesçido *3* 9r5; 42v24; 48v29
Falesçidos *1* 26v13
Falesçiemos *1* 52v6
Falesçiendo *2* 9r5; 42v24
Falesçiere *2* 48v29; 49r4
Faljmjente *1* 2r8
Faljsçimjento *1* 33v2
Falla *1* 31v8
Fallada *2* 5r23; 13r3
Fallado *1* 6r14
Fallados *1* 2r22
Fallamos *1* 2r3
Fallar *5* 3r8; 17v21; 24v16; 29v22; 33v23
Fallara *1* 21v14
Fallaras *1* 21r7
Fallarian *1* 13r10
Fallaron *10* 1v18; 8r15; 10r23; 23r8-23r9; 23r13; 23r17; 23r23; 26v22; 40v1
Fallaryan *1* 37r5
Fallasen *1* 46r18
Falle *2* 34v10; 42r7
Falleçido *2* 45v6; 46r16
Falleçieron *1* 45v3
Falljda *1* 9r14
Falljdas *1* 30r2
Falljdo *2* 34r4; 34v12

Falljdos *1* 52r29
Falljmjente *2* 2r6; 37r3
Falljmjento *1* 38r19
Falljmjentos *1* 38r3
Falljr *2* 16v14; 52v6
Fallo *9* 19v14; 26r2; 41v23; 53r19; 53v14; 53v23-53v24; 55r6-55r7
Falsar *1* 41r22
Falso *5* 45r12; 48v30; 49r31; 49v15; 49v24
Falsos *2* 9v13; 38r4
Famado *1* 11v7
Fanbre *3* 1r15; 8v6; 19r8
Fanbrryento *1* 10r23
Fanbryenta *1* 53v4
Fanbryento *2* 38v20; 38v23
Fanbryentos *3* 8v15; 35r3; 41r9
Fantasma *1* 37r19
Fara *1* 43r3
Faras *2* 20v12; 32v22
Fare *3* 4v2; 21v6; 49v6
Faredes *3* 6r1; 19v5; 48v18
Faremos *1* 50v30
Faria *2* 43r12; 45r10
Farias *1* 24v7
Farie *1* 24r11
Fariemos *1* 18v6
Farre *1* 51r13
Fartos *1* 52r19
Farya *1* 31v10
Faryan *1* 37r3
Fas *4* 33v1; 36r10; 36r23; 36v3
Faser *1* 1r5
Fasta *21* 1r21; 6r6; 9r10; 20r2; 24r16; 24v23; 26r6; 26r24; 28r3; 29r7; 30v16; 34v6; 34v11; 37r5; 39r20; 41v7; 43v18; 44r23; 45v15; 46r8; 46r11
Fastjal *1* 45v17
Faz *2* 38v15; 39v15
Fazanna *4* 10v13; 12v23; 15v2; 42v19
Faze *5* 12v18; 17v11; 35r24; 39v14; 48v9
Fazedes *2* 29r11; 48v21
Fazedor *1* 35r26
Fazem *1* 38r2
Fazemos *2* 18r12; 50v3
Fazen *7* 6r12; 13r12; 21r9; 25v5; 25v12; 37v26; 38r4
Fazer *28* 4r9; 4v3; 5v4; 6v5; 6v8; 10r2; 13r15; 14v10; 18v17; 20r9-20r10; 20v2;29r14; 31v23; 32r6; 33r26; 34v16; 34v22; 35r25; 35v9; 38r10; 47v8; 47v18; 48v1; 48v4; 49r2; 50v22; 52r30
Fazes *13* 26r4; 26r11; 26v19; 33r23; 33r26; 33v4-33v5; 35r12; 38v7; 40v15; 42r4; 47v21; 52r13
Fazet *1* 5v23
Fazja *10* 15v11; 34r25; 37r21; 38v19; 38v26; 39v10; 39v18; 39v25; 40r7; 40v28
Fazjan *11* 3v16; 7v9-7v10; 17r6; 21v25; 39v20; 51v18; 52r1-52r2; 52r23; 52v9
Fazje *1* 29v8
Fazjenda *6* 4r4; 20v10; 27r29; 40r1; 41r13; 52r18
Fazjendas *2* 25v3; 36r9
Fazjendo *1* 23v18
Fe *7* 2v2; 2v4; 3v22; 35r20; 46r5; 47r19; 48r21
Fecha *1* 6r17
Fecho *15* 4v5; 18v10; 18v17; 19r16; 27v4-27v5; 28v16; 28v21; 33v19; 35v15; 37v23; 38v2; 46r6; 47v26; 53v21
Fechos *10* 12r19; 23v15; 26v14; 28v19; 28v26; 29r7; 30v20; 31r3; 36v8; 36v21
Fechura *1* 50r15
Feos *1* 31r23
Fer *3* 11r24; 24r12; 24r21
Feria *3* 39v7; 40r3; 40v27
Ferida *2* 30r17-30r18
Feridos *1* 22v5
Ferie *1* 40r6
Ferio *1* 41v25
Feriol *1* 41v4
Fermosa *3* 27r22; 47v9; 49r1
Fermosas *1* 9r22
Fermoso *3* 22r10; 26r4; 38v14
Fermosos *1* 33r13
Fernan *3* 34r22; 52v5; 53v18
Fernando *52* 1r21; 11v13; 14v17-14v18; 15r5; 15r17; 15v1; 20r3; 22r4; 27v6; 27v8; 29r16; 29v7; 29v18; 29v26; 29v28; 30r9; 30r12; 32v17; 33r15; 33r21; 33v10; 34r2; 36v21; 38v13; 39r9; 40r6; 40r24; 40v9; 40v21; 40v25; 41r13; 41v17; 42v5; 47v2; 48v15; 49r1; 49r6; 49r11; 49v1; 51r23; 51r26; 51v22; 52r7; 52r25; 52v23; 52v32; 53r5; 53r18; 53v11; 53v19; 54v2
Ferran *6* 2v12; 19v11; 20v3; 22v24; 23v15; 45r29
Ferrando *11* 43r13; 43r16; 43v14; 43v26; 44v5; 45v5; 46r13; 54v10; 55r5; 55r8; 55r18
Ferrero *1* 51v21
Ferridas *1* 29v27
Ferrio *1* 53v3
Ferryda *4* 26v5; 26v28; 37v6; 52v20
Ferrydas *1* 26r16
Ferrydo *1* 27v8
Ferrydos *1* 39r6
Ferrye *1* 39v24
Ferryo *1* 52v19
Ferya *1* 40v23
Feryd *2* 40r14; 41v28
Feryda *3* 27v23; 37r21; 52r23
Ferydas *2* 38v11; 39r16
Ferydo *3* 30r20; 39r9; 39r11
Ferydos *1* 41r11
Ferye *1* 26r11
Feryen *1* 41r22
Feryeron *2* 42r4; 42r27
Feryo *1* 30r17
Feryr *9* 26r7; 26r26; 30r14-30r15; 38r26; 39r3; 42r20; 52v7; 52v16
Feryt *1* 42r6
Fezjemos *1* 25r13
Fezjeron *2* 19r11; 51v24
Fezjste *3* 24r22-24r23; 24v2

Ffaras *1* 33v5
Ffare *1* 21v5
Ffazes *1* 33v19
Ffazjendo *3* 21r8; 33r14; 39v14
Fferio *1* 29v4
Ffoya *1* 22v15
Ffue *2* 31v14; 36v1
Ffueron *1* 38v9
Fiço *3* 45r3; 45v16; 54v23
Fieramente *1* 17v3
Fieras *1* 7v10
Fiero *1* 14v3
Fieros *1* 9v15
Fierros *3* 5v21; 6r1; 51v22
Figura *1* 8r16
Filjsteo *1* 9v10
Finase *1* 45r6
Fincados *1* 43r14
Fiso *2* 1r2; 1r26
Fiuzja *1* 45r3
Fizjeron *2* 9v24; 23v3
Fizjesen *1* 18v25
Fizjestes *1* 51v8
Fizo *2* 7v13; 31v21
Fjçe *1* 46r24
Fjcjera *1* 54v10
Fjcjeron *4* 43v11; 44v17; 44v21; 46r27
Fjera *1* 44r18
Fjerros *1* 46r13
Fjn *1* 46r11
Fjnado *1* 44r7
Fjnados *3* 43r9; 43v24; 44r10
Fjncar *1* 43v7
Fjnjestra *1* 45v17
Fjnojos *1* 43r14
Fjs *1* 46r22
Flaqueza *1* 40v21
Flor *1* 36v14
Fogueras *1* 5v23
Folgar *6* 27v14; 28r7; 28r15; 28r17-28r18; 28v15
Folgaron *3* 12r7; 23v12; 37r14
Folgura *1* 27v19
Folljas *1* 7v10
Fondon *1* 46r8
Fonsado *3* 4v6; 11v8; 21v11
Fonsados *1* 31r5
Forado *2* 7r22; 51v19
Forçada *1* 35r18
Forno *1* 9v19
Fornos *1* 31r18
Forrado *1* 50v22
Fortalezas *1* 51r16
Fortuna *2* 35r21; 35r23
Fos *1* 36v25
Fouyr *1* 53v8
Foydas *1* 30r1
Foydos *1* 30r4
Foyendo *1* 8v5
Foyr *7* 7v16; 28v18; 31v9; 39r23; 42r19; 49r26; 52v8
Frances *1* 49r9
Françia *1* 44v27
Franco *1* 3r13
Frio *1* 1r15
Fronteros *1* 5r8
Frrançeses *8* 11v3; 11v13; 11v21; 12r5; 12r17; 12v11-12v12; 26r22
Frrançia *4* 11v2; 12r13; 13r4; 13v5
Frray *2* 20v8; 21r22
Frronteras *2* 26r11; 38v17
Fruentes *1* 46v11
Fruta *1* 12v20
Fryuras *1* 12v18
Fue *129* 2v13; 3r3; 3r12; 3r19; 3r23; 3v2-3v3; 3v7; 3v12; 4r7; 4r11; 4v12; 6r17; 7r12; 7v5; 7v8; 10r22; 10v22; 11r11; 11v6; 11v10; 11v12; 12v12; 13v16; 13v20; 14r5-14r7; 14v11; 14v23; 15r3; 15r13; 15r18-15r19; 15v6; 16r8;16v20; 17r1; 18r17; 18r19; 21v12; 21v16; 22v1; 22v12-22v14; 23r5; 24v2; 24v4; 24v15; 25r2; 26v5; 26v7-26v9; 27r29; 27v9; 28v4; 29v2; 30r6; 30r8; 30r14; 30r18; 30r20-30r23; 30v22-30v23; 30v28; 31r9-31r10; 31r12; 31v15; 32v10-32v11; 32v14; 33v11-33v12; 33v18; 34v9; 36v16; 38v27; 39r2; 39r11-39r12; 41r7; 41r15; 41v21; 42r16; 42r20; 42r24; 42r28; 44v7; 45r4; 45v14-45v15; 45v23; 46r10; 46r12-46r13; 47r4; 47r24; 47v5; 48r9-48r10; 48v6; 49r13;49v5; 49v16; 50r2; 50v26; 50v28; 51r4; 51r18; 51r22; 51v22; 52v20; 52v28; 53r9; 53r21; 53v10; 54r5; 54v26; 55r4-55r5; 55v7
Fuego *4* 4v3; 5v23; 37r23; 37v16
Fuegos *1* 9v17
Fuemos *1* 23v24
Fuente *2* 11v14; 39v17
Fuentes *1* 13r11
Fuera *17* 9r10; 11v6; 15r11; 16v18; 20v7; 21v15; 22v9; 30v4; 33v13; 34v11; 37v4; 40v18; 47r6; 47r16; 47v7; 51v10; 52v22
Fueran *9* 8v16; 12r8; 12r15; 22v8; 29r6; 41v24; 53v24
Fueras *1* 40r23
Fuerça *16* 3r9; 11r17; 17r9; 22r15; 25r11; 25v21; 26v19; 26v26; 27v13; 32v5; 35r7; 36r25; 38v24; 40v26; 52r30; 52v23
Fuere *5* 6r11; 6r14; 42r7; 44r7; 47v27
Fueremos *2* 35r1; 35v6
Fueron *115* 1r20-1r21; 1v11-1v12; 2r9; 2r11; 2r20-2r22; 2v3; 2v10; 2v14; 2v17; 6v9-6v12; 6v14; 7r8; 7r11; 7r17; 7r19; 8r5; 8r8; 8r19; 8r22; 9r3; 10v4; 10v19; 11v22; 12r5; 12r11; 12r14; 12r16; 12v1; 13v8; 14v18; 15r12; 17r19; 19r5; 19v10; 22v21-22v23; 22v25; 23r19; 23v2; 23v11; 25r8; 25r14; 26r7; 26r11; 26r26; 27v1; 30r1-30r4; 30r25; 31r25; 31v7; 33v27; 35v23; 36r14; 36r16; 36r18; 36v3; 36v11; 36v15; 36v23-36v24; 37v18; 38r25; 38r27; 38v7; 38v11; 39r3; 39r5-39r6; 39r18; 40r25; 40v11; 40v15; 42r25; 43r21; 43r24; 43v8-43v9; 43v16; 43v19; 44r12; 44v29-44v30; 45v1; 45v20; 49r15; 49r21-49r22; 50v22; 50v33; 51r1; 51v4; 51v23; 52r7; 52r10; 52r13; 52r27; 52v16; 53r10; 53v2; 53v25; 54r6; 54r8-54r9

Fuerte *45* 3r20; 12r23; 19v21; 20v23; 21v5; 23v24; 27r18; 28r18; 29r17; 30r7; 32r10; 33r22; 33v15; 34v18; 36r20; 36v27; 38r11; 38v21; 39r22; 41r10; 42v5; 42v17; 43v2; 43v8-43v9; 45r20; 46r26; 46v14; 46v25; 47v15; 48v2; 49v11; 50r7; 50r13; 50r25; 50r29; 50v11; 50v33; 51r1; 53r17; 54v9; 55r3; 55r19; 55v3
Fuertemente *8* 13v3; 16v22; 19r6; 27v11; 29v23; 39r18; 43r24; 52r27
Fuertes *6* 13r12; 23v16; 28r13; 31r5; 37r19; 39r8
Fuese *23* 4r23; 7r3; 12r22; 15v17; 17v4; 20r21; 20r24; 27r3; 29r19; 34v1; 37r25-37r26; 42r8; 44r14; 44v19-44v20; 45r16; 45v8; 46r17; 46r22; 48v26; 51r21; 55v9
Fuesemos *1* 9r1
Fuesen *11* 3r17-3r18; 9r22; 17v10; 29v9; 35v25-35v26; 36r1; 36r21; 37r4; 49r32
Fueses *1* 46r21
Furtar *1* 33v21
Furto *1* 15v7
Fustes *1* 4v19
Fuxo *2* 19v18; 45v14
Fuy *7* 17r14; 32r10; 32r20; 34r5; 34r7; 34v7; 34v10
Fuyamos *1* 50r21
Fuydos *1* 1r12
Fuyendo *1* 8r21
Fuyere *2* 35v20; 50r21
Fuyr *1* 34v22
Fy *1* 14v8
Fya *1* 38r17
Fyas *1* 4r23
Fyçiera *1* 36r12
Fyçieron *1* 51v26
Fycta *1* 31v12
Fyera *10* 9r11; 9v1; 10v13; 11r4; 12v23; 24v1; 29v16; 37r17; 37v8; 50v19
Fyeramente *1* 26v9
Fyeramjente *2* 25r1; 29v19
Fyero *1* 24r5
Fyerro *3* 13r13; 19v15; 42r22
Fyerros *4* 26v2; 49v26; 52v26-52v27
Fygo *2* 16r5; 19r3
Fygura *2* 37v11; 50v10
Fygurar *1* 38r6
Fyja *1* 11r1
Fyjas *2* 35r5; 35r8
Fyjo *6* 3v16; 10v22; 11r11; 13v2; 28v28; 36v3
Fyjos *10* 4r8; 8v9; 8v18; 14v12; 35r4-35r5; 35r8; 36r4; 53r27-53r28
Fyjuelos *1* 53r29
Fyn *1* 29r7
Fynado *2* 31v17; 34r9
Fynados *1* 41v18
Fynar *2* 28v16; 41v8
Fynare *1* 52v1
Fynaron *1* 40v4
Fyncado *2* 7r24; 38v16
Fyncar *3* 7r7; 7v4; 27r14
Fyncaria *2* 17v4; 20r22
Fyncaron *6* 7v1; 8r21; 22v20; 27v1; 30r5; 54r7
Fynco *8* 3v5; 14r8; 15r4; 22v19; 23r6; 31v20; 47v2; 53v9
Fyno *6* 2v24; 3v4; 3v8; 10v21; 14v20; 23r10
Fynojos *1* 31v20
Fynquase *1* 12r10
Fynque *1* 32r7
Fynquemos *1* 50r27
Fyo *1* 22v16
Fyramos *1* 25v17
Fyrie *1* 29v8
Fyrieron *2* 26v25; 27r4
Fyriol *1* 42r21
Fyrmadas *1* 5v12
Fyrme *4* 17r2; 17r13; 28v2; 42r28
Fyrmemjente *1* 22r23
Fyrmemjentre *1* 26r13
Fyrmes *1* 26r20
Fytta *1* 33v13
Fyze *3* 32r21; 34r3; 34r13
Fyzjemos *1* 13r18
Fyzjera *1* 48r4
Fyzjere *1* 35v15
Fyzjeren *1* 5r11
Fyzjeron *18* 2v4; 3r9; 12r12; 15r15; 18v26; 22r19; 26r25; 26v26; 27r3; 30v10; 32r4;36v8; 37v11; 38v1; 41v15; 46v9; 50v9; 52v30
Fyzjese *2* 42v6; 53v32
Fyzjesen *3* 35v24; 37r6; 50v33
Fyzjestes *3* 51v9; 51v12-51v13
Fyzjste *1* 24v4
Fyzo *25* 2v12; 4r16; 4v21; 6v21; 11r16; 12r4; 14v10; 15r21-15r22; 15v2; 16v17-16v19; 20v4; 22r20; 25v23; 26v18; 30v2; 30v4; 30v15; 31v20; 34r11; 38r6; 53v13; 53v22

G

Gallos *1* 38r26
Ganaba *1* 54r20
Ganades *1* 43v28
Ganado *3* 30v8; 53r24; 55r2
Ganados *2* 55r7; 55r10
Ganançia *3* 23v1; 23v6; 55r3
Ganar *6* 1r24; 11r20; 11v4; 15v9; 18v9; 40r2
Ganara *1* 36v27
Ganaron *2* 9r6; 19r10
Ganase *1* 49r24
Gano *5* 3v13; 11r4-11r6; 11r8
Garçia *10* 45r14; 45v23; 46r2; 46v1; 46v5; 49r8; 52r8; 52v19; 55r1; 55r11
Gascon *2* 29r3; 30r18
Gascones *1* 29v14
Gela *1* 11r20
Gella *7* 11v16; 12v5; 18v8; 25r19; 27r6; 47v9; 52v30
Gello *5* 21r4; 22v10; 25r15; 27r29; 27v27
Gellos *1* 25v23

Gelo *8* 5r10; 27v26; 37v9; 44v13-44v14; 44v16; 44v18; 45r10
Gelos *2* 54r15; 54v2
Gemjdo *1* 24r3
Gente *25* 2r7; 5v9; 6v20; 7v6; 9r16; 15r21; 16v2; 16v19; 19v8; 20r12-20r13; 20v12; 30r10; 31v11; 34v1; 35r17; 36r2; 36r20; 37r11; 37r14; 39v18; 40v9; 41r16; 50r7; 51r11
Gentes *44* 1v2; 3v22; 5v14; 6v11; 7r5; 8v5; 9r2; 10v10; 11v19; 12r3; 12v8; 12v10; 15v20; 17r1; 20v13; 21v17; 23v10; 28r17; 28r19; 29v28; 30r1-30r2; 31r13-31r14; 31r21; 36v11; 36v26; 38v9; 38v12; 39r17; 40r11; 40r22; 40r26; 43r22; 43r25; 43v4; 43v16; 44v30; 45r21; 47r3; 51r27; 52r9; 55r17
Gentyl *1* 7v5
Gentyles *1* 2r11
Gentyos *1* 22v20
Gestos *1* 37v26
Getarea *1* 27r27
Gitarea *1* 12r12
Gjsa *1* 46r23
Glera *2* 29v1; 29v17
Gloriosa *1* 49r4
Goço *1* 44r22
Godos *10* 2r4-2r5; 2r7; 2r9; 2r21; 2v9; 2v16; 3r5; 3v6; 9r8
Goljas *1* 28v27
Golljas *1* 22v14
Golpado *1* 26v9
Golpados *2* 23v14; 39r7
Golpe *4* 26v6; 26v9; 28r21; 41v8
Golpes *13* 7r17; 25v12; 26v1; 26v3; 26v20; 38v19; 39r4; 39r8; 39v22; 40v18; 52v10; 52v18; 55v11
Gonçales *18* 2v12; 14v16; 14v20; 15r3; 19v11; 20v3; 22v24; 23v15; 34r22; 36r3; 36r15; 39v15; 41v1; 41v8; 42r13; 45r29; 52v5; 53v18
Gonçalo *6* 14v9; 14v12; 17v17; 18r17; 18r22; 36r7
Goso *7* 16r9; 51r29; 51r31; 51v15; 51v18; 51v26; 52r2
Govera *1* 7r15
Gozo *2* 4r7; 21v12
Graçia *2* 43r5; 55v19
Gradeçer *1* 39v11
Grado *2* 3r11; 54r15
Gran *11* 3r12-3r14; 38v15; 39r14; 39v18; 41v2; 42v3; 48r24; 54r4; 54r22
Granada *1* 41r13
Granados *1* 36v21
Grand *2* 38r18; 51v12
Grande *4* 1r25; 38v24; 39v10; 40r2
Grandes *7* 5r15; 38v1; 39r19; 40v7; 51v24; 55r17
Gritos *1* 37v6
Grjto *1* 46r7
Grraçias *7* 5v4; 12r6; 23r1; 23v2; 39v10; 51r20; 51r30
Grradesca *1* 51v14
Grradesçeria *1* 24r18
Grrado *13* 4v21; 5v7; 10r25; 12v5; 21r13; 29r26; 42r14; 44r17; 45r10; 46r19; 49v6; 53v7; 53v31
Grran *130* 2r15; 2v17; 3v7; 3v12; 3v14; 4r5; 4r17; 6v1; 7v8; 7v22; 8r17; 8v6; 8v8; 8v11; 8v13; 8v23; 9r9; 9r13; 9r15-9r16; 9r24; 9v23; 10v1; 10v7; 10v16; 11r13; 11v10; 12v10; 13v14; 14r5; 14r9-14r10; 14r18; 14r20; 14v3-14v4; 14v13; 14v19; 14v23; 15r5; 15r23; 15v8; 15v12; 17r15; 19r5; 20v21; 22r17; 22r22; 22v18; 23r5; 24r17; 24r19; 25r9; 25v1; 26v7; 26v10; 26v15; 26v27; 27r3; 27v5; 27v28; 28r7; 28r10-28r11; 28v3; 28v21; 29r19; 29r24-29r25;29v8; 30r3-30r4; 30v18; 31r10; 31v6; 31v19; 31v26; 32v19; 32v22; 33r20; 33r24; 33v16-33v17; 33v20; 34r12; 34r19; 34v4; 34v17; 35v2; 37r24; 37r26; 37r28; 37v10; 39v20; 39v25; 40r7; 40v3; 40v26; 40v28; 41v15; 42r17; 43r19; 43v11; 44v1; 44v8-44v9; 45r15; 45v8; 46r14; 46r26; 46v9; 46v12; 46v17; 47r18; 47r29; 47v3; 48r14; 48r17; 48v14; 49v4; 49v23; 50v8; 50v29; 50v31; 51r31; 51v11; 52r21; 53r20
Grrana *2* 13r15; 55r21
Grranados *3* 12r19; 23v15; 31r3
Grrand *25* 16r2; 19v6; 21v25; 27v3; 28r12; 33v24; 39v12; 41r26; 42r3; 47v12; 47v21; 47v23; 49r10; 49r22; 49v14; 51v15; 51v18; 51v26; 52r2; 52v10; 53r23; 53r30; 53v13; 53v29; 55v18
Grrande *17* 3v10; 4r16; 18v10; 22r7; 23r8; 26r15; 28v4; 33r14; 33v20; 43r12; 43r15-43r16; 44r22; 44r28; 45r8; 55v7; 55v9
Grrandes *41* 4r1; 4r3; 5v23; 6r6; 11v9; 11v17; 12r20; 12v17; 14v13; 15r21; 16r11; 16v12; 16v19; 20v12; 23v3; 26v20; 28v22; 29v25; 30v15; 33v18; 35v24; 37v6; 39r16; 39v17; 41r23; 43v29; 44r25; 45r30-45r31; 49v26; 50v6; 50v13; 50v20; 51r15; 51v26; 52r8; 52v18; 53r26; 55v8; 55v11
Grratias *1* 23v4
Grueys *1* 39v14
Gruytos *2* 37r19; 37r22
Guadiana *1* 7r16
Gualdabuey *1* 29r2
Guarda *3* 1v7; 31v22; 33r18
Guardada *1* 29r20
Guardado *1* 7r23
Guardando *1* 13v17
Guardar *4* 8v21; 18v22; 22r15; 49v10
Guardaron *2* 18v13; 18v17
Guardavan *1* 4r2
Guardo *1* 10v18
Guaresçiesedes *1* 28r3
Guarida *1* 54r3
Guarido *1* 28r21
Guaridos *1* 10v2
Guarneçiones *1* 6r1
Guarnjçiones *4* 23r16; 26v4; 29v9; 42r22
Guarnjdas *1* 38v9
Guarnjdo *6* 24r4; 28r23; 30r11; 30v11; 32v11; 45v5
Guarnjdos *4* 8r8; 12r13; 40v2; 52r10
Guarnjr *1* 52r9
Guaryda *2* 48v7; 50v36
Guarydo *2* 48v25; 49v14
Guaryr *1* 42r18
Guera *1* 19r8
Guereador *1* 14v6
Guereadores *1* 17r4
Guerra *2* 15v3; 24r23
Guerreador *2* 2v20; 3v13
Guerrear *1* 16v22

H

J

L

29r7; 29r28-29r29; 29v16-29v17; 29v24; 30v19; 31r9; 31r25; 31v11; 32v1; 32v4; 32v12; 33r9; 33v1; 33v3; 34r12; 34r21; 34v1; 35r13; 35r18-35r20; 35r23; 35v2; 35v7; 35v25; 36r4-36r5; 36r17; 36r19; 36r22; 36r26; 36v7; 36v15; 37r16; 37r19; 37v7; 37v11; 37v19; 38r19; 38v3; 39v1-39v3; 40r1-40r2; 40r4; 40r9-40r10; 40v2; 40v5; 40v10; 40v17; 40v19-40v20; 40v26; 41r7; 41r12; 41v5-41v7; 42v16; 43r8; 44r25; 45r4; 45r6; 45r11;45r13; 45v15; 45v18; 45v23; 45v26; 46r4; 46r9; 46r11; 47r13; 47r30; 47v7; 47v9; 48r11; 48r13; 48r21; 48r23; 48r25; 48v5; 48v30; 49r4; 49r6; 49r13; 49r16; 49r22-49r23; 49v5; 49v9; 49v18; 49v21; 49v23; 49v31; 50r1-50r3; 50r18; 50r24; 50v14; 50v26; 50v28-50v30; 51r4; 51r10-51r11; 51r17; 51r24; 52r3-52r4; 52r17-52r18; 52r22; 52v20-52v22; 52v28; 52v31; 53r9; 53r19; 53r21; 53v7; 53v30; 54r2-54r3; 54r5; 54v3; 54v17; 54v19; 54v26; 55v2; 55v7
Labrado *1* 30v7
Labradores *2* 3v23; 6v1
Labraua *1* 15v7
Labren *3* 5r5; 5r14; 6r4
Laçrada *2* 41r16; 50v21
Laçrado *5* 21r15; 43r3; 48r16; 50v27; 52v33
Laçrar *1* 15r22
Laçravan *1* 29v14
Lada *1* 54v20
Ladrron *1* 33v21
Ladrrones *1* 9v22
Lana *2* 13r1; 45r4
Lança *6* 11r3; 20v17; 29v24; 45v13; 52v13; 52v21
Lançada *4* 26v10; 27r10; 29r22; 49v2
Lançadas *1* 39r19
Lanças *8* 5v21; 25v3; 26r7; 26v2; 39r3; 41r20; 52r23; 52v17
Lanto *1* 21r8
Lara *4* 19v10; 21v10; 31r8; 36v25
Las *116* 1v2; 1v12; 3r16; 3v19; 3v21-3v22; 4r1; 4r13; 4v3; 4v15; 4v23; 5r1-5r2;5r12; 5v12-5v14; 5v18; 5v20-5v21; 5v23; 6r19; 6v6; 6v9; 6v11; 7r5; 7r17; 7v1;7v4; 7v12; 7v17-7v18; 8r10; 8v2; 8v6; 9r23; 10r24; 12v2; 12v21; 15v23; 16r1; 16r15; 17r4; 17r10; 17v11; 18v14-18v15; 19v13; 20v13; 22r26; 23r19; 23r23; 23v5; 25v3; 26r7; 26r11; 26r16; 26r25; 26v19; 28r9; 28v6; 28v25; 29r9-29r10; 29v9; 29v23; 29v28; 30r1; 32r11; 32r23; 33v6; 35r5; 35r25; 35v26; 37r23; 37v27; 38r26; 38v7; 38v9; 38v11; 38v17; 38v20; 39r3; 39r20; 39r24; 39v7; 39v21-39v22; 40r22; 40r26; 40v12; 40v15; 41r6; 41r21-41r22; 42r22; 43r21; 43v13; 43v17; 44v29-44v30; 45r21; 47r27; 48r2; 50r17; 51r15; 51r27; 51v4; 52r5; 52r13; 52v17; 54r2
Laudavan *1* 51v17
Lavada *1* 2v8
Lavrar *1* 5r2
Laymno *1* 14v6
Laynes *3* 28v5; 39v23; 50r11
Layno *3* 28r1; 36v3; 50v5
Lazerada *1* 9v2
Lazerado *1* 10r23
Lazerados *2* 8v15; 9r15
Lazerio *3* 19r9; 31v24; 35r15
Lazeryo *2* 3v23; 41r18
Lazraban *2* 26r14; 29v14
Lazrada *2* 19v21; 20r17
Lazrado *3* 28v17; 35r12; 48v13
Lazrados *5* 19r5; 19r8; 35r3; 41r9; 42r1
Lazrrado *1* 31v25
Le *113* 2v19; 3r9; 3r15; 3r21; 3v11; 5v5; 6r11; 9v24; 10r2; 10r20; 10r24; 10v6; 11r3; 11v7; 11v11; 12r2; 12r24; 13v7; 15r20; 15v7; 16v18; 17v14; 18v4; 21v11; 21v13; 22r17; 23v8; 24r12; 24r18; 24v4-24v5; 24v12-24v13; 24v21; 25r3; 26r12; 26v28; 27r15-27r16; 27v2; 29r18; 29v11; 30r7; 30v3-30v5;30v10; 31v10; 31v17; 32v17; 32v21; 32v24; 33v15-33v16; 38v18; 39r1; 39r14; 39v9; 41r16; 42r8; 42r22; 42v8; 43r18; 43v2; 44r18; 44v15; 44v26; 45r3-45r7; 46r26; 47r8; 47r19-47r20; 47r27; 47v4; 47v6; 48v4; 48v30; 49r24; 49v2;49v9; 49v23; 49v28; 49v30; 50r17; 50r19; 50r23-50r24; 50r26-50r27; 50r29; 50v7; 50v11; 51v3-51v4; 52v25; 52v27; 52v29; 53v29; 54r14; 55r8; 55r22-55r23
Leal *6* 3r14; 4v18; 38v13; 41v1; 45v16; 50r12
Leales *3* 4r2; 33v28; 40r14
Lealmente *1* 3v21
Lealmjente *1* 2v13
Lealmjentre *1* 18v27
Lealtat *2* 18v13; 18v27
Ledanjas *1* 22v11
Leemos *2* 52r17; 54v6
Legadas *1* 6v12
Legaron *1* 26v25
Legiones *1* 17r22
Legua *1* 50v25
Leom *2* 9v9; 33v4
Leon *10* 5r22; 24r3; 38v20; 45r2; 45r14; 53r14; 53v22; 53v27; 54r10; 54v18
Leones *1* 9v14
Leoneses *3* 53r17; 53v23; 54r6
Les *61* 3r2; 4v3; 7r12; 7r14; 9v1; 10r17-10r18; 10r21-10r22; 12r10; 15r22; 18v18; 21r2-21r3; 22v1; 23r3; 23r7; 23v6; 25r12-25r13; 25v15; 26r1; 26v4; 26v18; 27v3; 29v8-29v10; 30v14; 30v19-30v20; 34r2; 36r4; 36r19; 36r21; 36v17; 36v19; 37r6; 37r16; 37v19; 37v28; 38r11; 38v7; 41r4; 41v22; 43r27; 43v10; 43v15; 44v2-44v3; 45v19; 47r25; 49r18; 51r26; 53r16; 53r20; 53v29-53v30; 54r13; 54v12; 55v4
Leuantar *3* 35v3; 41r4; 55v4
Leuantaredes *1* 35v8
Leuantaron *1* 38r27
Leuar *2* 35r6; 54v24
Leuara *2* 44v5; 55r9
Leuarjan *1* 43v25
Leuarom *1* 33r14
Leuaron *1* 55r2
Levantar *2* 10r4; 19r20
Levantaron *1* 53r10
Levar *4* 23r22; 27r15; 28v14; 53v16
Levaredes *1* 48r24
Levaron *5* 7r11; 18v21; 41r10; 47r19; 47r27
Levasen *1* 30v24
Levol *1* 30v6
Lexos *2* 26r16; 38v19

Ley *6* 1v5-1v6; 1v8; 1v17; 1v22; 10r10
Leyes *1* 2r10
Ljbra *2* 9v12; 9v16
Ljbreste *7* 9v6-9v7; 9v9; 9v13; 9v15; 9v17; 9v20
Ljbrrar *1* 19r16
Ljd *17* 17v20; 17v22; 18r11; 19r19; 21v1; 22v1; 25v2; 27r8; 27r24; 28v7; 28v9; 29v16; 33r28; 36r2; 42v9; 53r20; 55v2
Ljdes *2* 15r20; 39v13
Ljdia *1* 50r31
Ljdiamos *1* 50r31
Ljdiando *1* 23v19
Ljdiar *12* 7r11; 7r18; 10v6; 18r3; 18v1; 22v7; 26r15; 27r7; 27v18; 28r10; 33r2; 41r19
Ljdiaras *1* 33r1
Ljdiava *1* 34r26
Ljdiavan *3* 22r23; 26r13-26r14
Ljdio *1* 33v6
Ljdjada *1* 45v23
Ljebres *1* 55r20
Ljenda *1* 52r17
Ljeno *1* 40r10
Ljeva *3* 33r21; 33v7; 34r22
Ljgera *3* 35r13; 36r20; 50r7
Ljgeraz *1* 31r13
Ljgero *2* 22r10; 41v6
Ljgeros *3* 25v11; 36r11; 36v6
Ljnaje *5* 2r7; 14v5; 14v7; 15v11; 45r31
Ljno *1* 13r1
Llaga *1* 28r18
Llagados *2* 23v13; 39r8
Llagas *1* 9v8
Llamada *3* 2v7; 12r24; 29r18
Llamado *5* 3r23; 11r24; 13v2; 31v16; 33r4
Llamados *2* 36r14; 54r9
Llamamos *2* 10r11; 16v10
Llaman *1* 2r4
Llamando *5* 10r17; 33r20; 40v14; 42v8; 43r15
Llamar *2* 25r4; 41r14
Llamaron *2* 2v19; 55r23
Llamaua *1* 43r17
Llamava *1* 26v11
Llamo *2* 32v17; 37v17
Llano *1* 52v12
Llanos *3* 21v23; 22v26; 51r16
Llanto *5* 4r7; 21r9; 21v12; 30v28; 51v18
Llantos *1* 53r26
Llebaron *1* 1r13
Llegada *1* 51r19
Llegadas *1* 52r7
Llegado *2* 34r7; 51r21
Llegados *5* 7r13; 12r5; 23v2; 23v11; 31r2
Llegar *7* 15r14; 25v22; 27r24; 28r19; 49v27; 50r6; 53r12
Llegaren *1* 54r13
Llegaron *11* 6v20; 22v3; 26v24; 27r28; 29r17; 30v27; 32r11; 41v17; 50v16; 51v19; 51v24
Llegasen *2* 26v21; 51v2
Llegavan *1* 10v10
Llego *6* 17r11; 20r2; 21v11; 24r13; 33v14; 55r11
Llena *1* 5v10
Llenas *1* 13r15
Llenos *2* 23r14; 31r16
Lleuado *1* 55r7
Lleuar *2* 44r7; 44v9
Lleuaron *2* 44r10; 52r21
Lleuaua *1* 43r19
Lleuavan *1* 53r25
Llevamos *1* 50r25
Llevar *1* 49r12
Llevaua *1* 40r4
Llevauan *1* 53r23
Lljeno *1* 49r31
Llorando *4* 27r17; 30v25; 31v21; 47v1
Llorar *1* 10r15
Lloravan *2* 7v12; 51v15
Lloro *3* 21r8-21r9; 21v12
Llos *1* 27v10
Lo *154* 1v19; 1v22; 2r2-2r3; 3r8; 3r10; 4r10; 4v16-4v17; 6r12; 6r18; 6r20; 6v1;6v5; 7r4; 7v21; 8r12; 8v22; 9r6; 9r11; 9r24; 10r23; 10r25; 10v5; 10v21; 11v23; 12v13; 13r17; 13v22; 15v2; 15v8; 15v12; 16v8-16v9; 18r5; 18r13-18r14;18v16; 19r14; 19r20; 19v14; 20v18; 21r5; 21v2; 23r21; 23v8-23v9; 24r1; 24r16;24v6; 24v10; 24v17; 26r9-26r10; 27r1; 27r25-27r26; 27v6; 27v18; 27v27; 28r2; 28r25; 28v8; 28v11; 28v13; 28v18; 29r11; 29r14; 30r15; 30v2; 31v2; 32r4; 33r11; 33r13-33r14; 33r26; 34r1; 34r24; 34v4-34v5; 34v10-34v11; 34v20; 35r16; 35v5; 35v9; 35v19; 36r10; 37v9; 39r2; 39v5; 39v8-39v9; 39v14; 40v1; 40v13; 41r8; 41v6; 41v16; 41v21; 42r15; 42r17; 42r19-42r20; 42v23; 43r17; 43r27; 44r6; 44r9; 44v11; 45r16; 45r18; 45r28; 47r1; 47r21; 48r5; 48r19; 48r22; 48v12; 48v23; 48v27; 48v31; 49v6; 49v23; 50r9; 50v8; 51r28; 52r10; 52r14; 52r17; 52v6; 52v26; 52v31; 53r15; 54r3; 54r19; 54v6-54v7; 54v12; 55r9
Loçana *2* 40v9; 45r1
Loçanja *2* 24v20; 27v28
Loçano *6* 20v24; 26r5; 30v1; 35v17; 45r19; 52v11
Loçanos *4* 2r11; 12v4; 36v6; 55v18
Loco *1* 24v17
Locos *1* 38r12
Locura *1* 11v10
Logar *12* 13v6; 18v7; 19r4; 20r3; 28r9; 29v13; 31r22; 34r10; 38r24; 42v12; 50v36; 53v17
Lonbardia *1* 47r9
Lonbardo *2* 47r13; 47v5
Lope *1* 36v1
Lorca *1* 31v4
Lorigadoz *1* 31r6
Lorigas *1* 23r16
Lorrygas *1* 5v20
Lorygas *1* 41r22
Los *336* 1v2; 1v4; 2r4; 2r6; 2r20-2r23; 2v3; 2v5; 2v9; 2v16; 2v18; 3r16-3r18; 3v9; 3v13; 3v21; 3v23; 4r3; 5r4; 5r6; 5r9; 5v21; 6r6; 6v1-6v3; 6v18; 7r11; 7r14; 7r17; 7r19-7r20; 7v3; 7v7; 7v11-7v12;

7v14; 7v16; 7v20; 7v24; 8r3; 8r5;8r7; 8r10; 8r13; 8r20-8r21; 8v4; 8v8; 8v16; 8v19-8v20; 9r19; 9v2; 9v5; 9v18; 9v20; 10v2-10v3; 10v13; 11v3; 11v18; 12r11; 12r13-12r14; 12r17; 12v4; 13r7; 14r16-14r19; 14r21; 14v2; 14v15; 16r4; 16r10; 16v7-16v8; 17r5; 17r7-17r10; 17r21; 17v9; 17v15; 18r1; 18r6; 18v22; 19r6; 19r12; 19r17; 19r22; 19v5; 20r5; 21r1; 21r12; 21v19; 21v21-21v23; 21v25; 22r2-22r3; 22r26; 22v5-22v6; 22v10; 22v22-22v24; 22v26; 23v10; 23v13; 23v17; 23v22; 23v25; 24r5-24r6; 25r5; 25r14; 25r22-25r23; 25v7-25v8; 25v14; 25v20; 25v23; 26r13-26r14; 26r18-26r20; 26v26; 27r4; 27r8; 27r13; 27r17; 27r24; 27r28; 27v1; 27v15; 28r13; 28r20; 28v19-28v21; 28v24-28v25; 29r7; 29r9; 29r12; 29v2; 29v14-29v15; 30r25; 31r7; 31r17; 31r19-31r20; 31v20; 32r1; 32r19; 32r24; 32r26; 33r10; 34v16; 34v23-34v24; 35r2; 35r4-35r6; 35r8; 35r16; 35v22; 36r12; 36r14-36r15; 36v18-36v20; 36v26; 37r1; 37r24; 37v12; 37v18; 37v21; 37v27; 38r1; 38r12; 38r20; 38r26; 38v19; 38v25; 39r13; 39r20; 39v5; 39v8; 39v19; 39v26; 40r6; 40r10; 40r13; 40r22; 40v5; 40v8; 41r5; 41r21; 41r23; 41v7; 41v17-41v18; 41v20; 42r1; 42r25; 42v7; 42v18; 43r2; 43r9; 43r14; 43r17; 43r21; 43v6; 43v12; 43v16; 43v19-43v20; 43v22-43v24; 44r1; 44r4; 44r10-44r11; 44r15; 44r21; 44r25; 44v22-44v23; 45v3; 46r18; 46v5-46v6; 46v17; 46v19; 46v28; 47r24; 47r28; 47v1; 47v22-47v24; 48r3; 48v11; 49r14; 49r20-49r21; 49r25; 49v10; 49v31; 50r9; 51v27-51v29; 52r20-52r21; 52r26; 52v10; 52v17; 53r4; 53r17; 53r26-53r28; 53v1; 53v5; 53v15; 53v17; 53v23-53v26; 54r8; 54r13; 54r25; 54v21; 55v6; 55v11-55v12; 55v14-55v15

Lovo *1* 39v14

Lovos *3* 9r4; 19v2; 36r14

Loz *1* 31v12

Luego *74* 2v8; 2v18; 3r2-3r3; 3v4; 4v9; 4v12; 5r19; 6r9; 6r15; 6v6; 6v11-6v12; 7v5; 8r22; 10v6; 11v5; 12r4; 12r11-12r12; 12r14; 12v5; 17r11; 17r18; 24r14;26v7; 26v25; 27r15; 27v27; 29r15; 29v4; 29v11; 30r11; 30r21-30r23; 30v24; 32r10; 33v12; 37v20; 38v27; 39r12; 40r20; 41r15; 41v25; 42r21; 43r24; 44v10;45r11; 46r13; 46v26; 47r15; 47r30; 47v9; 47v11; 48r13; 48v6; 48v17; 49r6; 49r21; 49v9; 49v18; 50v7; 50v30; 51v24; 52r9; 52v18; 52v26; 53r8; 53r21; 53v3; 53v22; 55r8

Luenga *1* 1r22

Luengo *1* 16v1

Lugar *16* 7v1; 19v15; 20r1; 21r6; 21v2; 21v4; 30v16; 38v8; 44r3; 44r5; 44r8; 45r25; 45v4; 54r26; 55r20; 55v16

Lugares *2* 3r17; 43v25

Lux *1* 2v10

M

Macabeo *1* 28v28

Madera *1* 50v11

Madre *1* 16r9

Madres *1* 8v9

Madrres *1* 53r28

Maestro *1* 1r8

Maestros *4* 2v1; 2v3; 2v5; 23v13

Mafomad *1* 53v10

Mafomat *3* 1r26; 1v1; 22v16

Magera *1* 45v24

Magestat *1* 51v14

Maguer *15* 13v21; 15r10; 16v10; 16v21; 18r19; 19r9; 19v1; 27v8; 29r26; 34v22; 35v11; 37r4; 39r9; 39v6; 52r29

Majadura *1* 46v14

Mal *78* 2r24; 4r6; 5v7; 6v4; 6v8; 6v23; 7r6; 8r13; 8r21; 8v20; 8v23; 9r17; 9v24; 10v22; 12r1; 17r13-17r14; 18v17; 19r16; 20v22; 20v24; 22r2; 22v16; 23v14; 24r21; 25r12; 26v22; 27r17; 27v8; 27v24; 28v8; 29r11; 29r26; 29v5-29v6; 30r2-30r3; 30r18; 30r20; 30v25-30v26; 31v11; 33v18-33v19; 34r1; 34r25; 34v16; 34v27; 35r1; 38r10; 38v2; 39r6-39r7; 39r9; 39r11; 41r18; 42r2;42r26; 43r2; 43v18; 45v12; 46r23; 46v4; 46v7; 47v14; 47v16; 47v18; 48r26; 50r10; 50v28; 53v2; 53v7; 53v9; 53v25; 53v29; 54r6; 54v10

Mala *17* 1r26-1r27; 6v22; 7v7; 9r13; 16v1; 26v5; 27v23; 27v25; 27v29; 28r4; 31v10; 35r14; 40v27; 41v23; 46r23; 52v28

Malamente *1* 25r3

Malas *1* 9r2

Males *2* 1v7; 48r27

Malettas *1* 23r13

Maljnconjcos *1* 33v17

Malla *3* 15v20; 24r23; 36v16

Malo *7* 3v3; 11r11; 42r10-42r11; 49r19; 49r23; 54v13

Malos *9* 1r17; 2r22; 22v3; 25v6-25v7; 31r4; 35v7; 37v26

Maltrayan *1* 33v16

Maltraye *1* 29v18

Manava *1* 39v17

Mançanas *1* 36v2

Manda *4* 5r1; 24v8; 33r2; 33v1

Mandado *20* 4v5; 4v14; 6r13; 8r14; 10r22; 11r19; 11r21; 11v5; 12v6; 24v13; 29v6; 33r22; 38v7; 44r13; 45r11; 46v6; 48r13; 51r22; 54r14; 55r12

Mandados *5* 8r22; 17v9; 23v16; 23v22; 41v17

Mandadoz *1* 31r4

Mandamjento *1* 21v8

Mandamos *1* 38r24

Mandar *2* 2r19; 21v3

Mandaren *1* 35r7

Mandaron *2* 33r11; 45v1

Mandase *1* 10v23

Mandava *1* 6v5

Mandavan *2* 6v17; 7v14

Mandes *1* 44v11

Mando *29* 6r9-6r10; 6r15; 7r2; 21v17; 23v7; 23v9; 24r12; 25r4; 25v27; 27r15; 29r15; 30v13-30v14; 30v20; 30v24; 31r11; 35v24-35v25; 36r17; 37v18; 40r20; 41r14; 44r7; 46r2; 52r9; 52v26; 53r16; 53v17

Manera *8* 4r19; 29v2; 30v18; 42r10; 47r16; 49v29; 50r8; 50v10

Manjfyesto *1* 20r7

Manna *1* 39v11

Mannana *8* 8r7; 21v17; 35v25; 36v15; 38r23; 40v5; 40v10; 45v15

Mannas *2* 19v11; 53v12

Manno *1* 51r29

Mano *13* 4v17; 26v8; 29v24; 30v3; 39v2; 44r18; 45r18; 48v18; 49v27; 50r24; 51r10; 52v13

Manos *17* 4v10; 10r24; 12v2; 16r15; 21v24; 22v7; 24r24; 33v6; 36v8; 36v12; 40r5; 43v17; 47v22; 50r17; 51r8; 51r15; 51v4

Manparar *2* 4v4; 10r20

Mantovo *1* 15v3

Manzjlla *3* 42v3; 46v12; 47v12

Mar *21* 1r6; 1r9; 2r17; 3v12; 4v1; 4v6; 4v9; 4v11; 6v12; 6v14; 7v2; 9v4; 11v18; 13r6; 20r5; 24v23; 28r14; 31r25; 32r16

Maraujllados *1* 43r26

Maraujllas *1* 37v24

Maraujllavan *1* 37v7

Maravylla *3* 23r2; 47v10; 52v30

Maravyllado *1* 24v14

Marcos *1* 44v15

Marfyl *1* 23r17

Maria *4* 3v16; 20r7; 23r1; 30r19

Marinos *1* 31r17

Marre *1* 11v11

Marruecos *2* 6v10; 31r10

Marrydos *1* 26v15

Marsjl *1* 12v2

Marsyl *1* 12v6

Marsylla *1* 12r4

Martjn *1* 9r12

Martyres *1* 1v10

Maruecos *1* 4r13

Marydo *2* 47v8; 48v28

Marydos *1* 8v10

Maryna *1* 9v7

Mas *97* 1v7; 3v1; 4r22-4r23; 5r9; 7r10; 7r22; 8v2; 8v7; 8v14; 9r11; 10v24; 11v1; 11v4; 11v16; 11v24; 12r16; 12v12; 13r12; 13r17; 13r22; 14r1-14r2; 14r12; 14v18; 15r14; 15v4; 16v20; 17r22; 18r20; 18v12; 18v27; 20v16; 20v24; 21r19; 21v3; 21v5; 21v7; 21v19; 22v10; 23r22; 24v2; 25v4; 25v10; 26v11; 27r12; 28v4; 31r23; 31v18; 32r6; 32v16; 32v25; 33v7; 33v28; 34v5; 35r10; 35r19; 36v24; 40v18; 40v25; 41r3; 41v12; 42r8; 42r27-42r28; 42v11; 43r27; 44v11-44v12; 44v14; 44v26; 45r24; 45v4; 46v16; 47r4; 47v14; 48r7; 48r28; 49r24; 49r32; 49v2; 49v8; 49v16; 49v32; 50v2; 52v4; 54r5; 54r16; 54v15; 55r4; 55r16; 55v3; 55v5; 55v7; 55v17

Mascaryento *1* 1v15

Mata *3* 13r14; 49r17; 49r21

Matados *1* 41r11

Matando *2* 2r14; 45v12

Matar *8* 3r10; 4v10; 20r4; 32v8; 35v12; 42v12; 43v3; 49v28

Matara *1* 42r13

Mataran *1* 53v29

Mataron *3* 41v11; 42v1; 43v19

Matava *1* 40v27

Matavan *5* 8v9; 10v12; 10v14; 51v29; 53r28

Matavyas *1* 28v28

Mate *1* 32r19

Mateste *1* 9v10

Matheo *1* 9v15

Mato *4* 11v21; 11v23; 28v27; 53v14

Mayor *13* 7v15; 9r15; 9v24; 13v16; 14r7; 14v16; 14v20; 15r22; 16r9; 17v8; 25r24; 39r22; 52r2

Mayores *1* 55v11

Maz *1* 32v1

Me *95* 1r8; 4v13; 5v3; 14r2; 15v15; 16r16; 16r18; 16v14; 17r14; 17v19; 18r21;20r6-20r7; 20r11-20r12; 20v20; 21v1; 21v3; 24r7; 24r14; 24v14; 24v18; 24v22; 24v24; 25v19-25v20; 25v23; 27v5; 31v22; 31v26; 32r11-32r14; 32r17-32r18; 32r21-32r22; 32r26; 32v7; 33r12; 33r16-33r18; 33r23-33r24; 33r28; 33v9; 34r4; 34r8; 34r10; 34r14; 34r21; 34r25; 34v2-34v3; 34v12; 35r11-35r12; 35v10-35v12; 39v3; 39v12; 40r8; 42v12; 42v22-42v24; 43r5-43r7; 43v27; 44r7; 44r19; 45v7; 45v10-45v11; 46r16; 46r18; 46r20; 48r17; 48r26; 48v3; 49r4; 49r34

Meaja *1* 24v12

Medeçina *1* 9v8

Mediana *1* 36v13

Mediano *2* 14v17; 14v22

Medida *4* 5v10; 9r15; 15r22; 16v4

Medio *14* 23r3; 29r28; 29v1; 35v26; 40v12; 41v4; 45v17; 46r8; 49r29; 50r4; 52r18; 52v12; 52v21

Mejor *38* 3r3; 5r18; 10v18; 12v21; 13r10; 13r16; 13r19; 13v11; 13v15; 13v20; 14v18; 16r13; 17v16; 18r16; 18v22; 19v5-19v6; 20v7; 21r1; 21r3; 21v16; 22r18; 28r26; 35r27; 36v20; 39v13; 40r3; 40v19; 42r12; 42r15; 42v16; 44v6; 47r6-47r7; 48r5; 48r8; 48v12; 53v8

Mejorar *7* 13v5; 24r10; 24v6; 25r16; 36r18; 36r24; 41r2

Mejorare *1* 24v12

Mejore *1* 21v4

Mejores *7* 12v14; 13v12; 18v23; 22v6; 33v28; 37r5; 41v18

Mejoria *2* 25r23; 25v15

Mejorya *1* 40r4

Mele *1* 48v2

Melecjna *1* 45r8

Melo *5* 18r15; 33r3; 34r17; 34v6; 48v3

Menbrar *1* 46v28

Mençion *1* 13r18

Mendigo *1* 1r25

Menester *16* 5r16; 11v6; 15v9; 25r10; 25v14; 25v21; 29r8; 32v1; 34v15; 34v21; 36r21; 38r22; 39v9; 40v1; 40v16; 52r14

Mengua *1* 34v14

Menguado *3* 24v17; 35r22; 35r24

Menguados *3* 8v13; 8v19; 18r8

Menor *3* 6r6; 14v17; 15r4

Menores *1* 4r3

Menos *4* 9r3; 18v19; 30v4; 33r27

Menoscabada *2* 47v25-47v26

Menoscabamos *1* 50r30

Menoscavamos *1* 50r28

Mensaje *2* 4v14; 46v7

Mensajera *1* 48r13

Mensajero *5* 24r13; 24r15; 24v9; 24v25; 55r12

Mensajeros *2* 17r16; 54r10

Mensajerya *2* 33v8; 48r11

Merca *1* 44v24

Mercado *8* 11r24; 24v16; 26r6; 29v22; 41v23; 43r2; 44v17; 44v26

Merçed *13* 9r19; 9v3; 10r12; 16v12-16v13; 33v26; 38v4; 39v11; 46r19; 48v31; 49v30; 51v8; 51v12

Mercet *1* 9r18
Meresçiemos *1* 25r12
Meresçimos *1* 8v22
Mes *1* 7r3
Mesajeros *1* 32r12
Mescladas *1* 38v11
Mesclado *1* 40v15
Meses *1* 52v27
Mesma *1* 50r15
Mesmo *2* 28r17; 34v18
Mesnada *11* 1v10; 12r3; 12r11; 12r21; 19v9; 20r20; 25v27; 29r16; 41r14; 53r18; 53v19
Mesnadas *2* 40r24; 43r23
Mesquina *1* 38r19
Mesquino *3* 4v10; 42v14; 48v23
Mesquinos *6* 7v7; 8v12; 9v2; 23v24; 30v25; 43v6
Mesturado *1* 49r8
Mesura *15* 3r13; 10r3; 11v9; 13v13; 15v17; 20r24; 24r11; 24v7; 28r8; 30r13; 34r12; 35v2; 46r27; 47v16
Mesurada *1* 49v21
Mesurando *1* 51r4
Meter *5* 7v15; 24r24; 42v12; 50v34; 52v26
Meteredes *1* 43v29
Metet *1* 5v23
Metidas *1* 30r3
Metidos *1* 7v24
Metieron *1* 9v18
Metio *3* 19v13; 20r1
Metjdo *1* 46r13
Metjeron *2* 46r25-46r26
Metjo *1* 45v18
Meto *1* 31v26
Metya *1* 22r15
Metydos *2* 1v11; 40r16
Metyendo *1* 21r8
Metyeron *1* 16r12
Metyo *6* 4r10; 19v18; 22r7; 29v23; 34r14; 47r12
Metyol *1* 52v21
Mexyas *1* 22v13
Mexylla *1* 46v11
Mino *1* 36v4
Mj *42* 4r23; 4v5; 4v13; 4v18; 4v20; 6r13; 13v19; 15v23; 16r21; 18r13; 19v5-19v6; 21v4; 21v6; 22v18; 25v25; 32r15; 32r20; 32v3; 34r9; 34r13; 34r20; 34v13-34v14; 35v9; 43r2; 43r5; 43r8; 44r6; 45r14; 46r21; 46v3; 48v4; 48v13;48v18; 48v28; 49r34; 50v32; 51r12; 53r4; 53r6
Mja *2* 28r28; 39v12
Mjaça *1* 49r24
Mjdos *2* 10v1; 52r30
Mjedo *26* 5v15; 7v15; 7v22; 8v8; 8v11; 9r16; 10v20; 19r11; 19r19; 21r4; 26v18; 26v27; 30r3; 32r4; 32r8; 34v2; 35v14; 36r5; 37r3; 37r24; 37r26; 37r28; 37v10;42r2; 43v10; 43v15
Mjente *1* 19r15
Mjentes *5* 21r15; 40r13; 40r16-40r17; 41r23
Mjentrra *3* 23v18; 24v3; 49r3
Mjjero *2* 50v4; 52v10
Mjles *1* 12v20
Mjll *11* 17r22; 19v2; 21v18; 30v20; 31r6; 34v20; 36r19; 36v17; 37r2; 42r27; 44v15
Mjllan *2* 33v9; 33v11
Mjo *2* 21v2; 34r5
Mjraglo *1* 10v7
Mjs *7* 15v23; 24r4; 25r22; 32r26; 40r14; 43r9; 54r12
Mjsa *3* 38r27; 40v10; 48v20
Mjsma *3* 10v14; 36r7; 50v10
Mjsmo *10* 2v12; 27v23; 30v3; 35r17; 35v9; 43r8; 44r6; 45v7; 45v11-45v12
Mjsmos *2* 9v23; 10v12
Mjz *1* 32r25
Moço *4* 15v12-15v13; 16v17; 16v21
Mojon *1* 15r7
Mojones *1* 14v15
Moljnos *1* 31r18
Moneda *1* 44v15
Monje *12* 20r16; 20r23; 20v4-20v5; 21v9; 21v14; 23v9; 31v16; 32v14; 34r15; 34v8; 45v10
Monjes *4* 1v21; 19v21; 21r17; 21v7
Montanna *9* 10v15; 12v21; 15v8; 30r4; 36r20; 36v4; 50v19; 50v34; 51r2
Montannas *6* 7v2; 8v6; 15v22; 16r6; 19v13; 36v10
Monte *1* 49r15
Monteras *1* 5v22
Monteros *1* 51v29
Montes *6* 3v13; 15r7; 22r3; 40v8; 50v19; 54v21
Morada *1* 45v15
Morades *2* 12v14; 13v12
Morava *1* 2v22
Moredes *1* 48v21
Moresno *1* 34v18
Morien *1* 41r6
Moriere *1* 35v16
Morieron *3* 1r13; 30r25; 41v13
Morio *1* 49v29
Morir *1* 18v23
Moriredes *1* 35v7
Morjr *1* 54v15
Moro *10* 4v22; 14v19; 19v4; 20v11; 23r11; 38r5; 39r13; 42v15; 43r23; 50v32
Moros *49* 3v9; 4v9; 5v7; 7r11; 7r14; 7r19; 7v3; 8r4; 8r19; 10v13; 12r22; 14v2; 15r8; 15r19; 15v14; 16r4; 16v22; 17r7; 17r9; 19r6; 21r10; 21r12; 21v18; 21v21; 22r5; 22r26; 23v19; 24v19; 31v26; 33r10; 35r4; 36r22; 36v16; 36v27; 37v13; 37v21; 39v5; 39v19; 39v26; 40r19; 40r23; 41v12; 43r2; 43r21; 43v18; 47v24; 51v13; 53v5; 55v20
Moroz *1* 31r19
Morre *2* 43r1; 46r23
Mortajado *1* 30v21
Mortajaron *1* 30v17
Mortal *7* 1r24; 3v9; 15r19; 16r4; 19r1; 30r17; 53v28
Mortandad *3* 40r7; 41v15; 43v11

Mortandat *5* 32v22; 39v18; 39v20; 39v25; 40v28
Moryerom *1* 8r13
Moryr *7* 13v9; 22r5; 28v17; 31v10; 38v21; 39r21; 52v4
Mostraron *2* 34r10; 47v9
Moujdo *1* 17v6
Moujdos *2* 22r3; 52r25
Moujeron *1* 43v13
Moujo *5* 12r21; 17r1; 17v2; 19v9; 54v16
Mover *5* 21v17; 23v20; 25v27; 29r15; 54v18
Movjo *1* 12v7
Movydas *1* 52r13
Movydo *1* 31r12
Movydos *3* 8r10; 10v4; 40v8
Movyeron *6* 8v13; 12r23; 27r23; 38v10; 50r4; 50v24
Movyo *2* 11v10; 12r3
Mucha *22* 1r27; 5v10; 13r14; 15r24; 15v19; 19r9; 27r9-27r11; 29r22; 39v16; 42v2; 43r19; 46v10-46v11; 46v14; 51v12; 52r23-52r24; 55r2; 55r21; 55v14
Muchas *29* 1r15-1r16; 1v20; 7v10; 8v7; 12v24; 13r11-13r13; 13v10; 14v2; 18r2; 20v13; 23r10; 23r13; 23r15-23r16; 25v9; 26v23; 31v5; 32v23; 35r10; 37v24; 38v12; 38v23; 46v11; 47v3; 51r30; 51v30
Mucho *53* 3v17; 4v1; 5v5; 5v10; 10r9; 13r1; 13r4; 13r11; 13v10; 13v21; 14r6; 16r16; 16v2; 17v2; 19r9; 24v14; 24v17; 24v21; 29r23; 29v5; 30r8-30r9; 31v24;38v16; 39r5; 42r8; 42r22; 42r25-42r26; 42v2; 44r8; 44r11; 44v3; 46r6; 46v10;47v25; 48r3; 48r12; 48r27; 48v13; 50r28; 50v7; 50v18; 50v27; 51v13; 54r18; 55r2; 55r7; 55r22; 55v7
Muchos *48* 1r17; 1v7; 1v20; 8r20; 8v8; 8v11; 9v21; 11v23; 13r6; 13v8; 17r20; 18r6; 19r7; 19v1; 22v5; 22v20; 23r13; 23r15; 25r14; 25v10; 26v21; 28r20; 29r5; 29v12; 29v15; 30r25; 33r7; 36v8; 37r27; 37v25-37v26; 39v5; 39v21; 40r15; 41r6; 41r11; 41v13; 43v19; 47r25; 47v26; 51v30; 52r22; 52v9; 55v13
Mudado *2* 44v5; 49v31
Mudases *1* 15v18
Muere *4* 25v25; 27v24; 28v16; 48r24
Muerte *29* 1v3; 3r15; 9v6; 18v2; 18v4; 19r11; 19r19; 22r16-22r17; 25v24-25v25; 26r14; 31v10; 32r4; 32r8; 34v27; 35r13-35r14; 35v14; 36r5; 37r3; 42r23; 42v6; 42v16; 43r8; 43v15; 46r4; 47v19; 53v30
Muertes *1* 18v15
Muerto *10* 21r10; 22v9; 22v18; 25v19; 26v27; 27r1; 27r3; 28r24; 30r23; 53v15
Muertos *14* 8r20; 8v14; 9v22; 13v8; 22v5; 22v19-22v20; 27v1; 29v17; 41v24; 43v22;43v28; 44r1; 51v16
Muestra *1* 37v28
Muger *2* 48v28; 52v32
Mugeres *2* 8v10; 21r2
Muj *17* 43r12; 43r16; 43v8; 44r21-44r22; 44r28; 44v1; 44v8; 44v26; 45r19; 45r22; 45r31; 46r6; 54v9; 55r2; 55v7-55v8
Mula *2* 49v31; 50r1
Mulas *1* 5r15
Mundo *35* 1v14; 2r8; 2v14-2v16; 5r18; 5r23; 8r22; 12v19; 13r3; 13r10; 13r20; 13v14; 14r7; 15r18; 16r1; 16r13; 20v17; 21v22; 22r18; 23v25; 28r5; 28v14; 33v28; 35r11; 38r13; 42r9; 42v21; 43r4; 45v9; 46r16; 47v27; 48r8; 48r19; 48v19
Munno *3* 19v9; 31r8; 32r11
Muramos *1* 25r20
Muriere *1* 21v3
Murio *2* 11r9; 18v11
Muryen *1* 8v6
Muryeron *1* 1v22
Muryo *2* 3r21; 41v9
Muy *144* 1r22; 2r12; 2v3; 2v13-2v14; 3r2; 3r12-3r14; 3r20; 4v16; 6v13; 7v7; 8v13; 9r14-9r16; 9v1-9v2; 9v19; 9v23; 10v1; 10v16; 10v22; 11r1; 11r4; 12r7;12r23; 12v10-12v11; 12v17; 13r8-13r9; 14r9-14r10; 14v9; 14v19; 15r5; 15v1; 15v12; 16v22; 17r2; 17v3; 18r8; 19r4-19r6; 19r8; 20v22; 20v24; 21v9; 22r4; 23r17; 23v12; 23v14; 24r17; 25v11; 26v13; 26v15; 27r3; 27r22-27r23; 27v3; 27v12; 28r18; 28v22; 29r17; 29v19-29v20; 29v23; 30r5; 30r18; 30v6; 31r5; 31v6; 31v19; 32r10; 32v10; 33v20; 34v17; 35r14; 35v18; 36r8; 36v11-36v12; 36v27; 37r17; 37r19; 37r28; 37v6; 38v16; 39r6; 39r11; 39r14; 39r19; 39v18; 39v25; 40v3; 40v7; 41r10; 41r18; 41v21; 42r4; 42v2-42v3; 44r18; 46v9; 47r9; 47r11; 47r28; 47v13; 47v21; 47v23; 48r16; 50r6; 50r10; 50r13; 50r29; 50v11; 50v21; 50v28; 51r24; 51v12-51v13; 51v21; 51v26; 52r2; 52r8; 52v16; 53r2; 53r30-53r31; 53v21; 54r6; 54r22

N

Nabara *1* 54v4
Nabaros *1* 54v5
Nada *12* 2v5; 6v21; 19v20; 25r2; 26v4; 29r21; 30r22; 36r24; 41r8; 42v22; 45v25;51r9
Nado *2* 16r9; 29r27
Nados *1* 23v24
Nascer *1* 4r8
Nasçer *2* 1r3; 52r28
Nasçido *9* 17r14; 17v8; 20v23; 21v16; 32v16; 35r10; 40r5; 42r8; 47r6
Nasçidos *4* 12r16; 14r12; 52r28; 52v1
Nasçiestes *1* 51v6
Nasçimos *1* 8v20
Nasçio *2* 29v1; 41r2
Natura *3* 8r17; 46v16; 47v14
Natural *5* 2v24; 22r9; 30r16; 50r11; 53v27
Naturas *1* 12v20
Nauaros *1* 55v15
Nauarra *2* 45r11; 55r10
Nauarros *3* 45v3; 46r18; 54v8
Navara *2* 47r3; 51r6
Navarra *10* 5r21; 25v27; 26r9; 26r19; 27r15; 27r26; 34v24; 50v15; 52v24; 53v27
Navarros *15* 23v17; 23v20; 24r9; 25r12; 26r14; 26r19; 26v26; 27r4; 27r13; 27r17; 27r28; 52r15; 52r20-52r21; 53r4
Negra *1* 12v12
Negrua *2* 36v16; 52v30
Negruo *1* 46v10
Nerbyos *1* 31r15
Njn *54* 2r10; 2r18; 3v18; 4v22; 6v21; 8v7; 8v10; 10v10; 10v20; 12r10; 12v6; 13r10; 17v23; 18r5; 18v20; 21r9; 21r18; 22r16; 23r11;

24v22; 25r13; 27v14; 28r15; 28v18; 28v23; 28v25; 31r22; 32r8; 32v5; 33r25; 33v28; 35v10; 39r23; 40r19; 41r20; 42v11; 44v6; 45v13; 46v15; 51r6; 55r15; 55v3; 55v5; 55v20
Njngud *1* 55v10
Njngun *14* 1v13; 5v15; 6v16; 16v21; 17v8; 21r9; 21r11; 25v24; 26v11; 42r18; 46v4; 49r14; 50v36; 53v3
Njnguna *19* 4r19; 25r25; 28r27; 30r15; 31r7; 32v6; 33r25; 33v19; 34r18; 34v14; 35v4; 36r25; 40v23; 42r10; 43v28; 49r32; 50r8; 53v16; 53v26
Njngunas *4* 5r10; 10v10; 30r2; 52v29
Njnguno *7* 7r7; 10r2; 18v18; 37r25; 44r2; 54r1; 55v5
Njngunos *3* 26v17; 34v26; 46v2
Njnles *1* 29v10
Njnlo *1* 27v23
Njnno *1* 3v6
Njnnos *1* 9v17
Nobleza *1* 40v22
Noblezas *1* 23r18
Noche *13* 27v16; 37r17; 40r25; 40v2; 41r7; 41r12; 41r14; 45v15; 49r13; 49r16; 50r2-50r3; 50v26
Noches *5* 7v12; 10r16; 28v25; 29r9; 43v20
Non *354* 1r13; 1v13-1v14; 2r9; 2r18; 2v5-2v6; 3r6-3r7; 3r11; 3v1; 3v3; 3v11; 3v18; 4r1; 4r8; 4r19; 4r22-4r23; 4v4; 4v11; 4v22-4v23; 5r8; 5r10-5r13; 5r16;5r18; 5r23; 5v15; 6v2; 6v16; 6v19; 6v21; 7r3; 7r7; 7r22; 7v3; 7v22; 8r6; 8r14; 8v7; 8v10; 8v21; 9r2; 9r5; 9r19; 9v24; 10r2; 10r8; 10r12; 10r25; 10v10; 10v12; 10v18; 10v20; 11r22-11r23; 11v3; 11v6; 11v20; 12r10; 12r15; 12v18-12v19; 12v22; 13r3; 13r10; 13r17-13r18; 13r22; 13v1; 13v6; 13v9; 14r3; 14r14-14r15; 14r20; 15v4; 15v22; 16r5; 16r13; 16v6; 16v10-16v11; 16v14; 16v21; 17r7; 17r14; 17v4; 17v20; 17v23; 18r3; 18r5; 18r18; 18r24; 18v2-18v3; 18v9; 18v12; 18v18-18v20; 18v24; 19r3-19r4; 19r10; 19r15; 19r21;19v1; 19v17; 19v20; 19v23; 20r8-20r10; 20r22; 20r25; 20v1; 20v7; 20v16; 21r9; 21r16; 21r18-21r19; 21r22; 21v16; 21v22; 22r13; 22r16; 22r18; 22r20; 22v10-22v11; 22v17; 23r8; 23r14; 23r18; 24r2; 24r24; 24v8; 24v15-24v16; 24v22-24v23; 25r19; 25r25; 25v2; 25v5-25v7; 25v16; 25v25; 26r6; 26r17; 26v4; 26v11; 26v17; 27r2; 27r12; 27r24-27r25; 27v15; 27v19; 27v22; 27v26-27v29; 28r4-28r5; 28r7; 28r9; 28r11; 28r15; 28r26-28r27; 28v9; 28v12; 28v14-28v15; 28v18; 28v23; 28v25; 29r6; 29r13; 29r21; 29r26; 29v10; 29v21-29v22; 30r10; 30r15; 30r22; 30v4; 30v16; 31r7; 31r22; 31v2; 31v5; 31v9; 31v18; 32r6;32r8; 32r22; 32r26; 32v13; 33r23; 33v7; 33v23; 33v26; 33v28; 34r3-34r4; 34r18; 34v1; 34v12; 34v14; 34v16; 34v25-34v26; 35r10; 35r21; 35v4; 36r5; 36r22; 36r24; 36v24; 37r3; 37r5; 37r25-37r26; 37v22; 38r10; 39r7; 39r15; 39r17; 39r23; 39v4; 39v11; 39v19; 40r19; 40v18; 41r3; 41r8; 41r18; 41r20; 41v9; 41v12; 41v14; 41v20; 41v24; 42r7; 42r9; 42r18; 42r23; 42r28; 42v9-42v10; 42v16; 42v18; 42v20; 42v22; 42v24; 42v28; 43r1; 43r7; 43v1; 43v27-43v28; 44r2; 44r16-44r17; 44v6; 44v12-44v13; 44v19; 45v13; 45v19; 45v21; 45v25; 46r12; 46v2; 46v8; 46v15; 46v21-46v22; 47r23; 47v14; 47v19; 48r7-48r8; 48v15; 48v19; 48v21; 49r8; 49r11; 49r26; 49r32; 49v2; 49v7; 49v11; 49v15; 49v25-49v26; 50r8; 50r21; 50v3; 50v31; 50v33-50v36; 51r6; 51r9; 51v10; 51v25; 52r1-52r2; 52r6; 52v1; 52v3; 52v6; 52v8; 52v28; 52v30; 53r16; 53r25; 53r31; 53v16; 53v24; 54r9; 54r16; 54v2; 54v5; 54v12; 54v14; 54v19; 55v3; 55v5; 55v8; 55v10-55v11
Nonbrado *1* 29r5
Nonbran *1* 26r20
Nonbrar *2* 31v5; 53v5
Nonbraua *1* 26r21
Nonbre *12* 1r1; 3r7; 10r11; 14v4; 14v9; 14v22; 15r5; 15r17; 19v22; 20r17; 32v17; 33v9
Nonbres *1* 14r21
Nonbrrauan *1* 26r19
Nonla *8* 19r19; 20r14; 32v4; 32v6; 37v7; 43v12; 45v24; 54r1
Nonlas *2* 23r23; 39r24
Nonle *12* 18r19; 24v12; 25r2; 25v24; 33r25; 39r22; 42r20; 45r20; 46r27; 47r8; 55r13; 55v20
Nonles *3* 27v14; 46v4; 53v3
Nonlo *20* 6r20; 11v16; 20r4; 21r6; 23r22; 24r12; 33v27; 34r17; 34v22; 36r18; 44v11; 48r23; 48v32; 51r31; 51v9-51v10; 52v24; 54r25; 55r9; 55r15
Nonlos *4* 29v20; 35r6; 37r7; 53v15
Nos *108* 2r1-2r3; 5v9; 8v21-8v22; 9r1; 9r3-9r4; 9r6-9r7; 9r20; 9v3; 9v12; 9v16;10r3-10r4; 10r7-10r8; 10r11-10r12; 12r19; 14r12; 16v6; 16v10; 18r9-18r10; 18r12; 18v6; 19r13; 19r16; 21r19; 25r12-25r13; 25r16-25r18; 25r20; 25r22-25r23; 25r25; 25v1; 25v10; 25v14-25v17; 27v17; 27v21-27v22; 28r6-28r7; 33r5;33r10; 33v23; 33v26; 34v16; 34v25-34v27; 35r1-35r3; 35r5; 35r7; 35v1-35v3; 35v19-35v20; 38r8; 39v13; 40r16; 41r1; 42v17; 42v19; 46v16; 46v18; 46v22; 46v24; 46v26; 46v28; 47r1; 49r7-49r8; 49r28; 49v7; 50r16; 50r18; 50r21; 50r26; 50r28; 50r30-50r32; 50v2; 51v8-51v9; 52r17; 52r28; 52v5; 52v14; 54v5
Nuestra *5* 2r1; 21r18; 25r23; 28r7; 28r16
Nuestro *6* 5v6; 8v23; 10r7; 13v18; 19r17; 21r20
Nuestros *6* 1r11; 1r16; 9r1; 18v21; 19r5; 33v27
Nuestrra *3* 35r18; 46v16; 46v21
Nuestrros *5* 18v13; 34v27; 35r2; 35r4; 42v18
Nuevas *10* 6v10; 7v18; 10v3; 17v5; 17v11; 31v17; 34r8; 51r18; 52r7; 53r12
Nuevo *3* 8v17; 27r7; 37v23
Nunca *81* 1v6; 1v18; 2v15; 3r15; 6v8; 7v8; 10r15; 11v11; 11v24; 12r16; 12v6; 13r19-13r20; 14r12; 15r11; 15r18; 15v20; 16r5; 16r9; 16v20; 17v8; 18v26; 19r11; 20v23; 23r11; 23v23; 25r12-25r13; 25r15; 26v3; 27v16; 27v19; 27v21; 27v25; 28v4; 28v11; 29r10; 30r2; 30r6; 32r5; 32r20; 32r24; 32v16; 33v27; 34v19; 35r8; 35v8; 35v10; 35v12; 40v19; 41r2; 42r8; 42r11; 42v11; 43r22; 43v9; 44r5; 44v27; 46r22; 46v7; 47r4; 47r6; 47v6; 48r4; 48r6; 48v14; 48v22; 49r3; 49v22; 49v30; 50r21-50r22; 50r31; 51r1; 51r29; 51v8; 52v6; 52v29; 53v30; 55v13
Nunnes *1* 14v12
Nunno *8* 14v4; 14v8; 28r1; 28v1; 28v5; 36v25; 50r11; 50v5
Nuves *1* 37v27

O

O *32* 3r3; 4v19; 8v14; 10r4; 17v15-17v16; 18r11; 19r20; 20r10; 21r10; 22v9;25r20; 25v19; 28r2; 28r24; 32v8; 32v18; 35v3; 38v21; 41r4; 41v24; 43v3; 46r3; 47v18; 50r27; 50v32; 52r30; 54v15; 55v4
Obedeçer *1* 38r14

Obediençia *2* 3v16-3v17
Obispados *1* 3r16
Obo *1* 54v3
Obrrado *1* 30v10
Oca *1* 54v21
Ocassyon *1* 31v22
Ocho *2* 31v18; 52r6
Oçidente *2* 33v1; 37r5
Ofreçieron *1* 23v5
Ofrenda *1* 20r10
Ojero *1* 29r1
Ojo *2* 21v21; 26r24
Ojos *6* 10r15; 31v21; 41v7; 42v7; 43r17; 47v1
Oljo *1* 3v20
Oljuero *1* 29r2
Olujdada *1* 18v24
Olujdado *1* 1v3
Olujdados *1* 29r6
Olujdan *1* 48v11
Olujdar *3* 19r13; 28r8; 28v24
Olujdaron *2* 18v15; 32r2
Olujde *1* 21r16
Olujdemos *1* 13v1
Olujdo *4* 21r6; 30r13; 47v6; 48v32
Olvido *1* 2v15
Omenaje *3* 46r3; 48v18; 50r20
Omjçero *1* 15r19
Omjllada *1* 50r2
Omjllo *2* 4v13; 24r14
Omne *35* 2v22; 3v7; 6v16; 14v4; 14v8; 17v8; 17v21; 18r1; 18r3; 18v2-18v3; 20v23; 21r21; 21v22; 22r14; 22r20; 25v24; 26r16; 28r5; 28r10; 28v13; 30r12; 32v16; 42r9; 42r18; 43r22; 46r23; 46r27; 47r4; 47r23; 48v22; 49r14; 49v22; 54r1; 55v8
Omnes *27* 1r12; 2v13; 7v20; 8v12; 8v16; 13v13; 14r11; 14r18; 15r11; 17r20; 19r7;25r5; 25v11; 27v25; 33v28; 34v15; 36r20; 37r27; 39v20-39v21; 41r6; 41r11; 46v13; 50r10; 52v8; 55r7; 55v18
Onbre *4* 14v9; 16r9; 39r24; 50v4
Onbres *2* 2r20; 29v17
Onbrre *1* 41r2
Onde *2* 9r20; 48v14
Onrra *2* 19v6; 50r29
Onrrada *3* 18v4; 35r20; 48r3
Onrrado *6* 4v13; 20r3; 40v14; 47r9; 49v32; 50v18
Onrro *1* 13v7
Ora *17* 7r20; 8v20; 14r8; 15r2; 15r10; 16r3; 17r14; 22v16; 23v24; 27r23; 28v10; 39r15; 41r15; 43v9; 48r25; 51v6; 52r24
Oraçiom *1* 34r13
Oraçion *5* 16v17; 20r15; 23v3; 31v20; 38v1
Oras *11* 4r20; 8r5; 8r11; 8r14; 9r9; 12r8; 12v11; 39r18; 42r13; 45r17; 54v18
Orbyta *1* 40v17
Ordenada *1* 37r11
Ordenadas *1* 3v19
Ordida *1* 54r4
Ordio *1* 20r25
Ordjo *1* 45r24
Ordonnes *2* 54r22; 54r26
Oriente *2* 31r19; 37r4
Oro *5* 5v10; 13r16; 18r5; 23r10; 23r14
Oropa *1* 6v18
Oryente *2* 2r5; 33r27
Osado *2* 7r7; 24v18
Oscura *1* 50r13
Oso *3* 15v22; 19v17; 24v24
Ospedado *3* 21r16; 21r24; 23v9
Ospedases *1* 20r24
Ostya *1* 38v3
Otero *1* 22r11
Oteros *2* 5r6; 21v23
Otorga *1* 32v21
Otorgada *1* 7v23
Otorgado *3* 21r23; 33r3; 35v19
Otorgamos *1* 50v8
Otorgaron *1* 44r9
Otorgo *2* 12v5; 45r10
Otra *13* 1v6; 7v13; 8r2; 9v20; 13v7; 19v10; 21v5; 24v2; 26r17; 28v10; 36r26; 39r11; 51v8
Otramente *1* 54v14
Otras *9* 5r3; 5r12; 5r16; 6v21; 8v4; 18r2; 18v14; 34v3; 45r24
Otro *8* 8r7; 8v16; 11r7; 26v1; 44v6; 54r24; 55r15; 55v1
Otros *23* 1v18; 2r14; 5r8; 7v16-7v17; 9r6; 18r14; 25r18; 25r20; 25r22-25r23; 25r25; 26r13; 30r25; 32r16; 33r7; 33v23; 36v10; 36v17; 54r7; 55v6; 55v12
Otrosj *1* 44v7
Otrra *16* 10r12; 13r10; 18r12; 18v24; 25v18; 26v23; 28v14; 31r9; 33v1; 33v3; 39v15; 39v24; 49r3; 50v22; 51v29; 52r4
Otrras *6* 12v14; 13r12; 22v11; 31v5; 39v13; 52r7
Otrro *30* 12v6; 14r7; 14v6; 14v21; 15r18; 21v17; 26r6; 26r24; 28v18; 29r4; 35r22; 35v25; 36v4; 36v15; 37v23; 39r5; 40v5; 40v10; 41v11; 42r12; 46v21; 47r6; 47r28; 48r7; 49v16; 50v17; 50v24; 52v15; 53r8; 53r24
Otrros *25* 6r8; 10v12; 13v16; 17r16; 25v16; 29r5; 31r4; 35r3; 35r5; 35v13; 37v25;38r7; 38v25; 39v24; 41r3; 41r5; 41v13; 41v18; 50r9; 50r16; 50r21; 50v2; 52r28; 52v14; 53v25
Otrrosy *3* 14r3; 22r14; 36v5
Oujera *1* 47v8
Oujeron *1* 52r12
Ouo *7* 14v12; 15r24; 41v7; 49v19; 49v27; 54r23-54r24
Ouol *1* 49r12
Ove *2* 32r8; 48r17
Ovejas *2* 12v22; 19v2
Ovieron *3* 14v2; 23v22; 27r13
Ovjerna *1* 54v22
Ovjeron *1* 44r22
Ovo *58* 1r24; 1v1; 3r1; 4r13-4r15; 5r17; 7r9; 7r24; 10r25; 11r19; 11v5; 11v17-11v18; 14v4; 14v9; 15r17; 16r9; 17v1; 19v7; 19v24; 20r15; 23v8; 23v20;24r1; 24v9; 25v26; 27r14; 28v1; 29r12; 29r25; 29v3; 30v5; 30v21; 31r10; 33v10; 33v28; 35v21; 36v7; 36v22; 37r10; 37r25-37r26; 38v12; 39r21; 41v6; 41v8; 44r17; 46r14; 49r32; 49v13-49v14; 50v29; 52r24; 52v23; 53v1; 53v20; 54v18

P

Pas *2* 6r7; 45r23
Pasa *2* 48r27; 55r22
Pasaba *1* 54r21
Pasada *1* 15v19
Pasadas *2* 1r7; 6v10
Pasado *2* 4v12; 8r11
Pasados *1* 38r3
Pasan *2* 1r15; 29r10
Pasando *1* 47v3
Pasar *10* 6v13; 7v3; 12r9; 28r6; 28v13; 28v22; 29r24; 35r13; 41v7; 54r23
Pasaron *9* 1r14; 1r16; 2r15; 2v16; 6v14; 15v20; 31r25; 41r16; 50v19
Pasavan *1* 11v13
Paso *2* 4v9; 31v24
Pastor *3* 2v21; 3r2; 14r15
Pasturas *1* 12v19
Pauon *1* 46r7
Pauor *1* 22r17
Pavor *4* 19r21; 32r1; 48v10; 50v29
Pax *2* 5v17; 11r15
Paz *1* 36r8
Pazes *2* 5v12; 33r25
Pecado *11* 3r20; 8r13; 9r9; 22r6; 27v24; 29v21; 33r17; 34r11; 35r1; 48r24; 49v8
Pecador *2* 16r16; 42v14
Pecadores *2* 6v2; 10r9
Pecados *10* 2r23; 2v8; 7r11; 8r6; 20r21; 27v15; 27v17; 38r28; 42v18; 53v26
Pecamos *1* 50r32
Peçes *1* 34v23
Pechemos *1* 18v5
Pecho *2* 17v23; 54r16
Pechos *1* 39v2
Pedido *1* 32v21
Pedieron *2* 38v4; 40r27
Pedimos *1* 33v26
Pedir *1* 16v13
Pedro *4* 9v4; 19v22; 23v1; 31v14
Pedrro *1* 23r19
Pelayo *13* 10r18; 10r22; 10v17; 10v21; 11r1; 20r17; 20v4-20v5; 20v8; 21r22; 31v16; 32v14; 34v8
Pelea *2* 25v19; 54r5
Pelear *1* 4v23
Peleavan *1* 17r5
Pella *2* 24r19; 26r22
Pena *3* 10v6; 16v6; 31v13
Penas *1* 7v17
Pendon *2* 29v24; 33r9
Pendones *1* 52v17
Penna *2* 19v23; 40v18
Pensando *1* 33r19
Pensaron *1* 52v7
Pensat *2* 48v23; 49v9
Pensava *1* 53v30
Penso *1* 53r13
Peones *19* 5r5; 5v18; 6r4; 17r5; 17r17; 17r21; 18r7; 22r23; 25r6; 25v10; 29r12; 31r7; 35v23; 36r19; 36v17-36v19; 37r2
Peor *3* 18v9; 32r4; 52v28
Peores *1* 33v25
Pequenno *2* 7v1; 15r6
Perdedes *1* 48v24
Perdemos *1* 28v11
Perder *7* 4r11; 7v21; 10r8; 18r12; 26v18; 42v19; 47v20
Perderan *2* 21r4; 33r10
Perderas *1* 32v23
Perderedes *1* 35v7
Perderemos *1* 49v7
Perderya *1* 42v4
Perdida *1* 20r14
Perdido *5* 7r4; 9r6; 16r20; 17r12; 35r12
Perdidos *1* 22v6
Perdiendo *2* 1r20; 10v19
Perdiera *1* 26v6
Perdieron *6* 1r10; 8v8; 16r3; 19r10; 42r2; 52r22
Perdiesen *2* 10v20; 27v29
Perdiestes *1* 6r20
Perdio *2* 8r18; 19r2
Perdj *1* 45r15
Perdjda *1* 46r9
Perdjeron *1* 43v10
Perdjo *1* 44v28
Perdom *2* 5v3; 31r12
Perdon *2* 8r6; 17v19
Perdona *1* 20r11
Perdonado *1* 34r12
Perdonar *1* 20r6
Perdone *4* 10v21; 27r16; 40v20; 50r32
Perdonedes *1* 18r15
Perdyda *1* 27v24
Perdydos *1* 26v14
Perdyo *1* 3v14
Pereçieron *1* 8v4
Pereza *1* 40v23
Pero *15* 8v1; 9r17; 9r24; 10r10; 10r25; 10v20; 13v1; 13v15; 18v2; 23r23; 27r25; 29v15; 32v24; 43r1; 44r17
Pesada *1* 22r21
Pesado *1* 52r16
Pesante *1* 48r27
Pesantes *1* 42r25
Pesar *20* 4r5; 9r24; 22r16; 24r2; 24r5; 25r9; 25r21; 25v25; 27r2; 31r10; 35r15;42v11; 46r14; 46r24; 46v8; 46v25; 48r17; 49v11; 51v13; 53r17
Pesaua *2* 43r27; 44r27
Pesava *2* 3r20; 3v17
Pescados *1* 13r6
Pese *1* 29v21
Peso *4* 3v3; 40r1; 46r6; 52r18
Pesos *1* 30v20
Petavynos *1* 29r25

36v20; 36v24; 37r3; 37r18; 37v7; 37v15; 37v21-37v22; 37v24; 38r7; 38v10; 38v20; 38v22; 39v16; 40r3; 40r5; 40r9; 40r11; 40r17; 40v5; 40v10; 41r8; 41r16-41r18; 41v4; 41v13; 41v21; 42r19; 42v16-42v19; 42v24; 42v26; 42v28; 43r10; 43r17; 43v22; 44r1-44r2; 44r4; 44r16; 44v4; 44v16; 44v21; 44v28; 45r6; 45r18; 45r26; 45r28; 45v7; 45v11; 45v18; 46r4; 46r6; 46r8; 46r10; 46r16; 46r20; 46r22; 46v2-46v3; 46v8-46v9; 46v18; 46v27; 47r7; 47r12-47r14; 47r17; 47r21; 47r24; 47v7; 47v16; 47v20; 47v24; 47v26-47v27; 48r2; 48r21; 48r26; 48v7; 48v11-48v13; 48v19; 48v24-48v25; 48v27; 49r10; 49r27; 49r30; 49v4; 49v7; 49v11; 49v14; 49v23; 50r4; 50r6; 50r8; 50r19; 50r23; 51r9; 51r28; 51v7; 51v10; 52r3-52r4; 52r20; 52r28;52v2; 52v14; 52v21; 52v23; 52v29; 52v31-52v32; 53r4; 53v8; 53v21; 53v24; 54r1; 54r3; 54r5; 54r9; 54r17-54r18; 54r20; 54v25
Porfya *1* 40r2
Poridad *1* 44v4
Poro *1* 23r12
Porrada *1* 27r11
Portal *1* 45v18
Porteros *2* 47r24; 54r12
Portogal *2* 5r22; 11r5
Portyllo *2* 38v15; 41v2
Porydat *3* 47v11; 49r28; 49r33
Pos *1* 17r16
Posada *6* 19v10; 20r16; 29r19; 37r13; 44r23; 50v23
Posadas *5* 5r14; 5v15; 38r25; 40r23; 40r26
Postrymero *1* 24r16
Posyeron *2* 14r16; 14r20
Posyste *1* 42v23
Potestades *4* 1v20; 4r1; 5v18; 11v21
Poyal *1* 11r8
Prado *1* 26r4
Prea *3* 53v7; 53v16; 55r2
Preçiada *1* 5r22
Preçiadas *1* 23r17
Preçiado *1* 30v6
Preçiados *1* 30v18
Preçio *6* 13v14; 30r3; 30r26; 47v25; 50v1; 50v4
Preçioso *1* 13v7
Preçiossa *1* 1r3
Predicada *1* 1v8
Predicaron *1* 1v17
Predico *1* 1r27
Pregones *1* 7r5
Preguntar *1* 46r2
Pregunto *1* 47r21
Preguntol *1* 20r18
Premja *4* 18v8; 44r20; 46v15; 46v18
Premjençias *1* 3v21
Prendamos *1* 16v11
Prender *5* 10r6; 21v24; 35v11; 43v3; 52v23
Prenderedes *1* 48v20
Prendian *2* 7v14; 52r4
Prendiendo *1* 2r14
Prendierom *1* 8v1
Prendieron *2* 30r24; 51v25
Prendiesen *1* 50v35
Pres *2* 12v10; 28r12
Presjon *3* 46r3; 46r5; 46r26
Preso *7* 20v20; 21r10; 22v9; 28r24; 30v22; 35v10; 47r16
Presos *4* 7v16; 41v24; 43v19; 53r27
Prestar *2* 36r16; 53r14
Prestos *1* 35v25
Presurada *2* 27r8; 53r20
Presyom *3* 9v12; 31v10; 53r3
Presyon *7* 30v13; 35v13; 46v2; 47r4; 47v2; 52v28; 53r5
Priado *2* 41v22; 51v21
Priesa *3* 17r15; 26r15; 39r14
Primera *5* 7r19; 12v12; 36r1; 38v15; 41r14
Primeras *1* 1v16
Primero *8* 1r10; 1r14; 18v1; 24r14; 30v28; 37r7; 40v3; 50v16
Primeros *4* 2r4; 8r1; 36r13; 41v2
Primja *3* 16v16; 18v7; 19r23
Profecias *1* 1v16
Profectas *1* 7r12
Profetizado *1* 7r12
Profetyzaron *1* 1v16
Prometer *1* 18r11
Prometerjan *1* 45r28
Prometyo *2* 45r3; 47r25
Prossa *1* 1r5
Prouada *2* 54v21-54v22
Prouados *1* 55v16
Provada *3* 5r21; 12r22; 13r2
Provado *3* 3v3; 6r16; 11r11
Prredicados *1* 1v1
Prro *1* 47r22
Prrouedes *1* 34v6
Prrovar *1* 34v5
Prrovynçia *1* 5r23
Pryado *6* 35r23; 35v18; 39v8; 44r14; 48r15; 52r13
Pryesa *1* 41r1
Prymera *1* 40v11
Prymero *1* 15r17
Prymeros *1* 54r13
Pude *1* 34r18
Pudieron *3* 10r2; 26r26; 51v1
Pudiese *2* 17r8; 18r1
Pudiesemos *1* 17v22
Pudiesen *1* 50v34
Pudjera *1* 54v24
Pudjeron *3* 43v12; 45v21; 55r16
Pudjese *4* 43r6-43r7; 54v19; 54v25
Pudo *13* 2r18; 4v11; 10v18; 14v10; 18v18; 19v23; 30r22; 42r23; 45v13; 45v19; 45v25; 52v24
Pueblo *35* 2v14; 3r5; 3v3; 4v7; 11v7; 12v7; 14v11; 14v23; 16r19; 20v22; 21r7; 22r7; 22r22; 26r5; 28r22-28r23; 29r25; 30r23; 30v26; 31r12; 32v20; 33r26; 34v17-34v18; 35v17; 37r28; 37v3; 38v6; 40v28; 44v1; 51r21; 51r25; 52v24; 53r23
Pueblos *41* 2r11-2r12; 2v18; 4r2; 6v1-6v2; 8r7; 8v11; 9v18; 10v2-10v3; 12v1; 12v3-12v4; 13r8; 14r19; 18r6; 21v25; 22v9-22v10;

22v22-22v23; 23v17; 23v22; 24r22-24r23; 32v22; 33r1; 37v12; 39v25; 40r7; 40r22; 40v5; 41v15; 41v25; 43r25; 43v11; 47v21; 51r7; 51r13; 53v13
Pueda *4* 1r7; 24r8; 32v8; 44r20
Puede *14* 4v22; 18r3; 18r5; 18v2-18v3; 19r16; 24v16; 25v6; 28r15; 28v9; 28v18; 29v21; 33r16; 43v1
Pueden *2* 5v14; 29v22
Puedo *1* 25v22
Puente *1* 22r9
Puerco *6* 19v13; 19v15; 19v17; 20r1; 20r4; 20r19
Puercos *1* 12v23
Puerta *3* 34r13; 44r24; 45v26
Puertas *2* 47r27; 54v23
Puerto *15* 6v12; 6v15; 7r21; 7r23; 9r10; 11v18; 11v20; 12r4-12r5; 12r12; 21r12; 27r27; 27v4; 27v7; 31r26
Puertos *1* 7v3
Pues *9* 4v11; 4v23; 5v16; 14r1; 18v3; 22v19; 34v2; 42v9; 42v25
Puesta *3* 3r19; 7v23; 15r2
Puestas *3* 35v26; 38v7; 38v11
Puesto *1* 40r18
Puja *1* 50r30
Pujar *1* 54r24
Punto *1* 38v9
Pura *1* 26v19
Puros *1* 17r6
Pusjeron *1* 45r25
Puso *3* 3r7; 44v18; 52v13
Pusol *1* 22r11
Pusyeron *2* 47r20; 50v11
Pycos *1* 6r2
Pydes *1* 49v3
Pydo *2* 21r13; 48v31
Pye *2* 39v20; 55r22
Pyeça *2* 46r15; 47r29
Pyedad *1* 40r8
Pyedat *2* 47v17; 49r32
Pyedra *1* 54v20
Pyedrra *4* 31v12; 33v13; 50r14; 50v13
Pyerde *1* 50v4
Pyerden *1* 52r28
Pyes *3* 39r20; 43v17; 47v22
Pynnones *1* 23r14
Pyrre *1* 55r23
Pytavynos *2* 29v8; 34v24
Pyteos *1* 27r20

Q

Qua *12* 11v3; 11v16; 24r11; 24r19; 24v3; 32v8; 38r10-38r11; 38r14; 40r5; 50v36; 52v2
Quadrryllos *1* 10v9
Qual *19* 1r11; 2v7-2v8; 4v12; 8r16; 15v6; 15v11; 17v16; 18r5; 20r18; 20v23; 34r14; 37r6; 37v5; 39v9; 40r27; 43r26; 47r16; 50v23
Quales *3* 15r12; 36r18; 47r14
Qualquier *3* 23v8; 25r9; 55v16
Quando *110* 1v19; 2v16; 2v20; 4v5; 5r17; 5v1; 6v9; 6v14; 7r5; 7r9; 9v18; 10v13; 12r2; 12r5; 13v4; 14r13; 15r2; 15v12-15v13; 16r14; 17r19; 17v1; 19r2; 19v7; 20r3; 20r15; 21r4; 21r14; 21v3; 21v11; 22r25; 22v22; 23r5; 23v2; 23v22; 24r1; 24v9; 25r8; 25v26; 26r3; 26r9; 27r25; 27v19; 28v1; 28v16; 28v23; 29v3; 30r23; 30v5; 30v21; 31r9; 31r24-31r25; 31v7; 31v15; 32r9; 33r10; 33v6; 33v10; 33v14; 33v23; 34r1; 34r7; 35v16-35v17; 35v21; 36v19; 37r8; 37r10; 37v9; 37v17-37v18; 38v27; 39r1; 39r13; 41r25; 41v21; 42r1; 43v14; 44r7; 44r12; 44v18; 45r21; 45v5; 45v21; 46v6; 47v5; 47v27; 48v7; 48v25; 49r5; 49r13; 49r23; 49v1; 49v13; 49v29; 50r3; 50v5; 50v24; 50v28; 51r19; 51r27; 52r10; 52r25; 53v5; 53v10; 53v20; 55r1; 55r5; 55r11
Quanta *2* 25v21; 49r18
Quantas *3* 8v2; 10v9; 13r19
Quanto *26* 2v15; 14v10; 15v9; 18r20; 18r23; 18v16; 20v18; 21r1; 21r3; 21r23; 22r24; 23r3; 24v25; 25r24; 26r1; 26r26; 29r14; 32v21; 34r3; 40v1; 43r4; 49v17; 51v1; 51v9; 51v23; 55r16
Quantos *14* 2r24; 5r18; 6v16; 7v21; 13v12; 27v1; 29r10; 38r20; 40v4; 41v16; 44v24;46v3; 48r27
Quarenta *1* 42v1
Que *640* 1r1; 1r3-1r4; 1r6-1r8; 1r13-1r14; 1r21; 1r25; 1v8; 1v11; 2r4; 2r20; 2r23; 2v2-2v3; 2v13; 2v18; 3r3; 3r6; 3r10; 3v1; 3v3-3v4; 3v11; 4r7; 4r9; 4r15; 4r17; 4r23; 4v4; 4v11; 4v15; 4v19; 4v21; 5r10; 5r12; 5r16; 5v1; 5v5-5v6; 5v16-5v17; 5v19; 6r4; 6r8-6r13; 6r15; 6r18; 6r20; 6v3; 6v15; 6v17; 7r3;7r6; 7r15; 7r24; 7v2; 7v17; 7v24; 8r4; 8r18; 8r21; 8v12-8v13; 8v15-8v16; 9r6; 9r17; 9r22; 9v5; 9v9; 9v13; 9v24; 10r1-10r2; 10r5; 10r18-10r19; 10v5;10v12; 10v14; 10v18; 10v20; 10v22-10v23; 11r5; 11r7-11r8; 11r11-11r12; 11r14; 11r16; 11r20; 11v1-11v2; 11v4; 11v8; 11v10-11v11; 11v13-11v15; 11v20;11v22; 11v24; 12r2; 12r7; 12r16; 12r20; 12v3; 12v13-12v15; 12v19; 12v23; 13r12; 13r16-13r17; 13r19; 13r21-13r22; 13v6; 13v9; 13v16; 13v20; 14r2; 14r15-14r16; 14r21; 14v1; 14v22; 15r10; 15v2; 15v4-15v5; 15v7; 15v16; 15v18; 15v22-15v23; 16r3; 16r14; 16r16-16r17; 16r19; 16v1; 16v4; 16v9; 16v11; 16v16; 17r8; 17r17-17r18; 17v4; 17v10; 17v13-17v14; 17v16; 17v18; 17v22; 18r1; 18r11; 18r14; 18r19; 18r21; 18r24; 18v3; 18v5-18v8; 18v10; 18v12; 18v20; 18v22; 18v25; 19r14; 19v1; 19v4; 19v20; 20r8; 20r12; 20r19; 20r24-20r25; 20v1; 20v4; 20v7; 20v10; 20v18; 21r2; 21r5; 21r10-21r11; 21r15;21v4; 21v8; 21v14; 21v16; 21v22; 22r7; 22r14; 22v19; 22v21; 23r7-23r8; 23r10; 23r14; 23r18; 23r21-23r23; 23v6; 23v8; 23v12; 23v14; 23v17-23v18; 23v23; 24r8; 24r16-24r18; 24r24; 24v2; 24v4; 24v10; 24v12; 24v19; 24v21; 24v23-24v24; 25r1; 25r9; 25r11; 25r14; 25r16-25r17; 25r20-25r21; 25v2; 25v5-25v7; 25v10; 25v14; 25v16-25v17; 25v23; 26r11; 26r15; 26r24-26r25; 26v6; 26v13-26v14; 26v16-26v17; 26v21; 26v25; 26v27; 27r1; 27v1; 27v13; 27v16; 27v18; 27v22-27v23; 27v26-27v27; 27v29; 28r3-28r4; 28r6; 28r13-28r14; 28r19;28r25; 28v7-28v9; 28v11; 28v20-28v21; 28v27; 29r5; 29r11; 29r19; 29v5; 29v20-29v21; 29v26-29v27; 30r10; 30r25; 30v2; 30v4; 30v12; 30v14; 30v16; 30v19; 31r5-31r6; 31r10; 31r14-31r15; 31r23; 31r26; 31v5; 31v10; 31v17-31v18;32r2; 32r9; 32r14; 32r22-32r24; 32v5; 32v20; 32v26; 33r2-33r3; 33r11-33r12;33r16-33r17; 33r19; 33r24; 33v16; 33v21; 33v25-33v26; 34r3; 34r6; 34r8; 34r11; 34r16; 34r25; 34v1-34v4; 34v9; 34v21; 34v26; 35r5; 35r10-35r12; 35r19; 35r28; 35v2-35v3; 35v5-35v6; 35v9; 35v12-35v13; 35v15; 35v19-35v20; 35v25-35v26; 36r3; 36r6; 36r15; 36v4; 36v8;

36v19; 37r1; 37r3-37r4; 37r8; 37r16; 37r21-37r26; 37v1; 37v6-37v7; 37v10-37v11; 37v16; 37v19; 37v21-37v22;37v24-37v25; 38r5; 38r7; 38r12-38r13; 38r18; 38r20-38r22; 38v2; 38v17; 38v19; 38v26; 39r4; 39r19; 39r24; 39v12; 39v14; 39v17; 39v21-39v22; 40r3; 40r5; 40r11; 40r17; 40v8; 40v17-40v18; 40v25; 41r6; 41r8; 41r17-41r18; 41v1; 41v10; 41v20; 42r2; 42r6-42r13; 42r18; 42r28; 42v4; 42v10; 42v17; 42v19-42v20; 42v22-42v24; 42v26; 43r4; 43r6-43r7; 43r9; 43r18; 43r27; 43v6;43v15; 43v19; 43v22; 43v25; 43v27; 44r1; 44r3; 44r9; 44r14-44r16; 44r20; 44r28; 44v7; 44v13-44v15; 45r1; 45r4; 45r6; 45r9; 45r15; 45r22-45r23; 45r26;45r28; 45v10; 45v19-45v20; 45v25; 46r1; 46r4; 46r10-46r12; 46r14; 46r16-46r18; 46r22; 46v2; 46v4; 46v15-46v16; 46v18; 46v22; 47r6; 47r8-47r9; 47r14;47r16; 47r22-47r23; 47v4; 47v7; 47v10; 48r7; 48r12; 48r14; 48r17; 48r19; 48r21-48r22; 48v10; 48v12; 48v19; 48v28; 48v32; 49r7; 49r14; 49r19; 49r24; 49r28; 49r32-49r33; 49v2; 49v6; 49v8; 49v11; 50r3; 50r6; 50r23; 50r32; 50v1-50v2; 50v8; 50v25; 50v30-50v31; 50v33; 50v35; 51r1; 51r3; 51r7-51r8; 51r11;51r19; 51r24; 51r28; 51r31; 51v2; 51v16; 51v18; 51v24; 52r1-52r6; 52r8; 52r29; 52v5-52v6; 52v8; 52v20; 52v22; 52v28; 52v30; 52v34; 53r4; 53r25; 53r31; 53v4; 53v15; 53v24; 54r11; 54r15-54r16; 54r18-54r21; 54v12; 54v14-54v15; 54v25; 55r9-55r10; 55r13-55r14; 55r21; 55v9; 55v11; 55v13; 55v16; 55v20

Quebrantada *2* 6v23; 36r25
Quebrar *1* 41r21
Quebrrantada *1* 42v13
Quebrrar *1* 26r17
Quedan *2* 21r11; 28v19
Quedara *1* 42v13
Quedaran *1* 2v15
Quedaron *2* 2v18; 23r22
Quedase *1* 18r11
Quede *2* 35v15; 39v4
Quedo *4* 14v21; 19r3; 28r3; 54v19
Quel *18* 6v5; 26r12; 29r13; 31v9; 35r27; 36v26-36v27; 37v2; 38v18; 39r10; 39v6; 40v20; 41v26; 44v2; 47r26; 50r31; 51r21; 54r19
Quela *9* 5v7; 10r21; 12v12; 31v13; 34r21; 39v15; 45r13; 49r30; 51r20
Quelas *3* 4v23; 29r9; 43v14
Quele *14* 3r15; 6r16; 10r19; 17v18; 23v9; 33r20; 34r12; 43r15; 45v6; 47r7; 48r28; 54r11; 54v10; 55r14
Queles *7* 5r13; 7v13; 7v15; 9r19; 10v16; 23r2; 47v16
Quelo *17* 5v4; 10v8; 11v18; 13v20; 16r7; 18r16; 28r5; 28r27; 30v24; 34v6; 34v11; 36r10; 38r12; 44v10; 45r10; 45v10; 49v32
Quelos *10* 7v19; 12r6; 22r3; 24r6; 26v2; 29r8; 36v17; 37v13; 37v15; 43v24
Quemadas *1* 6v9
Quemar *2* 4v3; 37r24
Querades *2* 18r21; 52r29
Queramos *1* 34v22
Queredes *2* 48r19; 48v17
Querella *3* 24r17; 24v5; 25r17
Querellando *1* 43r13
Querellar *1* 48r18
Queremos *5* 27r12; 27v18; 35r5; 52v4; 52v6
Queria *13* 11r23; 11v1; 17v14; 22r5; 25r16; 28r25; 34v4; 40r18; 44v10; 44v16; 45r15; 46r1; 46r3
Querian *4* 11v4; 17v15; 29r26; 44r14
Querie *2* 24r10; 25r7
Querja *3* 54v14-54v15
Querria *1* 16v13
Querrien *1* 32r17
Querrya *3* 28r28; 34v13; 35r10
Querryedes *1* 52v1
Querya *4* 48r12; 53v4; 53v31; 54v12
Queryan *1* 8v14
Querye *4* 37v19; 49r18; 53v29; 53v32
Queryen *3* 50r9; 53r15
Quesjera *1* 54v24
Quesjeron *1* 55r15
Quesjese *1* 55r9
Quesjeses *1* 43r5
Quesyeron *1* 52v3
Quesyste *2* 10r5; 32r18
Quexa *8* 16v11; 25v19; 26v15; 30r6; 34v25; 50v33; 50v35; 51r1
Quexado *3* 22r4; 41v21; 49v2
Quexados *1* 53r4
Quexando *1* 54v9
Quexedes *1* 48v15
Quien *11* 5r8; 7r1; 8r6; 13r7; 19r3; 20r5; 20v13; 24r6; 41r2; 43r17; 54v19
Quienquier *2* 28v8; 42v10
Quiera *2* 35v2; 49v30
Quieran *1* 35v11
Quieras *4* 16v14; 24r7; 44r19; 49r28
Quiere *8* 13r7; 20v10; 25r17; 28v13-28v14; 33r17; 46v15; 46v18
Quieren *4* 24r24; 28v23; 34v27; 38r12
Quieres *7* 4v23; 16v10; 33r24; 33v8; 47v19; 49r33; 49v6
Quiero *21* 1r5; 6r8; 6r10; 11r18; 13r21-13r22; 14r1; 14r3-14r4; 18r22-18r23; 20v16; 21v2; 33v7; 34v3; 42v10; 44r8; 44v12; 48v3; 54r26
Quinto *1* 21v2
Quise *3* 32r6; 32r8; 34r17
Quisieran *1* 51r2
Quisieres *2* 24v5; 28r1
Quisieron *1* 51r31
Quisjeres *1* 46r17
Quisjeron *1* 37v12
Quiso *15* 1r3; 2r20; 5v4; 10v7; 11r12; 13v3-13v5; 16v21; 20r4; 45v24-45v25; 53r16; 54v2; 55v19
Quisyera *1* 42r19
Quisyeran *1* 37v16
Quisyere *1* 6r13
Quisyeren *1* 28v21
Quisyeres *2* 4v20; 24v8
Quisyeron *3* 1v13; 23r23; 27r25
Quisyese *1* 24r12
Quitar *1* 35r26
Quitaras *1* 20v13
Quitas *1* 47v23

Quitava *1* 47v22
Quiteste *1* 9v11
Quito *2* 14v19; 38r11
Qujen *9* 6v6; 10r17; 13r7; 22r13; 28v10; 33v8; 38r17; 48v29; 53v8
Qujenquier *1* 36r10
Qujeras *1* 10r8
Qujere *5* 13r7; 28r16; 28v10; 35r25; 49r13
Qujero *2* 7v13; 48v1
Qujnto *1* 23v7
Qujsieron *2* 18v19; 52v29
Qujso *3* 10v23; 13v18; 49v32
Qujsyera *1* 3r11
Qujsyeran *1* 53v6
Qujsyerom *1* 1v6
Qujsyesedes *1* 48r20
Qujta *1* 31v13

R

Rabya *1* 42v14
Raçon *2* 45r13; 46r6
Rascadas *1* 46v11
Rastrro *1* 49r20
Raujosa *1* 37r18
Razon *7* 34r21; 46v1; 47r30; 50r13; 50v5; 50v8; 53r2
Razones *1* 35v21
Rebtado *1* 46r21
Recabdo *1* 55r12
Reçebjeron *1* 44r21
Recreço *1* 43v2
Redes *1* 45r24
Rehenes *1* 52v29
Rencura *1* 47v15
Rendieron *1* 23r1
Renegada *1* 35r17
Reprendidos *1* 52r27
Resçebe *1* 42v27
Resçebydo *1* 47r18
Resçebydos *1* 40r15
Resçebyeron *2* 38v3; 46v7
Resçebymos *1* 51v7
Resçebyr *2* 39r2; 52r10
Resçibyeron *3* 2v9; 47r28; 51r29
Resçibyo *2* 4v16; 10v1
Respondio *1* 48r25
Respuesta *1* 48r15
Retenjen *1* 41r21
Retraydo *1* 42r7
Retraydos *1* 52r26
Reuelto *1* 41v23
Reuoluer *2* 37v12; 37v27
Reutar *1* 54r1
Rey *50* 34r26; 34v17-34v18; 38v24; 39r10-39r11; 41v3; 42r17; 42r23; 43v1; 44r21; 44v8-44v10; 44v13; 44v25; 44v28; 45r2; 45r14-45r16; 45v3; 45v5; 45v23; 45v25; 46r2; 46v1; 49r8; 51v14; 51v17; 52r8; 52r15; 52v19; 52v23; 52v34; 53r8; 53v9; 53v22; 54r5; 54r11-54r12; 54r15; 54r22; 54v8; 54v13; 55r1; 55r11; 55r18; 55r24; 55v5
Reyes *1* 34r26
Reygna *1* 53v27
Reygnado *1* 52v34
Reygnar *2* 53v18; 53v26
Reyna *7* 44r27; 45r2; 45r6-45r7; 45r11; 45r14; 54r3
Reynado *2* 44r15; 55r3
Rezjo *5* 40r14; 41r5; 41v28; 42r4; 51v1
Ricos *1* 51v5
Rjo *1* 54v22
Robado *3* 53r22; 55r1; 55r6
Robar *1* 53r11
Robo *1* 53r30
Rogaba *1* 54r11
Rogando *3* 42v7; 43r14; 47v4
Rogar *1* 35v1
Rogaron *1* 37r15
Rogo *1* 17v18
Rojdo *1* 55v7
Romerya *2* 47r10; 48r10
Ronpya *1* 38v17
Ronpyo *1* 42r22
Rota *1* 46v10
Rouo *1* 53v20
Rrabia *1* 1r13
Rrabya *1* 11v14
Rrapaz *1* 6r6
Rrasura *1* 14v8
Rrazom *1* 5v2
Rrazon *14* 2r1; 5r17; 11r17; 14r1; 14r3; 15v5; 17v18; 19v7; 24v9; 24v11; 25v26; 28v1; 28v5; 29r15
Rrazonando *1* 32v9
Rrecabdada *1* 24v10
Rrecabdadas *1* 5v13
Rrecabde *1* 4v14
Rrecojieron *1* 7r20
Rrecontando *1* 10r16
Rrecuden *1* 28r9
Rrecudiol *1* 20r23
Rrecudyr *1* 18r22
Rrecurryr *1* 25r11
Rredes *1* 6r18
Rreferiendo *1* 14v11
Rreferyr *1* 14r16
Rrefes *1* 12v11
Rrefex *1* 22r19
Rrefexmjente *1* 4v8
Rrefusar *1* 17v23
Rregion *1* 10v23
Rregyom *1* 3v5
Rrejas *1* 5r3

Rreljqujas *1* 8v2
Rreluzen *1* 30v12
Rrencura *4* 3r15; 11v11; 15v19; 24v1
Rrendieron *2* 12r6; 23v2
Rrenegada *1* 6v20
Rrenegados *1* 18r6
Rrenovado *1* 30v28
Rresçebyan *2* 27r10-27r11
Rresçebyendo *1* 29r22
Rrescebyr *1* 10r25
Rresçebyr *1* 26r10
Rresçibieron *1* 1v5
Rresçibio *1* 20v5
Rresçibyemos *1* 25r14
Rresponder *1* 29r13
Rrespondieron *1* 50v7
Rrespuesta *1* 21r21
Rresuçitavan *1* 51v16
Rretenjan *2* 27r9; 39v22
Rretenjr *1* 26r18
Rretovyste *1* 42v22
Rretraer *1* 7v13
Rretrraer *1* 18v18
Rrevate *1* 29r19
Rrevato *1* 29r24
Rrevoluer *1* 37v27
Rrevolvyo *1* 4r6
Rrey *63* 1r23; 2v18; 2v24; 3r3-3r4; 3r12; 3r21-3r23; 3v8; 4v2; 4v12-4v13; 4v16;5r19; 5v1; 6v5; 7r1; 7r8-7r9; 7r13; 8r14; 8r17; 10r19; 10v9; 10v21; 10v24; 11r9-11r10; 11r13; 11r18-11r19; 11r21; 11v19-11v20; 12v2; 14r4-14r5; 14r14; 14r20; 16v3; 19r2; 19r22; 23v20; 24r9; 24r13-24r14; 25r1; 26r2-26r3; 26r21; 26r23; 26v5; 27r14; 27r16; 27r21; 27r26; 28v27; 32r3; 32v8; 53r3
Rreyes *10* 1v20; 2r4; 11v21; 16v3; 17r18; 17r20; 20v15; 22v6; 32r1; 32r13
Rreygnado *3* 10r24; 11r12; 11r23
Rreygnar *1* 22r6
Rreygno *5* 10v22; 11r6; 11r11; 11r13; 11v2
Rreyna *1* 9v6
Rreynado *4* 3v1; 4v8; 10v1; 15r16
Rreynar *2* 3r11; 4v21
Rreynase *1* 3r6
Rreyno *9* 2v17; 2v20; 3r9; 3r23; 3v8; 4r15; 5r1; 7r2; 9v11
Rreynos *1* 5r7
Rreys *2* 2v16; 15v3
Rrezjentes *2* 9r4; 13r7
Rrezjo *1* 26r26
Rricos *2* 17r20; 25r5
Rrio *2* 13r6; 13r11
Rriqueza *1* 23r11
Rrobados *1* 23v17
Rroçines *1* 5r4
Rrodrigo *3* 1r23; 7r9; 7r13
Rrodrrygo *2* 14v17; 14v22
Rrodrygo *9* 3v8; 4v2; 4v16; 5r19; 5v1; 7r1; 8r17; 16r3; 19r2
Rrogando *1* 10r14
Rrogo *1* 16r15
Rrogue *1* 34r11
Rroldan *1* 29r1
Rroma *1* 2r13
Rromeria *1* 20r10
Rronper *1* 26v19
Rronpya *1* 29v9
Rrosa *1* 37r20
Rrota *1* 46v11
Rrovadores *1* 4r1
Rrovar *1* 23v21
Rrovavan *1* 7v11
Rroydos *2* 22r2; 22v3
Rrueda *2* 6v22; 15v18
Rruego *3* 20r23; 21r13; 48v31
Rruy *1* 15r3
Rrybera *2* 29r20; 29r29
Rrycamente *1* 30v11
Rryco *1* 22r14
Rrycos *3* 8v19; 30v18
Rryncon *1* 15r6
Rryvaldos *1* 29r3
Rryvera *1* 7r16
Rueda *1* 35r19
Ruy *1* 36v25
Ryco *5* 35r22; 35r24; 36v2; 52v34

S

Sabe *2* 18v3; 38r5
Sabedes *1* 37v21
Sabemos *3* 16v11; 34v20; 46v21
Saben *1* 37v25
Saber *7* 17v11; 18v16; 25r7; 33v8; 34r7; 34v11; 38r9
Sabes *1* 16v9
Sabet *1* 13v6
Sabia *1* 20r8
Sabido *1* 6r11
Sabidor *1* 19v3
Sabor *7* 11r15; 23r21; 27r18; 32r5; 44v8-44v9; 47r8
Sabores *1* 1r17
Sabras *2* 4v5; 20v2
Sabre *1* 24v24
Sabria *1* 31v5
Sabrroso *1* 32v10
Sabrya *1* 28r26
Sabryemos *1* 51v9
Sabyan *5* 6v2; 7v22; 29r13; 50v33; 50v35
Sabydo *2* 16r8; 20r21
Sabydor *1* 20v9
Sabydoria *1* 29v7
Sabydos *1* 52v15
Sabye *3* 3r10; 37r12; 38v8

Sabyendo *1* 22v4
Sabyos *1* 9v5
Sacado *2* 3v2; 51v22
Sacar *7* 24v5; 30v13; 32r17; 44r20; 48r19; 48v16; 51r8
Sacaron *2* 26v23; 40r23
Saco *1* 49r6
Sacristanjas *1* 7v11
Saetas *1* 10v9
Safagun *1* 53r10
Safagunt *1* 53r19
Sagrada *3* 2v6; 9v3; 45v24
Sagrrada *3* 19v22; 37r16; 39v3
Sal *3* 13r12-13r13; 29v26
Salados *1* 13r7
Salamanqua *1* 11r7
Salamon *1* 28v3
Salar *1* 36r10
Salas *3* 36r3; 36r6; 41v1
Sale *1* 31r24
Salgamos *1* 46v15
Salgo *1* 16r5
Salja *1* 42v2
Saljan *1* 29r27
Saljda *3* 26v8; 34v26; 50v26
Saljdo *2* 33v13; 50r2
Saljere *1* 35v14
Saljeron *6* 10v15; 26v2; 27r2; 27r19; 46v8; 53r15
Saljo *7* 7r14; 16r6; 24r2; 26r10; 30r11; 44v26; 52r10
Saljr *9* 6r13; 15v21; 16v16; 21r12; 27v4; 46v23; 48v17; 52r11; 52v9
Saljredes *1* 48v22
Salomon *1* 29r4
Salua *1* 46r5
Saluador *2* 11r16; 18v11
Saluar *1* 24r6
Saludol *1* 20r18
San *16* 1v19; 2v21; 7r15; 9r12; 9v4; 9v15; 9v21; 11r16; 19v22; 20v4-20v5; 23r19; 23v1; 31v14; 32v14; 34v8
Sanar *2* 23v13; 28r17
Sancha *3* 48v5; 49v21; 51v6
Sancho *13* 24r13; 24v11; 26r2; 26r9; 26r21; 27r14; 27r16; 27r21; 44r13; 45r2; 54r12; 54r22; 54r26
Sancty *1* 2r21
Sangre *3* 1v9; 20v15; 55v14
Sangrjentos *1* 43v23
Sangrue *5* 15r24; 27r6; 37v8; 39v16; 52r24
Sangrujenta *1* 37r20
Sanna *8* 10v16; 16v5; 18v26; 30r7; 33v15; 42v17; 46r26; 46v17
Sannudo *2* 17v2; 18r19
Sannudos *2* 52v16; 53v23
Sano *1* 22r13
Sanos *2* 22v21; 41v26
Sanson *1* 33v5
Santa *4* 1v10; 20r7; 23r1; 30r19
Santas *2* 1v12; 13v10
Santo *5* 1r4; 2v22; 13v4; 20v6; 43r18
Santos *5* 1v8; 1v10; 1v17; 13v8; 34r20
Santyago *7* 13v1-13v2; 33r4; 33v2; 40v14; 47r12; 48r10
Santydat *1* 20r8
Saqua *1* 9v12
Saquamos *1* 27v19
Saquaremos *1* 19r23
Saquase *1* 47v4
Saquases *1* 24r18
Saquastes *1* 51v11
Saque *2* 16r17; 53r5
Saquemos *2* 18v7; 53r3
Saqueste *1* 9v14
Satan *1* 31r23
Satanas *1* 27v17
Sazom *2* 5v1; 34r16
Sazon *9* 3v4; 10v24; 15r8; 15v8; 17v20; 25r15; 39r22; 48r28; 53r1
Se *195* 1r23; 2v17; 2v24; 3r7; 3v8; 3v14; 4v4; 4v9-4v11; 5r9; 6r19; 6v7; 7r15;7r20; 7v21-7v22; 8r5; 8v3; 8v10; 8v17; 9r7; 9r16; 10r15; 10v2; 10v11; 11r16;11v3; 12r1; 12r3; 12r8; 12v24; 14r7; 14r14; 14r17; 14r19; 15r3; 16v21; 17r1;17r7; 17r9; 18r2; 18r18; 18v17; 18v23; 19r13; 19v9-19v10; 19v12-19v13; 19v17-19v18; 19v24; 20r1; 20v4; 20v6; 21v9-21v10; 21v21; 22r5; 22r12-22r13; 22v2; 23v20; 24r24; 24v16; 24v22; 24v25; 25r16; 25v3; 25v8; 25v21; 26r23-26r24; 26r26; 26v1; 27r18; 27r28; 27v10; 28r5; 29r19; 29r27; 29v17; 29v22-29v23; 30v16; 31v1-31v2; 31v14; 32r3; 32v9; 32v11; 33v13; 35r19; 36r24; 37r8-37r9; 37v7; 37v15; 37v21-37v22; 38r2; 38r8; 38r27-38r28; 38v2; 39r3; 39r7; 39r23; 40r3; 40r5; 40r17; 40r19; 40r21; 40v12; 41r5; 41r7; 41r9; 41r25; 41v11; 42r7; 42r9; 42r11; 42r14; 42r23; 42v4; 42v19; 43r13; 43v13; 43v21; 44r24; 44v17; 45v12; 45v18; 45v22; 46r1; 46r3; 46r8; 46r28; 46v27; 47r7; 47r12; 47r24; 47r28; 47r30; 47v1; 47v20; 48r9; 48r13; 48v7; 48v12; 48v25; 49r13; 49r15; 49v14; 49v17-49v18; 50r4; 50r8; 50r10; 50v24; 50v31; 50v34; 51r2-51r3; 51r25; 51v1; 51v3; 51v23; 52v13-52v14; 52v16; 52v18; 53r9-53r10;53v4; 53v8; 54r3; 54r14; 54r22; 54v9; 54v15-54v16; 55r3; 55r18-55r19; 55r24; 55v13
Sea *20* 3r22; 6r8-6r10; 6r15; 11r10; 16v6; 24v23; 31v13; 32v2; 34r2; 34r12; 35v12; 35v19; 40r9; 46r12; 48v29; 49r8; 49r27; 49r33
Seamos *3* 9r20; 38r23; 46v16
Sean *1* 40v4
Sed *2* 40r12; 48v15
Seda *1* 23r15
Seguja *1* 20r12
Segun *1* 34r20
Segund *1* 52r17
Segunt *3* 11v15; 15v16; 32r20
Segurado *1* 48v15
Segurados *1* 8v16
Seguranças *1* 5v16
Segures *1* 6r3
Seguros *2* 5v11; 6r7
Sela *2* 12v5; 49v20
Sele *10* 4r19; 19v15; 31v9; 38v27; 41r2; 42r16; 42r18; 42v6; 53v32; 54r17
Seles *4* 2r18; 6v21; 35v13; 46r5

Selo *9* 2v1; 11v11; 15v10-15v11; 24r4; 25r2; 25r9; 37v5; 47r15
Selos *2* 21v24; 43v25
Semana *1* 36v16
Semeja *5* 9r11; 22r21; 27v17; 43v27; 50r31
Semejable *1* 50r15
Semejamos *1* 27v20
Semejante *1* 38v26
Semejar *1* 28r16
Semejaran *1* 21r2
Semejaria *1* 15v2
Semejarya *1* 42v19
Semejase *1* 28r2
Semejauan *1* 43r20
Semejava *3* 37r22; 38v25; 40v8
Semejavan *2* 8r10; 22r3
Semjente *1* 40v27
Senblante *1* 37r21
Senbrar *1* 5r3
Senderos *1* 31r16
Senna *10* 37r9; 40r21; 40v17; 50r24; 50v18; 50v28; 50v31; 51r4; 51r11-51r12
Sennal *1* 43r25
Sennalado *1* 44v18
Sennalados *1* 3r17
Sennallado *1* 38v8
Sennero *4* 33v22; 41v9; 46v3; 50v2
Sennor *104* 1r6; 2v23-2v24; 3v12; 4v13; 4v20; 9r20; 9v3; 9v5; 9v9; 9v16; 10r3; 10r5; 11r2; 11r9; 13v7-13v8; 13v17-13v18; 14r8; 14r11; 14v23; 15v17; 15v21;16r10; 16r14; 16r16; 16r18; 16v1; 16v3; 16v9; 16v12-16v13; 16v15; 17v19; 18v25; 20r5; 20r11; 20v8; 21r11; 21r17; 22r15; 22r24; 24r7; 27r17; 27v12; 27v29; 28r1; 28r25-28r26; 30v14; 31r2; 31v22-31v23; 32r2; 32r18-32r19; 32r25;32v1-32v2; 32v4; 32v7; 32v26; 33r18; 35r11; 35v1; 35v19; 38r16-38r18; 39r16; 39v11; 40v22; 42r3; 42r16; 42v13; 42v17; 42v21; 42v25; 42v27; 43r5; 43r10; 44r19; 44v11; 45v21; 46r16-46r17; 48r18; 49r7; 49v32; 50r12; 50r14; 50r19; 50r25; 50v14; 50v18; 50v30; 51r8; 51r23; 51r28; 52r3; 52v19; 53v12
Sennora *10* 20r8; 30r19; 48r21; 48r23; 48v8; 48v27; 48v31; 51r13; 51v4; 51v7
Sennores *6* 4r2; 7v6; 16v8; 18v6; 18v22; 52v9
Seno *1* 10r6
Sentençia *1* 1r27
Sentido *1* 3r12
Sentjdo *1* 46r15
Sentydo *7* 8v23; 14r5; 16r18; 18r13; 24r2; 39r10; 48r5
Sentydos *1* 8v8
Sepades *7* 2v3; 11v20; 11v22; 25v2; 34v11; 39v21; 41r6
Sepan *1* 15v23
Sepas *1* 24r17
Sepulcro *1* 8r16
Sepultura *1* 8r15
Ser *41* 3r7; 4r15; 8r3; 8v14; 11r22; 13r22; 14r12; 16v8; 18v12; 18v24; 21r23; 23r8; 23r18; 24v15; 24v18; 25v6; 29v21; 32v13; 33r16; 35r10; 35r21-35r22; 35r28; 35v10; 36r13; 42r10-42r12; 43v1; 45v9; 46r24; 48r1; 50v20; 52r29-52r30; 52v1; 52v32; 55v3
Sera *20* 2v8; 4v7; 19r24; 19v6; 20v15; 20v17; 20v24; 25v21; 28r22; 28r24; 33r4;33r6; 33v2; 33v20; 35r28; 42v15; 42v28; 43r4; 47v28; 51r10
Seran *7* 20v13; 29r7; 34v25; 35r2; 35r4; 35r20; 51r14
Seras *2* 20v20; 47v26
Sere *4* 19r24; 25v19; 33r3; 49v24
Seredes *1* 48v28
Seremos *2* 18r9; 35r3
Seria *8* 11r24; 13r3; 17v16; 25v1; 44v27; 45r8-45r9; 45r23
Serian *1* 43r10
Serien *2* 17r22; 23r12
Serja *2* 55v8-55v9
Serjan *1* 55v16
Serjas *1* 46r21
Serpyente *2* 37v19; 40v25
Serpyentes *1* 9v20
Serranos *1* 36v26
Serujçio *5* 16r21; 17r6; 31v23; 31v25; 32r6
Serujdo *2* 2v13; 20v6
Serya *4* 5r23; 8r1; 49v2; 53r25
Seryades *1* 52v2
Seryan *2* 7v24; 31r7
Seryas *1* 48r3
Serye *1* 36r25
Seryen *2* 23v23; 29r6
Seso *13* 16r18; 17v17; 24v17; 27r2; 28r10; 28v3; 29r11; 32v5; 32v7; 34r14; 46v8; 48v23; 50r11
Sesudos *2* 13v13; 38r9
Set *1* 40r16
Sete *1* 21r16
Sevylla *2* 2v23; 6v20
Seyendo *1* 16v14
Seys *4* 36r19; 36v17; 45v2; 45v4
Si *1* 30v4
Sienpre *1* 23r4
Siglo *1* 52r28
Siquiera *1* 51r3
Siruan *1* 21v8
Sj *11* 43r5; 44v16; 44v19; 45r16; 45v8; 46r3; 46r17; 46r21; 46r24; 54v24; 55r9
Sjenpre *3* 43r4; 43v20; 44v20
Sjn *3* 43v3; 46r6; 46r27
So *15* 15v22; 16r16; 17r13; 24r15; 24v14; 28r24; 32r25; 33r18; 33v9; 34r3; 41v27; 42v9; 45v7; 45v11; 48r27
Sobejo *4* 30v10; 34v17; 44v1; 55r22
Soberano *1* 23r9
Sobre *20* 11v5; 12r22; 12v21; 13r2; 16v6; 18v14; 24v1; 26v25; 27r5; 29v24; 30v23; 32r15; 32v3; 35r27; 40r2; 40r4; 42r27; 46r3; 47r16; 52v13
Sobrjna *1* 45r6
Sobrre *1* 10v4
Sobryno *1* 41v10
Sobrynos *1* 36r11
Sobyda *1* 48v6
Sobydo *1* 50v12

Sobyeron *1* 30r26
Sodes *6* 2v6; 13v12-13v13; 38r9; 48v13-48v14
Sofrjr *1* 43v12
Sofrrya *1* 39r24
Sofrrymos *1* 27v22
Sofrya *1* 40v18
Sofryeron *1* 19r9
Sofrymos *1* 33v25
Sofryr *3* 7v17; 35r15; 52v3
Sojusgados *1* 3r18
Sol *3* 32v15; 40r18; 46r1
Sola *2* 44r27; 48r19
Soldada *2* 5r13; 49v4
Solja *2* 19v16; 50v20
Soljan *1* 5v7
Solo *11* 7r22; 18r24; 24v18; 32r7; 32r14; 33v22; 33v24; 38r14; 44r16; 46r4; 50v2
Solos *2* 45v2; 47r26
Solto *1* 46v5
Som *1* 33r8
Somjo *1* 22r12
Somo *1* 46r8
Somos *15* 5v11; 8v22; 10r9-10r10; 18r8; 18v6; 21r15; 21r17; 23v25; 33v25; 40r17; 46v13; 46v17; 50v2; 51v5
Son *29* 5r18; 7v2; 12v14; 13r8; 13r16; 16v2; 18r6; 18r24; 19v1; 19v3; 22v19; 25r24; 25v2; 25v7; 25v10-25v11; 27v16; 28r13; 28r19-28r20; 28v6; 31r14; 38r12; 43r9; 46v3-46v4; 53r4; 54r12; 55v18
Sonada *1* 47v27
Sonar *1* 26r16
Sonavan *1* 38v19
Sonbra *2* 3v10; 16r2
Sonnando *1* 32v12
Sonnara *1* 33r19
Sope *1* 34r9
Sopieron *2* 8r14; 10v5
Sopimos *1* 8v21
Sopo *5* 11v13; 15v13; 17r12; 51r22; 54r3
Sopyeron *2* 10v3; 27r25
Sopyese *1* 16r1
Sorrendo *1* 19v24
Sosanno *1* 52v3
Soterrado *3* 31v18; 34r10; 34v10
Soterrados *2* 8v14; 44r12
Soterramjento *1* 21v6
Soterrar *2* 21v3; 44r4
Soterrarian *1* 43v24
Soterraron *1* 44r11
Sotylmjentre *1* 30v7
Soveruja *3* 24r8; 25r13; 25r19
Soverujo *1* 9v10
Soy *1* 45v10
Spadas *2* 23r16; 26r18
Spyritu *1* 1r4
Spyritus *1* 2r21
Sseras *1* 28r21
Ssofrryendo *1* 26v20
Su *185* 1r27; 1v5; 1v9; 2r15; 3r1; 3r11; 3r20; 3v3; 3v23; 4r10; 5r17; 5v2; 6r15; 7r16; 8r18; 10r1; 10r16; 10r25; 10v22; 11r4; 11r11; 11r15; 11v7-11v8;11v12; 12r3; 12r9; 12r11; 12r21; 12v7; 13v8; 14v3; 14v5; 14v7; 15r13-15r14; 15r24; 15v6; 15v9-15v10; 16r12; 16v5; 16v17; 16v20; 17v1; 17v18; 18v4; 19v8-19v9; 19v12; 19v16; 20r18; 20r20; 20v4-20v5; 20v8; 21v8; 21v11; 21v15; 22r15-22r16; 22v7; 22v25; 23r20; 23v1; 23v3; 23v6; 23v19; 24r11; 24r15; 24v9; 24v11; 25v26-25v27; 26r5; 26v7; 27r19; 27v12; 28v1; 28v13; 28v16; 29r4; 29r15-29r16; 29r19; 29r26; 29v24; 30r23; 30v3-30v4; 30v9; 30v16; 30v25; 31r2; 31r23; 31v13-31v14; 31v16; 31v20-31v21; 32r2; 32r5-32r6; 32v9; 32v17; 32v26; 33r1; 33r9; 33r22; 34r1; 34r12; 34v9; 34v19; 35v2; 35v12; 35v17; 37r10-37r12; 37v3; 38r11; 38r19; 38r24; 38v1; 38v8; 39r10; 39r21; 39v1-39v2; 40r20; 40v9; 40v17; 40v20; 41r26; 41v10; 42r3; 42v6; 43r10; 44r12; 44v17; 44v28; 45r25; 45v12; 45v14-45v16; 46r15; 46v1; 46v12; 46v25; 47r12; 47r29; 47v2; 48r9-48r10; 48v2; 48v26; 49v27; 50r13; 50v5; 50v9; 50v18; 50v27; 51r21; 51r23; 51r28; 52r3; 52r14; 53r9; 53r18; 53v2; 53v14; 53v19; 54r16-54r17; 54v16; 54v23; 55r6; 55r12; 55v6; 55v12
Suele *1* 35r28
Suenno *2* 32v10; 33r19
Suennos *1* 34r17
Suframos *1* 25r19
Sufren *1* 1r15
Sufryeron *1* 1v7
Sujusgar *1* 11v2
Sus *98* 1v23; 2v13; 4r2-4r3; 4v2; 4v10; 5r7; 5r14; 5r19; 5v15; 5v19; 6r1; 7r9;7r11; 7r13; 8r6; 8r8; 8r21; 8v9; 8v18; 10r15; 10v14; 11v9; 11v19; 11v24; 13v11; 15r20; 17r1; 17r3; 17r18-17r19; 17v13; 19r12; 19v12; 21v17; 22v4; 22v6-22v7; 22v12; 23r6-23r7; 23v5; 23v10; 25r4; 25r7; 26r4; 26r10; 26v4; 26v12; 26v14; 27r22; 27v17; 28v26; 29v11; 30r11; 30v26; 31r18; 32r15; 32v11;33v15; 35r16; 36v8; 37r11; 37v26; 38r1-38r3; 38r28; 38v10; 39r17; 39v8; 39v23; 40r5; 40r11; 40r23-40r24; 40r26; 40v2; 40v6; 42v3; 43r23; 43v16; 45v19; 47r11; 48r8; 48r12; 49v20; 52r27; 53r13; 53r29; 54r11; 54v1; 54v9; 55r10; 55r16
Susana *1* 9v13
Suso *2* 43r17-43r18
Susol *1* 32v14
Suya *1* 28r16
Suyo *3* 19r10; 26v16; 35r16
Suz *1* 31r18
Suzjo *1* 31r24
Sy *113* 2v6; 4r22-4r23; 4v19-4v20; 5r11-5r12; 5v3; 6r8; 6r14; 8r6; 8v22; 9r1; 9v24; 10v12; 12r8; 12r15; 12r22; 14r2; 15v17; 16r1; 16r5; 16v5; 17r14; 17r21; 17v15; 17v19; 17v21; 18r9-18r10; 18r12; 18r15; 20r6; 20r10; 20r14; 20r21; 20r24; 21r19; 21v1; 24r12; 24r18; 24v5; 24v8; 25v15-25v16; 25v22; 25v25; 26r17; 27r3; 27v15; 27v19; 27v23-27v24; 28r1-28r2; 28r11; 28v13; 28v15; 29r6; 29v9; 32r17; 32r21; 33r23; 33v4-33v5; 33v20; 34r7; 34r11; 34v16; 34v25; 35r1; 35v6; 35v8; 36r21; 37r7; 40v18; 41v20; 41v24; 42r14-42r15; 42r19; 42v6; 42v8; 42v28; 46v22; 47r21-47r22; 47v19; 48r1; 48r5-48r6;48r20; 48r24; 48v17; 48v21; 48v23-48v24; 48v26; 49r2; 49r4;

49r24; 49r32-49r33; 49v2; 50r21; 50r25; 51r2; 51v10; 52v1; 53v6; 53v32
Syenbren *1* 5r6
Syenpre *15* 10r16; 12r24; 13v17; 15v3; 18v13; 18v27; 19r10; 21v4; 26r8; 27v13; 29r18; 35r21-35r22; 41v16; 49r30
Syerpe *2* 37r18; 38r6
Syerpes *1* 21r20
Syerra *2* 17r2; 36v27
Syerras *2* 13r14; 39v22
Syeruo *4* 10v17; 14r6; 32r25; 34v8
Syeruos *2* 16v8; 46v16
Syervo *1* 11r14
Syete *1* 11v22
Syglo *3* 3v2; 6v4; 32r17
Sygno *1* 20v23
Syguamos *1* 2r1
Sylla *2* 42v2; 52v20
Syn *43* 2r6; 2r8; 7r10; 11v9; 12v17; 14r8; 14r11; 14r15; 18r6; 18r15; 19r4; 19v4; 20v20; 21r11; 26v22; 30r12; 30r15; 31r21; 31v8; 32v4; 33v2; 33v19; 35v4; 37v14; 40v21; 40v23; 42v4; 42v13; 46v4; 46v13; 47r19; 47v13; 47v16-47v17; 48v22; 50r10; 50r22; 50v3; 52v9; 53v26
Synjestra *1* 49r10
Syquiera *1* 12v20
Syrven *1* 12v24
Sys *1* 24r10

T

Tablados *1* 51v27
Tablas *1* 51v28
Tabyna *1* 11r2
Tal *33* 3r3; 4r14; 5r23; 7v15; 8v15; 11r7; 12v6; 13r3; 13r10; 15r18; 24r8; 24v16; 25r11; 25r19; 25v9; 27v22; 33r6; 34v19; 35v15; 37v15; 38r8; 40r13; 40r27; 43r3; 44v6; 45r18; 46r10; 47r23; 48r23-48r24; 49v29; 51v8; 54v12
Talento *1* 1v14
Tales *12* 6r4; 6r18; 6v4; 9r1; 12v19; 13r8; 13r20; 18r24; 19v8; 26v1; 26v3; 39r4
Taljento *1* 38v21
Tallento *1* 53v14
Tamanna *4* 12v22; 16v6; 51r1; 53r7
Tan *39* 3r22; 7v8; 9v12; 10v11; 10v13; 10v18; 11r10; 20r3; 22r20; 22r22; 23r8; 24v15; 25r6; 26r3; 26r15; 27v23; 27v25; 29r6; 30r2; 34r4; 36r6; 37r25;39r1; 39v11-39v12; 43r22; 43v9; 44r5; 46v7; 47v10; 48r4; 49v1; 49v21-49v22;51r29; 52r29; 52v34; 53r6
Tanjendo *1* 8r9
Tannendo *1* 22r1
Tanner *1* 40r20
Tanta *2* 3v17; 25r21
Tantas *1* 23r18
Tanto *24* 3r11; 7v4; 14r1; 20r12; 20v9; 22r20; 25r21; 26v16; 27v18; 29r8; 33r24; 33v16; 33v25; 34r25; 35r5; 35r15; 39r7; 42r19; 51r31; 53r25; 54r17; 54r20; 54r24
Tantos *3* 12v23; 36r22; 54v13
Tardaba *1* 54r20
Tardado *1* 54r17
Tardando *1* 50r28
Tardas *1* 33r24
Tardase *1* 34v1
Tardaua *1* 44r16
Tardava *1* 34r25
Tardes *1* 33r23
Te *51* 4r22; 4v21-4v22; 16r21; 16v10; 16v13; 20r23; 20r25; 20v1; 20v9; 20v16; 20v18; 20v21; 21r5; 21r10; 21r13; 21r15; 24r16; 24r22; 24v8; 28r23; 28r25; 28r28; 31v25; 32r21; 32v19-32v21; 32v25; 33r2; 33r11; 33r22; 33v7; 33v22-33v23; 33v25-33v26; 34r22; 39v11; 42v24; 43r16; 46r19; 46r24; 48r2; 49r29; 53v18
Techada *1* 19v19
Tela *1* 54r4
Telo *2* 21r13; 24r18
Temas *1* 28r27
Temen *1* 20r5
Temer *1* 38r16
Temjda *1* 20v17
Temjendo *1* 13v17
Temo *1* 14r2
Temor *1* 13v9
Ten *1* 20v18
Tendejones *1* 23r15
Tendidos *1* 52v17
Tenedes *1* 25v21
Tenemos *3* 10r11; 17v20; 27v19
Tener *10* 5v7; 30r10; 34r4; 34v12; 46v2; 47r22-47r23; 48r2; 49r28; 52v33
Tengamos *3* 50r18-50r19; 50r23
Tengas *1* 16r21
Tengo *11* 11v10; 16v8; 20r14; 20r25; 20v1; 24v17; 32r21-32r22; 38r18; 46r20; 48r26
Tenja *16* 5v1; 6v6; 7r13; 19v16; 26v10; 26v16; 29v12; 30r7; 38v21; 40r5; 40r10; 44r4; 45v26; 46v12; 47r7; 49v26
Tenjan *6* 7v16; 10v16; 15r8; 19r6; 37v13; 45r22
Tenjdo *2* 6r10; 22v14
Tenje *4* 22r10; 39r20; 40r3; 53v8
Tenjemos *1* 25r17
Tenjen *7* 6v1; 18v23; 26v27; 27v10; 35v22; 39v5; 51v16
Tenjendo *2* 32v9; 46r26
Tenporada *1* 9v1
Tenprada *1* 12v17
Tentaçiones *1* 9v16
Terçera *1* 33v3
Terçero *3* 20v21; 34r24; 43v21
Terminos *1* 3r18
Ternja *1* 46r19
Ternjan *1* 17v16
Terryn *2* 29r2; 40v19
Tesoro *1* 23r9
Tesoros *1* 7v11
Testornada *1* 6v22

Testorno *1* 6r19
Tetylla *1* 52v21
Tienpo *20* 1r19; 1r22; 2r16; 7r8; 8v16; 9r13; 9r15; 11r15; 14r10; 14r20; 14v23; 15r24; 15v17; 15v21; 15v23; 16v1; 19r5; 24r19; 28v13; 55r4
Tierra *57* 1r6; 1r9; 1r20; 1r23; 2r13; 3v14; 5r21; 6v19; 8r18; 8v17; 9r14; 10r20; 10v18; 11r4; 12r18; 12v19; 12v22; 13r1-13r2; 13r4-13r5; 13r9; 13r19; 13v5; 14r8; 14v3; 14v10; 14v14; 14v19; 14v21; 15r4; 17r15; 17v4; 19r2; 19r7; 20r22; 20v14; 22r12; 23r5; 26r1; 26v28; 30r21; 32r16; 32v3; 33r13; 35r18; 35v7; 37r27; 37v7; 39r12; 42r24; 54v19; 54v21-54v22; 55v13-55v14
Tierras *12* 3r16; 5r9; 8r10; 8v4; 12v14; 12v21; 12v24; 18v14; 31v5; 47r5; 47r14; 54r8
Tj *1* 46r20
Tjnnen *1* 55r21
Toda *58* 1r2; 1r9; 2r13; 2r17; 2v4; 3r19; 3v5; 4r4; 5r20; 5v2; 5v6; 6r14; 7r24;11r4; 12r3; 12r11; 12r21; 13v15; 14r8; 14v21; 15r4; 15r9; 16v20; 17v7; 19v9; 19v20; 20v16; 22r15; 23v1; 23v6; 23v21; 27r6; 29r16; 30v19; 31r11; 31v3-31v4; 32v3; 34r1; 36r8; 36r23; 37r20; 40r6; 40v2; 41r12; 41r15; 44r25; 47r15; 47v14; 47v28; 52v21; 53r11; 53r18; 53r22; 53v7; 53v19; 54v20
Todas *29* 1v23; 3r16; 3v19; 3v22; 4v3; 5v14; 5v18; 5v20; 9r17; 11v19; 12v21; 13r2; 13r15; 15v13; 22v12; 26v4; 27v21; 28r9; 30r1; 38v9; 38v17; 39v7; 40r24; 43r23; 44v29-44v30; 48r2; 53r13; 54v9
Todavya *2* 18v17; 47v4
Todo *88* 2v5; 2v10; 2v14; 4r15; 4v6-4v7; 6r13; 6v5; 7r2; 7r20; 8r22; 8v1; 9r10;9r21; 11v8; 12v15; 13r3; 13v6; 13v14; 16r8; 16r12; 18r4; 18r13-18r14; 18r20; 18r22; 19r13-19r14; 19r16; 20v3; 20v11; 20v17; 20v22; 21r4; 21v2; 22r26; 22v17; 23r21; 23v19; 24v1; 26v18; 27r29; 28r12; 29r21; 30v5; 30v9; 31r12; 31r23; 32v15; 32v24; 33r26; 33v10; 34r23; 34v4-34v5; 34v13; 35r9; 35v3; 35v13; 36r26; 37r28; 37v3; 37v5; 38r13; 38v5-38v6; 38v22; 39r10; 39v19; 40r1; 40v1; 41v14; 42r2; 42v28; 43v10; 44v8; 47r17; 48r9; 48v5; 49r5; 49r7; 50r1; 51v14; 53v14; 54v4; 54v16; 55v4; 55v6
Todos *173* 1v1; 2r22; 3v15-3v16; 3v23; 4r3; 5r4-5r6; 5r9; 5v11; 5v16; 6v13; 6v17;7r10; 7r18; 8r8; 8r13; 8v6; 10r19-10r20; 10v4; 11v14; 12r11; 12r13; 12r18; 14r10; 14r17; 14v13; 14v18; 16r11; 16v7; 17r3; 17r21; 17v10; 17v14; 18r7; 18r9; 18v22; 19r12; 19v5; 21r2; 21v8; 21v20; 21v23; 22r19; 22r24-22r25; 22v24; 23v3-23v4; 23v10-23v11; 23v25; 25r4-25r5; 25r20; 25v2; 25v4; 26r12; 26v12; 26v14; 26v25; 27r1; 27r7; 27r18-27r19; 27r28; 27v12; 28v21; 29v13; 30r4; 30v15; 31r19-31r20; 31v12; 32r7; 32r10; 32r26; 33v15; 33v17-33v18; 34v24; 34v27; 35r27; 35v18; 35v22-35v23; 36r1; 36v15; 36v24; 37r2; 37r6; 37r9; 37r15; 37r24; 38r3-38r4; 38r14; 38r16; 38r24; 38r27; 38v1-38v4; 38v10; 38v14; 38v18; 38v25; 39v26; 40r4; 40r21; 40r25; 40v6; 40v8; 40v10-40v11; 41r19; 41r23-41r26; 42r3; 42v17; 43r9; 43r11; 43r20; 43r27; 44r9; 44r15; 44r22-44r24; 44v22; 45r22; 45r30; 45v22; 46v19; 47v15; 47v22-47v23; 48r3; 49v8; 50r16-50r17; 50r20; 50r27; 50v8; 50v13; 51r10; 51r14-51r15; 51r30; 51v4; 51v7; 51v15; 51v19; 51v26-51v27; 52r12; 52r19; 52r26; 52v4; 53v2; 53v17-53v18; 54r7; 54r25; 55r23; 55v12; 55v17
Todoz *1* 31v12
Toledo *1* 2v22
Tolja *1* 22r17
Toller *2* 10r1; 38r15
Tolljo *1* 12r2
Tolosa *5* 27r20; 27v3; 30r8; 30r20; 30v27
Tolosanas *1* 30r1
Tolosano *3* 30r6; 30r17; 30v2
Tolosanos *7* 29r20; 29r29; 29v14; 29v22; 30r24; 30v25; 31r1
Tolossa *1* 31r2
Tomamos *1* 33v20
Toman *1* 28v20
Tomando *1* 32v10
Tomar *13* 3r9; 4v20; 19v10; 23v7; 25r10; 27v26; 28r11; 33v24; 44v11; 45v13; 54v2; 54v13
Tomara *1* 21v15
Tomaras *1* 45r19
Tomaredes *1* 35v6
Tomaria *1* 44v13
Tomaron *10* 8v2; 23r21; 27r22; 27v25; 40r26; 40v3; 44r12; 49r10; 50v15; 52r20
Tomauan *1* 43v17
Tomavan *1* 41r26
Tome *1* 16r19
Tomemos *1* 34v21
Tomo *4* 4v17; 45r29; 47r11; 49v23
Torçido *1* 4r13
Torçidos *1* 12r14
Tornada *5* 8r1; 12r4; 12r12; 46v20; 53v22
Tornado *4* 4r7; 21v12; 53v20; 55r5
Tornados *4* 8r5; 8v17; 12r17; 54r8
Tornar *13* 1v6; 11r18; 14r4; 28v12; 37v15; 38r8; 39r23; 44r2; 46r1; 46v26; 53r16; 53v15; 55r9
Tornara *1* 51r25
Tornaran *1* 12r8
Tornare *1* 50r23
Tornaron *11* 8r2; 11v24; 12r16; 15r16; 32r3; 37r13; 41r9; 43v13; 43v21; 52v7; 54r14
Tornasen *1* 37r8
Tornauan *1* 43v14
Tornava *1* 51v18
Tornavan *3* 10v11; 22r26; 46v13
Torne *1* 16v4
Tornemos *8* 2r1-2r2; 12r19; 19r17; 31r3; 38r21; 47r1; 54v4
Torneo *5* 8r11; 40v15; 42r28; 52r16; 53r20
Torno *5* 24v25; 33v13; 46r15; 48r13; 55r3
Tornol *1* 1r25
Toros *1* 51v29
Torpe *1* 11r24
Torpyn *1* 29r3
Torre *3* 12r10; 24v22; 39r4
Torres *3* 9r12; 17r4; 17r10
Toujeron *1* 45r26
Toujesen *1* 45r28
Touo *3* 45r9; 52v31; 54r3
Tovieron *1* 27r1
Toviese *1* 7r4
Tovjeredes *1* 18r14

Tovo *11* 7r14; 12r1; 12v9; 15v8; 18r18; 20v6; 29r14; 40v19; 48v7; 48v25; 49v14
Tovyemos *1* 25r15
Tovyeron *7* 7r23; 10v2; 26v13; 29r20; 50r1; 51r28; 52v27
Tovyeses *1* 28r2
Trabajo *1* 49v4
Trae *1* 33v8
Traen *1* 9r4
Traer *2* 18r10; 52v25
Traera *1* 33r9
Transido *1* 30r22
Tras *2* 19v18; 20r19
Travajado *1* 38r22
Travajava *1* 6v7
Travajos *1* 28v22
Travar *1* 49v19
Travesada *1* 29r23
Travesaras *1* 4v6
Traxeron *1* 45v4
Traxyste *1* 24r19
Traya *5* 17v7; 38v16; 39r19; 40v17; 51r24
Trayan *2* 5r10; 5r12
Trayçiom *1* 4r9
Trayçion *2* 4r16; 6v2
Traydo *1* 34r1
Traydor *5* 6r12; 6r16; 49v28-49v29; 50r23
Traydores *3* 33v26; 49r26; 52v2
Traye *1* 34v17
Traygamos *1* 50r27
Trebejo *1* 34v16
Trecho *2* 12r1; 33v18
Trechos *1* 27r17
Tregua *3* 17v23; 18v5; 33r25
Tres *13* 9v17; 14v12; 19v1-19v2; 19v21; 21r17; 22v17; 36r22; 37r2; 44v23; 44v26; 49v8; 54r23
Trestornada *1* 35r19
Treynta *4* 8v7; 19v2; 31r6; 45v4
Trezjentos *4* 22r22; 25v5; 30r24; 50v2
Triste *1* 21r7
Tristes *2* 14r11; 41v19
Tronjdo *1* 55v9
Trraem *1* 31r18
Trraen *2* 25v13; 31r15
Trraxyere *1* 6r11
Trrayan *2* 26r25; 31r6
Trraydo *1* 17r13
Trraydor *1* 49v24
Trrecho *1* 26v22
Trres *3* 14v13; 14v18; 33r26
Trrespasare *1* 4v1
Trronpas *1* 22r1
Trroteros *1* 17r15
Trygo *2* 4v19; 20r25
Tryste *1* 51r17
Trystez *1* 31r1
Tu *76* 4v6; 4v14; 5r11; 9v3; 9v8-9v9; 9v13; 10r1; 10r3; 10r5; 10r10-10r12; 15v17; 16r16; 16v3; 16v9; 16v12; 16v14; 20r11; 20r14; 20r24; 20v2; 20v10; 20v16-20v17; 20v22; 21r1; 21r7; 21r14; 22v17; 24v7; 28r1-28r2; 28r22-28r23;31v22; 32r18-32r19; 32r25; 32v1; 32v4; 32v19-32v20; 32v24; 32v26; 33r18; 33r21; 33r23; 33r26-33r27; 33v4-33v5; 33v7; 34r22; 35v19; 39v3; 42v24; 42v26-42v27; 43r5; 45r15-45r16; 47v14; 47v18-47v20; 47v25; 48r1; 48r5-48r6;49r27; 49r33
Tuelle *1* 48v10
Tuerto *4* 21r9; 25r13; 27v5; 33r23
Tuertos *3* 25r14; 25v23; 40r15
Turcos *1* 31r13
Turonnja *1* 2r19
Tus *5* 24r24; 28r17; 28r19; 32r24; 32v23
Tuya *1* 49r30
Tuyo *1* 33r18
Tuyos *1* 10r11
Ty *17* 10r4; 10r9; 20v15; 21r12; 22v16; 24r17; 24v1; 32r20; 32r26; 32v2; 39v4; 40r9; 42v25; 46r22; 47v15-47v16; 49v24
Tyenda *1* 22v2
Tyendas *4* 23r9; 23r15; 37r13; 41r9
Tyende *1* 6r18
Tyene *2* 27v23; 28v10
Tyenen *2* 35r18; 48v12
Tyenes *4* 28r18; 42v17; 45r17; 47v18
Tyenpo *1* 45r17
Tyerra *1* 12v17
Tyrada *1* 49v23
Tyraron *1* 27r4
Tyravan *1* 10v9

U

Ualas *1* 15v15
Uaron *1* 10v22
Ue *1* 33r21
Uertyda *1* 15r24
Ueste *1* 27v20
Uevyr *1* 15v22
Ujçioso *1* 28v17
Ujda *1* 45r20
Ujno *1* 45v18
Ujstas *1* 45r25
Ujuja *1* 20r17
Ujuo *1* 20v7
Ujvan *1* 21v7
Un *1* 29v9
Uos *1* 15v6
Urauo *1* 15v22
Uve *1* 32r5
Uyaron *1* 27r24

V

Venjan *10* 16r10; 21v23; 22r1; 29r26; 36v13; 36v26; 37r1-37r2; 37v13; 43r26
Venjda *8* 7v8; 11v12; 32v3; 41r7; 44r26; 48v8; 51v19; 53v2
Venjdas *1* 44v30
Venjdo *5* 20r19; 27v7; 28r22; 32v14; 37v4
Venjdos *2* 12r15; 40r17
Venje *3* 11r20; 37r18; 37r20
Venjen *9* 31r16-31r17; 31r19-31r21; 32r16; 36v9-36v10
Venjendo *1* 19r15
Venjera *1* 37v5
Venjeron *8* 2r5; 2r13; 10v5; 23v1; 32r12; 41r8; 44r23; 46v5
Venjese *1* 37v2
Venjesem *1* 30v14
Venjesen *6* 11v8; 17r17-17r18; 29v27; 45r25-45r26
Venjr *14* 10v4; 12r9; 17v6; 26r3; 26r9; 26r11; 28r19-28r20; 28v20; 30r9; 31v7; 39r1; 45v5; 46v24
Venjra *1* 48r28
Venjste *1* 24r20
Ventura *6* 3r14; 11v12; 15v18; 15v20; 46v13; 47v13
Venya *1* 43r25
Veo *1* 50v31
Ver *18* 13v22; 16r10; 22r5; 23r2; 26v16; 33r28; 34r5; 34r18; 35r6; 35r15-35r16; 42v16; 43r17; 47r8; 47r21; 47r26; 48v3; 49r14
Vera *1* 10r6
Veran *1* 20v23
Veras *2* 20v21-20v22
Verdadero *1* 3r14
Verdat *6* 1v11; 1v18; 4r21; 48v27; 51v13; 53v21
Vere *3* 25v20; 42v11; 48r28
Veredes *3* 25v18-25v19; 49r18
Veremos *1* 35r8
Verguença *3* 26v18; 48v10; 49v15
Veria *1* 25r9
Verie *1* 47r22
Vermeja *1* 37r20
Vermejo *1* 30v11
Vernalde *1* 29r2
Vernaldo *6* 11v17; 12r19; 12r21; 12v2; 12v7; 12v9
Vernan *1* 33r7
Vero *1* 42v21
Vertya *1* 37r23
Vertyda *2* 20v15; 52r24
Ves *6* 10v8; 12v12; 24v19; 31r9; 35v8; 39r11
Vesada *1* 51r10
Vesar *2* 51r15; 51v4
Vesaron *1* 10r24
Vesemos *1* 50r17
Veso *1* 12v2
Vesped *1* 21v15
Vesquir *1* 28v19
Vesqujan *2* 3v23; 4r3
Vesqujr *1* 8v15
Veste *1* 37v16
Vestes *1* 37r23
Vestya *2* 37v8; 38r17
Vestyan *1* 1v15
Vestyas *1* 5r12
Vestydo *2* 32v15; 46v10
Vestyol *1* 30v6
Vestyom *1* 33v6
Vestyon *1* 38v23
Vesyblemjente *1* 33r28
Veujan *1* 19v21
Veujo *1* 9v23
Veujr *3* 5v14; 14r15; 35r12
Veyan *3* 7v17; 21v21; 50v36
Veyen *2* 9r16; 50v34
Veyera *1* 32v16
Veyeren *1* 33r10
Veyeron *1* 32r9
Veynte *2* 8v7; 36v22
Vez *2* 9v20; 12v9
Vezes *5* 20v20; 24r20; 25v9; 26r21; 35r10
Vezjndades *1* 13v11
Vezjnos *2* 31r19; 34v27
Vibran *1* 6r7
Viçio *1* 31v24
Viçios *1* 1r18
Viçioso *1* 28v15
Vida *5* 7v7; 8v15; 9r13; 19v21; 20v13
Vieja *1* 19r4
Viemos *1* 51v8
Vien *3* 3v20; 8r3; 21v21
Viene *1* 28v16
Vientos *1* 20r5
Vieron *3* 26v3; 29r19; 42r1
Vio *2* 20r3; 21v11
Virgen *5* 1r3; 3v16; 9v7; 10r6; 20r7
Virgenes *1* 13v10
Virgines *1* 1v12
Virtud *2* 37r16; 39v3
Virtuoso *1* 42v9
Visiom *1* 33r7
Visquieron *1* 1r11
Visquiran *1* 5v15
Viuen *1* 16v1
Vivades *1* 5v17
Vjejo *1* 46r25
Vjemos *1* 13r20
Vjno *2* 44v2; 54v17
Vjo *5* 43r18; 43r22; 43v14; 45v5; 45v17
Vjstas *1* 45r26
Vjuo *2* 20r22; 22v19
Vn *91* 2v20; 2v24; 3r23; 3v9; 4r23; 7r21-7r22; 7v1; 8r11; 8r16-8r17; 9r9; 9v10; 10v7; 10v24; 11r8; 11r13; 12r23; 15r6; 15r15; 15r19; 15v7; 16r4-16r5;17v17; 19r3-19r4; 19v14-19v15; 20r16; 20v23; 21v18; 21v20; 22r11; 22r14; 23r10; 24r3; 24r5; 25v4; 26r4; 27r5; 28r9; 28v11; 29r17; 29v13; 30r16; 30v6-30v7; 30v11; 31r22; 32v10; 35r21; 38v9; 38v14-38v15; 38v24-38v25; 39v9; 41v2-41v3; 41v10-41v11; 43v9; 43v20; 44r3; 44r8; 44v5; 44v7; 45r12; 45v14; 47r5;

47r9; 47r20; 49r10; 49r12; 49r15; 49r19; 50r18; 50v1; 50v3; 50v11; 51r22; 51v21; 52r16; 52v12; 53r20; 54v13; 55r13; 55r19
Vna *60* 1r5; 3v15; 5v8; 8r15; 11r3; 14r17; 15r9; 15r23; 15v4; 15v8; 17r2; 19v3; 19v18-19v19; 20v14; 22v1; 23v4; 24v12; 26r1; 26v2; 26v23; 29v1-29v2; 30r4; 30r17; 30v23; 33r20; 34r19; 35v18; 36r17; 36v16; 36v27; 37r17-37r18; 38r18; 39r4; 40v18; 41v4; 43r15; 43r25; 44r3; 45r1; 45r12; 45v17; 46r7; 46r15; 46v20; 48r12; 48v1; 49r29; 49v2; 49v23; 50r14; 50v19; 50v25; 50v31; 51r3; 52r1; 52r3; 53r20
Vnas *2* 31r14; 36v9
Vno *32* 5r20; 5v19; 9r23; 17v10; 22r8; 23v5; 25r7; 26r24; 26v1; 26v16; 28v18; 33r9; 34r6; 34v20; 35r22; 36v18; 37r12-37r13; 38r13; 38v8; 39r5; 41v11; 43v25; 46v12; 46v27; 47r28; 50r9; 52v15; 55r15; 55r17; 55r19; 55v1
Vnos *14* 2r11; 2r14; 17r16; 23v16; 26r13; 29v13; 30v18; 32r16; 41r5; 50r9; 53v25; 54r7; 55v6; 55v12
Vo *1* 33r12
Voca *4* 1r27; 23v4; 35v18; 40r10
Vocas *1* 9v20
Vodas *2* 51v24; 52r5
Volliçio *1* 31v26
Voluntad *8* 15v10; 30r14; 37r15; 40r6; 44r26-44r27; 49r34; 54r21
Volver *1* 4r16
Volvieron *1* 8r11
Vondades *1* 12v16
Vondat *2* 30r13; 49r27
Vos *74* 1r10; 1r19; 4v18; 5v3; 5v17; 6r8; 7v13; 12v13-12v16; 13r17; 13r21; 14r3; 14r21; 17v19; 18r14-18r15; 21r23; 22v11; 25v18; 25v21; 26r17; 27r12; 28r6; 28v8; 29r5; 33r20; 34r19-34r21; 34v13; 35v8-35v9; 35v13; 40r17; 41r3;43v27-43v28; 48r18-48r20; 48r22; 48r26; 48v15-48v17; 48v23-48v24; 48v27; 48v29; 48v31; 49r2-49r4; 49v9-49v10; 49v12; 50r7; 51r11; 51r13; 51r15-51r16; 51v7; 51v10; 51v14; 52r29-52r30; 52v1
Voslo *2* 44v12
Vozes *4* 29v25; 29v28; 30r19; 40v7
Vrafoneras *1* 5v20
Vrravo *1* 33v4
Vrupa *1* 54r25
Vsado *2* 40v16; 52r14
Vuelta *1* 37v8
Vuelto *1* 42r28
Vuen *7* 2v20; 3r19; 3r22; 3v13; 4v16; 7r1; 8v1
Vuena *3* 5r21; 5v8; 13r2
Vueno *1* 3r2
Vuenos *1* 9r3
Vuestras *1* 43v29
Vuestrra *3* 19v6; 48v24; 51r10
Vuestrro *2* 21r24; 48v28
Vueytrre *1* 15r20
Vursavan *1* 4r21
Vusarvan *1* 4r17
Vuscado *2* 17v4; 24v23
Vuscados *1* 37r4
Vuscamos *1* 33v23
Vuscando *2* 3r8; 26r23
Vuscar *4* 9r23; 10v5; 19v13; 24v21
Vuscaron *1* 10r22
Vuscasen *1* 10r18
Vuscaua *1* 38v26
Vya *8* 32v19; 33r21; 33r23; 33v7; 34r22; 47r12; 48r9; 53r9
Vyandas *1* 9r14
Vyçios *2* 1v14; 28v24
Vyda *17* 3r20; 10r14; 16v1; 16v9; 16v20; 20r17; 21r18; 26v6; 27v15; 27v22; 28r6; 28r16; 34v19; 35v11; 43r7; 48v30; 52r22
Vyeja *4* 7r21; 13v19; 18v26; 36v7
Vyejo *2* 47r2; 47r24
Vyemos *1* 13r19
Vyen *20* 2v4; 3r10; 3v19; 3v22; 4r2; 4r5; 4v7; 5v11; 5v14; 6v1; 6v13; 7r21; 7r23; 8v13; 8v17; 8v22; 9r8; 23v7; 24v25; 27v27
Vyentos *2* 28r13; 37v27
Vyera *1* 17v8
Vyeran *1* 7v19
Vyeren *1* 34v25
Vyeron *11* 10v13; 14r13; 14r15; 26r24; 26v28; 37r17; 37v9; 39r13; 49r15; 50r3; 53v5
Vylla *3* 2r18; 51v20; 53r21
Vyllanja *1* 25v1
Vynnas *1* 5r2
Vyno *14* 2r7; 3r3; 14v5; 14v7; 15r2; 16r6; 20r16; 20v1; 21v10; 34r15; 36v2; 47v16; 48r15; 53r19
Vynol *1* 47r10
Vynos *1* 13r9
Vyo *22* 5v1; 6r18; 12r2; 20v23; 23r11; 25r1; 26r3; 26r9; 30r9; 38v27; 39r1; 47v10; 48v7; 49r23; 49r25; 49v1; 50v28-50v29; 51r19; 52r25-52r26; 52v12
Vyoleros *1* 51v30
Vyscayno *1* 36v1
Vyseo *1* 11r5
Vysquieredes *1* 49r3
Vysquieron *1* 11r15
Vysquiese *1* 42r12
Vysquio *2* 3v1; 10v24
Vysqujeron *1* 9r13
Vysqujese *1* 11r12
Vystas *1* 47r19
Vysto *1* 47r8
Vysyom *1* 34r15
Vysyon *1* 8r15
Vyua *1* 5v19
Vyuan *1* 5r14

X

Xpisto *4* 33r5; 33v9; 38r11; 42v21
Xpistus *4* 1v4; 9r18; 35r20; 40r8
Xristiandad *1* 40r9
Xristiandat *2* 2v11; 51v12
Xristianjsmo *1* 2v10
Xristiano *3* 4v22; 21v18; 23r11

Xristianos *29* 2r9; 3v10; 4r18; 6v8; 7v7-7v8; 7v12; 7v14; 8r3; 8r13; 9v2; 10r10; 10v19; 17r10; 21v21; 21v24; 22v9; 22v24; 24r23; 31v26; 37v14; 39v26; 40r19; 41v13; 41v19; 42r1; 42v20; 47v23; 53r23
Xristianoz *1* 51r5
Xristo *9* 1v3; 2r6; 10r17; 10v7; 10v21; 17v19; 33r18; 34r11; 50r32
Xristus *5* 2r20; 2v2; 5v3; 15v15; 39v3

Y

Y *56* 4r10; 7r7; 9v18; 13v8; 13v10; 18r4; 18v16; 18v24; 19v21; 20r9; 22v8; 23v14; 25r20; 25r25; 25v7; 26r23; 26v11; 26v14; 28r12; 29r19; 29r25; 30r24-30r25; 31r21; 36v7-36v8; 38v12; 38v24; 39r8; 41v12-41v13; 41v28; 42r15; 44r21; 44r25; 44v14; 44v16-44v17; 44v21; 44v28; 45r23; 45v3; 51r14; 52r20; 52r22-52r23; 52v15; 53r7; 55r21; 55r24; 55v6; 55v12; 55v16
Ya *25* 5v11; 15v17; 15v21; 15v23; 17r13; 17v5; 18r13; 23v16; 24v25; 26v6; 26v12; 27v6-27v7; 29v16; 31v11; 31v17-31v18; 36r26; 37v1; 40r18; 45r16; 46r1;47r5; 48v26; 49v17
Yaçer *1* 44r5
Yacyan *1* 43v22
Yaga *1* 35v20
Yagua *1* 35v16
Yan *1* 48r2
Yantar *1* 28v23
Yaze *6* 8r17; 10r4; 13v6; 32v12; 40v20; 41v9
Yazemos *2* 16v7; 34v23
Yazja *2* 8r16; 21v14
Yazjan *1* 9v22
Yazjen *1* 49r21
Ydo *5* 4v18; 27v9; 31r10; 33v11; 37v2
Ydolos *1* 2r23
Ye *1* 36r10
Yeguas *1* 53r24
Yelmos *3* 26r18; 27r9; 41r21
Yemos *1* 18v8
Yendo *1* 47r13
Yerro *9* 8v23; 19r11; 27v28; 28r4; 28r11; 31v22; 33v20; 33v24; 34v14
Yervas *4* 3r10; 3r21; 9v22; 10r1
Yglesias *1* 3v19
Yglesja *2* 11r16; 21v5
Yglesjas *1* 7v9
Ygual *2* 1r4; 4r4
Yguales *3* 21v20; 25v2; 25v4
Ylesja *2* 45v23; 46r9
Yllam *1* 4r12
Yllan *1* 4r20
Ymagen *1* 50v9
Ymajen *1* 50r16
Ymyenda *1* 52r20
Ynfançones *1* 45r30
Yo *84* 1r7; 4r21-4r23; 6r9-6r10; 15v6; 15v15-15v16; 15v22; 16r5; 16r17; 16r19; 16v4; 16v14; 18r15; 18r23; 19r24; 20r6; 20r8-20r9; 20r25; 20v1; 20v18; 22v19; 24r4; 24r15; 24v14; 24v21; 28r24; 28r26; 31v5; 31v24; 32r7; 32r14; 32r20; 32v5; 33r3; 33r18; 34r3; 34r5-34r6; 34v7; 34v11; 35v9-35v10; 35v12; 41v27; 42v10-42v11; 42v14; 42v24; 43r1; 43r6-43r8; 43v3; 44r4; 44r6-44r8; 44r20; 45r15-45r16; 45v7; 45v11; 46r17; 46r23-46r24; 48r18; 48r27; 48v2-48v4; 48v16; 48v28; 49r4; 49r29; 49v6; 51r16; 52r30; 52v1; 53r5
Yr *13* 1r19; 14r13; 17v15; 19r18; 19v13; 35r7; 44r17; 47r10; 47r12; 48v3; 50v15; 51v23; 53v17
Yra *6* 4r16; 5r11; 30r13-30r14; 38r18; 46v19
Yrada *5* 4v11; 9v4; 12r23; 28r14; 29r17
Yradas *2* 10v11
Yrado *7* 17v2; 25r1; 26r3; 29v4; 29v19; 30r9; 39r1
Yrados *1* 27v11
Yre *2* 24v21; 42v14
Yremos *1* 35r7
Yrien *1* 19v2
Yrja *1* 55r10
Yssayas *1* 32r23
Ysydrro *1* 2v23
Yt *1* 24v13
Ytero *1* 22r9
Yua *1* 29v25
Yva *13* 22r13; 24v10; 26r12; 29v16-29v17; 36r6; 38v18; 38v22; 41r4; 42v6; 49r19; 49v20; 55v4
Yvan *14* 7v18; 7v21; 8v5; 10v11; 15v14; 22v2; 29v6; 29v15; 39v17; 41v26; 51r8;53r27; 53r30-53r31
Yvyerno *1* 12v18

Z

Zebedeo *1* 13v2

Ysopete-Zaragoza, 1489

hic liber confectus est
Madisoni .mcmlxxxvii